KB027711

곽노흥의
희곡으로 읽는 한국고전문학

국립중앙도서관 출판시도서목록(CIP)

(곽노흥의) 희곡으로 읽는 한국고전문학 : 지은이 : 곽노흥. -- 서울 : 한누
리미디어, 2015
      p. ;   cm

한국출판문화산업진흥원 2015년 우수출판콘텐츠 제작지원사업 선정작임
ISBN 978-89-7969-699-8 03810 : ₩18000

한국 현대 희곡[韓國現代戱曲]
한국 고전 문학[韓國古典文學]

812.6-KDC6
895.725-DDC23   CIP2015030628

곽노흥의 희곡으로 읽는 한국고전문학

지은이 / 곽노흥
발행인 / 김재엽
펴낸곳 / **한누리미디어**
디자인 / 지선숙

04043, 서울시 마포구 잔다리로35, 202호(서교동, 서운빌딩)
전화 / (02)379-4514, 379-4519
Fax / (02)379-4516
E-mail/hannury2003@hanmail.net

신고번호 / 제300-2006-61호
등록일 / 1993. 11. 4

초판발행일 / 2015년 11월 20일

ⓒ 2015 곽노흥 Printed in KOREA

값 18,000원

※저자와 협의하여 인지는 생략합니다.
※잘못된 책은 바꿔드립니다.
※이 책은 한국출판문화산업진흥원 2015년 우수출판콘텐츠 제작지원사업 선정작입니다.

ISBN 978-89-7969-699-8 03810

곽노홍의

희곡으로 읽는
한국고전문학

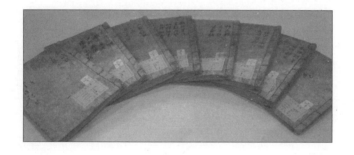

한누리미디어

희곡의 구체적인 표현양식은 연극이다. 모든 문학 장르에서 희곡의 역사는 시와 유사하다고 볼 수 있다.

희곡은 고대 그리스 연극에서 배우와 코러스가 읊조리던 운문형식의 시가였다. 오늘날 희곡은 연극적 요소와 문학적 요소를 두루 갖추고 있기에 극문학으로 총칭되고 있다. 그래서 희곡을 창작하는 작가는 무대를 알고 연극을 알아야 한다.

희곡이 공연을 전제로 창작되는 문학작품이라서 그렇다. 어떤 희곡은 독자들을 위해 창작되는 경우도 있다. 그것을 '레제드라마' 라 부른다. 공연보다는 읽히기 위한 희곡이다.

시, 소설, 수필에 익숙한 독자들은 희곡이야말로 복잡하고 선뜻 읽기에 부담이 간다고 말한다. 문학과 공연의 특수성을 이해하고 나면 희곡으로 읽는 작품이야말로 독자의 관성을 깨우치게 하고, 상상의 나래를 펼쳐가며 아주 재미있는 연극을 스스로 연출, 연기해 보는 귀중한 경험을 하게 된다. 새로운 희곡 읽기의 참 멋을 알아가게 된다는 뜻이다.

언제부터인가 한류문화는 동서양의 여러 문화를 앞질러 세계를 정복했다. 어찌 이런 일이 가능할까. 극동아시아의 작은 분단국, 전쟁의 폐허에서 경제 강국으로 발돋움한 슬기로운 민족, 우리 대한민국 문화가 뒷받침하기 때문이다.

우리에게 세계적인 것이야말로 지극히 한국적인 것이어야 한다. 그래야 한류가 제 모습을 갖췄다고 말할 수 있다. 그래서 한류의 기본은 우리 민족만이 가진 고유한 전통과 문화와 예술이 버무려진 예술의 총아여야 한다. 그 토대에 한국의 고전이 존재한다. 고전문학이 오래되었다고, 좀 구식이라고, 혹은 진부하다고 해서 외면하는 이들이 많다.

본 저서는 우리의 훌륭한 고전을 새로운 읽기의 모형으로 개발하여, 다채롭게 꾸며 보면 어떨까 해서 시도한 것으로, 바로 본 작품집을 출간하게 된 동기이기도 하다. 한류문화와 우리의 고전문학, 설화 등이 잘 조화되어 한층 돋보이는, 새로운 한류를 창출하는 일에 미력이나마 일조할 수 있게 되기를 기대해 본다.

모쪼록 '희곡으로 읽는 한국고전문학' 이 새로운 책 읽기를 시도하는 여러분에게 극문학의 재미에 흠뻑 빠져들 수 있는 소중한 추억을 만드는 계기가 되어주기를 바란다. 시, 소설, 수필보다 스스로 연출해 가며 읽어 가는 또 다른 상상력의 재미를 발견하게 될 것이다.

그리고 첫 번째 작품집에 이어 이번에도 흔쾌히 발간해 주신 도서출판 '한누리미디어' 의 김재엽 사장님께 고마움을 전한다.

홍제동 연구실에서

저자 園堂 **곽노홍**

집 / 김종제

남은 생애를 슬쩍 기대어 살고 싶어
너의 몸에 집을 짓는 중이란다
너의 여린 마음을 깊게 파서
주춧돌 다져놓고 곱게 다문 입술에
대들보와 기둥을 올리고
선한 눈빛으로 서까래와 지붕을 얹으면
누구에게 무엇 하나 방해받지 않은
일년 삼백예순날, 하냥
사랑을 나눌 수 있도록
너의 가슴에 방 한 칸 만드는 것이란다
때때로 찾아올 손님과
차 한 잔 마시며 꽃 피우게
창 없는 마루를 너의 어깨에 깔아놓고
밥 한 공기에 된장 한 그릇과 김치 한 접시
숟가락과 젓가락이 전부인 소반을 놓으려고
너의 무릎에 부엌을 들인다
쏟아지는 애증의 눈비라든가
불어오는 간난의 바람이라든가
내가 세운 집이 조금씩 허물어진다 하더라도
내 이름 새긴 문패를
너에게 걸어 놓고 싶은 것이란다

※ 이 시를 등단 30주년을 기념하여 園堂 곽노홍 교수에게 獻呈합니다.

곽노흥의
희곡으로 읽는
한국고전문학
Contents

달의 전설

때 : 서기 465년경 삼국시대
곳 : 한성백제 위례성 안의 한성궁

· 나오는 사람들 ·

해설
도미
아랑
개로왕—백제의 왕
신좌평(내신좌평)
재증(재증걸루)—도미의 아우—백제의 군사였으나 고구려의 선봉장이 됨
고이(고이만년)—재증걸루의 친구
도림(도림국사)—고구려의 첩자승
장수왕—고구려의 왕
백군장—백제의 장수
시녀—유월이
무희들
가신들
민초1,2
병사들

· 무대 ·

프로시니엄 무대이거나 원형무대를 사용할 수 있으나 전체적으로 15명 내외의 출연진이 춤과 노래를 병용할 수 있는 평면이 필요하다. 무대 상단에 단을 세워 개로왕의 친전으로 사용하며 무대 중앙은 아랑의 거실 등 다용도로 사용되고 후면 멀리 수려한 산과 굽이진 강물이 보인다. 출연진의 주 통로는 상수와 하수 뒤편에 설치하고 각 장별로 필요한 대·소도구를 이동하며 설치한다. 개로왕의 내전은 웨곤에 실려 등·퇴장이 자유롭게 되어야 하며 무대 하단부에 망사막을 설치하여 시간의 흐름과 장면전환에 사용한다. 극적 상징이 많은 만큼 총체적인 극으로 진행하되, 운문시극의 특성을 살려 대사를 한다. 만약 대사에 곡을 붙여 노래로 할수 있다면 창무극적인 연출이 필요하다.

서막(序幕)

원경으로 강물이 유유히 흐르고 뒤로는 겹겹이 산이 보인다. 인근에 한성백제의 한성궁이 눈에 잡힐 듯하다. 해설자가 등장하여 좌우를 둘러보며 객석을 향해 이야기를 시작한다.

해설   옛날하고도 아주 먼 옛날 고구려, 백제, 신라가 한수 이남과 이북을 놓고 서로 좋은 땅을 차지하려 군침을 질질 흘리면서 호시탐탐 때를 기다리던 차에, 한성백제국의 도마치라 불리는 강 언덕에 도미라 이름하는 뱃사공이 살고 있었으니, 허어, 뱃사공 도미는 여복도 타고났지, 아리수 춘풍에 황포돛대 축 늘어지듯 팔자 한 번 늘어졌구나. 그 새를 못 참고 배질하고 돌아오는 낭군이 보고파, 언덕 위에 연분홍 치맛자락 날리며 기다리더니, 낭자 이름은 아랑이라, 불그레 상기된 얼굴을 보아하니, 어젯밤 그 일이 사뭇거려, 그 새를 못 참고 마중 나온 것이 아니던가, 부부금슬 좋다 한들 이보다 더하랴, 백학 한 쌍을 본 듯, 원앙 한 쌍을 본 듯, 너울너울 춤을 추니, 만화방창, 이 아니 좋을시고, 한성이 태평하니 백성들은 천천, 만만세로구나.

해설자 들어가면 한강수타령이 관현악으로 웅장하게 울려온다. 기악의 음률을 타고 바람처럼 무대를 가로지르는 형형색색의 깃발들, 원을 그리며 무대 중앙의 단을 에워싸면 백제국의 개로왕과 비장들이 '대백제국만만세' '대백제국천천세' '천하태평대백제'라고 쓰인 영기를 흔들며 돌아간다. 깃발군무가 지나가면 검무와 북춤이 무대 중앙에서 펼쳐진다. 백제군의 용맹성과 왕실의 위용이 드러난다. 단 위에서 난무하던 깃발이 하수로 빠지면 도미와 아랑이 무대 중앙에 남는다. 허공 중천에 보름달이 둥실 떠올라 있다.

도미   나라가 태평하니 우리네 인생 천년만세로다.

아랑 전쟁이 사라지니 우리네 사랑 깊어만 가네.

도미 아리수 흐르는 물에 백학이 날아올라, 훨훨훨 춤을 추니.

아랑 (춤을 추듯) 에루화 덩실 좋고 좋네, 에루화 덩실 좋고 또 좋아.

도미 (손을 잡으며) 사랑하오, 아랑!

아랑 (오며) 낭군님!

도미 세월이 태평하니 우리 사랑이 더 없이 깊어만 가는구려.

아랑 낭군님, 팔당 위로 뜬 저 달을 좀 보시어요. 어쩌면 저리도 둥글고
     밝은지요.

도미 팔당야월 밝은 달 아래, 우리 사랑의 언약을 저 달 속에 새겨둡시다.

아랑 달님도 우리 사랑 허락하실 거예요, 딸 수만 있다면 달님을….

도미 (웃으며) 내 낭잘 위한 일이라면 하늘엔들 못 갈 성싶소? 내 저 달을
     따다가 낭자의 품에 바칠 것이오!

아랑 (감격하듯) 정말이어요, 낭군님?

도미 (손을 맞잡으며) 반드시 그렇게 할 것이오.

아랑 (어두워지며) 그러나 소저, 왜 그런지 마음이 무겁기만 합니다.

도미 왜 그러시오, 지금 당장이라도 저 달을 따다 드리오리까?

아랑 그게 아니어요, 사실은 궐에 큰 연회가 있다 하여 도마치 여인들을
     입궐하라지요.

도미 (안심하며) 낭자, 입궐하는 일이 그리도 걱정이 되오?

아랑 잠시라도 내 사랑, 낭군님과 떨어져 있기 싫기 때문이지요.

도미 걱정 마오, 궐에는 내 아우 재증걸루와 고이만년이 있으니 당신을
     잘 보살펴 줄 것이오.

두 사람, 앞으로 벌어질 운명을 예감한 듯 애절한 사랑을 표현하며 관현악 반
주로 2인무를 시작한다. 에루화 덩실, 에루화 덩실, 무수한 곡선이 허공에서
떨어지고 들어 올리며 남녀의 애정과 희락을 표현한다. 상수에서 도미의 아우
재증걸루와 그의 친구 고이만년이 행복한 그들의 모습을 바라보고 있다.

재증   (오며) 형님, 참 아름다운 밤입니다.

도미   (만족해서) 너희들 보고 있었느냐?

고이   형님 내외 사랑하는 걸 보니, 나도 빨리 장갈 가야 할까 보오.

도미   참, 네 형수 아랑이 궁궐 연회에 간다던데 알고 있었느냐?

재증   도마치 여인네 수십 명이 차출 당했다는구려. 궁궐에선 무슨 연회
        를 그리 자주 하는지 모르겠소?

고이   그것도 모르오? 개로왕의 아우, 남지가 여색에 빠져 향연을 계속한
        다지 않소, 게다가 왕은 연일 바둑대회를 열고 사냥대회를 열어 궐
        안은 연일 고기 굽는 냄새와 연회청에서 울려오는 가무악소리에
        그야말로 흥청망청이라오.

도미   자네 형수 아랑이 도마치 여인들과 입궐한다 하니, 아우들이 각별
        히 신경을 써주시게.

재증   아우가 궁궐 수비대에 있는데, 걱정 마오.

고이   이 사람, 고이만년은 왕실 전선대가 아니던가?

아랑   (안심하며) 도련님들만 믿고 궁궐에 들어가니, 잘 부탁드리어요.

멀리서 은은하게 밀려오는 경연장의 관현악소리. 네 사람, 음률에 홀린 듯 소
리 나는 쪽을 향해 사라진다.   (F.O)

제 1 장

백제의 궁궐, 경연장의 일각이다. 어둔 하늘 위로 만월이 둥실 떠올라 있다.
웨곤에 실려 개로왕이 들어온다. 신하들과 주연을 즐기며 바둑을 두고 있다.
구성진 반주가락이 학처럼 흰옷을 단아하게 차려입은 아랑을 무대 중앙으로
이끌어낸다. 춤이 깊어갈수록 내신좌평을 비롯한 내두좌평, 내법좌평, 병관좌
평 등의 가신들, 군침을 흘리며 아랑의 춤사위에 매료되어 간다.

아랑   검단산 감돌아 흐르는 물은 아리수 남으로 흘러흘러 가는구나. 두

물머리 두미진을 지나, 위례신천에 다다를 새, 달빛은 교교하여 한성궁으로 흘러드는데, 위례성 깊은 밤, 우리 사랑 이루리니, 날아가는 기러기들 울음으로 화답하네.

궁녀들　에루화 덩실, 에루화 덩실, 좋고 또 좋네.

코러스 역할을 맡은 궁녀들은 허밍으로 후렴부를 은은하게 반복하며 학이 날갯짓하듯 흐느적거리고, 아랑은 그들의 음률에 맞춰 춤을 춘다.

개로왕　(감탄조로) 오, 아름답도다. 백제국 한성에 이토록 매혹으로 굽이치는 여인이 있었다니, 저 여인은 어디 사는 뉘인고?

신좌평　폐하, 저 여인은 두물머리 아래, 도마치란 마을에 사는 아랑이란 여인이옵니다.

개로왕　도마치라? 허어, 대단한지고. 그 강마을에 저토록 아름다운 여인이?

신좌평　우리 대백제국이 태평성대를 누리고 있음이 아니겠사옵니까, 폐하!

개로왕　물론이지, 태평성대로다. 저 여인 이름이 아랑이라 했던가?

신좌평　예, 폐하!

개로왕　내 오늘 헛것을 보았음인가, 필시 하늘에서 내려온 보화로다. 저 오르내리는 춤사위가 마치 둥글게 모였다가, 곧게 뻗는가 싶더니, 이 내 바람을 안고 휘휘 감아 도는 유려한 곡선이 되질 않던가?

신좌평　(나오며) 기실, 도미의 처, 아랑은 하늘이 내리셨음이오. 우리네 임금이 저를 보고 감복하여 이르기를 하늘에서 내려온 보화라 하였으니, 내신좌평 이 사람이 가만히 있을 수가 있나. 나라에 보국하고 임금에 충성할 일, 이보다 귀한 것이 있으리오. (음흉하게) 내, 저 사람, 아랑을 꾀어 임금의 성은을 입혀 궁녀로 삼을 것이로세, 헛허허.

개로왕과 내신좌평 목협만치, 내두좌평 조미걸취 등 근친들이 아랑의 춤사위에 넋이 빠져 있다. 무대 중앙에 둥근 달이 고정된 듯 떠올라 있다. 개로왕, 연신 손을 움직여 달빛에 아롱지며 춤을 추는 아랑의 모습에 심취해 있다.

신좌평 (눈치를 살피며) 폐하!

개로왕 왜 그러느냐?

신좌평 오늘밤에는 여인의 심성을 시험해 보는 내기가 어떠하오실런지요?

개로왕 (호감 있게) 무어라? 여인의 심성을?

신좌평 예, 말씀 드리옵기 황송하오나 바둑에는 자충수란 것이 있사온 즉, 낯모르는 여심에게 진심으로 다가가, 여인의 정조를 슬쩍 건드려 자충수에 빠지게 해서, 끝내는….

개로왕 (구미가 당긴 듯) 끝내는? 행마를 잡아 포식을 하시겠다?

신좌평 (손뼉을 치며) 맞사옵니다, 폐하!

개로왕 그거 재미있겠는 걸, 우하하! (갸우뚱거리며) 신물경속(愼勿輕速)이라 했거늘 도미와 내기 바둑을 둬서? 헛허허…. 그렇다면 꼬옥 이겨야지!

신좌평 물론이옵니다, 폐하!

개로왕 무릇 내기바둑이란 반드시 이겨야 하고, 또한 이기려면 매사에 신중해야 하느니….

신좌평 물론이옵니다. 신중에 신중을 기해야 하옵지요. 그럼 작업을 시작하겠사옵니다, 폐하!

개로왕 내 좌평의 뜻을 알았느니, 뜻대로 해 보시게.

신좌평 (아랑에게 가서) 자, 그만, 그만하고 이리 가까이 오너라.

아랑 (다가와 읍하며) 소저 부르셨사옵니까?

신좌평 폐하께옵서 너를 부르신다.

개로왕 (감복하듯) 허, 볼수록 가인이로세, 가인이야!

아랑 (머리를 숙이며) 황공하여이다, 폐하!

개로왕 그대는 언제부터 가무악에 그리 능하였던고?

아랑 소저 어려서부터 아리수 강변에 떠오르는 백학을 보고, 그 날갯짓을 흉내 내곤 했는데…. 아직 미천하옵니다, 폐하!

개로왕 옳거니, 바로 그것이었도다. 모았다 뿌리치고, 둥글게 돌아간 듯, 다시 거둬들이는 그 자태가 백학이 날아오른 듯, 망월 중에 달빛을 타고 흘러가는 백학의 환상을 과인으로 보게 하였느니!

신좌평 (아부하듯) 학춤도 그러려니와 소리 또한 황조성(꾀꼬리 울음) 같사옵니다.

개로왕 그대의 자태에 풍류가 살아 감도니, 청아한 그대의 목청을 아니 듣고 배기겠는가? 자, 한 가락 읊어 보시게!

아랑 (떨리는 음색으로) 그러하옵시면, 황송하오나 소저 한 곡조 읊겠나이다.

아랑이 상기된 표정으로 다소곳이 무대 중앙으로 나와 노래를 부른다.
궁녀들이 후렴부를 은은하게 따라 한다.

아랑 검단산 감돌아 흐르는 물은, 아리수 남으로 흘러흘러 가는구나. 두 물머리 두미진 지나, 위례 신천에 다다를 새, 달빛은 교교하여 한성궁으로 흘러드니, 위례성 깊은 밤, 우리 사랑 이루리니, 흘러가는 저 달빛도 반짝이듯 화답하네.

궁녀들 에루화 덩실, 에루화 덩실, 좋고 또 좋네.

개로왕 훌륭하도다. 그대의 청아한 소리 또한 백학이로세. 가녀린 몸에 어찌 그리 정초하고 단아함이 배어날 수 있단 말인고?

아랑 과찬이시옵니다, 폐하!

신좌평 폐하, (왕의 눈치를 살피며) 바둑을 물렀나이다.

개로왕 (보며) 그래, 오늘 밤은 이 여인 춤사위에 매료되어 바둑이고 뭐고 과인의 혼이 가닥을 잡지 못하고 있으니, 대국은 뒷날로 미루도록 하시게.

신좌평 예, 분부 거행하겠나이다, 폐하!

개로왕 (헛기침을 하며) 에, 도마치에 산다고 했는데, 그대의 남편은 무얼 하는 사람인고?

아랑 도마치에서 두물머리까지 뱃일을 하옵니다.

개로왕 그래? 뱃사공이라. 아주 정실하게 살아가는 백성이로고. 내 친히 그대의 낭군을 초대하여 바둑이나 한 수 두려는데 괜찮겠느냐?

아랑　(당황하며) 황공하옵니다, 폐하!

개로왕　(넋이 빠진 듯) 어허, 저런 저런, 괴히 가인이로세, 가인이야!

(F.O)

간주 음악이 흐른다.

제 2 장

시간이 흐른 뒤, 전 장과 같은 웨곤 위의 개로왕의 내전이다.

해설　다음날, 왕명에 의해 입궐한 도미가 잔뜩 긴장한 채 개로왕을 알현하고 있는데, 이거 정말 좌불안석이로구나. 어찌 임금이 나를 불러 바둑을 두자하시던고, 내용을 슬쩍 보아하니 이거 보통 내기가 아니로구나. 임금과 대국하니 살고프면 돌을 던지고, 죽고프면 기를 써서 이겨야 하느니. 이제야 임금의 저의가 드러나는구나.

개로왕　(바둑을 두며) 그대 이름이 도미라 하였던가?

도미　예, 그러하옵니다, 폐하.

개로왕　허어, 참으로 절세미인을 아내로 두었구려.

도미　(당황하여) 황공하옵니다, 폐하!

개로왕　내 오늘 그대를 부른 것은 그대의 부인이 하도 가무악에 능하기에 관심을 가지고, 내가 느낀 대로 그렇게 오롯하고, 정조가 있으며, 학처럼 심성이 지고지순하여 고매한지를 시험코자 함이오.

도미　(놀라며) 시험이라 하오면, 어떠한… 시험을 말씀하시오니까, 폐하?

신좌평　그대 부인이 폐하의 마음을 감동케 하였으니, 사실적으로 아녀자의 정조가, 그러니까, 에… 말하자면… (어설프게) 어떤 달콤한 분위기와 권세의 유혹 앞에서도 곧은 마음이 깨어지지 않을 것인가를 시험해 보려는 것이오.

개로왕 (과장되게) 무릇 아녀자의 덕은 정조가 제일이지만, 만일 어둡고 사람이 없는 곳에서 좋은 말로 꾀이면, 마음을 열지 않을 여인네는 아주 드물 것이야!

도미   폐하, 사람의 정은 헤아릴 수 없사오나, 신의 아내, 아랑은 목숨을 잃을지라도 결코 변심치 않을 것이옵니다.

개로왕 암, 그래야지. 자태가 아름답고 천하를 주유하는 춤사위를 가진 아랑의 절개는 송죽처럼 차고 곧아야지, 허허허. 좌평대감, 아니 그러한가?

신좌평 (굽실거리며) 지당하옵신 말씀이옵니다, 폐하! (아첨하듯) 도미의 처, 아랑은 꼿꼿한 학의 목을 가진 여인, 불같이 뜨거운 유혹에도, 바람같이 무서운 힘에도, 아랑의 정조는 뿌리 깊은 나무처럼 흔들리지 않을 것이며, 넘어가지 않을 것이옵니다.

개로왕 (웃으며) 물론 그래 줘야지. 그럼 내기를 해야겠군. 그대는 오늘밤 궁에 머물고 있거라. 과인과 함께 밤새 바둑이나 두자꾸나!

도미   (크게 경색하며) 황공하옵니다, 어찌 불초한 몸으로 폐하와?

개로왕 과인은 내기를 매우 좋아하오. 그러니 오늘 밤 대국 역시, 내기바둑이지?

도미   (황망하여) 하오나, 폐하!

개로왕 네가 과인을 이긴다면 무엇이든 맘대로 해도 좋을 것이야!

도미   폐하!

개로왕 허나 과인을 이길 순 없을 것이야, 자 이리 올라와 대국을 시작하세.

도미   (사정하듯) 폐하, 소인이 어찌 감히 폐하와 내기 대국을 할 수 있겠나이까?

개로왕 (손을 저으며) 아닐세. 누구든 바둑으로 대결을 청하면 지위고하를 막론하고 과인과 맞대국을 펼칠 수 있으니, 이것이 대백제국의 관례가 아니던가? 자, 아무 걱정 말고 마음껏 수를 펼쳐 보시게.

도미   (망설이다가) 그러하옵시면 시작하겠나이다.

개로왕 만약에 과인이 그대를 물리치면, 그땐 무엇이든 과인의 청을 들어
       줘야 하는 것이네 아시겠나, 도미?

도미   황공하옵니다, 폐하!

개로왕 (묘수를 두며) 허허, 이거 예상보다 고수를 만났는 걸, 허어….

도미   폐하의 수는 정말 신묘하시옵니다!

신좌평 (끼어들며) 폐하, (귓속말로) 준비하심이?

개로왕 (수를 세어보며) 허어, (고개를 끄덕이며) 으으음!

신좌평 그럼….

개로왕 시간이 꽤나 길어질 것 같으이, 과인이 적수를 제대로 만난 것이야!

도미   황공하옵니다, 폐하!

기묘한 음악이 끼어든다. 도미의 안색이 굳는다. 두 사람, 한동안 묘수를 찾아
바둑돌을 포석한다.   (F.O)

제 3 장

같은 날밤 내전의 일각.

해설   허어 이것 참 묘한 인연이로구나, 일개 뱃사공을 불러 대국을 하다
       니. 어여쁜 아내를 생각하건데, 아니 이길 수 없는 노릇이요, 자칫
       임금에게 이기면 모가지가 날아갈 형편이니, 참으로 어이없는 일
       이로고. 가련한 백성을 불러들여 아낙의 정분을 걸고 내기바둑이
       라. 임금에게 진상해야 함은 바둑돌이 아닌 아랑의 몸이로세. 만인
       이 부러워하던 부부금슬 다 깨어지고, 평지풍파 눈앞에 다가오니,
       이 일을 어이 할고, 이 일을 어이 할고.

이때 근심어린 얼굴로 고이만년이 재증걸루와 함께 들어온다. 신좌평이 흥이
나서 하단으로 나온다.

신좌평   (날듯이) 여봐라, 야간행찰 준비를 하랍신다.

고이   좌평대감, 폐하께옵서 야밤에 행찰을 나가시다니요?

신좌평   (음흉하게) 그럴만한 일이 있느니라, 어서 준비토록 하라.

재증   대감, 어디로 행찰을 가시옵는지요?

신좌평   (신이 나서) 어디긴, 도마치 도미의 집이지 않구, 히히히….

재증   (어이가 없는 듯) 예? 도마치로 야간행찰을 나가신다굽쇼?

고이   어인 일로 도미의 집에?

신좌평   너희들은 알 것 없느니라.

재증   대감, 말해 주시오, 어인 일로?

신좌평   허어, 알 것 없다 아니 하였느냐. 어서 행찰 준빌 하거라!

재증걸루, 고이만년 머리를 갸웃거리다가 불안한 생각을 떠올리며 나간다. 이
윽고 도미가 무대 중앙으로 걸어 나오며 애절한 마음을 독백한다. 궁녀들 안
타깝게 본다, 그러나 왕명에 따라 도미를 포위하듯 에워싼다.

도미   가련한 사랑이라, 가련한 사랑이라. 나 없이 못 산다던, 그 사랑 그
맹세, 비바람 몰아치듯 이 밤에 몰려가니, 내 사랑 아랑이여, 그 마
음 부디 변치 마오. 그 사랑 변치 마오. 영원히 꺾이지 않는 수목이
되어주오. 영원히 마르지 않는 강물이 되어주오!

궁녀들 뜨거운 유혹 바람처럼, 꿈결처럼 다가가네. 터질 듯 두근거린 그대 가
슴에 못질을 하네, 못질을 하네. 그 아픈 가슴 열라 하네.   (F.O)

제 4 장

도마치 강가 도미의 집. 원경으로 검은 산, 둥근 달이 중천에 떠 있다. 푸른
달빛이 교교하게 비친다. 내신좌평이 개로왕으로 변장을 하고 하수에서 나타
나 아랑을 찾아온다. 마당을 서성이며 입궐한 남편 도미를 기다리고 있던 아
랑, 갑작스런 인기척에 소스라치듯 놀란다.

신좌평 (태연하게) 그대가 도미의 처, 아랑이란 처자던가?

아랑   (놀라며) 그렇사옵니다만…, 이 밤에 뉘시온지요?

신좌평 그대는 지금 궐에 들어간 남편 도미를 기다리심인가?

아랑   예, 그걸 어찌 아시옵니까?

신좌평 (근엄하게) 나를 몰라보겠느냐?

아랑   예, 저어….

신좌평 엊그제 자네 춤에 그리 탄복하였던….

아랑   (기겁하며) 폐하, 폐하께옵서 어찌 소저의 누옥에….

신좌평 허허, 오늘 그대의 남편, 도미와 내기바둑을 두어 과인이 이겼느니.

아랑   (당황하여) 그러하옵시면?

신좌평 내기는 흥미로운 것이야. 남의 것을 내 것으로 만들 수도 있고, 내 것을 남의 것으로 줄 수도 있는 것이로세.

아랑   (묘연하게) 폐하께옵서 바둑을 즐기신단 풍문은 들었사오나, 소저 낭군과 내기를 하셨다 하시니 정녕 믿을 수가 없사옵니다!

신좌평 내기에서 이겼다고 말했느니…. 그대를 데려다 궁인으로 삼을 것이니, 지금부터 그대의 몸은 과인의 것이로세.

아랑   (철렁하는 가슴을 쓸며) 폐하!

신좌평 (안으며) 허허, 갸륵한지고….

아랑   (피하며) 폐하, 임금께서 어찌 거짓말을 하시겠사옵니까? 기꺼이 명에 순종하겠나이다. 누추하오나 소저의 방으로 드시오소서.

신좌평 어흠, 물론 그래야겠지. (둘러보며) 갸륵한지고!

아랑   (안으로 모시며) 소저 분단장을 하옵고 들어가겠나이다.

신좌평 오호, 그래, 그래…. 정성 또한 갸륵한지고….

내신좌평이 큰 기침을 하며 방으로 들어간다. 다른 한켠에서 아랑이 시녀를 대동하고 급히 옷매무새를 고치며 분단장을 시킨다. 황홀한 음악이 흐르기 시작한다.
(F.O)

제5장

시간이 흐른 후 아랑의 방, 망사막이 내려와 실루엣으로 안이 보여진다. 그 안에서 황촉불이 흔들거린다. 내신좌평이 조바심을 내며 헛기침을 한다. 아랑이 사뿐히 고개를 숙인 채 뒷걸음으로 들어온다.

신좌평　노류장화라 했거늘, 오늘 내기바둑 한 수로 아름다운 밤을 보내게 되어 과인의 기분이 뭇새들의 농춘화답을 들음직하구나.

시녀　(헛기침하며) 황송하오나, 불을 끄심이….

신좌평　불? 그래야지, 암. 어서 불을 끄고 원앙금침으로 오너라.

황촉불이 꺼진다. 음악이 흐른다. 두 사람의 정사를 상징하듯 홍등 빛이 너울지듯 어둠 속을 가득 흐른다. 사이를 두고, 멀리서 닭 우는 소리가 들려온다. 창가에는 달이 지고 푸르른 여명이 번져 있다. 망사막이 올라가 아침이다. 내신좌평이 의관을 차린다. 속곳 차림에 비스듬히 먼 데를 응시하고 있는 시녀, 얼굴을 바로 들지 못하고 떨고 있다.

신좌평　고개를 들거라.

시녀　(떨며) 황공하여이다, 폐하!

신좌평　내 그대의 남편, 도미와 내기를 한 연유는 겉으로 고귀해 보이는 여성이 마음 또한 고결하여, 정조를 죽음으로 지키는가를 시험해 보려 한 것이거늘…, 절세가인 아랑도 별 것이 아니로구나. (방백) 히히히, 그럼 그렇지 나한테 지가 별 수 있겠는가? 어흠….

시녀　(죽을 맛으로) 황공하여이다, 폐하!

신좌평　(이상한 듯) 그런데, 왜 그리 떨고 있느냐?

시녀　소저…, 불시에 한기가 있어서….

신좌평　(얼굴을 자세히 보더니) 아니, 넌? 아랑이 아니질 않느냐?

시녀　(엎드려 빌며) 폐하, 죽을죄를 지었사옵니다. 용서해 주옵소서!

신좌평   (화를 내며) 고이연 것 같으니라고, 이것이 어느 안전이라고 눈속임
       을 했더란 말이더냐? 내 입궐하는 대로 임금을 속인 대죄를 도미에
       게 물을 것이니라. 천하에 고이연 것, 그래, 아랑은 어데 있느냐?

시녀   (밖을 보며) 폐, 폐하!

신좌평   (불같이 화를 내며) 아랑을 불러 오너라, 고이연 것 같으니!

시녀   폐하, 죽을죄를 졌나이다, 용서하여 주소서!

신좌평   (보더니) 너야 무슨 죄가 있겠느냐, 어서 아랑을 데려오거라. 그리하
       면 네 죄는 묻지 않을 터이니.

시녀   (도리질하며) 없나이다. 간밤에 도마치를 떠났나이다!

신좌평   (씩씩거리며) 무에야? 줄행랑을? 허허, 이런 고이연년 같으니. 내 요
       년을 잡아다가 요절을 내고야 말 터이다!

       암울한 관현악이 길게 울려 퍼진다. 시간이 흐른다.   (F.O)

제 6 장

왕의 내전이다. 여전히 바둑의 수를 읽고 있는 개로왕. 내신좌평이 들어온다.

개로왕   (반기며) 좌평대감, 이제 오셨는가?

신좌평   폐하, 임무수행하고 돌아왔나이다.

개로왕   그래, 어떠했는지 말해 보시게.

신좌평   아뜩하였나이다. 하늘이 노오래지더니 광풍일진이 휘몰아가더이다.
       온몸이 사시나무 떨듯 오금이 저려 오더니, 고것이 나를 잡고 희롱을
       시작하는데, 엎치락뒤치락 숨이 막혀 도저히 참을 수가 없어….

개로왕   (흥분하며) 참을 수가 없었겠지, 그리고 그 다음엔 어떻게 하였더냐?

신좌평   심호흡을 한 후 차라리 눈을 감아버렸는데, 청천하늘에 잔별이 우
       수수 떨어지고….

개로왕   그래, 떨어진 후엔?

신좌평   찔끈찔근 쭈꺼덩 쭈거덩 쑤욱 쭈와악 하이고, 천지가 개벽을 하고 용호가 상박이더니 만만치 않더이다.

개로왕   (상상에 허우적거리며) 오호라, 자네가 임잘 만난 게야. 그럼 그렇지 천하의 아랑이라고 별 수가 있었겠는가? (무슨 생각인지 갑자기 돌변하며) 그렇다면 좌평, 자네가 이미? 내 분명 아랑의 심중만 떠볼 뿐, 잠자리 하지 말라 일렀거늘!

신좌평   (머리를 조아리며) 하오나, 폐하!

개로왕   (화가 나서) 얘기할 것 없느니, 괘씸한 것 같으니!

신좌평   (매우 당황해서) 폐하, 고것이 아니옵고, 눈을 떠 보니 닭이 울고 새벽인지라, 다시 몸을 더듬으려는데….

개로왕   (버럭 소리를 지르며) 닥치지 못하겠느냐?

신좌평   폐하, 글쎄, 고것이 아랑이 아니고 유월이란 계집 종년이었습니다요, 폐하. 소신이 속았나이다. 아랑은 밤새 도망치고, 유월일 붙잡고 그 짓거릴….

개로왕   무엇이라? 유월이? 분명히 왕이라 했거늘, 널 속였단 말인고?

신좌평   (한숨을 쉬고) 예, 폐하! 아무래도 아랑의 기지는….

개로왕   (화가 치밀어) 저런…. 고연 것이 있나. 나라의 왕이 합방을 한다 했기로 종년을 들여보내? 아니, 좌평은 그것도 모른 채 밤을 보냈단 말인가?

신좌평   (기사회생한 듯) 소신…. 아랑의 분 냄새에 도취해서 그만….

개로왕   (전조를 잊은 듯) 에이, 내가 직접 갔더라면 그런 일은 없었을 터, 이게 무슨 요사스런 일이로고. 그렇다면 결국 내기에서 졌다? (분노하며) 백제왕 개로가?

신좌평   황공하옵니다, 폐하! 왕명을 거부한 것으로 보아, 아랑의 절개는 도미의 말대로 지고지순한 것이 분명하온 듯싶사옵니다.

개로왕   (단호하게) 과인은 이번 내기에 절대로 승복할 수 없노라!

신좌평   황공하옵니다, 폐하!

개로왕   (화가 치밀어) 지고지순? 지고지순? 내 이 일을 잊지 않을 것이야. 도
         미를 대령토록 하라!

신좌평   예, 폐하! (밖을 향해) 여봐라, 도미를 대령시키랍신다.

         묘연한 분위기의 간주악이 스친다. 잠시 후, 도미가 불려 들어온다.

개로왕   (노여움에) 도미, 그대의 처 아랑은 역시 그대 말대로 지혜가 하늘을
         찌르고도 남음이 있더구나!

도미   폐하, 그것이 어인 말씀이시옵니까?

개로왕   내 백제국의 왕명으로 아랑을 꾀었으나, 종년을 몰래 들여, 보기 좋
         게 망신을 주고, 왕을 능멸하였으니, 그것이 보통 지혜던가?

도미   (떨며) 폐하!

개로왕   (화를 내며) 과인이 바둑으로 내기를 하였더니, 그대의 처, 아랑이 장난
         질로 과인을 모욕하였은 즉, 이 일로 그내를 임히 문책할 것이니라.

도미   (간절히) 폐하, 소인 죄를 물어 죽어 마땅하오나, 그 일로 사랑하는
         아랑에게 상처를 주지 마옵소서!

개로왕   (분을 참지 못하고) 아랑도 별 수 없는 여염집 아낙과 다를 바 없음을
         내 확실히 보여줄 것이야!

도미   (울며) 폐하, 용서하여 주소서!

개로왕   (점점 화가 치밀어) 꼴도 보기 싫다. 여봐라, 저자의 눈을 뽑아 다시는
         아랑의 모습을 볼 수 없게 하라. 그리고 강물에 띄워 보내 배 닿는
         곳에 살게 하라.

신좌평   (주춤거리며) 분부…, 거행하겠나이다.

도미   (울부짖으며) 폐하, 억울하옵니다. 천부당만부당한 명을 거둬 주시오
         소서! 폐하!

개로왕   아랑을 붙잡아다 과인의 궁녀로 삼을 것이니라!

신하들, 도미를 끌어낸다. 하수로 사라질 쯤, 도미의 눈에 일격을 가한다. 도미, 외마디 비명과 함께 피를 흘리며 눈을 가리고 쓰러진다. 암울한 배경음악이 무대를 덮어온다. (F.O)

제 7 장

재증걸루와 고이만년이 도미를 부축하고 상수로 나온다. 도미의 두 눈에는 선혈이 낭자한 채 안대로 가려져 있다.

도미 아악! 내 눈, 내 눈을 돌려주오. 광명한 빛을 돌려주오!
재증 (부축하며) 형님, 이게 어인 일이란 말이오!
고이 (광분하며) 이것이 대백제국, 개로왕의 추악한 짓이란 말인가?
도미 억울하오, 억울하오. 아우들, 내 사랑 아랑을 지켜주오!

슬픈 음악이 다시 무대를 덮어온다. 처연한 달빛이 강물을 비추고 있다. 잠시 후, 하수에서 배 한 척이 상수 쪽으로 흘러간다. 도미가 배에 오른다. 그의 동생 재증걸루가 물결 아래 떠나가는 그의 모습을 보며 송사를 한다.

도미 나 이제 떠나가오, 나 이제 떠나가오. 광명한 저 달빛을 다시는 볼 수 없어. 팔당야월 밝은 달 아래 우리 굳은 맹세, 내 잊지 않으리라. 원망한들 무얼 하리. 아리수 끝 천성도로 흘러흘러 흘러가서, 내 사랑 꿈결에서 망월화로 피어나리.
재증 가지 마오 가지 마오. 아우 곁에 살아주오. 개로왕 사리사욕이 형의 두 눈을 뽑았으니, 내 잊지 않으리라. 내 잊지 않으리라. 한성궁으로 쳐들어가, 개로왕의 목을 베어 사무친 형의 원한 갚으리라.
(F.O)

제8장

시간이 흐른 후, 궁궐의 어전 일각 불길한 징후로 신료를 비롯하여 나인들이 침울하게 내전을 오간다.

해설   허어, 이거 정말 난세로세 난세야. 추풍낙엽도 유분수지 하루아침에 눈먼 장님이 되어 거룻배에 실려, 강물 따라 흘러가는 도미의 신세가 말이 아니로구나. 사랑이고 뭐고 눈먼 장님 되었으니, 천상천하 광명을 제쳐두고 이쁜 아랑 다신 볼 수 없게 되었지 않았던가. 잘난 아내 덕에 두 눈이 뽑혔으니, 이제 무얼 먹고 살란 말인고. 도마치를 건너 줄행랑치던 아랑은 관군에 붙들려 한성궁에 당도하였다 하니, 이 두 사람, 이제 영영 이별 아니던가.

상수에 불이 들어온다. 개로왕이 상단에 앉아있고, 잡혀온 아랑이 하단에서 꿇어 앉아있다. 좌평이 아랑을 달래고 있다.

신좌평 (다가가서) 이제 어쩔 셈이던가? 그대의 남편, 도미는 이미 눈이 멀어 아리수 뱃길 따라 흘러가고 있을진대, 어서 마음을 정리하고 폐하의 부름에 나서시게!

아랑   (단념한 듯) 남편을 잃고 혼자선 살 수 없는 아녀자의 몸, 이미 임금을 모시게 되었으니 어찌 어김이 있겠습니까?

신좌평 (반기며) 옳거니.

아랑   하오나!

신좌평 뭐가 또?

아랑   지금은 소저 달거리 중이오라 온몸이 더러우니, 다른 날 깨끗이 목욕재계하고 깨끗한 몸으로 폐하를 모시겠나이다.

신좌평 (찡그리며) 달거리라? 어흠, 그런 몸으로야 모실 순 없을 터.

내신좌평이 개로왕에게 다가가 귓속말로 전한다. 음흉한 미소를 머금으며 개로왕이 아랑의 청을 받아준다.

신좌평 (오며) 하루 말미를 주겠다. 내일 안에 몸을 청결히 하고 폐하를 뫼시어야 하느니, 알겠느냐?

아랑   예, 그리하겠나이다.

신좌평 꼭 기억하거라, 내일 밤이로다!

아랑   예, 명심하겠나이다.

신좌평 그럼, 물러가거라.

아랑, 개로왕에게 절을 한 후 시녀들에 이끌려 나간다. 내신좌평이 뛸 듯 기뻐하며 상단의 개로왕에게 뒤뚱거리며 간다. 귓속말로 아랑의 뜻을 전한다. 개로왕 고개를 끄덕이며 미소를 흘린다.

개로왕 (웃으며) 그래, 하루 뒤에 보자고 했던가?

신좌평 그러하옵니다, 폐하! 다신 도망치지 못하도록 별궁에 겹겹이 순시대를 세웠사옵니다.

개로왕 하루라⋯. 어휴, 왜 이리 일각이 여삼추인고?

신좌평 (아부하며) 귀한 옥합은 두고 볼수록 진귀한 것이옵니다, 폐하! 좀 더 기다리심이 지당하옵신 줄로 아뢰오.

개로왕 (바둑판을 가리키며) 이리 오너라, 시름없는 날에 또 한 수 하자꾸나.

신좌평 여부가 있겠사옵니까, 폐하! 만사가 태평이시온데, 히히히.

개로왕 (대국을 시작하며) 고구려 변방의 기색은 여전하다던가?

신좌평 우리 백제군이 철통경계를 펼치고 있으니, 제 아무리 날고 기는 고구려 특수부대라도 무용지물이옵니다.

개로왕 그래, 옳거니. 이제사 두 발 쭈욱 뻗고 잠을 청할 수 있게 되었네, 그려.

신좌평 사기가 충천한 우리 백제 병사들 앞에선 숨조차 맘대로 쉴 수 없는 지경이옵니다. 괘념치 마시옵소서, 폐하!

개로왕 (의기양양해서) 그러면 그렇지, 암 그래야지. 선왕의 발복이 오늘날 우리 한성 백제국을 전반적으로다가 돕고 계시단 증거가 아니고 뭐겠소?

신좌평 지당하옵신 말씀이옵니다, 폐하!

관현악 반주가 시작되면 개로왕이 단에서 내려온다.

개로왕 존엄하신 선왕 근초고대왕께서, 고구려 고국원왕을 무찌르시사, 아리수 강가 위례성에 한성궁을 지으시니, 만백성이 태평성대로 다. 세세토록 충성하여 만세무궁 한성 백제, 만세무궁하리로다.

(F.O)

제 9 장

도마치 강가. 아랑이 궁궐을 빠져나와 강가에 서 있다. 강바람이 안개를 몰고 온다.
아랑이 달을 보며 천지신명께 구원을 염원한다. 이때 하수에서 안개 사이로 배 한 척이 떠내려 온다. 아랑이 그 배 위로 올라간다. 감격스러운 듯 독백을 한다.

아랑 팔당 야월 달은 밝고, 밤은 깊어 삼경인데, 검단산 너머 두견성은 이내 간장 다 녹이네. 춘삼월 야삼경에 물색만 조요한데, 달빛 아래 노닐던 강나루에 밤안개는 내리는데, 나라님 전 불려 가신 낭군님 은 그 어디로 떠나갔단 말이오.

배는 유유히 하수로 빠져 사라진다. 잠시 후 안쪽 상수의 개로왕 친전 일각에 불이 들어온다. 내신좌평이 화급히 들어온다.

신좌평　(허둥거리며) 폐하, 아, 아랑이 사라졌다 하옵니다.

개로왕　(발을 구르며) 무엇이라? 왕명을 어기고 또 다시 도망을 했다?

신좌평　황공하옵니다, 폐하!

개로왕　내 어찌 이 시각을 기다렸는데, 순시병들은 무얼 했단 말인가?

신좌평　고것이…, 워낙. (말을 잊은 듯) 그게….

개로왕　(노여움이 극에 달하여) 허헛, 고이연 년 같으니, 감쪽같이 사람들을 홀
　　　　렸으리…. 어서 백방으로 병사를 풀어, 그 년을 잡아오너라!

신좌평　(나가며) 예, 폐하, 분부 거행하겠나이다!

개로왕　(손짓하며) 내 좌평을 믿은 것이 잘못이로세. 이런 낭패가 있나!

　　　　내신좌평이 황급히 뒤뚱거리며 나간다. 음향이 따라가듯 울려온다.　　(F.O)

제 10 장

시간이 흐른 후, 왕의 내전이다. 평상심을 되찾은 개로왕, 승려인 도림이 왕을
알현하고 있다.

개로왕　(바둑을 멈추며) 그대는 어디서 온 중이던가?

도림　　소승 불심을 얻기 위해 천하를 주유하며, 도를 닦고 있는 도림이라
　　　　하옵니다, 폐하!

개로왕　허어, 천하를 주유하였다 하니, 이 나라 백제 땅, 전역을 두루 살피
　　　　셨겠구려?

도림　　물론이옵니다, 폐하.

개로왕　그래, 이곳 한성의 터전은 어떻소이까?

도림　　천하 명당이옵니다. 앞으로는 깊은 아리수 강물이 흐르고 뒤로는
　　　　너른 평야와 검단산이 있어 병풍을 친 듯하니, 더할 수 없는 요새이
　　　　옵니다, 폐하!

개로왕   고구려 장수왕이 그 아비처럼 호시탐탐 이 땅을 넘보진 않겠는가?

도림   그러하옵니다, 폐하! 장수왕의 아비 광개토왕은 호전성이 강하여,
          가는 곳마다 피를 뿌리고, 혈검을 강물에 씻어, 이생의 업보를 저
          검단산보다 더 높고, 무겁게 지고 구천을 맴돌고 있나이다, 폐하!

개로왕   에헤, 그러면 그렇지. 감히 우리 백제국을 능멸하고서야, 어찌 저승
          에서라도 편히 쉴 수 있단 말인가?

신좌평   (거들며) 지당하옵신 말씀이옵니다, 폐하!

개로왕   도림이라 하였던가?

도림   예, 소승 도림이라 아뢰옵나이다.

개로왕   이제 그대를 백제국의 국사로 임명하겠노라.

도림   (감격하며) 황공하옵니다, 폐하!

개로왕   그런데 국사께선 바둑을 아시는가?

도림   그저 조금은 하옵니다.

개로왕   (반가이) 거, 참 잘 오셨소이다. 나와 한 판 하시겠소?

도림   황공하옵니다, 폐하!

          개로왕과 도림국사가 좌정을 하고 바둑을 두기 시작한다. 무대 잠시 흔들리듯
          어울거리더니 아랑의 배가 하수에서 다시 나타난다. 개로왕과 도림은 아랑의
          출연을 모른 채 바둑판에 한 수 한 수 정성을 들이고 있다.

아랑   달님이시여, 달님이시여. 저 달님이 날 도우셨네. 내 낭군 찾아갈
          길, 배를 보내 주시오니, 가네 가네 나 떠나가네. 달빛 따라 멈추는
          곳, 사랑하는 님을 만나 영원토록 살고지고, 초근목피 가난해도, 우
          리 사랑 뜨거우니, 달빛 따라 흘러가네.

          하수의 불이 사라지면 다시 상수로 불이 들어온다.

개로왕   바둑이란 것이 참 묘한 이치로다. 이 바둑판 안에 나라가 있고, 왕

이 있고 백성이 있으며, 전쟁이 있고, 장수가 있음이 아니던가?

도림　폐하의 고단수를 소승, 감당키 어렵사옵니다, 폐하!

개로왕　어이 도림국사, 이제 천하를 떠돌지 마시고 나와 함께 지내며, 바둑으로 국정을 살펴, 이 나라 백제국이 태평성대를 이어갈 수 있도록 도와주시구려!

도림　(감복하여) 황공하옵니다. 소승에게 어찌 이토록 태양 같은 후광을 베풀어 주시니, 모두가 백제국의 광영이옵니다, 폐하!

개로왕　위례 땅이 비좁아 내 토목공사를 시작하려는데, 여기 바둑판에서처럼 강길을 쭈욱 따라 이렇게, 길게 백성들의 산회시키려는데, 국사의 생각은 어떻소?

도림　우선 몽촌에 토성을 길게 쌓아 강물의 범람을 예방하고 적의 침입을 경계한 후에 위례성 안쪽으로 궁궐을 중수하여 백제국의 힘과 면모를 만천하에 과시함이 가할 줄로 아옵니다, 폐하.

개로왕　(손뼉을 치며) 바로 그거요. 구산의 동쪽으로부터 둑을 길게 쌓아 물난리를 막고, 평시에 고구려군의 공격을 막을 수 있는 토성을 쌓자는 말이로고?

도림　강의 본류가 흘러가는 신천에 부도리라는 섬이 있는데, 그곳 돌이 아주 명석이어서 전왕 묘실이 부실한 고로 석분을 더욱 크게 만들고….

개로왕　잘 보셨소. 선왕의 묘실이 국사가 보기에도 부실했던 모양이구려.

도림　황공하오나 그러했사옵니다. 그러니 부도리의 돌을 가져다가 석실 옹벽을 두텁게 하고 남한산에 산성을 높게 쌓으면, 그 안에 있는 한성궁은 천세 만세를 누릴 것이옵니다, 폐하!

개로왕　(기뻐서 뛸 듯) 좋아, 좋아, 아주 좋아. 이제 우리 백제국이 이렇듯 신이한 도승을 찾아냈으니, 백제국의 전도가 이젠 만화방창, 화창한 봄날인 게야, 하하하. 여봐라, 오늘은 기쁜 날, 풍악을 울리거라.

타악과 더불어 관현악이 터지듯 시작된다. 상단에 불이 사라지면 하단에서 자연스럽게 군무가 시작된다. 도처에 새들이 지저귀고 구름은 한가로이 중천에 머물러 있다. 흐드러지게 꽃은 만개하고 벌과 나비는 날아든다. 태평성대를 누리고 있는 왕실의 화평을 기원하고 있다. 기교 있는 춤이 몇 가지로 안무되어 가락을 타고 율동한다. 개로왕과 대신들 무희들을 희롱하며 풍류에 젖어든다. 잠시 후, 암울한 음악이 무대를 덮어 온다. 망사막이 내려와 객석과의 거리를 둔다. 이제부터 평화롭던 백제 진영에 암운이 드리워지고 이제껏 평화의 춤은 원한과 한탄의 춤사위로 급변하기 시작한다. 남부여대한 백제의 유민들이 강 건너 고구려 땅으로 이주하고 있다. 백성들의 선소리가 시작된다. 멕이고 받는 형식으로 느리게 반복하며 진행된다. 민초들의 움직임 그대로 군무가 되고 망사막을 이용하여 안과 밖을 오가며 유민의 행렬이 지나간다.

민초1　입보하세 입보하세, 위례성에 살 수 없네. 입보하세 입보하세, 고향 산천 뒤로하고, 아리수 강 건너 편, 강북으로 입보하세. 입보하세 입보하세, 고구려 땅에 입보하세.

아랑　아단성에 가면, 그 곳은 안전한 땅, 강에 나가 물고기를 잡고, 수초를 뜯어 주린 배를 채우리. 여기 혹어 눈먼 장님, 도미라 부르는 뱃사람을 모르시오?

민초1　(무리에서 나오며) 낭자, 도미라면 도마치의 뱃사공을 말하는 것이우?

아랑　예, 혹여 그분을 아십니까?

민초2　아다마다, 이뿐 처자의 일로 개로왕에게 두 눈을 빼앗긴 사람 아니던가?

아랑　예, 제가 바로 그이의 처자입니다.

민초2　(놀라며) 어허…. 그 사람 뗏목에 떠밀려 천성도에 살고 있지. 저 아래 작은 섬 말이우!

아랑　(감격하며) 살아계셨군요. 오, 천지신명님, 우리 낭군을 살려 주셨으니 감사 감사하나이다. 낭군, 잠시만 기다려 주시면 내 천성도로 가리다. 앞 못 보는 우리 낭군 어떻게 사셨나요. 무얼 먹고, 무얼 마시며, 무얼 입고 북풍한설 긴 겨울을 견디셨나. 가엾은 우리 낭군, 가

없은 우리 낭군, 이 일을 어찌 할고, 어찌 할고.

백성들 무대를 가로질러 망사막 안과 밖으로 지나간다. 굶주린 백성의 대오가
무용으로 안무 된다. 이때 멀리서 들려오는 말발굽소리, 점점 가까이 다가온다.

민초1   지긋지긋한 노역질, 이제 안 하니 살 것 같소!
민초2   물 난리나면 무너질 토성을 왜 쌓는 거요?
민초1   남한산성을 쌓은 걸로도 만족하지 못해 강변에 토성을 쌓는다니
       원….
민초2   그것이 도림국사가 예언한 것이라네.
민초1   도림국사? 쳇, 매일 임금과 바둑이나 두는 중이 뭘 안다고 성을 쌓
       으래?
민초2   백성을 유린했던 강 건너, 백제군들은 아단성으로 입보한 고구려
       백성들을 더 이상 다치진 못해.
민초1   우린 이제 더 이상 물러설 수 없는 강변에 섰는데….
민초2   백제 기마병은 바다 같은 아리수를 건너오진 못할 거야.
민초1   암, 수군이 아니고야 어찌 아리수를 건너온단 말인가?
민초2   여덟 당집 팔당에서 원혼을 달래던 말던, 병사들은 그 아래 흐르는
       물에 결국은 수장되고 말 걸세.
민초1   이제 우리 유민들, 고구려 백성이 되었으니, 이 땅을 지켜야지, 안
       그런가?
민초2   물론이네, 나도 초군에 지원할 걸세.
민초1   그러세, 우리 함께 가서 고구려의 초군이 되세, 그려!

민초들 상당한 기세를 모으며 원형으로 모았다가 흩어지고, 다시 모으며 돌아
가는 군무의 춤사위.   (F.O)

제 11 장

환상의 섬 천성도, 멀리 산 너머로 휘영청 밝은 달이 떠올라 있다.

해설   허엇 참, 백제에서 쫓겨난 내외가 드디어 천성도에 떠내려 와 다시 만나는구나. 찢어지게 가난해도, 두 사람 불타는 사랑만큼은 빼앗진 못하거니, 좋은 날 좋은 때에 다시 만나 더 없는 사랑을 나눠봄 직도 하고나. 도미와 아랑이 천성도로 떠내려 와, 다시 만나 사랑을 한다네. 꿈속인지 생신지 하늘도 두 사람을 떼어놓진 못하리.

아랑   (뛰어오며) 낭군!
도미   (놀라며) 아니, 이건 낭자의 목소리 아니던가?
아랑   (안으며) 낭군, 소저 달빛이 멈춘 예까지, 낭군을 찾아왔습니다!
도미   (얼굴을 더듬으며) 아랑, 그대는 진정 내 사랑 아랑이군요. 이 오똑한 콧날하며 앵도 같은 입술…. 토실한 귓불, (얼굴을 부비며) 고맙소, 이렇게 내 사랑, 아랑을 다시 만나다니!
아랑   (감격하여) 낭군이 개로왕에게 당한 피맺힌 원한 어찌 잊을 수 있겠습니까?
도미   언젠간 살아서 원수를 갚을 것이오, 아랑!
아랑   꼬옥, 그래 주셔야지요. 우리 처음 만났을 때, 팔당 그 달빛 아래 맹세한 일, 잊지 마시어요.
도미   잊다니, 어찌 그 날 맹서를 잊는단 말이오. 허나 난 더 이상 그 달빛을 볼 수가 없으니….
아랑   (손으로 달을 가리키며) 저것 보셔요, 달이 빛나고 있어요. 비록 눈은 볼 수 없다 하여도 마음의 문을 열고 저 달빛을 받아들이시어요.
도미   (애를 쓰며) 그래, 당신 말대로 달빛이 내 품에 들어오는 듯하오.
아랑   그럼 우리 맹센 변함이 없는 것이지요.

도미   (안으며) 사랑하오, 아랑. 미안하오, 아랑!

아랑   고맙습니다, 낭군!

도미와 아랑이 유려한 달빛 아래 사랑을 속삭인다. 얼굴을 더듬으며 아랑의 기억을 떠올린다. 두 사람 객석을 향해 나오며 자신들이 머무는 고구려를 예찬한다. 주고받는 형식으로 대사를 진행하는데 속으로부터 음률이 절로 나오는 듯하다.

도미   이곳 고구려는 안전한 곳.

아랑   우리 두 사람 사랑하기에 좋은 곳.

도미   어서 새 보금자리 꾸려.

아랑   아들딸 많이 낳아 행복하게 살아요.

도미   이곳 고구려는 가난하지만 화평의 땅.

아랑   저 산 너머 노을처럼 우리 사랑 꽃 피워 봐요.

도미   이제 백제왕은 우리 사랑 막을 수 없어.

아랑   우리 사랑 막을 수 없어.

도미   제 아무리 날쌘 기마병도 우리 사랑 잡을 수 없어.

아랑   팔당 야월 군은 맹세 우리 사랑 되찾았네.

도미   내 사랑을 이생에서 만나다니 천우의 신조요.

아랑   드넓은 바다처럼 우리 사랑 끝이 없을 거예요.

도미   도마치 건너 두물머리, 강은 같은 강이로되 우리 터전이 바뀌었소.

아랑   강 건너 남쪽은 백제 땅, 강 건너 북쪽은 고구려 땅.

도미   아차산 군자벌은 고구려 땅, 검단산 도마치는 백제 땅.

아랑   우리 부부 천성도에 떠내려 와, 고구려 백성이 되었네.

도미와 아랑의 춤이 계속하여 어우러진다. 부러워하는 선남선녀의 무리들이 그 광경을 쳐다보다가 서로 짝을 지어 원을 돌며 춤을 추기 시작한다. 그 무리를 피하려 한 쪽으로 손잡고 달리지만, 눈이 먼 도미는 원형을 이룬 무리를 벗어나지 못한다. 이윽고 무리의 중심에 선 두 사람, 그들과 하나가 되어 군무로 사랑과 화합의 춤을 춘다. 춤과 음악이 끝나가면   (F.O)

제 12 장

아차산성 고구려 군대의 진중이다. 도림국사가 진중으로 찾아온다. 재증걸루와 고이만년이 그를 반가이 맞이하여 장수왕에게 다가온다.

재증   (오며) 폐하, 도림거사가 임무를 완수하고 고구려로 돌아왔나이다.
장수왕   어서 오시게 도림거사, 그 동안 얼마나 노고가 많으셨소?
도림   소승 대왕폐하의 하명, 받들어 임무를 수행하고 돌아왔나이다.
장수왕   고맙소, 정말 수고 많으셨소!
도림   백제국에 잠입, 개로왕과 대좌하여 바둑을 두며 훈수하기를 개로왕의 아버지의 능이 훼손되어 뼈가 드러나 있다고 하였사온 즉, 그가 대로하여 왕권 강화를 위한 토목공사를 전격적으로 단행하고 있사옵니다.
장수왕   오호라, 왕 아비의 무덤이 무너졌다 함은 개로왕의 권력이 보잘것 없단 비유였을진대….
재증   백성들은 부역에 원한이 하늘을 찌르고, 탐관오리 관리들은 허기진 백성들의 고혈을 빨아 먹으니…. 때가 다가오고 있사옵니다, 폐하!
도림   권력이 술렁이고 있으며, 토호 귀족들은 사분오열되어, 마침내 강 건너 고구려 강역으로 백제유민들이 흘러들어와 입보하고 있나이다.
고이   아리수 강변에 목책과 토성을 쌓는 것은 수많은 물자와 인력을 낭비한 것인 즉, 백성들의 원성은 하늘을 찌를 듯할 것이옵니다, 폐하!
재증   강변에 목책은 무엇이며, 토성은 곧 물에 잠기면 그만일진대?

도림   토성을 쌓게 되면 자연 제방이 만들어지므로 물난리를 막아내고
       척병들을 경계할 수 있다고 판단하고 있음이지요.

장수왕 백제국은 지금 국고 탕진과 과대한 토목공사로 귀족은 사분오열이
       요, 백성들의 원성은 하늘을 찌를 듯하단 말이렸다?

도림   바로 지금이 백제를 공격하기에 적시라 사료되어 화급히 입성하게
       되었사옵니다, 폐하!

재증   서둘러 거병을 해야 할 것이옵니다, 폐하!

장수왕 (결연히) 기회는 자주 오지 않는 법, 오늘이 바로 선대왕이신 고국원
       왕께서 백제왕 근초고에 당한 수모를 갚는 날이로다!

재증   (읍하며) 개로왕을 신의 손으로 처단하겠나이다!

장수왕 재증걸루 장군은 백제 사람이었으니, 그곳 지리에 밝을 터, 요새를
       함락시키기 위해선 고이만년 장군의 지략도 함께 해야 할 것이오!

재증   (울분에 차서) 사악한 정욕의 노예가 되어 신의 형, 도미의 눈을 뽑고
       형수를 배척한 자이옵니다.

고이   (읍하며) 개로왕과 중신들의 목을 바치겠나이다.

장수왕 (소리치며) 군왕의 자격이 없는 천박한 성정이로고, 재증걸루 장군과
       고이만년 장군을 좌우 선봉장으로 하여, 백제의 수도 위례성을 공
       격할 것이니라!

재증   (병사들을 향해) 고구려군은 아리수 강북의 아단성을 점령하여 본진
       으로 삼고, 세 길로 나누어 중군은 팔당에서 당점섬을 도강하여, 한
       성궁의 북쪽을 압박하고, 우군은 풍납성과 몽촌성을 깨부수고, 하
       남으로 쳐들어가 한성궁의 서쪽을 공격하라!

고이   좌군은 팔당으로 도강하여, 검단산 동쪽 골짜기를 거쳐, 도마치를 지
       나 남으로 들어가 남한산성 이배재를 장악, 퇴로를 차단할 것이오.

장수왕 (영을 내리며) 제군은 재증걸루 장군의 영을 받으라!

재증   (병사들을 향해) 진군하라, 진군하라!

                                                        (F.O)

잠시 후 불이 들어온다. 사람들 강줄기를 바라보며 불안한 듯 움직인다. 군사들의 북소리 말 울음소리가 난무하기 시작한다. 아랑이 도미를 인도하여 무리 속에서 나온다.

도미　이보시오, 젊은이들, 고구려 초군에 들어가소, 고구려 초군에 자원하소, 우리 땅 우리가 지켜, 저 간악한 백제군을 무찔러야 하질 않겠소. 아리수 뱃길은 우리가 먼저이니, 저들이 당도하기 전, 강물에 수장하세. 내 눈을 뽑아 던진 개로왕과 군사들을 용서할 수 없소.

군장 고이만년이 영기를 들고 단에 오른다. 사람들 하나 둘, 군장을 따른다. 그러나 도미와 아랑은 보이지 않는다. 장수왕과 도림이 전면으로 나가 백성을 향해 외친다.

장수왕　남자들은 한 사람도 빠짐없이 초군에 들어오라. 초군에 들어오면 이 강토 다시 찾을 수 있으리니 천하만민 다 들어와 우리 터전 지켜내어, 광개토대왕 크신 유업 반드시 이루리라!
도림　천하만민 다 들어와 우리 터전 지켜내어, 광개토대왕 크신 유업 반드시 이루리라.

북소리가 마치 천둥소리처럼 들려온다.
북춤이 시작된다.
머리를 질끈 동여맨 무희들 북을 메고 하나둘 모여들며 직선으로 대각선으로 마침내 원으로 돌며 북춤을 춘다.
무대 후면, 단 위의 고구려 초군들은 손에 칼과 창을 들고 훈련에 여념이 없다.
그렇게 한동안 계속되다가 북소리 멀어지면 무대 암전된다.　　　　　(F.O)

제 13 장

백제군의 진영. 개로왕과 신하들이 초조한 듯 강물을 바라보고 있다.

개로왕 여봐라, 어찌 파발이 아니 오는가?

신좌평 (급히 뛰어들며) 폐하, 고구려 장수왕이 4만 군사를 이끌고 도강하여 한성궁을 치려 남하하고 있다 하옵니다.

개로왕 (놀라 부들부들 떨며) 도대체 도림은 왜 아니 보이는가? 이럴 때 국사로서 계책을 내놔야 하는 것이 아니던가? 도림국사를 부르라!

신좌평 (절망적으로) 폐하, 아뢰옵기 황송하오나, 이미 때는 늦은 듯하옵니다. 도림은 고구려의 첩자였음이 확인되었나이다.

개로왕 (펄쩍 뛸 듯 놀라며) 무엇이? 아니, 그럴 수가, 어찌하여 그 자가 고구려의 첩자란 말인가?

신좌평 뿐만 아니고, 고구려의 선봉장은 예전 도마치에 살던 도미의 아우 재증걸루라 하옵니다.

개로왕 도미라고 했던가? 그 요염한 계집 때문에 눈이 먼?

신좌평 그렇사옵니다? 도미의 아우인 재증걸루란 자가 있었는데….

개로왕 (황황하여) 있었는데?

신좌평 자신의 형이 눈이 멀어 다 죽게 되자, 고구려로 월경, 무공을 세워 장수가 되어…. (울 듯) 황송하옵니다, 폐하!

개로왕 (놀라며) 그가 고구려의 선봉장이 되었단 말인가?

신좌평 (참담한 듯) 폐하, 하오나 우리 백제군의 용맹스런 장군들이 그를 막아낼 것이옵니다!

개로왕 (중앙으로 나오며) 허어, 이거 난세로세. 재증걸루란 자는 이미 백제국의 요새를 훤히 알고 있을진대….

신좌평 (울먹이듯) 바로, 고것이 문제이옵니다, 폐하!

개로왕 난세로세, 난세로다. 선왕께선 고구려왕을 베었지. 그때부터 백제국과 고구려는 원수가 되었어. 광개토왕이 원한의 칼을 씻을 때, 우리 백제는 웃었네. 장수왕이 활시위를 당길 때도, 우리 백제는 천하태평이었지. 난세로세 난세로다. 도미의 원수를 갚으려 재증걸루가 온다니, 난세로고. 변절한 도림국사 말만 믿고, 국고를 탕진하여, 백성들의 고혈을 빨았으니, 이것이 난세로고.

개로왕, 신하들과 서둘러 하수로 사라진다. 무대, 잠시 암전되는 듯싶더니 간주악과 함께 불이 들어온다. 군사들이 나와 전투장면을 춤사위로 표현한다.
하늘에 여명이 푸르게 비친다. 강렬한 타악이 전율하듯 다가온다. 상수에 고구려 초군이 붉은 깃발을 들고 튀어나온다. 이어 하수에서도 한 사람이 깃발을 들고 튀어나와 먼저 나온 군사와 조우하며 경계를 펼친다. 사이를 두고 한 사람, 두 사람, 세 사람, 어느새 무리를 이뤄 무대 중앙을 향해 깃발을 들고 나온다. 대오가 갖춰지더니 깃발 춤으로 이어진다. 무대를 종횡 무진하는 깃발들.
이윽고 날이 밝는다. 깃발들이 상·하수로 사라진다. 초군의 군장 고이만년이 나온다. 그 뒤로 무장한 고구려군들이 나온다. 사람들이 모여든다. 토성 위로 지나가는 백제의 초군들, 사방을 둘러보며 경계를 한다. 깃발을 든 고구려 초군이 하수에서 상수로 일순에 나타났다 사라진다. 백제의 초병들 극도로 불안해 하며 깃발의 출현에 몸을 움츠린다. 조명이 차츰 어두워지더니 불길한 예감이 스친다. 백제의 군장이 소리친다.

백군장　아무래도 고구려군이 한성에 잠입한 듯하오.
신좌평　백제 초군은 진지를 구축하고 최후의 전투준빌 하라.
백군장　살아 돌아가려면 최후의 일각까지 싸워 막아내야 하오.
신좌평　죽음을 겁내지 말고, 이 땅을 지켜야 하오!
개로왕　(전투준비를 독려하며) 한성궁 북쪽 제방과, 이성산성, 교산성에서 목숨을 건 전투를 치러야 할 것이야. 위례성을 그리 녹녹하게 고구려에게 내어주진 않을 것이야!

짧은 관현악이 미끄러지듯 들려오며 무대, 빠르게 전환되고 아랑과 도미가 중앙으로 나온다.

아랑   개로왕에 두 눈 뽑혀 천성도로 흘러들어, 금수보다 못한 삶을 참고 참아 왔더니, 전쟁이라 난리라네. 올 것이 오고 말았네. 남정네는 전쟁터로 여인네는 피난길로, 앞 못 보는 우리 낭군 어찌 할고, 어찌 할고!

도미   눈이 멀어 볼 수 없으니, 예나 제나 죽기는 매일반, 나도 나가 싸우려오.

아랑   한치 앞도 못 보시는 낭군께서 전쟁터라니요.

도미   도마치는 내 고향, 앞은 볼 수 없으나 마음의 눈은 활짝 떠 있다오. 이 세상에 아리수 험한 물길, 나보다 잘 아는 이는 없소. 그러니 내 아우를 도와야만 하오.

아랑   비천한 몸이지만, 사랑 하나만으로 이렇게 살아남아, 새 살림을 차렸는데, 전쟁터라니요.

도미   한 맺힌 남아의 원수, 기어이 갚을 것이오. 내 반드시 살아 돌아와 팔당 야월 그 달 아래 맺은 맹서 지켜낼 것이오.

아랑   (울며) 정녕 가야만 하신다니, 꼭 살아 돌아오신다 약줄 해 주시어요.

도미   (안으며) 그래, 반드시 살아 돌아오리다. 사랑하오, 아랑!

아랑   낭군의 무사귀환을 천지신명님께 늘 기도할 것입니다.

도미   잘 있으시오, 아랑!

아랑   (울며) 이 몸 걱정 마시고 반드시 승전고를 울려 주시어요.

먼발치에서 재증걸루와 고이만년이 두 사람의 슬픈 이별 모습을 바라보고 있다. 아랑이 도미를 인도하여 재증걸루에게 온다.

아랑   전쟁터의 산 목숨 어찌 살았다 하리오. 낭군에게 날아오는 화살은 비껴가고, 창끝은 무디어져, 손끝 하나 털끝 하나 다치지 않을 것입니다.

도미   (손을 잡으며) 어차피 남자는 전쟁터로 가는 법, 전쟁이 끝나면 내 반드시 승전고를 울리며 돌아오리다.

재증   이 몸 반드시 개로왕의 목을 가져와 도마치 강나루에, 그 피를 뿌릴 것이오!

재증걸루와 고이만년, 도미를 인도하여 빠져 나간다.

해설   기어이 올 것이 오고야 말았네. 고구려, 백제, 선친 때부터 앙금이 가시지 않더니, 오늘에야 또 다시 전쟁이 터지고야 말았구려. 이러고 저러고 천신만고 끝에 천성도에서 만나 신방을 꾸린 도미와 아랑은 어찌 되려는고? 백제군이 창을 들고 산지사방 두루 보니, 보이는 건 검단산의 노송이요, 눈앞에 어른거리는 아리수 물결이라. 고구려 병사들은 야밤에 강을 건너 한성궁을 향하는데, 급기야 넘실 넘실 한성으로 피바람이 불어오는구나. 눈먼 도미, 비 오듯 날아오는 백제군의 화살 앞에 어찌 살아남으려는고.

전쟁을 상징하듯 말발굽소리에 북소리가 들려온다. 재증걸루와 고이만년을 선봉으로 한 고구려 군대가 붉은 깃발을 앞세우고 북 장단에 맞춰 무대 하수로 몰려나온다. 개로왕과 내신좌평을 선봉으로 백제군도 푸른 깃발을 앞세워 상수에서 나온다.
밀고 밀리는 깃발싸움, 검무, 북춤이 앞서거니 뒤서거니를 반복한다. 함성이 들려오고 북소리 난무하며 조명이 꺼졌다 들어오기를 수 차례, 천둥번개가 스치는 듯 굉음으로 들려오고, 무대 위의 사람들 도처에 쓰러져 있다. 방향을 잡지 못하고 헤매던 도미가 일순에 가슴을 부여잡고 비틀거린다.

재증   (달려가 부축하며) 형님!

고이   (다가오는 적을 검으로 막아서며) 어서 피하시오!

재증   아니 되오, 예서 죽으면 아니 되오.

도미   (절망하며) 천성도로 나 돌아가리라, 나 돌아가리라!

재증   (울며) 형님, 아니 되오. 원수가 목전에 있는데 죽다니, 아니 되오!

도미   나, 나를 아랑에게 보내주오.

재증   형님, 부디 죽지 마소. 죽은 몸으로 어찌 형수에게 돌아간단 말이우.

도미   (쓰러질 듯 나오며) 나 돌아가리라, 나 돌아가리라. 내 사랑 기다리는 천성도로, 출렁이는 그 달빛 아래로 나 돌아가리라.

이윽고 쓰러지며 운명한다. 조명이 푸르게 변한다.

달빛이 음산하게 빛을 발한다.

구슬픈 관현악이 은은하게 살아나기 시작한다. 재증걸루, 개로왕의 모습을 노려본다. 고이만년, 이미 개로왕의 후미에 다가간다.

개로왕   (외치며) 이매재로 후퇴하라, 후퇴하라!

재증   (뛰어가 칼을 겨누며) 개로왕, 나를 기억하시는가?

개로왕   넌 누구냐?

재증   백제의 왕이여. 나의 형, 도미를 아시겠지?

신좌평   (가로막으며) 무엄하도다. 대백제국의 국왕이시다!

재증   나도 한 때는 백제 사람, 도마치 사람 재증걸루요!

신좌평   (왕을 호위하며) 너희들 장수왕을 부르라. 왕과 왕이 서로 만나 화친을 맺을 것이오.

재증ㆍ   (칼을 들이밀며) 화친은 나의 형, 도미와 저 세상에 가서 맺으시오!

개로왕   (떨며) 용서, 용서하시오, 재증걸루!

재증   (얼굴에 침을 뱉으며) 에이, 왕의 꼴이 추하게 되었소이다. 백성을 도탄에 빠지게 하고 어육으로 만들었으며, 수단을 안 가리고 착취하여

부귀영화를 누린 죄, 나의 형 도미의 눈을 빼어 세상 빛을 뺏아간
죄, 나의 형수 아랑을 시기하여 인생을 도륙한 죄.

개로왕　이거 왜 이러시나, 재증걸루, (돌아보며) 나의 군사는 다 어디로 숨었
　　　　는가?

고이　　장군, 처단하시지요.

개로왕　장군, 본시 백제의 군이었으니 어서 돌아오오. 내 백제국의 선봉장
　　　　으로 임명할 것이니.

재증　　후후훗! 이 마당에 날 회유하시겠다?

고이　　그런 꿈은 저승에나 가서 꾸시오, 개로왕!

재증　　(칼을 휘두른다, 개로왕이 바닥에 딩군다) 잘 가시오, 개로왕!

고이　　(외치며) 개로왕이 주살됐다, 개로왕이 주살됐다!

사람들 환호성을 지른다. 포성처럼 북소리가 들려오고 무대 뒤로 붉은 화광이
솟는다. 고구려 군대의 깃발들이 도열해 있다. 그 사이로 재증걸루와 고이만
년이 나온다.

재증　　장수왕 4만 대군, 위례성을 불 태웠네. 이제야 우리 형님, 도미의 원
　　　　수를 갚았네. 이제야 우리 형수, 아랑의 원수를 갚았네.

두 장수 칼을 뽑아 허공을 가르며 사라진다. 그 뒤로 고구려의 깃발들이 종횡
으로 비껴가며 상하수로 사라진다.

종막(終幕)

중천에 떠오른 달을 중심으로 대형 연꽃이 만개하여 스크린에 떠있다. 마치
아랑과 도미가 그 꽃 속에서 안개 속을 유영하듯 노닐며 시를 읊조린다. 도미

의 눈에는 안대가 사라졌다. 아리수 물빛이 달빛에 반사되어 수려하게 빛난다. 바닥에는 전 출연진이 엎드려 아리수 강변의 자연지물을 형상화하고 있다.

도미   꿈결에도 잊지 못할 그 사랑 데려와, 아리수 흐르는 물에 너울너울 춤을 추니, 달이 물결을 타고, 전설 속, 저 달이 내려오네.

아랑   백학이 날갯짓하여, 강물 위를 날아오르니, 하늘에서 달이 내려오네, 달이 내려오네.

도미   꿈결 같은 우리 사랑, 검단산 긴 그늘, 위례성을 감돌아 천성도 하늘 위로, 바람이 불어오네, 꽃바람이 불어오네.

아랑   천성도 하늘가에, 연꽃으로 피어나리. 팔당 야월 맺은 언약 위로, 달이 내려오네, 달이 내려오네.

산처럼 일시에 일어나는 모든 출연진들, 승천하는 두 사람을 축복하듯 피날레를 군무로 장식한다.

〈막(幕)〉

하늘의 울림

※ 본 작품은 동국대 김흥우 교수와의 공동 집필작임

때 : 고구려 평원왕 즉위년간(서기 559년 이후)
곳 : 평양의 황성 및 구리시의 아차산

• 나오는 사람들 •

평원왕 · 왕비
온달 · 평강(공주)
선화(옹주) · 고타소(대막리지)
강호(장군) · 파관(장군)
노모(온달의 어머니)
시녀1(평강공주의 시녀)
시녀2(평강공주의 시녀)
장사꾼 · 아낙
행인1 · 행인2 · 행인3
청년1(온달동네의 청년)
청년2(온달동네의 청년)
일관 · 동리 여인
총관(의병의 두목)
소녀(당아)
노병 · 병사들
신하들 · 의병들

• 무대 •

역사적 사실을 바탕으로 상징 내지, 추상, 양식화 해도 가능하다. 무대의 중심은 원형무대를 사용하든가 그것이 불가능하면 원형무대 크기의 원반을 만들어 앞은 1,5척 정도로 차츰 뒤쪽으로 가면서 경사가 져 뒷부분은 3척 정도로 높아져야 한다.

그리고 그 원반은 중앙에 태극무늬처럼 아래 위가 선명하도록 해야 한다. 무대 배경은 수려한 산과 하늘이 보이고 필요한 때 적절히 사용되며 여러 개의 이동식 단과 계단을 활용하여 장면을 전환한다. 이 작품에선 전체적으로 무용과 마임이 어울리는 음악에 따라 변용되므로 사실적인 장치보다는 오히려 소도구에 의존하는 것이 더 효과적이다.

주요 무대는 궁궐의 어전이고 망루와 후원, 온달의 초막과 도장, 그리고 아차산성(아단성) 등으로 되어 있다. 아차산의 능선이 배경으로 보이는 곳에 이 극의 연출자가 제주(祭主)가 되어 온달제를 올리고 있다. 이때 모든 출연자들이 이 제사에 의상과 분장을 갖춘 채 참여한다.

제1경. 동맹 행사장

아차산에서 출발한 공연대가 도착하여 극장으로 들어선다.

객석 중앙통로를 통해 무대에 오르면 매년 가을이면 열리는 추수감사제인 '동맹'이 시작되고 있다. 왕을 비롯한 문무백관이 제단에 도열하면 출연자 전체가 태극무늬 위에서 묘한 장단에 의해 춤을 추기 시작한다. 무용수는 4인이 추는데 그 앞에 한 사람이 노래를 부르며 무용수들을 리드한다. 무용수 사라지면 그들을 따르던 출연자들 왕 옆으로 도열한다.

평원왕 오~, 동명성제시여, 이 땅을 지켜 주소서.

일동   (합창하듯) 지켜 주소서. 지켜 주소서.

평원왕 우리 선조의 피로 지켜온 이 고구려를 평온하게 하소서.

일동   평온하게 하소서. 평온하게 하소서.

평원왕 지금 수나라는 우리 땅을 짓밟아 내려오고 있습니다. 언제, 어느 성이 무너질지 모르는 긴박한 상황에 있습니다. 동명성제시여, 우리의 빛이 되어 주소서.

일동   우리의 빛이 되어 주소서. 우리의 빛이 되어 주소서.

평원왕 동명성제시여! 동명성제시여!

일동   동명성제시여! 동명성제시여!

평원왕 올해에도 풍성한 추수를 허락하여 주셔서 만백성 배불리 먹고 마시며 화평을 누릴 수 있도록 도와주소서.

일동   도와주소서! 도와주소서!

노래가 흥겹게 들려오는 가운데 무용수들 다시 등장하여 무대를 돌기 시작하면 문무백관들도 한 사람씩 춤의 대열에 끼어 들어간다. 이러기를 한참, 춤이 극치에 이르면 어느 틈엔가 무대 후면 산자락에 보름달이 둥실 떠올라 있다. 선화, 달에 이끌리듯 무대 앞으로 나선다.

선화 (달을 보며 기원하듯) 오! 달님이여, 소녀의 사랑, 파관장군의 승전보
     를 들려주옵소서. 수나라 오랑캐들을 격퇴하고 부왕마마의 신임을
     한 몸에 받게 하옵소서.

평강 (뒤에서 나타나며) 선화언니, 게서 뭘 하고 있수? 동맹에 참여했던 사
     람들이 모두 내려갔는데?

선화 넌 상관할 것 없어. 너 혹시 파관장군 무운 빌러 다시 올라온 게 아
     니니?

평강 언니두, 언니가 사모하는 그 분을 내가 왜? 난 아바마마께서 늘 온
     달한테 시집보낸다고 했잖아.

선화 (웃으며) 너, 그 말을 아직도 믿고 있니? 성도, 이름도, 모르는 바보인
     데?

평강 언닌 봤소? 온달님이 정말 바보일까? 정말 바보라도 난 좋아. 그 어
     른만 나타났으면 좋겠어.

선화 요런 앙큼한 것, 그런다고 내가 네 검은 속을 모를까? 천만에, 내 아
     무리 후궁이 낳아준 옹주의 신분이지만 아버진 너와 꼭 같은 아바
     마마이시다. 그러니 바보 같은 생각은 버려. 혼인은 당연히 나에게
     우선권이 있는 것이니까. 그게 왕실의 법도가 아니겠느냐?

평강 그건 당연한 것 아니겠수? 난 아직 어리고 나에겐 온달이 있으니까
     걱정하지 말아요.

선화 온달? (크게) 호호호….

이때 시녀 헐레벌떡 뛰어든다.

시녀 (숨이 찬 듯) 어서들 내려오시래요.

선화 그래 알겠다. (평강에게 다가가서 강하게) 분명히 말하지만 파관장군은
     내 지아비다. (시녀에게) 가자!

선화, 시녀와 함께 나간다.

평강   온달님이여!

주제음악 무대에 깔리며 암전된다.

제2경. 장터

어느 저잣거리, 각종 장사꾼들과 행인들이 오가고 있다. 여기저기서 장사꾼들의 외침소리가 들린다. 무대 밝아지면 어수룩한 차림새의 온달이 어깨에 짐승 가죽을 멘 채 소리를 외친다.

온달   자~, 여우가죽 사려. 여우가죽이요.

장사꾼   여보게, 온달이. 오늘은 여우가죽인가?

온달   안녕하세요. 오늘은 여우가죽입니다.

아낙1   (지나치려다 다가서며) 이번엔 정말 큰 걸 잡았나 봐요. 뭐든 많이 잡아 장가라도 가야죠.

장사꾼   여보게, 나한테 모두 팔게. 자꾸 가지고 다녀봤자 소용없을 테니까.

아낙1   여우목도리 한 번 해 봤으면 원이 없겠다. 우리 집 영감은 여우는 제쳐놓고 족제비 한 마리도 잡아오질 못하니 원….

장사꾼   (가죽을 뒤적이다) 여보게, 이건 여우가 아니고 너구린데?

온달   여우가 아니고 너구리라구요?

장사꾼   그럼 오소리인가? 오소리던 너구리던 내 상관할 바 아니지만 이건 틀림없이 여우는 아닐세, 그랴.

온달   원, 아저씨도…. 농담 마세요, 이걸 오소리나 너구리로 보는 사람이 어디 있어요. 평생 산에 사는 놈이 여우와 너구리를 분간하지 못할까 봐요? 맘에 없으면 그만두세요.

장사꾼   아, 이 사람 온달이. 이걸 보고 어떤 미친놈이 여우라고 했냐니까?

온달　미친놈이나 여우를 오소라나 너구리라고 그러죠. 이건 틀림없는 순종 여우에요.

아낙1　(다시 살펴보고 시침떼듯) 어쩜, 여우하고 비슷은 한데, 자세히 보니까 너구린데.

장사꾼　아, 이 사람아. 이걸 보고 어찌 여우라고 하는가? 이건 여우가 아니고 너구리야.

아낙1　(딱 잘라) 이봐요, 총각. 그건 정말 너구리야, 너구리.

온달　(갸우뚱거리며) 그게 아닌데, 이건 틀림없는 여우예요.

장사꾼　(주변을 보며) 이것 좀 봐요. 이게 너구리요, 여우요?

행인1　(갸우뚱하며) 그건 너구리같기도 하고, 여우같기도 하고 난 잘 모르겠는데.

행인2　(장사꾼 눈치를 보며) 이 사람이 돌았나? 이건 여우가 아니고 너구리야.

온달　에잇 그만들 둬요. 난 어떤 거라도 좋으니까. 헤헤….

장사꾼　이 사람 온달이. 여기 보리쌀과 검정콩이 있으니, 이거나 가져가 양식하시게. 이담엔 틀림없는 여우 가죽을 갖고 오라고, 알겠나?

아낙1　호랑이 가죽은 더 좋구 말씀이야. 호호호.

장사꾼　(비꼬며) 호랑이는 요즘 안 잡힌대요.

온달　이리 주쇼, 줘!

온달, 가죽을 던져주고 자루를 받아 안고 서서히 산 쪽으로 향한다.

장사꾼　(웃으며) 그러니 바보지, 어릴 때 바보가 어른 되면 똑똑해질까?

아낙1　그래도 힘 하난 장사야. 온달이 저 총각 남자 구실은 할까?

장사꾼　그걸 어떻게 알아? 해 봐야 알지, 안 그래?

사람들, 일시에 온달이 사라진 쪽을 보며 박장대소한다.

온달   (멈춰 서며 허탈하게) 참 이상한 일이야, 왜 사람들은 내 말을 믿지 않
　　 을까? 내 물건을 항상 우습게 본단 말야. 값도 제대로 안 쳐주고….
　　 에잇, 다시는 이곳에 오나봐라, 툇~. 빨리 집에나 가야겠군, 어머
　　 니께서 날 얼마나 기다리실까? 어머니 잠깐만 기다리세요. 온달이
　　 가 양식 구해 곧 도착합니다, 어머니!

　　 이때 멀리서부터 개선의 곡 들려온다. 말발굽소리 들려오더니 고구려 군대의
　　 개선하는 모습이 무대 위에 펼쳐진다. 온달이 이 광경을 바라보다 사람들 틈
　　 에 끼어 환호성을 울리며 병사들을 환영한다.

사람들 고구려 만세! 파관장군 만세! 강호장군 만세!

　　 환호하는 군중에게 위엄 있게 화답하는 파관과 강호장군.

행인1 우리 고구려는 저 두 장군이 계신 한, 수나라 오랑캐가 범접을 못
　　 할 거야.
행인2 아무렴, 파관장군의 용호 같은 무술과 강호장군의 용맹과 지혜를
　　 따를 자가 있을 리 없지!
아낙1 그런데…, 어느 분이 공주의 부마가 되실까?
아낙2 그야 선화공주가 위시니까 당연히 파관장군이실 테지.
아낙1 그 다음은 그럼 평강공주와 강호장군일 테고?
아낙2 저런 분을 낭군으로 모시면 얼마나 좋을까?
아낙1 떡 줄 사람 없는데 김칫국부터 마시지 말아요.
행인2 그런 생각 말아요. 선화옹주는 후궁의 소실이야.
행인1 그건 두 장군께서 알아서 할 일인데 걱정은 해서 뭘 하나?
행인2 그야 왕실의 일은 왕실에서 알아서 할 일이지만….
행인1 우린 저 병사들의 개선을 축하해 주면 그만 아니오?

온달   (기웃거리다가) 선화옹주가 저기 누구며 평강공주는 누구죠?

장사꾼   자넨 간 줄 알았는데 여기 있었군.

온달   왜? 온달이는 구경하면 안 되나요?

장사꾼   (편잔하며) 그렇게 멍하니 침을 흘리고 있으니까 그렇지.

온달   제가 침을 흘려요? 전 바보 아닌데요?

장사꾼   이런 바보 같은 놈, 네가 개선장군의 용맹한 기상을 보지 않고 선화옹주와 평강공주만 보니까 하는 소리지?

아낙1   어서 가 봐요, 이 담에 올 때는 호랑이 가죽이나 가져오고?

온달   알았어요. 아주머니 다음에 뵐게요.

아낙2   (온달 나서자) 저 사람 어려서나 매 한가지야, 그러니 바보소릴 듣지.

장사꾼   오죽하면 평강공주가 어릴 적에 온달이한테 시집보낸다는 소문까지 나돌았을까?

아낙1   정말 이제 보니 알겠네요. 어째서 온달이하면 바보로 통하는지.

모두들 큰 소리로 웃는다. 온달, 나가다 멈칫 선다.

온달   저 사람들은 왜 남의 말하길 좋아하지? 역시 난 산 속에나 살아야 해, 산에만 들어서면 마음이 편안해진다니까. (사이) 아냐, 나도 파관이나 강호장군처럼 될 거야. 활쏘기, 칼 쓰길 열심히 해, 전쟁에 나가 오랑캐들을 무찔러야겠어. (먼 산에 대고 큰 소리로) 어머니, 어머니!

온달의 우렁찬 목소리가 메아리친다. 무대 천천히 암전된다.

암전상태에서 음산한 달빛이 비친다. 복면을 한 자객이 파관장군을 미행하는 듯싶더니 시해하려고 칼을 휘두른다. 두 사람의 격투가 진행되는 동안 무대는 조용하고 오로지 달빛에 번쩍이는 칼날과 기습 공격하는 자객의 날렵함만 어슴푸레 보일 뿐이다. 한동안 혈투를 벌이다가 파관장군이 칼에 맞아 쓰러지며 신음소리를 내면 달빛이 사라진다.

제3경. 궁궐어전

평원왕과 평강이 자리잡고 있다.

평강   아바마마, 파관의 죽음 뒤엔 곡절이 있는 듯하옵니다.

평원왕 곡절이라니?

평강   곡절이 아니고서야 어찌 그런 일을 당할 수 있사옵니까?

평원왕 막리지 이하 조정대신들이 저 문밖에서 살인자의 목을 회수했느니
       라.

평강   지난 날 저의 부마간택을 하셨을 때 양문상 대대로께옵서는 파관
       장군 편이셨습니다.

평원왕 재차 그런 말을 거론치는 마라. 아까운 신히 둘을 한꺼번에 잃었으
       니 내가 덕을 베풀지 못했음이야.

평강   파관장군을 수족처럼 따르던 그가 어찌 시해를 한단 말이옵니까?

평원왕 물증인 곤패가 파관의 시신에서 나왔다!

평강   (강력하게) 그건 모략이고 위해이옵니다.

평원왕 살인죄를 사사로운 정에 끌려 왜곡한다면 성군의 도리가 아니니라!

평강   고구려 사직을 좀 먹는 간신배들의 간악한 흉계라는 걸 아셔야 하
       옵니다.

평원왕 그건 말도 안 된다. 그런 일은 있을 수도 없고, 있어서도 아니 되느
       니.

평강   수나라 오랑캐들을 무찌르고 개선할 때는 그런 일이 없었습니다.
       소저의 부마로 파관장군을 간택한 이후에 이런 일이 생긴 걸 아바
       마마께옵서는 왜 모르시옵니까?

평원왕   듣기 싫다.

평강   이제 조정은 불신과 미움과 반목으로 극에 달해 있사옵니다.

평원왕   고타소와 강호장군이 있으니까 나랏일은 걱정이 없어!

평강   (대들 듯) 소저 나랏일이 걱정이 되어 말씀드리는 것이옵니다.

평원왕   (불쾌해지며) 넌 걱정 안 해도 된다. 그건 내 몫이니라.

평강   소저 더 이상 참을 수가 없사옵니다. 소저 때문에 일어난 일, 견딜 수가 없사옵니다.

평원왕   그게 무슨 해괴한 소리더냐?

이때 왕비 들어온다.

왕비   (의아해 하며) 무슨 일이옵니까? 상감.

평원왕   평강이 파관장군의 죽음으로 심기가 흐려졌나 보오.

왕비   (평강을 안으며) 평강아, 이제는 잊어야 된다. 상감께옵서 어전에서 부마간택을 논하신 건 파관장군의 인품에 잠시 감복하셨기 때문이다.

평원왕   그건 사실이다. 너의 혼처는 막리지 고씨 가문이었다. 그러니 파관장군의 죽음을 너무 슬퍼하지 마라. 네 부마로는 강호장군이 적임자니라.

평강   (울 듯) 소용없어요, 필요 없어요. 저의 지아비는 파관도 강호도 아니예요. (운다)

평원왕   뭐라고? 파관도 강호도 아니라면 넌….

평강   아바마마 말씀대로 전 온달에게 시집갈래요.

왕비   (안타까운 듯) 애야, 그건 상감께옵서 네가 어려서 너무 잘 울었기 때문에 일부러 꾸며내신 말씀이란다.

평원왕   그래, 그건 모두 너를 위한 거짓말이었다. (다가가 안으며) 그런 농담을 진담으로 곧이듣고 과년한 이때까지 믿다니…. 내가 잘못했구나.

평강 어린아이에게 거짓말을 하여 그것을 진심으로 믿게 한 아바마마…. 이젠 이 소저 누구를 믿겠사옵니까.

왕비 아바마마께서 잘못했다고 하시지 않았느냐?

평강 저는 어린 시절 아바마마의 말씀을 믿고 저의 지아비는 오직 온달 밖에 없다고 생각해 왔습니다. 그런데 그 말씀을 제 나이 열여섯이나 되어 하시니, 제 생각이 바뀔 수가 있겠사옵니까?

평원왕 (타이르며) 내가 잘못 생각했다. 내가 잘못 했어, 평강아!

평강 한 번 약속은 목숨을 바쳐서라도 지키는 것이 우리 고구려 사람들의 기백이라 생각되옵니다.

평원왕 아니 된다, 평강. 너는 고구려의 사대부인 고씨 가문으로 혼약을 맺어야 하느니라.

평강 언제는 온달이한테 시집보낸다 하셨다가 어느 날 갑자기 파관장군을 점하시고 파관장군이 죽으니 강호장군에게 가라?

평원왕 (사정하듯) 내가 잘못했다고 하지 않았느냐.

왕비 상감, 평강의 말을 더 들어보도록 합시다.

평강 (달을 가리키며) 저기 저 보름달이 왜 이지러지는 줄 아시옵니까?

평원왕 그야 때가 찼기 때문 아니더냐?

평강 사람들 마음이 한결같이 곧바르지 못하고 자기 영욕을 위해 갈팡질팡하기 때문인 줄로 아옵니다.

평원왕 (긍정하듯) 오 그래, 그건 네 말이 옳다. 그러나 온달하고 저 보름달하고는 아무런 관계가 없단다.

왕비 애야, 온달은 달이 아니고 성문 밖, 산 속에 사는 바보스런 걸인이야. 그러나 그 걸인도 지금 있는 게 아니고 모든 사람의 상상 속의 인물이란다.

평강 소저 어릴 때부터 온달로 인하여 울보에서 벗어났고, 온달을 생각하며 자라왔습니다. 온달이 보름달이 아니더라도 좋고 바보스런 걸인이라도 좋아요.

평원왕 말도 안 되는 소리다!

평강 소저 온달을 보름달처럼 온 누리에 빛을 비출 수 있고 만천하에 공
     평무사한 빛을 비춰주는 위대한 인물일 거라고 믿고, 바라며 살아
     왔사옵니다.

평원왕 이제 한 번 더 얘기해 두지만, 그건 내가 거짓말을 한 것이다.

평강 파관장군을 죽게 한 것도 아바마마 때문이며….

왕비 (화를 내며) 닥쳐라, 이젠 못하는 소리가 없구나!

평강 아바마마. 바라옵건대, 강호장군은 선화언니의 부마로 삼게 해야
     되옵니다. 그렇지 않으면 또 문무백관들 간에 암투와 거짓이 난무
     하고….

평원왕 (크게 노하여) 듣기 싫다. 평강은 내 앞에서 사라지거라. (밖으로 나간다)

평강 용서하여 주십시오, 아바마마!

왕비 상감! 상감! (하며 그 자리에 쓰러진다) 노여움을 푸세요!

왕비, 통곡한다. 평강, 왕비를 부축하여 일으켜 세운 다음 망연히 달을 바라본
다.

평강 (노래)
     사랑하는 아바마마 어마마마
     나는 소저를 용서하소서.
     십육 년 사무친 정한
     나 잊을 길 없어
     달빛 푸른 밤
     눈물로 서원하노니
     소저 하나로
     조정은 암울하고,

소저 하나로
검은 구름 낮게 드리웠도다.
수백 년 선열의 넋을
더럽힐 수 없네, 더럽힐 수 없네.
나 떠나가 높이 떠오른 달처럼
그 찬연한 빛
그대 위해 밝히리라.
그대 위해 밝히리라.

평강의 노래에 무용수들 나와 춤을 추다가 평강을 에워싸고 나가면 무대는
서서히 암전된다.

제4경. 산막

온달의 산간 초가. 무대 밝아지면 온달이 사냥에서 돌아온다.

온달   (기꺼운 듯) 어머니!

노모   (안에서 나오며) 온달이로구나.

온달   네, 어머니. (다가서며) 어머니, 이게 까투린가 장낀가 알아 맞춰 보
세요.

노모   얘가 장님인 어밀 놀리는 게냐?

온달   어머닐 놀리다니요. (깨닫고) 어머니 제가 잘못했어요.

노모   그럴 수도 있는 것이다.

온달   미안해요, 어머니. 제가 빨리 장가라도 들어야 어머닐 도울 텐데.

노모   그랬으면 오죽이나 좋겠냐.

온달   그러나 누가 나 같은 사람한테 올 색시가 있어야죠.

노모 짐승도 다 짝이 있는데, 네가 어때서 그래?

온달 어머니, 저라고 밤낮 이 고생만 하란 법이 어디 있겠어요. 저도 남
      들처럼 일찍 국당(서당)에 다니며 글도 배우고 무예를 익혔으면 벼
      슬도 하고 장수도 되었을 텐데….

노모 국당에 다니는 것만이 장수 되란 법은 없다. 누구나 다 바탕만 훌륭
      하면 바랄 수 있는 것이란다, 온달아.

온달 바탕? 어머니 저에겐 바탕이 없나요?

노모 그럼, 넌 바탕이 없다고 생각하니? 너만 못한 사람도 나중에 잘된
      사람이 얼마든지 있단다.

온달 어머니, 전쟁에 싸우고 돌아오는 개선장군들의 당당함을 봤어요.
      파관장군과 강호장군의 그 늠름한 모습을 보고, 저도 할 수 있단 자
      신감이 생겼어요.

노모 말만 들어도 고맙지만, 그게 그리 쉬운 일은 아닐 게다.

온달 내일부터라도 글을 배우겠어요. 그리고 칼 쓰기, 활 쏘기도 시작해
      야겠어요.

노모 좋은 생각이다. 이젠 바보란 소리도 안 듣게 되겠구나.

온달 바보요? (다짐하듯) 내일부턴 꼭 시작할 테야!

노모 없을수록 몸을 단정히 가져야 한다. 그래야 정신도 맑아지는 법이
      야.

온달 알았어요. 어머니. 다녀올게요.

노모 어딜 가니? 까투리를 잡느라 피곤했을 텐데 쉬지 않고.

온달 앞산에 갔다 오겠어요.

온달이 나서자 동네 청년1,2 활을 들고 등장한다.

청년1 여보게! 오랜만이군.

온달 활 쏘러 가오?

청년1   응~, 자넨?

온달   저 산에요.

청년1   소나무 껍질 벗기러 가는군.

청년2   어, 이제 보니 자네가 소나무를 모두 벗겼군.

온달   먹을 게 없으니까 할 수 있수?

청년2   우리나 따라다니며 화살이나 주워오고 심부름이나 하지?

청년1   점심은 우리가 줄게.

온달   화살을 쏘게 해 준다면 그렇게 하죠.

청년1   하하하….

청년2   자네가 화살 쏘는 걸 배워 뭘 하게? 아! 산까치나 잡게?

온달   나도 그걸 배우고 글도 배우고 싶어요.

청년1   화살이나 주워다 달라니까?

온달   나도 당신네들모냥 무사가 되겠어요.

청년2   자네가 무사가 되겠다구, 하하하.

청년1   하하하.

온달   너무 얕잡아보지 말아요. 싫으면 화살을 내가 만들어 연습할 테니까.

청년2   온달이, 자네 정말 기기도 전에 날 생각하긴가?

온달   정말 농담이 아니요.

청년1   가세 가!

    청년1,2 나가려고 발을 옮긴다.

온달   (다가서며) 여보시오.

청년1,2   왜 그러나?

온달   내일부터 댁의 일을 도와줄 테니 글 좀 가르쳐주지 않겠소?

청년1,2   (어처구니없다는 듯) 글? 글을 배워 뭘 하게?

온달	벼슬도 하고 장수도 하게요.
청년1,2	(박장대소) 하하하…. 벼슬을 한다고? 자네가?
온달	좋으면 좋다, 싫으면 싫다. 말해 줘요.
청년2	주제 넘는 생각 집어치우고 산에나 오르시지.
온달	사람은 모두 다 사람인데, 그게 무슨 소리예요.
청년1	우리가 장수가 되거든 호위병이나 시켜주지.
청년2	그것도 자네에겐 과분한 벼슬일세.
청년1	그럼 됐지, 이제부터 우리를 따라다니며 시중을 들게.
온달	싫소. 난 적어도 파관장군이나 강호장군처럼 전쟁에서 공을 세우는 선봉장군이 되겠소.
청년1	가세 가. 도대체 못 알아듣는군, 그래….

청년들 사라진다.

온달	두고 보자. 내가 너희들을 졸병으로 삼을 테니까.
노모	(나서며) 애, 온달아, 어서 다녀오렴. 그 사람들하고 얘기해 봐야 아무 소용없다.
온달	알았어요. (나간다)
노모	으이씨, 자기들은 뭐가 잘났다고 남을 업신여기고 그래, 쯧쯧….

이때 동네 여인이 헐레벌떡 뛰어든다.

노모	누가 왔수? (사이) 게 누구요?
동여인	나예요?
노모	뉘시오?
동여인	내요.
노모	아 아가씨요? 난 누구시라고. 어서 오십시오.

동여인 아니, 그런데 남의 집 과실을 다 따먹고, 그래도 되는 거예요?

노모   아니 그게 무슨 말씀이요?

동여인 내가 모르는 줄 알아요?

노모   별안간 그게 무슨 말씀이요?

동여인 (휘둘러보고) 원…. 감쪽같이 치워 버렸네.

노모   아니 남이 애써 가꾸어 놓은 과실을 누가 다 땄다고 그래요?

동여인 생각해 보면 몰라요.

노모   천만의 말씀야, 우리가 없긴 해도 남의 곡식은 손끝 하나 까딱 안
       해요. 소나무 껍질을 벗겨 먹을망정 남의 것은 건드리지 않아요.

동여인 더 클 때를 기다리느라고 따지 않고 놔두었더니 모조리 따갔단 말
       예요.

노모   하늘에 맹세코 그건 우리가 건드리지 않았어요.

동여인 나도 다 알고 와서 얘기하는 거예요, 잡아떼지 말란 말예요.

노모   이런 원통한 일이 어디 있나. 몇 번 말씀드립니다만 우린 그런 짓
       안 합니다.

동여인 모르는 줄 알고, 따가도 한두 갤 따갔어야지?

노모   원통한 일도 다 있지. 이젠 별소릴 다 들어보겠네.

       동네 여인 퇴장하고 노모는 툇마루에 걸터앉는다.
       이때 한쪽에 평강공주 동네 소녀와 함께 든다.

소녀   이 집이에요. 이 집이 온달네 집이에요.

평강   고맙다. (집안을 살피고는) 아무도 안 계셔요?

노모   (안쪽에서) 뉘시오? (나서며) 또 누가 왔나?

평강   (머뭇거리다) 저 이 댁이 온달어른 댁인가요?

노모   (놀라운 듯) 어른이라뇨? 뉘신데 우리 애에게?

평강   온달어른, 어머님 되시나요?

노모　네, 그런데요?

평강　딱두 하시네, 앞을 못 보시는 모양이군요.

노모　그래요, 난 앞을 볼 수가 없어요. 그런데 대체 뉘신데?

평강　온달어른을 뵙고 여쭐 말씀이 있는데 안 계신가요?

노모　대체 뉘신데 우리 온달을 찾으세요? 우리 온달이가 무슨 일이라도 저질렀나요?

평강　아뇨, 일이라뇨…. 전 저 건너 동네에서 왔습니다.

노모　(갸우뚱하며) 그래요, 난 앞은 안 뵈도 옆 동네 사람은 모두 아는데 어느 댁의 규수이신가요?

평강　그건…, 차차 말씀드릴게요. 온달어른을 꼭 뵈어야겠는데.

노모　마침 밖에 나가고 없는데요.

평강　먼 곳에 가셨나요?

노모　아녜요. 저 앞산에…. 그런데 우리 애가 무슨 일을?

평강　아닙니다, 어머님. 제가 뵙고 친히 드릴 말씀이 있을 뿐입니다.

노모　에미한텐 말씀하실 수 없는 일인가요?

평강　별안간 찾아와 이런 말씀드리면 실례겠지만…. 제가 온 것은…, 저….

노모　말씀하세요!

평강　실상은 저…. 온달어른을 뵙고 저를 아내로 맞아달라는 겁니다.

노모　(놀래) 네?

평강　별안간 이런 말씀드려 놀래셨을 겁니다. 그러나 전 어려서부터 이 집에 시집오기로 작정했습니다.

노모　난 아직도 이 영문을 모르겠어. (평강의 손을 만지고 뺨을 더듬고는) 오, 이렇게 고운 살결에 부드러운 것을 보니 귀한 집 따님이 분명한데. 그래 우리 온달일 만나보기나 하셨는지요?

평강　아직 한 번도 뵈온 일은 없습니다.

노모　그럼 잘못 오신 게 아닌지 모르겠네요. 그 애가 보면 거절할 겁니다.

평강　(나가며) 아드님을 찾아뵙고 말씀을 드리겠습니다.

노모　헛수고 마시고 돌아가세요. (나가면) 저런 요상한 일도 다 있지?

평강, 나간다. 문쪽에서 들여다보던 이웃 여인 피한다.

노모　오늘은 모두 괴이한 일만 생기니….

동여인　(나서며) 아니, 그 색시가 누구예요?

노모　나도 모르겠소.

동여인　며느리가 되겠다고 그러던데요.

노모　글쎄요. 우릴 놀리는 것 같아요.

동여인　난 처음 보는 색신데.

노모　생기기는 어찌 생겼습니까?

동여인　귀한 집 색시 같아요. 옷매무새랑, 용모가 어느 남자라도 홀딱 반해
　　　버리겠는데요.

노모　그런 색시가 어찌 찾아 왔을까? 아무래도 무슨 사연이 있는 모양이
　　　야.

동여인　그렇지요? 잘못하다간 큰코다칠지 모르겠어요.

노모　온달일 찾아 나갔는데 그 애가 청혼을 들어줄까?

동여인　그런 이를 며느리로 삼으면 영화 아니예요?

노모　그러다가 나중에 무슨 일이 일어나면 어쩌게요. (사이) 그가 실성한
　　　사람 같진 않습디까?

동여인　미친 여자 같진 않았어요.

노모　애가 미친 것이나 성한 것을 모르진 않겠지.

동여인　그런데 어디로 갔어요?

노모　온달일 만나러 갔어요. (사이) 뉘 집 딸이냐고 하니까 건넛마을에서
　　　만 왔다고 할 뿐 대답을 안 해요.

동여인   그거 이상스럽네.

노모   수상해 보이면 관가에 얘길 해야 할까요?

동여인   자세히 더 보세요. 참 내 정신 좀 봐. 아까 과실은 우리 큰댁에서 따 갔대요. 사과드리러 왔어요.

노모   (꾸짖듯) 남을 의심하지 말아요. 우린 굶어도 남의 것은 절대 건드리지 않으니까!

동여인   (밖을 의식하고) 오는 것 같아요. 전 그만 가겠어요.

노모   그래요. 살펴 가시구려.

동리여인 사라진다.

노모   (들어가며) 원 도무지 생각해도 알 수 없는 노릇이야.

온달   글쎄, 따라오지 말아요. 다른 데로 가 보라니까.

평강   진정, 저를 아내로 삼아주세요.

온달   글쎄, 당신이 누군데 불쑥 찾아와 같이 살자고 하느냔 말이요? 나와 당신은 안 맞아요.

평강   맞아요, 내가 남루한 옷을 입거나 아니면 온달어른께서 좋은 옷을 입으면 우리는 같아질 수 있어요.

온달   에그 모르겠소. 가던치, 말던지.

온달, 평강을 밀치며 안으로 든다.

온달   아이 배고파.

노모   이제 오니? (사이) 참, 네게 웬 색시 안 찾아갔든?

온달   왜 안 와요. 진땀 뺐어요.

노모   전부터 아는 색시냐?

온달   처음 보는 색신데 아무래도 여우같아요.

노모 　그게 무슨 소리냐?

온달 　옛 얘기에 있지 않아요, 여우가 사람 홀리는 얘기? 어서 밥이나 주
　　　세요.

노모 　알았다.

무대, 전체 조명 서서히 암전되고, 평강만 남았다가 암전된다.

제5경. 같은 산막

같은 장소의 추녀 아래. 평강, 가마니를 깔고 자고 있다.
온달 뜰막에 내려선다. 평강, 일어난다.

온달 　여기서 잤소?

평강, 고개를 숙인 채 돌아앉으며 옷깃을 여민다.

온달 　아니 안에 들어와 재워달라든가 하지. 여긴 호랑이, 늑대도 있는데.

평강 　(일어나 밖으로 나간다)

온달 　가오? 어디로 가요? (안에 대고) 어머니!

노모 　왜 그러냐?

온달 　어제 그 색시 밖에서 잤어요.

노모 　에그, 그런 줄 알았으면 안으로 불러들일 걸 저녁도 굶었겠구나.

온달 　정말 이상스러워요. 귀한 집 색시가 저렇게 하는 게?

이때 평강 다시 등장한다.

온달	어머니, 또 왔어요.
노모	이리 들어오라고 그래라.
온달	전 싫어요. 어머니가 그렇게 하시구려.
노모	(나서서 문께로 가며) 그럼 내가 하마.
평강	안녕히 주무셨어요.
노모	밖에서 주무셨다니…. 저리로 올라가요.
평강	여기 앉지요.

온달, 마당을 쓸며 가끔 돌아본다.

노모	왜 안 가고 그러시오? 왜 우리 같은 사람을 찾아와 그러는지 암만 생각해도 모르겠단 말이요.
평강	그래요, 저도 제 자신이 왜 이러는지 모르겠어요.
노모	무슨 사정인지 좀 들어봅시다.
평강	제가 어릴 땐 울보였습니다. 그래서 아버님께선 늘 네가 울기를 잘 하니 어디 훌륭한 가문으로 시집갈 수 있겠느냐고 하였습니다. 넌 바보 온달에게로 시집보낼 수밖에 없다는 것이었습니다.
노모	바보 온달이는 울보하고만 결혼할 수 있단 말이요?
평강	그런 말씀을 자꾸 들을 때마다, 제 머리 속엔 바보 온달님의 생각으로 꽉 차게 되었습니다.
노모	온달이란 이름을 잘 지었는지 못 지었는지 모르겠어요.
평강	그런데 아버님께서는 최근에 와서 다른 데로 시집을 가야 된다는 겁니다.
노모	미안해요, 공연히 자식 이름을 온달이라고 지어서.
평강	그래 '전 못가요, 절대 다른 데로는 갈 수 없어요' 라고 큰 소리를 쳤죠.
노모	쯧쯧쯧…. 그랬군요. 그래서 집을 빠져 나왔군요?

평강 그랬더니 아버지께선 '보기 싫다. 내 앞에 나타나지도 마라' 하시
       더군요.

노모 말씀은 알겠어요, 그러나 보시다시피 집안이 이 꼴이라서….

평강 왕후장상이라 해서 어디 씨가 따로 있는 건 아닙니다.

노모 그렇긴 해두….

평강 본래부터 귀한 사람이 어디 있겠어요?

노모 (고개를 끄덕이며) 허긴 귀한 사람도 때론 가난뱅이가 되기도 하니까
       요?

평강 저처럼요?

노모 우리처럼…. 나도 예전엔 잘 지냈죠. 그러나 오랑캐가 들어와 쟤 아
       버질 죽이고 나는 아이를 가졌다고 눈을 못 보게 만들었죠. 거기엔
       지금 궁중의…, 하여간 그래서 이리저리 도망하여 이곳에 와 아이
       이름도 온달이라고 지었어요.

평강 그랬군요. 그런 사연이 있었군요.

노모 그러나 현실은 이렇죠. 어려울 대로 어렵고, 온달인 배운 것도 없
       고…. 무슨 염치로 색시를 받아들이겠소.

평강 이제 저는 갈 데가 없습니다.

노모 집으로 돌아가면 되지 않아요?

평강 (결심하듯) 그렇담 소녀는 죽음밖엔….

노모 얘 온달아, 다 들었냐? 어찌 할래?

온달 몰라요, 어머니 좋을 대로 하세요. 하지만 방이 하나밖에 없으니….

평강 허락만 하신다면 마당도 좋고 부엌도 다 좋아요.

노모 얘 온달아 받아들여야겠지?

온달 난 몰라요. (신이 난다)

노모 쟤도 허락하는 모양인데, 집이 이 꼴이어서 가슴이 아프구려.

평강 감사합니다. (온달에게) 감사합니다.

잠시 침묵, 서로 시선만 오갈 뿐이다.

평강, 보퉁이를 끌러 많은 금은보화를 내놓는다.

평강 이것 팔면 집을 새로 짓고 논과 밭을 살 수 있습니다. 그리고 열심히 마음을 합해 일을 하면 우리도 잘 살 수 있을 거예요.

평강, 온달에게 다가가 손을 잡는다. 그리고 노모에게 끌고 가 셋이 얼싸안으면서 춤이 시작된다.

무용수들 나와 한바탕 춤을 춘다.

온달 (소리) 온달이, 바보 온달이가 장갈 갔다. 온달이가 부자 됐다.

제6경. 온달의 새집

앞 경에서 3개월 후 가을. 온달의 새집이다. 명전되면, 평강은 베틀에 앉아 베를 짜고 있다.

평강 (계속 짜며) 어머님 그냥 두고 나오세요.
노모 (소리만) 알았다. 다 했어.
평강 (하던 일을 멈추며) 이젠 가만 계세요.
노모 (앉으며) 하던 습관이라 쉴 수가 없구나.
평강 참 용하셔요.
노모 그전 집에선 어디에 뭐가 있고, 어디가 어떤 건지 분명했는데, 여기와서는 캄캄해요.
평강 그러니까 가만 쉬세요.
노모 늙었다고 앉아 먹으면 더욱 까불어져요.

평강	제가 있잖아요.
노모	귀한 댁 아가씰, 내가 어찌 부리겠어요?
평강	제가 무슨 귀한 집 아가씨예요. 이젠 여기 있으니까 어머님의 며느리고 온달님의 아내인데요.
노모	참, 어느 댁 따님인질 아직도 모르고 있으니 원….
평강	그저 살기가 괜찮은 집, 딸일 뿐, 자세한 건 알아서 뭘 하시게요?
노모	그렇지만….
평강	참, 말먹이 주는 걸 잊었네요.
노모	내가 줄까요?
평강	이젠 훌륭한 말이 되었어요. 처음 사올 땐 빌빌하더니.
노모	사람이나 가축이나 하기에 달린 모양이에요.
평강	살이 포동포동 쪘어요. 털 매끈하게 살아나고. (나간다)
노모	오죽이나 정성이면 그리 되었을까?

이때 온달이 들어온다.

온달	글공부를 해야겠어요.
노모	이젠 벼가 누렇지?
온달	누렇다 못해 노랗게 보여요.
노모	처음 짓는 농사라 재미있지?
온달	한 이십일 지나면 베도 되겠는데요? 참, 말여물을 줘야겠군.
평강	(들어서며) 내가 줬어요, 온달님은 어서 들어가 글공부나 하세요.
노모	정신 바짝 차리고 배워라. (나간다)
온달	벌써? 글공부 시간이 되었나?
평강	왜 글공부가 싫어요.
온달	어렵다, 어렵다, 글이 제일 어려워요.
평강	하면 쉽고 안 하면 어렵지요, 자~. 그럼 따라 읽어봐요.

온달	천천히 해요, 선상님.
평강	(바느질을 시작하며) 편편황조는 자웅상의로되 염아지독하니 수기여귀리요.
온달	어려워요, 어려워.
평강	자~, 따라 해요, 편편황조는….
온달	편편황조는….
평강	훨훨 나는 저 꾀꼬리는 자웅상의로되….
온달	자웅상의로되 즉, 암수가 저렇듯 노니는데.
평강	염아지독하니 수기여귀리오.
온달	나만 홀로 외로우니, 누구와 함께 돌아간단 말이요, 그런 뜻이죠?
평강	그래요, 어서 되뇌여 보세요.
온달	네~ 염아지독하니 수기여귀리오.
평강	됐어요. 그럼 다 붙여서 해 봐요. 편편황조는 자웅상의로되 염아지독하니 수기여귀리오.
온달	훨훨 나는 저 꾀꼬리는 암수가 저렇게 노니는데 나만 홀로 외로우니 누구와 함께 돌아간단 말이오.
평강	맞았어요!
온달	그렇습니까? 하하하….

둘은 함께 웃는다. 그리고 포옹한다. 이때 소녀, 들어온다.

소녀	저, 누가 말을 타고 가요?
온달	뭐?
평강	누구야, 말을 훔쳐가는 놈이?

온달, 뛰쳐나간다. 모두 뒤따른다.

평강   남의 말을 그냥 타고 가는 법이 어디 있어?

되돌아 들어서려는데 밖에서 웅성대는 소리 들린다.

시녀1,2가 나타난다.

평강, 비켜 숨는다.

시녀1   이 집이랬지?

시녀2   틀림없어.

시녀1   이상하다, 분명 오막살이였는데?

시녀2   불러봐?

시녀1   온달 도련님!

시녀2   더 크게.

평강   (나서며) 무슨 일이냐?

시녀1   온달 도련님 좀 뵈러 왔는데요?

평강   (놀라며) 아니, 너희들은?

시녀1,2 공주마마!

평강   쉿! 조용조용 말하거라.

시녀2   (작게) 공주마마?

평강   이곳에 오는 날부터 난 공주가 아니고 온달님의 아내니라.

시녀1   찾아뵙지 못하와 죄송하여이다.

시녀2   요즘 도성 안 백성들의 원성이 하늘을 찌를 듯하오이다.

평강   어마마마께선 요즘 어떠시냐?

시녀2   (주저하며) 저어…, 마마께옵선 돌아가셨나이다.

평강   뭐라고? 어마마마께옵서? (고개를 숙인 채 울먹인다)

이때 온달, 들어서다 이 광경을 보고 멈춘다.

평강 기어이 이 못난 딸 때문에 세상을 떠나셨구나. (울며) 어마마마 소저를 용서하소서!

시녀1,2 공주마마!

온달 (들어서며) 공주마마라니, 이게 어찌된 영문이요? 어서 속 시원히 말해 주시오, 어서!

평강 이제사…, 밝히게 되어 죄송합니다. 전 사실…, 평강공주랍니다.

온달 뭐라구요? 평강? 평강이라면? 당신이 참말로 먼발치에서만 듣던 그 평강공주란 말이요?

시녀1 지금 조정에서는 선화옹주가 부마로 간택된 강호장군과 온갖 폭정을 일삼고 있사옵니다.

평강 내 이미 십여 년 전부터 이 일을 예상했었다. 내가 온달님을 찾아 이 산중에 칩거한 연유도 다 생각이 있었기 때문입니다.

온달 몰랐구려, 실로 꿈같은 일이요.

평강 하지만 불초소녀로 하여 우리 어마마마께서 세상을 하직하셨다 하니, 이 얼마나 불경스러운 일인가요?

시녀1,2 우리도 이젠 성을 나왔습니다. 그래 공주마마나 찾아뵙고 가려고 왔나이다.

평강 고맙다. (시녀를 부둥켜안고 울먹인다)

온달 너무 상심치 마시오. 평강, 왜 조정에서 사냥대회를 열지 않는지, 이제야 알겠소.

평강 이 나라에 새로운 장군이 나타나면, 강호를 비롯한 모리배들의 기세가 꺾일까봐 지레 두려워하기 때문이요.

온달 (결연히) 이제사 때가 온 것 같소.

평강 아직 나서시면 안 됩니다. 온달님!

온달 내 이곳저곳을 살펴보고 마지막엔 저 산너머에 있는 의병총관을 만나고 오겠소. 이러다가 고구려의 앞날이 풍전등화같이 위태롭게 될 것 같소.

온달 가죽옷에 칼을 차고 창을 들고 나선다.

온달   (독백) 이대로 세월을 보낼 수는 없어. 이젠 나설 때가 된 거야, 원수
        를 갚는 날이 왔단 말이야.

        온달, 나간다. 얼마 후.

온달   (소리) 자, 가자~. 이랴!

        말 달리는 소리가 크게 울린다.

평강   (앞으로 나서며 나간 쪽을 향해) 온달장군, 몸조심하세요!

        말소리를 남기며 무대 암전된다.

제7경. 어느 산간 의병도장

무대 밝아지면 의병 도장이다.
무용수들 고개를 숙인 채 모형처럼 무대에 즐비하게 서 있다.
그 옆에 의병들이 서서 칼 쓰기, 창 쓰기 훈련을 받고 있다. 여기저기서 기합
소리가 들려온다. 무용수들 이리 쓰러졌다 다른 곳에 서게 되고 저리 쓰러졌
다 다른 곳으로 옮겨 선다. 무대 양쪽에서는 칼싸움이 세차다.
이때 의병1,2가 뛰어든다.

총관   무슨 일이냐?
의병1   웬 힘센 장수가 총관님을 뵙자고 합니다.

의병2	힘이 항우에 비길 바가 아닙니다.
총관	음, 그래? 이리로 모시도록 하게!

의병1,2 나가자 곧 온달 들어선다.

총관 앞에 선다. 칼싸움이 중단된다.

온달	온달이라고 합니다.
총관	온달이라니? 예전의 그 온달 맞습니까?
온달	맞소이다.
총관	어허…. 이거 예상 밖의 일이요, 정말 반갑소이다. 난 의병 총관이요.
온달	제가 이곳에 온 이유부터 밝히겠소.
총관	말하시오.
온달	난 나라에서 매년 3월에 실시하던 사냥대회를 기다리던 사람이외다.
총관	그런데 왜 사냥대회를 안 여는가를 물으러 왔소?
온달	여기서도 그걸 기다리지요?
총관	(웃으며) 조정의 간신 모리배들이 있는 한 사냥대회는 못 엽니다.
온달	그럼, 그 간신 모리배를 척결하면 될 것 아니요?
총관	그것보다, 왜 사냥대회를 나가려 하시오?
온달	왕 앞에서 내 무술을 인정받고 싶소이다.
총관	인정하신다면?
온달	변방으로 가서 고구려를 위해 살신보은할 생각이요.
총관	(다가가 손을 잡고 감격한 듯) 잘 오셨소, 정말 당신은 고구려인의 기상을 타고 나셨소. (상심하여) 하지만 지금은 변경이 문제가 아니라 수일 내에 도성이 함락될 지경이요.
온달	그게 사실이요?

총관   사실이구 말구요. 수나라 오랑캐들이 도성 가까이까지 진격하여
        전열을 가다듬고 있다 하오.

온달   어쩌다 우리 고구려가 이렇게 된 거요?

총관   평원왕께옵서 신하를 잘못 기용한 때문이요.

온달   강호장군이 있지 않소?

총관   강호 같은 인물로는 고구려를 도저히 지탱해 낼 수 없소이다.

온달   몇 년 전에는 수나라를 몰아내고 당당히 개선하였지 않소?

총관   정보에 의하면 궁궐 내, 일부 대신들과 수나라 오랑캐들의 내왕을
        목격했다 하 오.

온달   그럼 그들이 수나라 왕표란 장수를 불러들여 왕권을 침탈하려고
        한단 말이요?

총관   그렇소이다.

온달   (화를 버럭 내며) 뭐라고? 그 놈들에게 고구려를 넘겨주려 한다? (큰 소
        리로) 안 될 말이오, 안 될 말이외다, 총관 어른!

총관   (손을 다시 굳게 잡으며) 온달, 힘을 합쳐 우리 그 자들을 몰아내고, 우
        리 고구려를 붕괴의 위기에서 건집시다.

온달   좋소, (사이) 갑시다.

        이때 의병1, 다시 든다.

의병1   청년 두 명이 총관님을 뵙자고 찾아왔습니다.

총관   청년 두 명이?

온달   들라 하시오.

        의병1, 나가자 청년1,2가 들어선다.
        청년1,2 총관 앞에 무릎을 꿇는다.

총관 무슨 일이요.

청년1 우리도 싸우려고 찾아왔습니다.

온달 잘 오셨소이다.

청년2 어, 온달이도 왔구먼.

총관 아주 다급한 때에 와주었소.

온달 내 오늘을 위해 바보 소릴 들으며 평생을 살아왔소, 하지만 난 바보가 아니요.

총관 난 알고 있었소. 온달은 탁걸장군의 아들이란 걸 말이요. 장수왕의 외척인 탁걸장군을 난 어려서부터 흠모해 왔소. 어머니가 장님이 된 것도 온달을 바보처럼 키운 것도 모두 시대를 잘못 타고 난 때문이지요.

청년1,2 듣고 있다가 일어나 온달 앞으로 다가와 머리를 숙인다.

청년1 미안하오. 우리들은 그것도 모르고 그 동안 당신을 바보로만 여겼소.

청년2 (가슴에서 편지를 꺼내주며) 어머님이 돌아가셨소.

온달 (놀라며) 뭐라? 우리 어머님이?

청년1 어제 집을 나오신 후, 도성이 일촉즉발이라는데 놀라 넘어지신 후 못 일어 나셨답니다.

온달, 편지를 펼쳐 읽는다.

평강 (소리) 난 오늘이 올 줄 알았어요. 지금 궁성 안엔 아귀다툼이 벌어지고 있답니다. 이 이야기를 어머님께선 들으시고 놀라 누우셨다 운명하셨습니다. 운명하시기 전 어머님께서는 이런 말씀을 전하라고 하셨어요.

노모 (소리) 온달아, 넌 바보가 아니다. 바보처럼 키워졌을 뿐이다. 넌 고구려의 탁걸장군의 아들이다. 원수들을 무찌르지 않고서는 필시 내가 죽더라도 내 곁에 오지 말거라.

평강 (소리) 제가 동네 사람을 사서 장사는 후히 지낼 터이니 궁궐로 가셔서 매국노들을 모두 척결해 주세요. 저도 장사를 끝내는 대로 그리로 가겠습니다.

온달 (앞으로 나서며 큰 소리로 외친다) 어머니!

오열하며 온달, 무릎을 꿇는다. 무대, 급히 암전된다.

제8경. 궁궐어전

평원왕을 중심으로 신하들이 제 위치에 배석하고 있다. 침통한 분위기다. 왕 곁에 선화옹주의 모습도 보인다.

평원왕 (일어나서 왔다 갔다 할 뿐 말이 없다) …….

이때 대막리지 고타소가 들어온다.

고타소 (읊조리며) 상감마마, 적군이 황성 밖까지 근접하고 있다 하옵니다. 순순히 성문을 열지 않으면 모든 백성은 모두 어육이 될 것이고….

평원왕 (큰 소리로) 듣기 싫소. 거 무슨 소리란 말이요, 지금껏 고구려 병사들은 뭘 했단 말이요?

강호 (급히 들며) 상감마마, 중과부적이옵니다. 사력을 다해 싸웠으나, 좌우 비장들을 동시에 잃고, 더 이상은 버틸 병력이 없사옵니다. 통촉하소서.

평원왕 어서 나가시오. 장군은 장군답게 전선에 있을 일이지, 궁궐 안에서
        그게 무슨 소리요. 왕더러 항복을 하라 이 말이오, 강호장군?

강호, 슬금슬금 나가 버린다.

평원왕 이 일을 어찌 한단 말이요?
고타소 황공한 말씀이오나, 수나라 적장에게 항서를 쓰심이 옳은 줄로 아
        뢰오.
평원왕 뭐라? 항서를 쓰라? 내 손으로, 이 왕의 손으로 항서를 쓰란 말이요?
선화   (거든다) 아바마마, 정세가 불가항력이라지 않습니까? 항서를 쓰지
        않음, 성안의 만백성은 불에 타죽고, 부녀자는 수나라 오랑캐의 어
        육이 된다 하옵니다.
평원왕 아…. 지혜로운 신하 한 명도 이 도성 안엔 없단 말이요? 어서 지혜
        를 모아 보시오, 어서!
고타소 (항서 초안을 내놓으며) 상감마마, 화급한 일이옵니다. 한 사람의 고구
        려인이라도 저들에게 희생되어서는 안 될 줄로 아뢰오. 어서 여기
        에 옥쇄를 누르시옵소서. (비장하게) 상감마마!
신하들 (동시에) 상감마마, 통촉하옵소서!
평원왕 (항서를 받아들며) 내 전생에 무슨 업보가 있기에 이런 불충한 일을….
        (사이) 옥쇄를 가져오너라.
신하들 (무너지듯한 목소리로) 상감마마!

대신들 숙연해진다. 이때 평강이 남장을 하고 날렵하게 뛰어들어 항서를 빼앗
는다.

평강   아바마마, 간신 역도들의 말을 듣지 마소서.
평원왕 (놀라 넘어질 듯) 아니, 넌 평강이 아니더냐?

선화 　아니 재가?

대신들, 어리둥절한 채 바라다본다.

평강 　지금 의병들이 황성밖에 있는 수나라 오랑캐들을 무찌르고 있사옵
　　　니다.

평원왕 　이 어인 일이란 말인가? (사이) 여봐라!

대신들 　네~, 이.

고타소 　(강직하게) 상감마마, 어서 옥쇄를 결행하옵소서. 그렇지 않으면 공
　　　주의 생명이 위태롭게 되었사옵니다.

일관 　(평강의 목에 칼을 들이대며) 어서 옥쇄를 찍으소서 상감마마, 이것이
　　　고구려를 건지는 최후의 길이며, 백성을 살리는 길이옵니다. 유념
　　　하시오소서.

평원왕 　(눈을 부릅뜨고) 무엄하다. 어서 평강에게서 칼을 떼지 못할까?

고타소 　어서 옥쇄를 찍어 주소서, 상감마마!

일관 　(협박하며) 당신이 진정 평강공주라면 어서 항서를 상감께 드리도록,
　　　어서!

평강 　아바마마, 망극하~여~이다.

항서를 떨군다. 고타소, 집어서 평원왕에게 내민다.

평원왕 　(포기한 듯 받으며) 옥쇄를 누를 것이니, 그 칼을 떼지 못할까?

긴장감이 감돈다. 일관, 평강의 목을 세게 조른다. 평원왕, 떨리는 손을 들어
옥쇄를 누르려는 순간 섬광처럼 날아드는 비수가 일관의 가슴에 꽂힌다.
비명을 지르며 쓰러지는 일관. 대신들 놀라며 뒤를 돌아본다.
이윽고 날듯이 다가서는 온달, 막리지 고타소를 향해 칼을 겨눈다.

파랗게 질린 고타소.

온달   날 알아보겠소? 대막리지 고타소 영감?

고타소   난, 난, 난 모르겠소.

온달   그럼 알려주지, 너의 중상모략으로 억울하게 누명을 쓰고 돌아가
       신 탁걸장군은 알겠지?

고타소   탁, 탁걸장군? 음, 알구 말구.

온달   난 탁걸장군의 아들이다.

고타소   그렇다면, 온달이가?

온달   평생을 당신 때문에 바보로만 살아온 온달이요. (칼을 세우며) 어전에
       서 너의 목을 칠 수 없으니….

평원왕   (강하게) 어명이요, 온달!

온달   (무릎을 꿇으며) 말씀하소서!

평원왕   저 대역무도한 역신을 내 앞에서 처단하라!

온달, 날듯이 고타소를 참하고 도망치는 일관을 참한다.
선화, 일관의 칼을 빼어 그 자리에서 자결한다.
온달, 문쪽을 향해 소리친다.

온달   의병 총관 나으리께서 수나라 적장의 목을 베어 옵니다. 상감마마!

평원왕   (눈물을 머금으며) 내 딸 평강아, 장하다. 네가 이 나라를 구했구나.

이때 밖에서 웅성거리는 소리가 들려온다.

시종   강호장군 드시옵니다.

평원왕   들라 이르라.

강호   (들어서자마자) 상감마마, 황공하여이다. (엎드린다)

평강   강호가? 온달어른 저 자를!

온달   (평원왕에게) 어찌 하오리까?

평원왕 같은 무리들, 없애시오.

온달   예~. (끌고 나가자 단말마의 음성이 들린다)

평원왕 나의 부마 온달아, 너희들이 짝이 되어, 이 나라를 간신 도배들의 흉계에서 구하고 사직을 바로 세우리라곤…, 정녕 꿈에서도 몰랐 도다. (온달에게 다가서며) 이 보검을 받거라. 고구려의 국운이 오로지 그대 온달에게 달렸음을 유념토록 하라!

온달   (보검을 받으며) 죽음으로 이 나라를 지키겠나이다. 상감마마!

평원왕 내 이제 그대에게 대형의 벼슬을 내릴 터인 즉, 평강과 더불어 동명 성왕의 유구한 터전을 길이 보전토록 하라!

평강   아바마마!

온달, 앞으로 나와 평강을 유도한다.

온달   이제 신라와 백제에 빼앗긴 우리 고구려의 옛 터전을 찾기 위해 남 쪽으로 남쪽 아단성(아차산)으로 가야겠소.

평강   온달장군, 부디 아바마마의 소원을 성취하고 돌아오세요.

온달   (평원왕에게 읊조리며) 상감마마, 소장이 이번 계립령과 죽령이북의 땅 을 찾지 못한다면 살아서 돌아오지 않을 것이오이다.

평원왕 온달장군만 믿소, 그럼 빨리 군졸들을 재정비하여 떠나주오.

온달   황공하여이다, 그럼….

온달   (의병총관 앞으로 가서) 총관어른 상감마마를 부탁드립니다.

총관   알겠소, 이곳을 빠른 시일 안에 정비하여 왕실을 왕실답게 만들겠 소.

음악과 함께 무용수들이 나와 평강을 가운데 두고 세 명이 팔을 치켜세운다.

화기애애한 춤사위가 고구려 왕실의 평안을 기원하는 듯하다.

제9경. 아차성(아단성)

아차성의 아군진지이다. 멀리 아차산성이 보인다. 경계병들이 보초를 서고 있다.

청년1 수고가 많소, 당아(소녀)도 여기 있었구나. 그래, 무사히 다녀왔느냐?

소녀 네, 그런데 온달장군님께선 어인 일인지 소식이 묘연합니다.

청년1 나도 그래서 왔느니라.

소녀 비장님! 그런데 적진 중에서 얼핏 듣삽건대, 홍산이 형제가 적장의 양 편장이라 하더이다.

청년1 나도 이미 알고 있었다. 조국의 품 안이니 다시 만날 수 있을 것. (사이) 난 강가로 장군님을 만나러 가겠다.

소녀 저도 가겠어요.

청년1 둘은 위험하니까, 자넨 여기서 기다리시게. (급히 나간다)

이때 밖에서 '온달장군 납시오' 소리.
일동 긴장, 이윽고 온달장군 초췌한 모습으로 들어온다. 청년 2도 같이 든다.

일동 (거의 동시에) 장군님!

온달 씩씩한 모습들을 보니 반갑도다.

청년2 장군님이 적진에 가셨다는 얘길 듣고 모두 사기가 충천해 있습니다.

온달 그렇더뇨? 허허….

청년2 도둑떼가 장군님 뒤를 따르는 듯하옵더니.

온달 마침 사공이 있어, 편히 건널 수 있었다네.

소녀 소녀, 소임을 다 못하옵고, 적병에 붙잡힌 죄 죽어 마땅하오이다.

온달 고생이 많았구나. 네 험악한 적진 속에 들어가 첩보를 보내고, 군량미에 불을 놓아 적군을 곤경에 빠뜨리게 한 것, 그리고 내 무사히 돌아온 것도 모두 당아, 네 염탐 덕이로다.

소녀 황공하여이다.

신하1 아차성주의 말이 장군께서 인질로 잡히고 적은 한수를 건너 아차산 쪽으로 쳐들어온다 하옵기로….

온달 당아의 말로는 성주는 적의 끄나풀이었다.

신하들 그렇다면 장군님, 성주를 잡아야 합니다.

온달 군율을 엄히 지킬진대, 어찌 간악한 자의 말에 흔들리는고? (사이) 성주는 내 이미 처단했노라.

일동 (놀라며) 예?

온달 한 명의 모역자가 있었으니, 그 뿌리가 아직 남아있으니 각별히 조심하도록.

행인1 장군님 명을 어기고 역적의 꼬임에 빠졌던 죄, 죽어 마땅합니다.

행인2 벌을 내리시옵소서.

온달 군율을 앞으로 엄히 지키라!

행인1,2 (동시에) 예~.

온달 적은 오늘밤에 아차성을 바라보고 쳐들어올 것이어늘, 간사한 무리의 꼬임에 빠져 병력을 천마산 쪽으로 옮겼으면 어찌할 뻔했던고. 만의 군병 속에 한 모역자가 있으면 빈주먹이나 다름없는 일.

일동 명심하겠나이다.

청년2 적이 이 밤으로 쳐들어온다니, 휴전약조는 되지 않았나이까?

온달 적은 보름동안의 약조로 우리를 방심케 한 뒤에 계략을 피려는데, 어리석은 적은 날 속인 줄 알고 오늘밤에 허겁지겁 쳐들어올지니 그리 알고 단단히 차비하라!

청년2 그러 하오면 장군께옵서 가셨던 일은 모두 실패이오니까?

온달 아니로다. 내 적장에게 화평을 물음은 첫째, 우리의 싸움이 화평을 위한 대의의 싸움이며 자신들의 싸움이 무도한 침도의 싸움이라는 걸 백제인에게 알리려 함이며 둘째, 우리가 싸움차비의 때를 얻자 함이었으나, 설사 그것이 실패한다 처도 실상은 큰 성공이로다. 이번 우리의 방략은 이들을 더욱 피로하게 하고, 더욱 굶주리게 하여, 제 물에 쓰러지게 할 수 있을지니, 이야말로 큰 소득, 제장은 반드시 이길 것을 기하고 싸움차비를 하라.

일동 예~.

이때 청년1이 급히 헐레벌떡 등장

청년1 아뢰오, 지금 적들이 본진을 향해 기어오르고 있던 중 우리가 반격하여 한수 북방에서 싸움이 벌어졌나이다.

일동 뭣이라? 벌써 적들이?

온달 알았노라. 모두 물러가 모두 싸우라.

청년1 예~. (급히 나간다)

온달 보라, 적은 군자벌을 거쳐 이 쪽으로 달려오고 있소. 천마산 쪽으로 갔던들 어찌 될 뻔했던고. 설사 그리로 온다 해도 마주 받아 병력을 옮기는 것은 어리석은 짓, 적병은 지쳤다 하되 큰 군세이니, 우리 군은 넓은 벌판에서 몰살할 수밖에 없었을 터, 그런 철부지 용병이 어디 있는고? 병졸의 목숨을 아낄 줄 모르는 것은 무도한 수나라 오랑캐나 쓰는 용병! 우리는 싸우되 한 병졸의 목숨도 금옥같이 아껴야 하오!

일동 명심하겠사옵니다.

온달 제장은 빨리 진지에 올르라!

제장들   예~.

온달   본진은 아차산 산장, 어떤 영(令)이 내리면 엄히 지키고 소임을 다하라!

제장들   예~. (뿔뿔이 좌우로 나간다)

무대는 대부분 퇴장한 상태

온달   당아는 내 뒤를 따르라!

소녀   네~.

온달   (청년을 보고) 당신은 진실로 고구려의 기백을 타고 났소. 몸조심하여 잘 싸우도록.

청년   예, 장군님.

나서려 할 때 신하 뛰어든다.

신하   아뢰오?

온달   뭐냐?

신하   지금 적은 아차산을 향해 조수같이 치닫고 있나이다.

멀리서 싸움의 함성소리.

온달   뭣이? 군자벌의 병졸들은 어찌 되었는가?

병졸   백 명이 몰사했소이다.

온달   강변은?

병졸   이 백 명이요.

온달   모두 강변으로 내밀라!

병졸   네~.

노병 (성벽 너머를 보더니) 보시오, 적의 횃불이 사방으로 퍼져 이리로 오르고 있나이다.

온달 저건 무엇이뇨? 서두가 벌써 무너졌는가?

노병 아군이 밀리고 있나이다.

온달 에잇!

노병 온달장군, 온달장군!

온달 무엇이뇨?

노병 적병이 뒤로 쫓기고 있나이다.

온달 음, 통쾌할지고, 모조리 내밀라!

소녀, 뛰어든다.

소녀 아뢰오.

온달 뭣이냐?

소녀 우리 군이 진격을 계속하고 있사옵니다.

온달 안 된다. 후퇴하라 이르라!

노병 무엇이라고요? 장군께선 바로 전에 진격명령을 내리셨지 않습니까?

온달 이제쯤 기진했을 것이니, 아차성에서 최후의 결투를 벌이자.

여기저기서 들리는 함성.

이윽고 무용수들 제장들 신하들 모두 등장한다.

적과 밀치고 밀치는 칼싸움이 벌어진다.

하나하나 격퇴되는 백제군들.

어느 순간 가슴을 부여잡고 신음하는 온달.

온달 아차성을 지켜야 한다!

청년1   모두 멈춰라, 공격을 멈춰라!
온달   (신음하듯) 공격하시오, 어서…. 고구려의 땅을 되찾아야 하오.
청년2   알겠습니다.
소녀   장군님!
병사들   (침묵을 깨고) 온달장군님!

이윽고 온달 운명한다.

노병   장군님께서 운명하시었소.
청년2   장군님, 눈을 편히 감으소서.

병사들, 여럿이 온달의 시신을 거두려 하나 시신 꼼짝하지 않는다.

청년1   힘을 더 내봐?
병사들   도저히 움직이질 않습니다.
노병   (놀라며) 원 세상에 어찌 이럴 수 있단 말인가?
청년2   아마도 아차성을 지키시겠다는 의지가 하늘과 소통하였나 봅니다.

조명이 어두워진다. 아차성에 횃불이 켜지며 여기저기 시신을 중심으로 병사
들이 보초를 서고 있다. 무대 조명이 잠시 흐려진다.

온달   (소리) 편편황조는 자웅상의로되 염아지독하니 수기여귀리오. (에코
         된다)
병사들   이게 무슨 소리요?
노병   아마도 평강공주께옵서 장군의 눈을 감겨드려야 할까 보오.

무대 밝아지면서 멀리서부터 말 달려오는 소리.

총관을 비롯하여 평강공주가 들어온다. 들어서자 시신에 조의를 표하는 일행
들.

평강   (흐느끼며) 장군님, 장군님! 이제 장군님께옵선 고구려의 남아로서
         할 일을 다 하셨습니다. 이제 편히 눈을 감으소서. 편히 눈을 감으
         소서!
청년1 장군께서 눈을 감으셨습니다. 어서 시신을 거두시오.
평강   자~. 이제 온달장군은 나와 함께 고구려로 돌아가야 합니다.

병사들, 시신을 거둔다. 움직이지 않던 시신이 몇 사람에 의해 들려진다.

온달   (소리) 편편황조는 자웅상의로되 염아지독하니 수기여귀리요.
         (翩翩黃鳥는 雌雄相依로되 念我之獨하니 誰其與歸리요)
평강   (소리) 훨훨 나는 저 꾀꼬리는 암수가 정다운데, 이 내 몸은 홀로 고
         독하니 누구와 함께 돌아간단 말이요.

무대 위엔 붉은 천(4평 가량)이 펼쳐지며 이것을 여섯 명의 병졸들이 잡으며
일어선다. 온달, 어느새 보이지 않는다. 진혼곡에 맞추어 시신은 무대를 서서
히 움직이며 돌기 시작한다.
웅장하고 슬픈 진혼곡이 고조되면서 암전된다.

〈막〉

열하일기

原案 : 박지원(조선 후기 북학파 문인)
때 : 조선 정조대왕 시대, 1780년 - 현대
곳 : 중국. 서울

• 나오는 사람들 •

해설—극의 진행자
연암—박지원
창대—마두
장복—마두
변계함—의원, 주사
정진사—사행단
정조—이산
청인—청국인
그 밖의 인물들

· 무대 ·

각 장별로 상징화된 무대로 가변적이다. 풍류와 산수도 및 사행단 행렬의 현장 모습들은 애니메이션 기법으로 행렬도를 합성하여 배경 막에 투사하여 극적 효과를 더해 줘야 한다. 이 극에서 중요한 것은 사행단의 여행경로이며, 도착지마다 특색을 달리하므로 대형지도와 지역특색을 살린 동양화, 수묵화 등 그림으로 무대미술을 형상화한다. 특히 상·하수로 구분된 조명으로, 과거와 현재를 구분 짓게 하고, 해설자의 등장으로 극의 분위기가 단절될 수 있으나 최대한 관객의 이해를 도모하는 선에서 현장감 있게 진행한다. 극이 전반적인 형식은 과거의 사실을 재연하는 형식이며, 에필로그, 북 콘서트는 비사실적 기법의 연출이 필요하다.

이 극의 연출은 〈열하일기〉가 전하는 200년 전, 조선의 근대화 청 사진과 비유와 은유로 차고 넘치는, 이 작품의 숨겨진 진실을 찾아내며, 단순한 일기로 왜곡된 〈열하일기〉의 모순을 바로잡고, 세계적인 판타지 소설임을 규명하는 일을, 관객이 동참하여 탐구할 일이다.

제1장. 프롤로그

해설자, 하수에서 무대 중앙으로 등장한다. 객석을 향해 열하일기의 개요를 설명한다. 배경 막에는 열하일기 사행단의 노정지도가 펼쳐져 있다. 상수 한 쪽으로 장복이 마당을 쓸고 있다. 무대는 연암이 머무는 집, 앞마당이다.

해설 1790년 서울, 그러니까, (관객에게) 정조 임금시대 맞지요? 연암이 북경에 다녀온 지 10년째, 그 동안 짬짬이 써온 열하일기가 건륭황제의 연호를 사용했다하여, 연암에 대한 비방이 끊이지 않고 있었지요. 친구 홍대용이 죽고, 사랑하던 아내를 잃고, 마침내 열하일기의 최고 책임자이며, 연암의 8촌 형님인, 정사 박명원도 세상을 떠났지요, 그의 나이 54세에 종5품 의금부도사의 공직을 맡게 됩니다. 그의 친구, 유언호는 벼슬이 승지에 이르렀을 때지요. (고개를 갸웃거리며) 공직에 있던 그가, 어째서 열하일기를 쓰며 건륭황제의 연호를 사용하고, 오랑캐의 문물을 받아들여야 한다고 역설했을까요? 아름다운 문체와 서사, 근대문학사 200년 동안 최고의 문장으로 꼽히는 소설가 연암 박지원, 그가 스러져가는 암담한 조선의 앞날을 예견하며, 목숨 걸고 열하일기를 쓴 건, 무슨 이유에서일까요? 여러분, 궁금하시죠? 지금부터 여러분은 살아있는 연암과 함께, 걸어서 열하까지 여행하게 될 겁니다. (퇴장하며) 자, 그럼 출발하겠습니다!

창대 (뛰어 나오며) 어르신, 어르신!
장복 (마당을 쓸다가) 야, 너 또 뭘 고해 바치려구. 어르신을 불러대는 것이야?
창대 너, 들었어?
장복 뭘?
창대 홍국영 대감이….

장복   (의외라는 듯) 홍국영 대감?

창대   (놀리듯) 홍국영 대감이 노론에 밀려 추풍낙엽 신세가 되었대지.

장복   (비질을 하며) 쳇, 그 양반 추풍낙엽 된 지가 십 년인데, 네 놈이 또 날
        놀려? 내가 너처럼 바보인 줄 알어? (때릴 듯) 어여 가라잉. 네 볼 일
        이나 보란 말이여, 한심한 놈아!

창대   (웃으며) 알고 있었어? 차암…. 너 이번에 동지사행단 뽑는다는데, 북
        경에 또 갈래?

장복   (흘기며) 쳇, 눈에 아삼삼한 모양이지?

창대   뭐가?

장복   산해관에 머물 때, 만난 그 예쁜 처자 말이지.

창대   예끼, (발을 세워 안을 보며) 어디 계집이 없어, 되놈 계집을 그리워한
        단 말이냐? 장복이 니가, 그 처자 생각에 밤잠을 설치나 보구나? 맞
        지?

장복   아녀, 생사람 잡지 마라잉?

창대   (골리듯) 어때, 동지사에 끼워 달라 말해 주랴?

장복   (손사래) 관둬라, 동지사행 갔다가 얼어 죽긴 싫다!

창대   어쭈, 누가 시켜나 준대?

장복   (손사래) 관둬라 관둬!

창대   어르신 지금 뭐하서?

장복   (퉁명) 뭐하시긴, 밤새 쓰신 열하일기 정리 중이시지.

창대   하이구, 언제나 다 쓰실랴고 그러시나?

장복   너, 잘 왔어. 어여 들어가 먹이나 갈어라.

창대   (막아서며) 오늘 먹물 당번은 너잖여?

장복   아이씨…. 난 어제 했잖여.

창대   장복아 그건 맞는데, 내 긴히 어르신께 전해 드릴 말이 있어. (서찰을
        꺼내며) 사실은 홍대용 나으리께서, 이 걸 전해 드리랬거든?

장복   (보며) 그게 뭔데?

창대	나도 모르지.
장복	에이, 또 땅은 둥글고, 매일 돌고 돌아, 어휴, 어지러워 죽겠네. 홍 대감님은 맨날 돌아간다, 돌아간다… 하신댔잖어?
창대	(반문) 대감께서 편찮으시대지?
장복	(놀라며) 돌아가셨어? 그럼, 그게 부고장이란 말여?
창대	(골리며) 그래, 오늘두 내일두 계속해서 돌아가신댄다.
장복	아이그, 저것이 또 날 놀려? (빗자루로 때릴 듯) 너 이루 와!

창대, 도망치며 장복을 골린다. 이 때, 안에서 들려오는 연암의 고함소리.

연암	창대야? 어이 안 들어오구, 뭐하는 게냐?
창대	예, 어르신, 곧 들어갑니다요, 히히히.
장복	언능 들어가 먹이나 갈어, 임마!
창대	(골리며) 넌 소제나 열심히 하거라, 요, 마당쇠야, 히히…

창대, 무대 뒤로 뛰어가고 뒤이어 상수 단위로 불이 들어오면, 좌상하고 집필 중인 연암이 보인다. 잠시 후 창대가 들어온다.

연암	창대야?
창대	예, 어르신.
연암	올 겨울 동지사행은 누가 간다던?
창대	저는 빠지려구요.
연암	누가, 네놈 말하는 줄 아느냐?
창대	(머리를 긁적이며) 아, 예, 정사, 부사, 서장관 나리는 정해졌다는데….
연암	수역은 뉘시라던?
창대	그건 소인두…. (서찰을 꺼내며) 어르신, 담헌 나으리께서.
연암	담헌이?

창대	예.
연암	(서찰을 보며) 아니, 내 글이 어떻게 전하께까지?
창대	(놀라며) 예?
연암	허엇, 하도 무료하여 미완성 글을 친구들에게 보여줬더니…, 이거 탈이 단단히 난 모양이로구나! (작심) 창대야, 저 안에 쌓아둔 원고 잘 접어 묶어라. 이제 완성될 때까진 아무에게도, 내 글을 보이지 말거라.
창대	예, 명심하겠습니다요. 어르신!
연암	(독백) 임금께서 내 문장을 트집 잡으신다 하니, 누군가 날 모함하고 있단 증거로다! 누굴까? 누가 날 모함하는 것이야?
창대	어르신, 서울이 불편하심, 다시 연암골로 가시는 게?
연암	(감회에 젖으며) 연암골이 좋기야 하지만, 친구들이 그리워 오래 머물 순 없지. 그 땐 유언호가 개성유수로 있었기에 연암골 생활이 가능 했던 게다. 그 친구가 없었담, 실제론 산적이 되었거나, 굶어 죽었 을 것이야!
창대	(필사본을 뒤적이며) 어르신, 글 순서가 뒤죽박죽입니다요?
연암	그걸 날짜별로 다시 묶어야 한다.
창대	그럼, 도강록부터 정리할갑쇼?
연암	(보며) 음…. 내 글을 이해할 수 있겠니?
창대	대충은 알겠지만, 언감생심, 속뜻이야….
연암	녀석, 그래도 네놈이 나보다 청국 말은 잘 하질 않느냐?
창대	그야, 얻어들은 귀동냥 덕이죠, 헤헤헤….
연암	(방백) 이 놈, 창대는 참으로 쓸 만한 놈이지. 서얼 출신이 아니라면 금세 역관으로 뽑힐 녀석인데, 우리 조선은 그 놈에 서얼과 반상차 별 땜에 인재를 고루 쓸 수가 없어 낭패지, 낭패야! (보며) 얘, 창대 야?
창대	예, 어르신.

연암   조선 땅에 태어난 것이, 세상이 원망스럽니?

창대   (고개를 저으며) 원망은 요. 전 그저 어르신 곁에 먹이라도 갈 수 있는
      것으루 족한 걸요,

연암   (측은) 사람도 물건이요. 그래서, 그 물건을 잘 사용한 연후에 덕이
      있고 없음을 논해야 하는데…. 그러기 위해선 나라에 대탕평이 일
      어나야 할 텐데…. 세상이 도무지 변하질 않는구나!

창대   원 어르신두, 어디 저희 같은 상것들이 사람 축에나 드나요? 말먹이
      나 주고, 연행길에 견마잽이나 하면 다행인 걸요.

연암   (한숨) 살다 보면 좋은 날도 오겠지…. (확인하듯) 너, 지금 견마잽이라
      했니?

창대   예, 어르신.

연암   너, 말 잘했다. 견마잽이가 말의 오른쪽에 바짝 서니, 말의 오른 눈
      을 막아서지. 그래서 자칫 발을 헛딛게 되는 것이야! 그것조차도
      청국과 달라, 길은 사람 중심이 아니고 말이 중심이 되어야지. 그래
      야 수레에 짐을 잔뜩 싣고도, 쑤걱쑤걱 길을 가는 게다!

창대   (책을 정리하며) 이제 도강록은 정리됐구요. 어르신, 서울을 떠나 압
      록강까지 온 건 생략하시는 거죠?

연암   압록강은 조선 땅이니 쓸 만한 게 없다. 강을 건너야 청국 땅이니,
      거기부터 시작하는 게다.

      약간의 조명 변화가 있고 배경음악이 흐른다.
      자연스럽게 과거로 진행되는 극중극이 시작된다.

창대   (밖을 향해) 장복아, 장복아. 어르신 출발하신다, 말 안장하구, 벼루와
      먹은 내가 챙겼으니, 윤기 좔좔 흐르는 말로 골라 대령하렸다.

장복   (밖에서) 야, 이놈아, 니가 뭔데 나헌티 이래라, 저래라 하는 거여?

창대   아니 저 놈이 아직도? (헛기침) 난 어르신의 마부고, 넌 마두 아니냐.

말 끌 놈한테, 말 대령하라는데, 뭐언 말이 그리 많은 거여!

장복 (밖에서) 에이…. 알았다, 알았어!

창대 어르신 준비 다 되었습니다요.

연암 (나오며) 허엇, 그래? 그럼…. 내, 연경 땅을 향해 한 번 출발해 볼 꺼
      나? (호탕하게) 얘들아, 가자!

창대 (중국어) 따런 워먼 야오 추퐈러! (예, 어르신, 출발합니다!)

무대 어두워지며 사행단의 어수선한 소요, 멀리서 개 짖는 소리, 말 울음소리
가 들려온다.

제2장. 도강록

'渡江錄 · 도강록'이라 쓴 자막이 배경 막에 뜬다. 이어서 회화로 그려진 도강
행렬도가 비쳐지고, 이것이 흐느적거리듯 마치 강물을 따라 건너는 듯 착각을
일으킬 정도다.
하인들이 괴춤을 끄르고 몸수색을 당한다. 짐 보따리며, 소도구들을 일일이
검사하는 관원들, 붉은 깃발 세 개가 일정한 거리를 두고 세워져 있다. 사행단
들도 예외 없이 몸수색을 마치고, 세 번째 깃발을 지나면, 기쁨으로 압록강을
건널 차비를 한다.

해설 (나오며) 연암은 1780년 정조대왕 4년, 청나라 건륭황제 45년, 6월 24
      일에서 7월 9일까지 압록강에서 요양까지 15일 간을 걷게 됩니다.
      압록강을 건너 북경을 향해 가면서 6월 27일에는 이용후생과 정덕
      론을 제기합니다. (객석을 향해 다가오며) 이용후생한 연후에 정덕이
      라. 이것이 과연 조선의 경제학 원론, 맞습니까?

해설, 들어가면, 연암 일행이 상수에 나와 있다.

연암   (깃발을 보며) 저 깃발이 무얼 하는 것인가?

장복   몰래 금지품목을 갖고 가다, 저 첫 번째 깃발에서 걸리면 곤장을 후들겨 치지요.

연암   두 번째에서 걸리면?

장복   거, 큰일이죠? 차, 창대야? 저기서 걸림, 어딜 간다구?

창대   함경도 땅, 어딘가로 귀양 보낸대잖어.

연암   허어, 귀양살이까지?

창대   (긴장) 말두 마세요, 세 번째 마지막 깃대에서 걸림, 그 자리에서 참수랍니다.

정진사   (다가오며) 그야말로 국경을 드나드는 법이 엄한 게로군, 허기사, 법이 엄하지 않음, 나라가 밀수품으로 인하여 엉망이 될 테고, 그 법을 지키자니 사행단 꼴이 우스워지겠지, 헛허….

마두   (소리) 모두 배에 오르세요, 배가 도강을 시작합니다.

배경 막 너머에는 사행단 280여 명이 다섯 척의 배에 나눠 타고, 강을 건너기 시작한다. 하수 일각이 배가 되어, 연암과 정진사가 멀어지는 조선의 의주 땅을 바라보며 대화를 나눈다.

연암   (심각) 자네, 혹여 道를 아시는가?

정진사   (의외) 예? 道라면… 길을 이르시는 말씀이신가요?

연암   그렇지. 道든, 길이든, 우리네가 가야 할, 그리고 서성여야 할 곳이란 말이지. 道란 알기 어려운 게 아니로세, 바로 저 언덕을 보시게. 저기 물과 뭍의 경계에 사잇길이 보이질 않는가?

정진사   시경에 나오는 '먼저 저 언덕에 오른다' 란 구절을….

연암   그게 아니야, 흐르는 강은 나와 저 언덕과 경계를 만들지, 언덕이 아님, 물이란 말일세.

정진사 (이해한 듯) 인간의 윤리가 바로 물과 언덕의 이치란 말씀이시군요.

연암 이것도 저것도, 여기도 저기도 아닌, 사이를 道라 할 수 있지!

정진사 경계를 오가는 것이 道란 말씀인가요?

연암 편협한 눈으로 한 쪽만 보는 건, 道가 아니지, 이쪽과 저 쪽, 그 사이에….

정진사 (이어서) 인간의 道와 철학이 있단 말씀이시군요.

연암 서양의 기하학에서 선은 점을 포함하지, 한낱 작은 점도 道를 만나면 선이 될 수 있고, 그 道는 빛이 있고, 없음에 따라 달라진다네.

정진사 불교에서 말하는 붙어 있지도, 떨어져 있지도 않은 경계, 그 곳에 道가 있단 말씀이신가요?

연암 (확신) 아무렴 그렇지, 무릇 道를 아는 자라야, 그 경계를 알 수 있는 것이오!

연암과 정진사 일행이 배경 막 뒤로 들어가면 분주한 도강꾼들의 움직임이 포착되고, 상수에서 변계함이 나오며 창대와 장복을 부른다.

변계함 창대야, 장복아! 선생님은 어디 계시냐?

창대 (나오며) 어르신께선 지금 멀어진 조선 땅을 바라보시며 시심에 빠져 계십니다.

변계함 (야단치듯) 이놈아, 어디 계시냐니까?

장복 (골리듯) 에이, 주사님께서도 오늘은 한뎃잠을 주무셔야겠네요. 근처에 민가도 없고, 허허벌판이니 원….

변계함 아니, 이 녀석들이 딴청은?

이 때 안에서 들려오는 '와우' 소리, 연속해서 들린다.

변계함 (놀라서) 왜들 저러냐?

장복 (태연하게) 경호소리예요.

변계함 호랑일 쫓는 소리란 말이냐?

창대 이곳 구련성엔 범들이 자주 출몰하여, 사람을 잡아먹거든요.

변계함 (흠) 그래?

창대 (놀리듯) 헤헤, 하지만 소인이 열 번도 넘게, 이 길을 드나들었는데, 한 번도 호랑일 보진 못했지요, 히히히….

변계함 장복아, 어여 가, 선생님 모시고 오너라, 날이 어뒀는데….

장복 예.

창대 아직 방물이 도착 못해, 하루 이틀은 예서 지내야 한대요.

변계함 (가며) 그럼 여기서 이슬 털구, 한뎃잠을 이틀이나 자야 할 팔자란 말이냐?

창대 어쩔 수 없죠, 아직 방물이 반도 못 건너 왔다는데.

정진사 (오며) 허헛, 그 놈에 방물은 왜 그리 많이 싸들고 간단 말이냐?

창대 나으리, 모르시는 말씀이세요. 가는 곳마다 예단을 줘야, 되놈들 인심을 살 수 있거든요. 그 놈들 투정이 대단하거든요.

정진사 그래? 허허, 남에 땅에 들어와 유숙하려니, 별 우순 놈들이 행셀 다 하는구나!

음악과 함께 잠시 암전, 배경 막에 '6월 27일, 비가 그치고 안개 걷힘'이란 자막이 뜬다. 다시 불이 들어오면 연암과 정진사 길을 걸어가는데, 중국인들이 고개를 뻐젓이 들고 마주쳐 온다. 군사들이 불어대는 뽈나발 소리가 요란하다.

창대 (소리치며) 니 쩌거 싸아오 휘즈먼 콰이디 알랑 카이바? (네 이놈들, 써억, 비켜서지 못할까?)

중인 (빤히 보며) 니흐 워 어요 션머꽌시너? (당신이 나하고 무슨 상관인데?)

창대 허어, 이 놈 봐라? 니 즐 따오 나거 똥시 슬 쉐이더마? (저기 신고 가는 물건이 뉘 것인 줄이나 아느냐?)

중인 (고개를 저으며) 나 쓰 선머? (저게 뭐요?)

창대 (넘어뜨리며) 슬 니먼 구어지아 황띠더? (네 놈 나라 황제님께 가져가는 물건이렷다?)

중인 (바싹 긴장하여) 아이야 따련워 콴 쓰쭈일러 바이투어 위엔량워! (하이고, 나으리, 죽을 죌 졌습니다. 살려만 주세요!)

창대와 장복이 깔깔거린다.

창대 니 콰이디알 칭쭈이바! (어서 사죄하렸다!)

연암 (오며) 허엇, 녀석들, 너희들이 중국을 자주 드나들며 행팰 부린다더니, 이제 보니, 그 위세가 아주 대단하구나!

정진사 (말리며) 너무 놀리지 말고, 공연한 실랑이 벌이지 말거라.

창대 어르신, 이 정돈 약곱니다요, 헤헤, 먼 길 가시는데, 요런 재미도 없음, 지루하겠지요?

연암 (손으로 가리키며) 정 진사, 저길 보시게, 저게 요녕성 동쪽의 봉황산이라네. 반 쯤 핀 연꽃 봉오리 같지 않은가?

정진사 (감격) 아! 정말 손가락을 세운 것 같기도 하고, 땅 속에서 돌을 쑤욱 뽑아 세운 것 같기도 하군요!

연암 아무리 봉황산이 수려하다 해도, 조선의 금강산이나 삼각산만큼이야, 아니 그런가?

정진사 (수긍) 그렇죠? 삼각산과 아리수가 어우러져, 물안개 피어오른 쪽빛 하늘, 우리 조선의 명산보다야 못하지요!

연암 책문이 가까운데, 벌써 아침 짓는 연기가 오르는 걸 보니, 청나라 민심이 사뭇 평안한 듯해 보이는구려.

정진사   (손짓) 저 것들 좀 보세요, 담뱃대를 꼬나물고, 길게 늘어서서 우릴 기다리는 것이 뭐라도 건져갈 심산인 것 같소이다.

창대   (오며) 저 놈들, 뭐든 줘야만 가요. 장복아, 너도 짐 잘 챙겨, 눈 감으면 코 베가는 놈들이 쭈욱…, 늘어섰으니께.

장복   (핀잔) 너나 잘해라 잉, 남 걱정하지 말구?

연암   애, 장복아, 안장주머니에 든 열쇠, 잘 챙겨야 한다.

장복   (당황) 예? 어라? (주머니를 뒤집으며) 어? 여기 열쇠가 어디 갔지?

창대   (고소해서) 것 봐라, 또 덤벙대더니 열쇠를 잃어버린 게야?

정진사   허어…, 원 녀석 좀 보게, 그리 한눈을 팔더니, 책문도 못 들어가 열쇨 잃어버렸단 말이냐?

창대   야 임마, 언능 저 풀밭 속을 찾아봐. 어이휴, 저 눔이, 그예 일을 저지르고 말았네.

연암   허어, 사흘 길을 하루도 못가 늘어진다더니, 천리도 더 가야 할 북경 길인데 거기까지 가자면 네 놈, 오장인들 남아 있겠냐?

장복   (황망) 죄송합니다, 어르신, 제가 책문에 들어가면 구경 않고, 눈을 두 손으로 요렇게, 막겠습니다요. 놈들이 암껏도 못 훔쳐가게시리요.

연암   예끼 이놈아, 잘도 그러겠다!

장복   히히, 제가 원래 초행길이고 볼거리가 많은지라….

연암   (꾸지람) 초행이긴, 너나 나나 마찬가지 아니냐.

창대   (오며) 어르신, 찾았어요.

장복   (노려보며) 네가 또 날 골탕 먹이려 숨겨논 거 아냐?

창대   그럼 도루 갖다 버릴까?

정진사   찾았으니, 됐다.

연암   어여 가자, 사람들 거짐 다 들어갔나 보다.

왁자지껄한 청국인 소리 들려오고, 네 사람 책문으로 들어간다. 잠시 후, 무대 뒤를 돌아, 다시 상수로 나온다.

정진사 책문이면 청나라의 변경일진대, 저렇듯 번지르르한 집이며, 여염 집들 용마루 좀 보세요? 아주 높고 크질 않습니까?

연암 (감격) 길은 반듯하고, 먹줄을 튀긴 것같이 규격이 맞고, 벽돌을 구워 집을 짓고 담장을 쳤으니, 내 일찍이 홍대용에게 청국 문물을 듣긴 했어도, 이런 변방이 이럴진대, 북경 가까이 가면, 과연 얼마나 내 눈이 호살 할까?

정진사 (웃음) 선생님 애들 앞에서는 좀….

연암 정 진사, 우리 눈에 뵈는 현실이 그렇잖아요. 장복아, 넌 어떠하냐?

장복 (안장을 둘러메며) 뭐가요?

연암 넌 죽어서 다음 세상에 청나라에서 태어난다면 어떨까?

장복 아이유, 전 싫습니다.

연암 아니, 저 사람들처럼 높은 집에 살고, 평등하게 사는데?

장복 그래도 전 싫습니다, 청나란 되놈이니까요, 히히히….

연암 오, 그래? (방백) 내가 너무 앞서 갔나?

창대 (키득거림) 어르신, 저길 좀 보세요. 드디어 마두, 득룡이가 싸움을 한판 시작했습니다.

정진사 득룡인, 상판사의 마두가 아니냐?

창대 맞습니다, 청인들에게 예단을 나눠 주는데, 공평하게 해야 하지요, 저 놈들은 무조건 더 달라고 떼를 쓰거든요. 전례에 따라 골고루 나눠 줘야지 그렇잖음, 그것이 전례가 돼, 다음 사행길에 낭팰 보거든요.

연암 (고개를 저으며) 그래도 그렇지, 저 놈은 마구잡이로 남에 나라 백성을 희롱하는구나!

창대 저렇게 윽박을 질러대야, 주는 대로 받아 가거든요.

연암 너야 북경에 열 번도 더 다녀왔으니, 우리보다야 훤히 알겠지?

창대 　어르신들은 그냥 모른 체 보시구, 고개만 이렇게 끄덕끄덕 하시고 사알짝 웃으세요, 그럼 득룡이가 다 해결할 겁니다.

정진사 　(손짓하며) 저 책문에 들어서면 이제 본격적으로 청국 땅입니다.

연암 　이곳 어사와 봉성장군이 나와 입국수속을 하고 있으니, 곧 고국의 소식도 끊어지겠지요.

변계함 　(오며) 여기들 계셨군요, 어서 들어가 마을 구경이나 합시다.

정진사 　야, 대단하네요. 물건 하나 허튼 데가 없이 반듯하잖습니까?

변계함 　거어…. 들어가 봐야 알겠습니다만…, 그게…, 글쎄올시다!

연암 　(눈이 휘둥그레지며) 저 것 보시게, 거름더미와 똥구덩이도 저렇게 정갈할 수가! 그러니 정덕과 이용후생의 관계가 명확한 것입니다.

변계함 　(동의하듯) 이용후생한 연후에 정덕으로 다스린다?

연암 　뭐…, 그럴 수도…. 생활이 너저분하고, 궁짜가 끼어 있는데, 질서가 바로 잡힐 수가 있겠습니까?

정진사 　그게 아니고, 선생님의 생각은 정덕을 앞에 두고, 이용후생을 하여야만 질서 잡힌 세상이 온단 말씀 아니신가요?

연암 　바로 보셨소이다. 덕으로 다스리는 세상이라야 문물이 풍요로워지고, 백성의 삶이 태평할 수 있을 것이지요.

변계함 　에이, 그거나 이거나 매하냥인 걸 정 진사께선 대단한 발견이라도 한 양, 그러십니까?

정진사 　저 물지게를 보세요, 길 다란 장대를 어깨에 살짝 메고, 살짝살짝 반동을 주니, 아주 가뿐하게 걷는 걸요?

연암 　(손짓) 허어, 저 샘을 봐요, 두레박 두 개가 양쪽 줄 끝에 있고, 가운데 삼각점엔 도르레를 걸었으니, 힘은 절반이 줄고, 물은 두 배로 퍼 올리잖소이까?

정진사 　(놀라) 조선에선 가히 볼 수 없는 과학입니다. 물지게를 등에 지고 좁은 길을 가는 것이나, 힘을 덜 들이고 물 긷는 것을 일거에 해결했군요.

연암　(감격) 이것이 바로 이용이며, 후생이로다! 오랑캐 것이라도 배워 이득이 있음, 배워야지요.

변계함　(부아가 나서) 뭐요? 오랑캐 것을 배워요?

정진사　(따지듯) 이득이 있음 배워 모두의 유익을 도모해야지요.

연암　물론입니다!

변계함　(삿대질) 아무리 배울 데가 없어도 그렇지요. 어찌 불학무식한 오랑캐 문물을 배운단 말입니까? 이런 언어도단이 어디 있습니까?

정진사　(엉기며) 허엇, 여긴 조선이 아니지요, 청나랍니다. 청나라가 오랑캐일진대, 이렇게 잘 먹고 잘 사는데, 우리 조선은 그 동안 뭘 했습니까?

변계함　(따지듯) 정 진사, 당신은 의리가 있소 없소?

정진사　(싸울 기세로) 이미 백 년 전, 청나라에 망한 명나라를 싸고돌며, 스스로 깎아 내리고, 타국의 문화를 받아들이지 않는 것이 국익에 무슨 도움이 되며, 그게 의리란 말입니까?

변계함　(토라져 들어가며) 쳇, 남의 집 대문에 대고, 실컷 염불이나 외세요.

정진사　(화가 나서) 아니, 변 주사, 말 다했소?

연암　(말리며) 이거 왜들 이러시나?

변계함　(돌아보더니 눈을 부라리며) 두 분께선 죽이 짜악짝, 잘두 맞습니다, 그려! (나가며) 허엇 참, 은혜를 모르는 사람들이로세!

연암　(확인하며) 허엇, 변주사가 단단히 삐치셨나 보군. (오며) 우리 앞에 펼쳐지는 이 땅의 현상을 바로 보아야 합니다. 보세요, 기와를 만들고 지붕에 얹고 하는 것이, 우리 조선과는 달라요. 지붕에 진흙을 깔지 않아요. 기와 한 장은 바로 놓고, 한 장은 엎어놓으니, 암수가 맞게 되지요. 기와 사이는 회를 발라 골을 메우니, 비가 샐 턱이 없게 되지요.

정진사　(진정하며) 선생님께선 홍대용과 벗이니, 우리보다 과학을 보는 눈이 다르겠지만, 문외한인 내 눈에 봐도 잘 정돈된 길이며, 구운 벽돌로

지은 담장이며, 평탄하고 매끄런 도로 월, 쉴 새 없이 오가는 수레
들⋯. 우리 조선이 따를 수밖에 없는 이윱니다. 북벌 포기하고, 북
학을 해야 합죠!

연암 (동의) 옳거니, 내 일찍이 친구들과 조선의 수레에 대해 담론한 적이
있었지요.

정진사 어디, 조선 수레가 수레라 할 수나 있습니까, 삐거덕 삐거덕 폴싹
주저앉고, 덜컹대다가 뒤로 물리고⋯.

연암 (강조) 수레의 생명은 둥근 바큅니다. 고른 원형의 바퀴를 유지해야
반듯이 나가게 되는데, 조선의 수레는 앞뒤가 다르고, 원형이 뒤틀
려, 수레마다 폭이 달라 길이 엉망이 됩니다.

정진사 (답답한 듯 손짓으로 재현하며) 바퀴 폭이 같음, 자연 뒤따르는 수레는
궤도를 따라가게 되지요, 이미 규격을 정해논 겁니다. 조선 관료들
은 길이 울퉁불퉁하고, 언덕이 심해 조선에선 수레가 아니 맞는다
하니⋯, 이거야 원!

연암 수레가 다니려면 여기처럼 길을 반듯이 닦아야지요. 수레에 짐을
가득 싣고 재빨리 운반해야 시장이 풍성해지고, 민생이 융성해지
는 겁니다.

정진사 청나라의 모든 재화가 한 곳에 머물지 않고, 사방 수 천리에 퍼져
나가는 것은 수레와 도로가 반듯하기 때문 아니겠습니까?

연암 (손짓으로) 조선의 영남 아이들은 새우젓을 몰라요, 서북 사람들은
감과 귤을 구별하지 못하지요, 사방 수 천리밖에 안 되는 조선 땅에
길이 없으니, 재활 서로 융통하지 못한 탓입니다!

정진사 (다가서며) 과연, 명언이십니다! 나라가 융성하고 흥왕하려면 길을
닦아야지요, 길을!

연암 (감동) 서역 나라가 세상의 절반을 다스릴 수 있는 것은, 길이 넓고
반듯하기 때문이지요.

정진사 (반듯이) 그러니 그 넓은 길로 군사들이 달리고, 전쟁을 치르고, 물자

를 수송하고….

연암　조선이 이리 가난한 이유는 길이 좁아 수레가 다니지 못하기 때문
　　　인데, 그건 사족이라 칭하는 양반들이 잘못한 탓이지요.

정진사　(동의) 양반입네 하는 우리들이, 정덕을 갖추지 못했음이지요.

연암　덕은 능동적 가치를 말함이요, 인생과 자연의 교묘한 공감과 조화
　　　를 말하는 것 아니겠습니까?

정진사　어찌어찌 하다간, 연암 선생님의 이용후생 이론을 정덕을 떼어버
　　　리고 물질만능으로 몰고 갈 수도 있겠군요?

연암　(동의) 그러니, 지도자들이 덕을 갖춰야지요. 백성을 위하여, 청나라
　　　백년 평화가 바로 정덕을 앞세워, 이용후생을 도모하기에 가능한
　　　것 같습니다.

정진사　(수긍) 서역에선 덕의 가치를 회복하려는 운동이 벌어진다지요? 인
　　　간답게 살려는 정신적 싸움이라 들었습니다.

연암　우리가 선물을 바리바리 싸들고 건륭황제의 칠순을 축하하러 가는
　　　걸 보니, 오랑캐 나라니, 뭐니 해도, 이곳은 평안해. 백성들이 화평
　　　하단 말입니다. 질서가 잡혔단 말이지요.

정진사　건륭황제가 무어간데, 세상 모든 나라에서 사행단을 보내오겠습니
　　　까, 선생님?

연암　비록, 머리 깎은 오랑캐라도, 옛 중화문명을 이어가고 있음이 분명
　　　합니다.

정진사　(떠보듯) 선생님은 북벌을 배척하시지요?

연암　북벌의 뼈대는 낡았소이다. 실경, 북벌을 하자면, 북학을 먼저 해야
　　　지요!

창대와 장복이 청나라 복장을 하고 치발한 모습을 흉내 내며 뛰어 나온다. 일
행이 사라지면 해설자가 나와 있다.

해설   6월 28일, 연암은 벽돌로 쌓은 성곽을 통해 탕탕평평의 딜레마에
      빠집니다. 구운 벽돌은 매우 정형적인 틀에 의해 생산된 것인데, 이
      것을 갈고, 닦고, 재고, 자르는 혼돈에 빠지게 되는 겁니다. 혹시…,
      건축학개론을 잘못 읽으셨나요? 정확한 틀에 흙을 부어 구운 벽돌
      을 왜? 어째서 또 자르고 다듬습니까? 그게 아님, 비유일까요? 서얼
      차별을 금지하고, 벽돌처럼 규격화된 인재를 갈고 닦아 골고루 등
      용시켜, 나라의 발전에 동참하도록 하잔, 대 탕평책의 어마어마한
      은유일까요? (시인하듯 고개를 끄덕이며) 하여튼, 7월 5일 도강록에서는
      벽돌찬가에 이어, 조선의 온돌과 청나라의 캉, 즉 침대문화를 비유
      하며, 조선의 구들장을 팔아먹고, 청나라의 캉을 찬미하는 북학의
      페이소스에 빠집니다. 그뿐입니까? 7월 8일, 호곡장론에선 청나라
      의 드넓은 땅을 죽도록 찬미합니다. 백주에 실컷 울어봄직한 넓은
      땅이란 말이지요. 왜? 무엇 때문에, 누구를 향해 울고 싶었을까요?
      조선의 우민화를 노골적으로 폄하한, 중화주의를 향해 대놓구 울
      고 싶었던 거 아닐까요?

이때, 창대와 장복이 청국말로 '비에슈오 바이화!' (헛소리 그만 해) 라고 소
리 지르며 무대를 가로질러 뛰어 다닌다. 해설, 얼쩡해서 들어가면 무대 암전
된다.

제3장. 일신수필

'일신수필 · 日迅隨筆' 이란 자막과 행서체의 일신수필 원문이 배경 막에 뜬다.
무대 뒤로 청국의 수려한 궁성이 보인다. 연암, 창대와 장복이를 앉혀두고 격
의 없는 대화에 열심이다.

연암   창대야, 넌 중국에 여러 번 다녀왔지?

창대   (뻐기듯) 그럼요, 이젠 눈 감고도 북경에 갈 수 있는 걸요, 헤헤….

장복   눈 감고 열 발짝도 갈 수 없으면서, 잘난 척은?

연암   장복인 이번이 처음이니 나와 한 가지구나, 창대처럼 중국말을 못
      하니 꼼짝없이 창대 뒤꽁무니나 따라다녀야 할 판이야!

장복   (나가며) 쟤, 되놈 말하는 거 엉터리래요, 역관께서 그러던데요?

창대   그래도 너 보담은 낫지, 난 중국에서 밥 굶진 않는다. 칭 게이워디
      알 환!(밥 좀 주세요)이라 하면, 누구든 인심을 쓰거든, 근데 넌 어
      쩔 거야?

장복   (배고프단 흉내) 이렇게 하면 누구든 밥을 주거든?

연암   맞다, 무엇이든 궁하면 통하는 법이지, 그런데 창대야?

창대   예, 어르신.

연암   넌 중국에 드나들면서 본 것 중에 무엇이 제일 장관이더냐?

창대   그야, 많습죠. 요동 천리의 넓디넓은 들판이지요.

연암   그 다음은 ?

창대   구요동의 백탑이구요.

연암   그 다음은?

창대   연로의 시포, 계문의 안개 낀 숲, 노구교, 산해관, 어이휴…. 이루 말
      할 수 없습죠, 어르신….

이때 변계함이 나타난다.

변계함 연암선생, 아랫것들하고, 지금 무얼 하십니까?

연암   허허, 말따먹기 놀일 하던 중이지요, 마침 잘 오셨소, 우리 변 주사
      도 한 번 거들어 보시지요?

변계함 무얼 말입니까?

연암   청국에 와 보니, 제일 인상 깊고, 장관인 것을 말하던 참입니다.

변계함 (비웃음) 에이, 되놈 나라에 머 좋은 것이 있어야 말입죠.

연암 (의아) 변 주사께서 보시기엔 좋은 것이 없다?

변계함 허엇, 황제란 이는 앞머리를 밀고 치발을 했는데, 아무리 공덕이 예
전을 능가하고, 학문이 박식하다손치더라도, 한 번 치발을 하면 되
놈이요, 오랑캐 아닙니까?

연암 (탄식) 창대와 변 주사 눈이, 이리 다를 수가 있나? 같은 사람의 눈으
로 청국을 보는데, 상류 선비는 '존화양이' 즉 중국을 존경하고, 오
랑캐 물리쳐야 한다니, 원…. '춘추'를 너무 잘 읽어, 탓이야!

변계함 (따지듯) 우리 조선이 명나랄 섬긴 지 이백 년입니다, 조선관 한 나라
나 다름이 없었잖습니까?

연암 (억지로) 그런 셈이지, 임진년에 왜란이 일어나니, 명나라 신종황제
는 천하의 군사를 보내 조선을 구원해 줬지요.

변계함 (옹호하듯) 것 보세요, 머리끝에서 발끝까지, 명나라의 은혜가 아닌
것이 없습니다!

연암 (놀리듯) 흐음, 그러니 변 주사께선 중화에 푸욱 빠져 있는 게요.

변계함 (당연) 지금 건륭황제를 배알하려, 개고생을 하곤 있으나, 조선의 정
신만큼은 그게 아니지요.

연암 (애써 설명하며) 중화의 성곽, 궁실, 인민과 정덕, 이용, 후생은 그대로
인 걸요, 중화나 청국이나 이름만 바뀌었을 뿐이지요.

변계함 (열 받아) 선생님은 매우 위험한 발상을 하고 계십니다. 아무리 오랑
캐가 우릴 업신여겨, 형제의 위를 가졌기로, 치발한 되놈에게 구걸
은 안 되지요!

연암 (분위기를 바꾸며) 창대야, 넌 어떻게 생각하느냐?

창대 무슨 말씀이신지요?

연암 봐라, 너는 여러 번 북경을 오가며 장관스런 풍물을 무궁무진 보았
을진대, 변 주사께선 오랑캐 것에, 뭘 볼 게 있겠냐, 하시니 말이다.

창대 (명확) 전 생각이 다르구먼요, 아무리 보잘것없는 것이라도, 배워 이

롭다면 당연히 배워야겠지요.

연암   (손뼉을 치며) 옳거니, 천하를 위해 일하는 사람이라면 진실로 백성에게 이로운 것이람. 그 게 오랑캐 것이라도, 이를 취하여 본 받아야 하는 법!

창대   (읍하며) 맞구면요, 어르신!

변계함   (울화) 공맹의 중화를 오랑캐들이 얼마나 짓밟았는데, 그러십니까?

연암   바로 그게 문제요, 오랑캐가 머릴 자르고, 중화를 더럽혔다 하더라도, 지금은 저들이 중화를 받들고, 이어가며 태평성대를 누리는 것이 현실 아니던가?

창대   맞습니다, 어르신!

변계함   (화를 버럭) 예끼, 이 버릇없는 놈 같으니…. 어른들 말씀하시는데 감히 네놈이 뭘 안다고 끼어드는 게야?

연암   허엇, 이 땅에선 우리보다 이 녀석이 한 수 위라오. 우린 되놈 말을 한 마디도 못하잖나?

변계함   말을 못함, 필담을 나누면 될 것 아닙니까?

연암   필담으로야 한계가 있는 법, 이 놈이 청국 말을 귀동냥으로 배웠으나, 저 먹고, 자고, 마시는 덴 부족함이 없다네. 이것이 바로, 후생이란 말이야!

변계함   (때릴 듯) 아, 인석아, 저리 가지 못해!

창대   (피하며) 예, 소인 물러갑니다요.

연암   오늘 필담을 많이 할 것 같으니, 먹이나 잔뜩 갈아 놔라.

창대   (중국말로) 쉬 닌 요우슬 수이 쉴찌아오 워 바! (예, 필요하면 언제든 불러주세요, 어르신)

변계함   아니, 저 눔이?

연암   창대가 뭐라 했는지, 아시겠소?

변계함   (당연) 모르죠, 저야….

연암   천릿길에 허기진 양반님네를 위해, 하류인생 창대가 술도 얻어다

주고, 안주도 기름진 것으로 얻어다 주겠단 말일 테지요, 허허헛.

변계함　(안에 대고) 이놈아 관둬라. 통역이 필요함, 역관을 대동할 것이니….

창대　(불쑥 나오며) 역관께선 정사, 부사 나으리 곁에서 한 발짝도 안 떨어질 걸입쇼?

연암　(웃으며) 먹이나 자알 갈 거라, 좀 진하게 매물 매물거릴 때까지.

창대　저야, 늘 찰지죠, 장복이 저 놈이 듬성듬성 물만 잔뜩 붜서, 덜덜거리고 갈어대니, 그 모양이지요, 히히.

연암　그래? 허엇 참…. (장복을 보며) 들었느냐?

장복　(오며) 안 봐도 뻔하죠, 창대 녀석이 또, 제 흉을 봤겠지요.

연암　넌 북경이 가까워지는데, 이제껏 본 것 중에 뭐가 제일 장관이더냐?

장복　장관이 머신가요?

연암　장관?

변계함　(비웃으며) 선생님, 물어볼 만한 놈한테 물어 보셔야죠?

창대　(오며) 야, 뭐가 제일 맘에 들구, 좋았냔 말이여.

장복　(머리를 긁으며) 그야 수레가 다니는 길입죠, 길이 평탄하고 반질반질거리니, 수레 끄는 나귀도, 저희 같은 마부도 편한 거 입죠.

연암　(반가워) 그래도 장복이 네 놈이, 보는 눈은 있구나!

창대　(비꼬듯) 쟤가 어르신 마두니, 길 편한 게, 제일 좋다는 겁니다?

장복　(대들 듯) 넌 울퉁불퉁 말발굽 제 빠져도, 조선처럼 좁고 험한 길이 좋단 말이냐?

창대　어르신께선 청나라에서 본받을 게 뭣인갈 물으신 거거든?

장복　(고개를 주억거리며) 그래도 난 길이 제일로 부럽드라, 반질반질한, 넓고 훤언한 길이, 제일로 맘에 들어, 우리 조선에도 이런 길이 많았음, 좋겠다!

변계함　(노려보며) 많았음, 뭐가 좋겠다는 게냐?

장복　사람들이 많이 오가고, 장사도 잘 되고, 그래서 잘 먹고, 잘 살겠죠?

연암　(신통해서) 허허, 장복이, 이 놈이 보기보단 머릴 쓸 줄 아는 놈이오,

나라가 번영하는 게 길이요, 도로인 걸, 알아요!

변계함   (당황) 아, 예? 기, 길이야 넓으면 좋은 것이지요, (창대, 장복에게 호통) 이 놈들아, 뭐하구 있어, 들어가잖구! (들어가면) 허엇, 헌데 조선 땅 이 좁아 터졌는데, 길만 넓게 낸들 뭐언 수가 있겠습니까?

연암   (설득) 장복이가 본 길은, 다만 사람의 길만은 아닌 것이요, 이용후 생의 길을 본 것이지요.

변계함   선생님, 말이나 끄는 놈이, 어찌 이용후생을 안단 말씀이십니까?

연암   변 주산, 청국이 보잘것없고, 치발하여 머리를 빡빡 밀었으니, 오랑 캐일 뿐, 중화정신은 사라졌다 하였지요?

변계함   (반문) 되놈 판에 무슨 중화예요, 이 땅에 공맹은 이미 사라졌고, 우 리 조선이 중활 이끌어 가고 있는 걸요, 맹세코 서쪽과 동쪽으로 흩 어진 짐승과 양떼들이 중활 어찌 알 것이며, 그러니 목숨 걸고 명나 라의 중활 우리 조선이 지켜야 합지요.

연암   허허, 그렇소이까? 아무리 오랑캐라지만 중화는 여기 것이지요, 이 만큼 일백여 년을 무탈하게, 이들만의 전통을 이어오고 있으니, 조 선에서 중화를 일으킨다 할 말은 아닌 것 같소이다, 그려!

변계함   (화를 내며) 공자, 맹자, 주자의 교훈과 예의범절이 사라진, 막 돼먹은 족속입니다. 그러니, 이런 나라에 바랄 게 뭐가 있겠습니까?

연암   그래도 우리 연행단 280명이 죽을 고비를 넘기며, 오랑캐국의 건륭 황제를 만나러 가고 있질 않나요? 이것이 세계정세고 현실입니다!

변계함   (단호히) 그러니, 북벌을 해야지요, 예전 삼전도의 치욕을 되갚아야 지요.

연암   그렇군요, 북벌을 하는 것이 병자호란의 치욕을 씻는 것이라면…. 그러기 위해 공맹을 알아야 한다? 아는 것만으로, 조선 백성을 먹 여 살려준답디까?

변계함   그런 건 아니지만, 사람이 나면, 먼저 배워야지요, 배우지 못하니 불학무식한 소릴 하는 것이지요.

연암   아, 그래요? 나 역시 처음 청국에 왔는데, 내 소감 한 번 들어 보시겠소?

변계함   좋습니다. 선생님이 보시기에 무어가 제일 장관입디까?

연암   (웃으며) 난, 청국의 깨진 기왓장하고, 똥거름이 장관입디다.

창대, 장복 나오며 '똥거름 이래!' 하며 배를 잡고 웃는다.

변계함   (당황) 뭐라구요?

연암   (확신) 깨진 기왓장하고, 똥거름이라고 했소이다.

변계함   (의아) 천하에 몹쓸, 깨진 기왓장과 똥거름이 장관이란 말씀이십니까?

연암   (차분) 민가를 둘러쌓은 담장을 보시게, 마주 합해진 두 쌍씩 아래위로 이어나가, 파도 모양의 문양을 만들지 않았는가? 옆으로 두 쌍이상이 연결 되었으니, 연환 모양이요, 아래 위에서 네 개가 서로 등진 형태로 보면 고로전이요, 집 안에서 보면 밖의 풍경이, 밖에서보면 집 안의 풍경이 비쳐드니, 진 기왓장을 이렇듯 유용하게 사용하였으니, 장관이지요. 냇가의 차돌을 주워 깨진 유리조각과 맞춰새와 꽃, 나무, 짐승들이 문양을 만들었으니, 천하의 그림이 여기에 있질 않은가?

변계함   (기가 막혀) 좋습니다. 깨진 기왓장은 그렇다 치더라도, 사람의 똥이장관이란 말은 이해할 수가 없습니다.

연암   (단호히) 그렇지요? 분뇨는 원래 가장 더러운 것입니다. 조선에서는똥을 아무데나 버리고, 재를 아무렇게나 처리하여, 온 동네가 지저분하고 상류의 잘 사는 사람들이 버린 오물을, 하류에 못사는 사람들이 뒤집어쓰기 십상이지요.

변계함   (의아) 이곳 똥 처리가 그렇게도 기묘하단 말씀이세요?

연암   똥오줌은 더럽기 이를 데 없으나, 논밭을 거두기 위해서는 금덩어리처럼 소중한 것이지요. 저들을 보세요, 말똥을 주워다가 차곡차곡 쌓아 육각형 또는 팔각형으로, 누대를 만들어 분뇨를 저장하지요. 저것이 바로 우리 삶을 이롭게 하는 과학이지요, 그러니 장관일 수밖에….

변계함 (구린 듯) 허허, 원 선생님도, 별게 다 장관입니다, 그려, 헛허허.

연암 그래요, 내가 보기엔 깨진 기왓장 하나하나, 차곡차곡 쌓여진 거름더미가 다 장관입디다. 화려한 궁성과 고대광실 같은 집, 융성한 시장거리, 환상적인 숲의 풍광만 아름다운 게 아니지요, 사람을 이롭게 하는 것이 최고란 말씀이지요, 변 주사!

변계함 허엇, 참, 말씀이 이렇게 허접스럽게 결론날 줄이야? 하필이면 깨진 기왓장과 똥오줌이란 말씀이십니까?

연암 (가며) 자, 산해관을 향해 떠납시다.

변계함 (삐쳐) 아무래도 저는 정사 어른, 체증이 있어 가지구 설라무네….

연암 나야 사신도 아니고, 형님 덕에 여행을 즐기러 온 것이니, 본진보다 앞서가며 구경이나 먼저 해야겠구려, 창대야, 장복아, 그만 출발하자!

왁자한 소리와 함께 일행들이 무대를 가로질러 걸어 나간다.
해설, 나오면 본진의 모습이 아득하다.

해설 연암은 7월 11일 만주족의 본산, 심양에서 성경잡지를 쓰게 되는데요, 골동품 장사들의 속재필담과 비단장수들의 상루필담이 바로 그것입니다. 주류사회와 비주류사회, 상부사회와 하부사회, 양반과 상인, 가진 자와 착취당하는 자, 이제야 연암의 눈이 제대로 떠지고, 머리가 맑아지더니, 세상을 바로 보기 시작합니다. 7월 15일에는 기왓장과 똥거름 장관론을 펼칩니다. 춘추는 공자가 노나라 역사를 기록한 책인데, 중국을 우상처럼 떠받들고, 오랑캐를 물리치란, 내용이지요. 연암은 오랑캐를 물리치려거든 청국의 발달한 법제를 알뜰하게 배워, 조선의 무딘 습속을 바꿔야 한다고 주장합니다. 다른 나라 사람이 열 가지를 배울 때, 조선 사람은 백 가지를 배워, 무엇보다 우리 백성들을 이롭게 해야 한다! 수레제도를 비롯해, 똥거름 쌓는 기술도 배워야 한다고, 역설했다는 거 아니겠습니까!

무대 암전되며 음악이 흐른다. 어둠 속에서 온갖 짐승의 울음소리가 난무한다.

제4장. 옥갑야화

'옥갑야화·玉匣夜話'라는 자막과 함께 '7월 15일에서 7월 23일까지, 9일 동안 신광녕에서 산해관까지 562리를 걷다'라는 글이 지나간다. 후경으로 만리장성이 보인다. 연암의 일행이 안으로 들어선다. 상수 뒤쪽에 걸려 있는 '호질' 원문족자가 일행을 맞이한다. 연암과 정 진사가 신기한 듯 원문을 들여다본다.

연암   아하, 만리장성을 보지 않고는 중국이 얼마나 큰지를 논하지 말라, 하더니 실컷 울어도 좋을 요동벌을 지나오니, 중국이 과연 넓고 크다는 걸 느끼게 되는구려, 정 진사!

정진사 (동조) 이르다 뿐이겠습니까?

연암   또한 산해관을 보지 않고선, 청나라의 제도를 논하지 말라고 했으니, 예가 바로 산해관이 아닌가요? (살펴보며) 아니 웬 족자인가?

정진사 (다가서서) 허허, 아주 재미있는 걸요? 범한테 혼구녕이 난 선비인 걸요.

연암   가만, 이거 기발한 글이요, 내 이 글을 베껴다가 조선에 알려야겠소.

정진사 저걸 다 어떻게 베낍니까?

연암 음, 대충 보니 호랑이가 인간세상을 비아냥거리는 아주 호쾌한 발문이로고…. 내 어찌 이 좋은 글감을 못 본 체하리오. 애들아, 이리 오너라.

창대와 장복이 뒤뚱거리며 다가간다.

창대 예, 어르신.

연암 너희들 어서 지필묵을 대령하렷다.

장복 지필묵을요?

창대 무얼 하시게요?

연암 저 족자의 글을 필사해야 할 터, 지금부터 부지런히 먹을 갈거라.

창대 어휴, 저 많은 글을 다 베끼시겠다구요? 산해관 구경은 언제 하시게 요?

연암 인석아, 지금 구경이 문제가 아니야, 천하의 글 앞에 서 있는데, 더 이상 무슨 구경을 탐하겠느냐?

정진사 (바닥에 앉으며) 제가 돕지요. 저기 중간부턴 제가 쓸 것이니, 전반부 는 선생님께서 쓰세요.

창대와 장복이 지필묵을 보따리에서 끌러 앞에 펼치더니 먹을 갈기 시작한다.

연암 (좌정하며) 이런 좋은 글감을 산해관 상점 안에서 만나다니?

정진사 그렇게 귀한 글재인가요?

연암 그럼, 귀하다 말구! 창대야, 저 글이 뉘 것인지, 어디서 구했는질 쥔 장에게 물어보고 오너라.

창대 (신이 나서) 예, 어르신. (일어나 주인을 부른다) 에이. 라오반! 라오반?

(쥔양반)

연암 　저 놈이 그래도 청국 말을 좀 하니, 그래도 훨 나아요.

정진사 　남의 땅에 와 말 못하면 벙어리나 다름없는 거죠.

장복 　(주인을 가리키며) 창대야, 쥔 양반은 저 쪽에 있잖어.

창대 　나도 알어, 임마!

장복 　(삐죽이며) 저 늠이 이뿐 여자들만 훔쳐보잖아요, 쥔장은 이 편에 있는데, 왜 저 편짝에서 기웃거려?

연암 　(관망) 원 녀석들, 앙당거리구 싸우다가도, 언제 그랬냐는지, 금세 사이가 좋아지지요, 청국 말 못하는 장복이가 한 수 아래로 취급당하는 게 억울한 겁니다, 허엇, 녀석들하구는….

창대 　(오며) 어르신, 누구의 글인지는 모르구요, 장날 길바닥에서 샀다는 뎁쇼. 베껴가도, 좋답니다.

연암 　(좋아서) 그래, 그럼 시작할까요, 정 진사?

창대 　장복아 너 뭐해, 어서 먹 갈지 않구!

장복 　(노려보며) 야, 가서 물이나 떠와라 잉!

창대 　마시게?

장복 　(벼루를 가리키며) 보면 몰라?

창대 　알았어, 물 떠올게.

장복 　언능 와라! 여자들 노리개에 정신 팔지 말구!

창대 　너나 정신 차리고 먹이나 튀지 않게 잘 갈어라 잉?

연암 　(글을 쓰며) 허어 녀석들, 그만들 해라, 정신 사나워 글이 아니 되느니…. 정 진사, 한 글자도 빼먹지 말고 조신하게 베끼시게.

정진사 　염려 마세요, 내가 누굽니까, 필사엔 일가견이 있답니다.

연암 　(넘겨보며) 저, 저 봐, 원문과 다르잖소. 글자가 빠진 걸 모르시우?

정진사 　(확인) 어디가 잘못되었단 말씀이세요?

연암 　그래요, 두 번째 줄, 마지막에 글자가 틀렸잖소.

정진사 　(붓으로 지우며) 젠장, 눈이 어두우니 기연지, 미연지, 헷갈린다니까요.

두 사람 껄껄거리며 필사를 계속한다. 조명이 잠시 전환되면 해설자가 등장한다.

해설 (나오며) 7월 24일부터 8월 4일까지 연암은 산해관에서 북경까지 640리를 이동, 여기에 관내정사, 백이숙제, 고려보에서는 병자호란 때 볼모로 붙들려온 조선 사람들의 마을이지만, 서로 개 닭보듯 하는 슬픈 현실을 피력합니다. 관내정사의 하이라이트는 물론 호질이지요. 엄청난 비유와 은유와 우의, 그 속에 연암의 정연한 논리가 숨어 있기 때문입니다.

호랑이를 비롯한 짐승들의 울음소리 점차 멀어진다.
배경 막에 '옥갑야화, 허생을 말하다' 란 자막이 뜬다. 사행단원들이 둘러 앉아 담소를 하고 있다.

변계함 옥갑에서들은 첫 번째 얘긴 조선의 못된 사기꾼 역관놈이 죗값을 받고 급살한 얘기고, 두 번째 이야기가 무언지 아시는가?

정진사 역관 홍순언 얘기지요?

연암 그 친군, 명나라 만력제 때, 아주 이름난 역관이었다지?

변계함 그 얘긴 무슨 내용입니까?

연암 허엇, 너무 많이 듣고 보고하여 체하면 어쩌지요?

정진사 원, 선생님도 곁에 어의 변 주사를 두고, 무슨 걱정이십니까?

연암 홍순언이 어느 기생의 몸값을 치러 주었는데, 그녀가 자유의 몸이 되자, 명문가로 시집을 갔대지요. 그 후 까맣게 모르고 지내다가, 홍순언이 다시 중국에 들어왔는데, 그 기생은 대가 석성의 아내가 되어 있었대지요. 그런 연유로 홍순언을 은부로 모셨다는 일홥니다.

변계함 아, 그랬군요. 병부상서, 석성이란 사람이 임진왜란 때, 조선 출병을 힘써 주장하여 명나라의 원군을 보내왔다 했지요?

정진사 재물을 의로운 일에 쾌척하는 남아의 호기가, 결국 애국할 수 있는 동력을 얻은 셈이로군요.

연암 그렇지요, 여기 옥갑에 모여 밤 늦도록 들은 얘기가 하나도 그를 게 없어요.

변계함 만금을 사기 쳐, 그 죄로 진짜 역병에 걸린 조선 역관하고는 완전히 다른, 애국하는 역관 얘깁니다 그려!

연암 타국 땅에 와, 조선역관들의 얘길 들으니, 남의 얘기 같지가 않아요.

창대 (오며) 어르신들 여기 계셨네요.

변계함 이놈아, 넌 저녁 먹고 나가더니, 이제야 들어오는 게야?

장복 (술병을 들고) 지덜이 그냥 구경만 한 것은 아니굽쇼. 아주 귀한 술을 한 병을 얻어 왔습죠, 헤헤.

연암 (받으며) 장복아, 웬 술이냐?

장복 주막거리에서 되놈하고, 한 판 붙어, 제가 땄습죠.

연암 무얼 했는데?

장복 (시늉) 조선 씨름을 했죠.

연암 저들이 조선 씨름을 하더냐?

창대 (약 올라) 그저, 서투니까 장복이, 저 놈이 이겼지요.

장복 (놀리며) 창대, 저 놈은요. 요렇게 비실비실한 놈한테 한 방에 거꾸러진 걸요, 히히.

변계함 (창대에게) 네가 졌어?

창대 아, 그놈이 반칙을 했지 뭐예요.

장복 (시늉) 전 도야지같이 생긴 놈을 길바닥에 그냥, 메다꽂았습니다요.

연암 창대는 지고, 장복이가 이겨, 술 한 병을 얻어 왔다, 이 말이지?

장복 (자랑) 한 잔 드시어요, 어르신!

연암 (좋아서) 허엇, 이거 장복이가 따온 술인데 맛이 어떨까? 창대야 넌 뭘 하고 있느냐?

창대   (나가며) 전 안주를 마련해 오겠습니다.

정진사   녀석들 아주 살 판이 났구먼 그려, 헛허허.

연암   자, 한 잔하면서, 내가 만난 백만장자 변승업과 허생이란 위인의 얘기 보따리나 마저 풀어 봅시다,

변계함   (우쭐) 허엇, 참, 변가가 흔한 성도 아닐진대, 하필이면 나와 종씨랍디까?

정진사   조선에서 최고 부자가 뉘지요?

연암   그야, 변승업이란 사람이지요.

변계함   (신바람) 헤헤, 그 양반이 바로, 저의 종친이지요.

정진사   (빈정) 장하시우, 변 주사!

변계함   선생님, 절 놀리시려 농담하시는 건 아닐 테지요?

연암   진짜로 조선 최고 부잔, 변씨 일가일세. 북경에 가면 연극이란 볼거리를 관람할 텐데, 내 얘길 듣고 연극감이 되겠나, 점을 쳐보게.

변계함   (반기며) 문자 그대로 옥갑야화, 그거 제목 좋아요.

연암   (밖을 향해) 창대야, 장복아, 너희들도 들어와 나를 좀 도와야겠다.

창대   (오며) 어르신 무얼 도와드려야 할갑쇼?

장복   저도 도와드릴 일이….

연암   너희들은 이미 조선에서 얘길 들었으니, 허생에 대해 잘 알렀지?

장복   히히히, 물론이굽쇼.

창대   (안주거리를 풀며) 오늘밤, 옥갑에서 늦은 밤까지 얘기꽃을 피우실 거 같아 안주거릴 충분하게 얻어 왔습니다. 어르신, 그럼 저희들은 이만….

변계함   (좋아서) 허엇, 저 놈들이 아주 의뭉스럽습니다, 허허헛.

정진사   저 녀석들도 청국 사람이 보면 조선의 연행사지요.

연암   그르믄요, 내가 젊은 시절 윤영이란 분한테서 조선 갑부 변승업에 대해 이야길 들었는데, 그의 조부시절에 돈이 몇 만 냥에 지나지 않았는데, 일찍이 허씨 성을 가진 선비한테서, 은 10만 냥을 얻는 바

람에 일국의 으뜸가는 부자가 되었다고 했지, 허허. 이 얘길 자알 요리하다 보면 아주 재미있는 소설이 될 거란 말일세.

변계함 (비위가 틀려서) 에이, 선생께서 내심 하고 싶은 말을 억지로 지어내려 하시는 거 다 압니다.

정진사 모르시는 말씀 그게 바로 청국에서 유행하는 소설이란 것이올시다.

변계함 허엇, (술을 받아 마시며) 내가 그걸 모를 리야…. 지금 때가 어느 땐데 소설을 써서 무민을 혹세하고 왕도정치를 비판하려 드십니까? 뭐…, 허생이란 자가 홍길동이라두 된답디까? (고개를 저으며) 큰일 나지요, 암…. 선생님 목이 여러 개가 아니질 않습니까?

연암 허엇, 변 주사도 이미 내가 쓰려는 소설을 눈치 채셨나 보군요.

변계함 며칠 전 산해관에서 하도 잠이 안 와 저놈, 장복이하구 밤새 얘길 하던 차에 허생에 관한 얘길 다 들었소이다. 그래도, 오랑캐 아니지요, 허엇.

정진사 허엇, 이거 나만 모르고 있었나 봅니다.

변계함 허생에게 장검을 줘, 조선 권력의 핵심을 쓰러뜨리시겠다구요? 말도 안 되지요, 아무리 소설이래도 그건 말이 아니 되지요?

정진사 그게 무슨 소립니까?

연암 (술을 권하며) 헛허허…. 변 주사가 역시 혜안이 있소이다. 그걸 알아냈다니 말이오.

변계함 아무리 비유를 써서 속이려 해도 글의 참뜻은 드러나게 되지요. 내 일찍이 주역에 나오는 기문둔갑술을 떼었소이다, 헤헤헤.

정진사 선생님, 소설을 썼단 말입니까. 아님 그렇게 쓸 예정이란 겁니까?

변계함 저런 저런, 아둔하시긴…. 척하면 삼천리 아니오. 어찌 그런 머리로 공맹을 논하겠단 것입니까?

정진사 허헛, 남몰래 아랫것들 얘길 듣고서 꽤나 행셀 하시는구려. 허엇 참…, 가소롭긴?

변계함 (멱살을 잡으며) 뭐, 가소롭다구? 내 말이 우습단 말이요?

연암 (말리며) 허엇, 이 사람들이 옥갑의 이 좋은 밤을 망치려 하시는군.

변계함 날 하대하다간 크게 후회할 거요, 정 진사!

정진사 하대하다니, 난 그런 적 없소이다. 변 주사! 계속 공맹이나 외시구. 기문둔갑으로 곰같이 재주나 실컷 피시구랴!

변계함 (씨근거리며) 아니, 이 자가 정말!

연암 난 한다면 하고, 쓴다면 씁니다. 그게 옳은 길이라면 가야지요. 조선에 돌아가면 옥갑야화란 제목으로 허생전을 쓸 것이니 진사께선 나중에 책이 완성되면, 그 때 보시구려.

정진사 기대해 보겠습니다.

장복 (들어서며) 어르신, 이러구 저러구 날이 밝음, 북경을 두루 돌아 다녀야는데, 언제 잠자릴 봐 드릴갑쇼?

창대 (길게 하품하며) 장복아, 뭘 해. 언능 와 자리 봐드리잖구?

연암 그래, 녀석들 눈꺼풀이 무거워 죽겠나 보구려. 자, 우리도 그만하구 잠이나 청해 봅시다, 그려!

변계함 (심통) 저는 저 쪽 빈방으로 가겠소이다.

연암 허어…. 그만 좀 푸시고, 사이좋게 한 이불 덮고 잡시다!

변계함 나더러 가소롭단 위인하고, 어찌 한 이불을 덮겠습니까?

정진사 (버럭) 그만 좀 합시다, 변 주사!

변계함이 휑하니 나가면 창대와 장복도 따라 나간다.

잠이 들 듯, 서서히 무대 암전된다.

제5장. 북경이야기

해설 (나오며) 8월 1일에 사행단 일행은 북경에 도착합니다. 그리고 8월 5

일부터 8월 9일까지 '막북행정록'을 씁니다. 연암은 만리장성을 넘어 강행군을 하는데, 여기에 '야출 고북구기'와 '일야 구도하기'가 포함됩니다. 고북구를 떠나 열하로 가는 여정인데, 하룻밤에 아홉 번이나 강을 건너며 강행군을 합니다. 왜냐구요? 그건 건륭황제의 만수절에 맞추기 위해, 사생결단 하고, 특공대처럼 방물 운송작전을 펼치는 겁니다.

해설자가 들어가자, 들려오는 뇌성벽력, 하늘은 아직 미명이다. 노하(강물)가 배경 막에 조사된다. 무대 뒤로 강을 뒤덮은 크고 작은 배들이 보일 듯 말 듯 하다. 이윽고 무대 하수에 불이 들어온다.

창대   (다급히) 어르신, 어르신!
장복   (따라서) 어르신, 어르신!
창대   장복아, 정 진사 어르신도 안 계시더냐?
장복   응, 두 분이서 일찍 출발하셨나?
창대   이크, 또 한 소리 듣겠구나. 북경을 코앞에 두고 마두들이 새벽 늦잠을 잤으니….
장복   그러니까, 어제 일찍 들어가 자자고 했잖어, 임마!

이때 또 다시 터져 나오는 뇌성벽력.

창대   (하늘을 보더니) 이상하다, 날만 맑은데, 웬 뇌성벽력?
장복   뭐 하는 거여, 임마!
창대   야, 근데 왜 새벽참부터 임마, 임마, 욕을 하는 거여, 임마?
장복   네 놈이 날 속이려는 거, 모를 줄 알어?
창대   무얼?
장복   (노하를 가리키며) 저 소리, 천둥소리, 아니지? 저기 화약연기 좀 봐라.

미친놈들, 왜 허공에 대고 대포질이야, 난리두 아닌데?

창대 어쭈우, 제법 눈칠 챘네, 히히히…. 야, 뒤뚱대지 말고 언능 걸어, 임마. 북경에 얼추 가야, 어르신들 따라잡겠다!

장복 아이유, 어른들은 잠도 없다니깐…. 어휴 저 배가 과연 몇 대나 될까?

창대 호북성에서 쌀을 3백만 석이나 싣고 들어왔대니, 아마 십만 댄, 될 거다.

장복 (보며) 어휴, 끝이 없군! 저 넓은 강을 배들로 뒤덮었으니…. 어이 가자!

창대 말하고 안장하구 잘 챙겨가지구 나와, 난 뛰어갈 테니.

장복 (방백) 그래, 임자 없을 땐, 슬쩍 나도 말안장에 올라타고 양반들처럼, 세상 유람이나 하련다! 창대야 이놈아, 어디가 꼽더냐?

하수, 암전되고 상수에 불이 교대로 들어오면 희색이 만면하여 연암과 정진사가 나온다. 배경 막에 북경의 자금성이 떠오른다.

정진사 (감동) 아하, 드디어 여기가 북경이란 말입니까?

연암 (감격) 대단허이, 대단해!

정진사 말로만 듣던 조양문을 보니, 내 눈이 십리는 넓어졌나 봅니다.

연암 (손으로 각을 측정하며) 허엇, 정 진사, 서경에 나오는 '유정유일의 정신'을 아시는가?

정진사 알다마다요.

연암 저 건축물을 보게, 조양문이나, 궁성이나, 유리창이나, 자금성이나…. 한결같지 않던가?

정진사 정신 말씀이세요?

연암 아니, 그것 말고, 우리 눈에 보이는 현상 말일세.

정진사 건축술 말씀이시로군요.

연암　우 임금이 물 다스리는 일, 주공의 정전, 공자의 학문도, 관중의 재정 살리기도, 포악한 군주, 걸 임금이나 주 임금의 호화 궁전도, 몽염의 만리장성도, 진시황의 대로도, 상앙의 법제도, 다 한 가지 법에 의한 것이네.

정진사　법이라뇨?

연암　(손시늉) 둥근 것은 그림쇠로, 모난 것은 곱자로, 곧은 것은 먹줄로 맞추니, 이 법이야말로 천하에 퍼뜨리면, 천하가 하나같이 지켜야 하는 척도가 되는 것이로세.

정진사　(손뼉을 치며) 아하! 바로 그거였군요. 예나 지금이나 재고, 되고, 다는 것이 하나로 통일되었다는 것, 그러기에 저토록 규격적인 건물을 짓고 장성을 쌓고, 길을 놓고…. 정말 위대한 발견입니다!

연암　먹고 입는 것이 넉넉한 다음에야 예절을 알게 되는 법, 후세에 나라를 부강하게 만든 임금을 때론 비하하고, 인정이 없다, 뭐다 말 하지만, 그렇다고 제 한 몸의 이익만을 챙겼다고 말할 순 없는 것이로세! 공덕을 누리는 일이라면, 그것이 비록 오랑캐에서 나왔다 하더라도, 유정유일의 정신을 본받지 않은 임금은 없을 거란 말일세!

변계함　(나오며) 오랑캐의 유정유일을 본받자는 말씀이세요, 선생?

연암　아니, 저 친군 어디 갔다 하필 이런 때, 불쑥 끼어드는 건가?

변계함　중화는 오랑캐 것이 아니고요, 면면이 이어온 우리 조선의 문화지요.

연암　누가 아니라 했나요?

정진사　3천 년 역사 동안, 선대들의 지혜를 모아 문화를 만들어낸 것도, 따지고 보니 오랑캐에 와서도 그것을 잘 간직하며, 이어가고 있단 말입니다.

변계함　(헛기침) 허엇, 초록은 동색이라더니, 이제 연암 선생을 완벽하게 닮아 가시는구려!

연암　(낭송하듯) 여기 북경을 두고, 나라를 세워 그 이름을 청이라 했고.

정진사 도읍을 정하여 '순천'이라 했으며….

변계함 (끼어들며) 그렇담, 나도 한 마디. 성의 둘레는 40리요, 자금성에는
       문이 네 개요, 맨 앞 정전을 태화전이라 부르지요.

연암   그 안에 사람이 있는데, 성은 애친각이요, 종족은 여진 만주부요.

정진사 지위는 천자요, 칭호는 황제이니,

변계함 (비위가 틀려서) 자기가 부를 땐 짐이요, 만국이 떠받들 땐 폐하요. 말
       을 하면 조서, 호령하면 칙서라!

연암   쓰개는 붉은 모자요, 복식은 마제수요, 연호는 건륭이라, 조선의 박
       지원이 건륭황제 만수절을 축하하기 위해, 8월 초하룻날, 드디어
       북경에 도착하였다네. 됐나? 허허헛.

장복   (뛰어오며) 어르신, 어르신…. 크, 큰일 났대요!

연암   장복아, 무슨 일인데 그러느냐?

장복   창대가 그러는데, 청국 벼슬아치가 조선 사신들은 즉시 열하로 떠
       나라고 했대요?

정진사 북경에 온 지 얼마나 됐다고, 열하로 가래?

창대   (시무룩해 오며) 에이…. 만리 길을 걸어 겨우 죽지 않고 북경엘 왔는
       데, 황제께서 열하에 가 계시니, 그리로 떠나랍니다.

연암   (궁금) 열하로?

창대   (짜증) 밤낮으로 가도 족히 닷샌 걸린답니다.

연암   (놀라서) 그래, 잠도 안 자고 걷는단 말이냐?

창대   (짜증) 한밤에 고북으로 가서, 아홉 번 강을 건너야 한대요!

변계함 허엇, 변고로고, 내 이럴 줄 알았지, 관리들이 무얼 잘못 전달한 것
       이야!

정진사 다 같이 출발하라던?

창대   부사, 서정관 나으리, 정사 나으리, 그리고 건장한 군사들만 추려서
       떠난답니다.

연암   (난감해서) 허엇, 참!

정진사 선생님은 열하까지 가시겠죠?

연암 그, 글쎄올시다!

장복 (애원) 저도, 꼬옥 데리고 가주세요, 어르신!

연암 나, 간다고 말한 적 없다!

창대 (한숨) 어차피, 장복이하곤 예서 이별이네요.

장복 (울며) 안 돼, 나도 갈 거야!

창대 에이, 청국 말 좀 하는 게 원수지, 하이구!

변계함 (놀리며) 선생님, 다녀오시지요? 그래야 건륭황제를 만나시고 유정
유일을 배우셔야 합습지요?

연암 예끼, 이 친구야, 날 놀리는 건가?

변계함 이치로 따지자면, 그런 거 아니겠습니까요, 허허헛.

연암 이거야, '야출 고북구기'를 써야 될 판이로세.

정진사 이르다 뿐이겠습니까, '일야 구도하기'도 쓰셔야지요, 허엇….

연암 밤에 고북을 떠나 하룻밤에 아홉 개의 강을 건너 열하로 간다? 이거
예삿일이 아니로세. 그래도 내가 연행사로 연경을 다녀왔단 소문
이 났을 터인데, 건륭황제를 못 만났다면 말이 되겠는가?

정진사 (놀리며) 변 주사께선 주치의시니 아니 갈 수도 없겠구, 헛허….

변계함 정 진사, 사람 놀리는 거 아니외다!

정진사 그러니 잘 다녀오시지요, 이 몸은 이곳 연경을 구석구석 다니며 재
미 좀 봐야겠습니다.

변계함 허엇, 차암…. 일이 이렇게 꼬이다니 원….

정진사 선생님이나 잘 모셔주시오, 변 주사.

장복 (엉엉 울며) 어르신, 저두 좀 데려가 주세요, 네?

연암 명단에 빠져 있던?

장복 창대는 들어 있구, 저는 빠진 걸요.

연암 허엇, 조선을 떠나 죽자 사자, 함께 온 아이들인데, 예서 이별이라
니, 원….

장복   (조르며) 어찌 좀 안 될까요, 어르신? 정사님한테 부탁 좀 해 주시어
        요, 어르신!

창대   (봇짐을 메고 나오며) 장복아!

장복   (안으며) 창대야, 같이 가자! 우린 살어도 같이 살고, 죽어도 같이 죽
        자고 했잖어!

창대   (울며) 괜찮어, 열하 갔다, 한 열흘이면 다시 온다.

장복   (통곡하며) 나 혼자 연경에서 뭘 하고 논단 말여, 같이 왔음 끝까지 같
        이 가야지….

연암   (눈물을 닦으며) 녀석들 울음판에 나꺼정 눈물이 다 나는구나! 장복
        아, 진정하고 예서 편히 기다리거라. 오가는 길이 강행군이라, 차라
        리 안 가는 것도 좋을지 모른다!

장복   (울며) 가다 죽어도 좋으니, 데려가 주시어요, 어르신! 내 필담하실
        때 먹 잔뜩 갈아 드릴게요, 네?

연암   (방백) 허엇, 생이별이란 사별보다도 더 슬픈 일이로고. 장복이와 난
        군신도 아니요, 붕우도 아니요, 부자지간도 아닐진대, 이리 눈물이
        나는 걸 보고 인지상정이라 하잖던가? (돌아보며) 장복아, 이제 그만
        돌아가거라. 창대, 손도 좀 놔주고!

장복   (진정하며) 평안히 다녀오세요, 어르신. 창대야, 잘 다녀와!

창대   음, 그래, 잘 있어, 곧 다녀올 테니….

연암과 창대가 나간다. 장복을 필두로 망연히 떠나는 사람들을 배웅하고 있
다. 음악과 함께 무대 암전된다. 배경막에 '야출고북구기 · 夜出古北口記'가
뜬다. 뒤로는 분주히 움직이는 사행단의 소요.

연암   (오며) 창대야.

창대   예.

연암   고북구란 델 아느냐?

창대   비장나리들이 그러는데, 오랑캐 막기 위해 만리장성을 쌓고 전쟁을 벌인 무시무시한 곳이라던데요.

연암   그렇지, 춘추시대부터 제국들이 성을 쌓았다가, 진나라 시황제부터 하나둘 이어나간 것이 만리장성이렸다!

창대   예.

연암   명나라에 와서야 제대로 이어진 만리장성이 되었건만, 이걸 만주 오랑캐들한테 빼앗기는 통에 청나라가 생겼고, 우리가 이 고생을 하며, 건륭제를 알현하러 가는 길임을 알렸다?

창대   예, 그런데 고북구가 지금은 몽고 오랑캐들 막는 성이 되었다던 걸요.

연암   (웃음) 녀석, 알기는 쥐새끼처럼, 속속들이 모르는 게 없구나.

창대   그저 주워들은 겁니다, 어르신!

연암   한밤에 이곳을 지나자니, 춘추시대 이후, 격전지였던 이곳에서 얼마나 많은 사람이 죽었던지, 아마 수십만은 족히 될 터이니, 그 원혼들이 야음을 타고, 저 만리장성을 오르락내리락하며….

창대   (떨며) 무섭습니다, 어르신!

연암   그만하랴?

창대   예, 연경에서 본 코끼릿간, 얘기나 해 주세요.

연암   그곳에 코끼리가 몇 마리나 된다던?

창대   얼추 80마리 될 거랬죠?

연암   그 놈이 아주 묘한 놈이야, 자금성 오문에서 의장을 서기도 하고, 황제가 거동할 때 타기도 한다니….

창대   (신이 나서) 재준 또 어쩌구요?

연암   너, 봤지? 돈 주고 부리는 자가 한 번 농간을 부리고, 다시 돈을 찔러주니 재줄 부리지 않던?

창대   하여간 미물도 훈련시킴, 그렇게 되나 봅니다, 어르신.

연암   허기사 사람일진대, 생각을 한 쪽으로만 쏠려 하면, 더 이상 보이는 게 없는 법이다.

창대 (부러워서) 에, 저한테 코끼리 한 마리 있었음, 조선에 들어가 떼부자가 될 텐데, 비루먹은 말이나 몰고 다니니….

연암 코끼리 조련사가 부럽든?

창대 그러믄요, 그냥 청심환이며, 은자를 은근슬쩍 받아 챙기잖아요.

연암 (구슬리며) 강희황제 때, 남해자에 사나운 범 두 마리가 있었느니라.

창대 그래서요?

연암 범을 훈련시키는데, 그 범이 사나워 말을 듣지 않자, 코끼릿간으로 몰아넣어 버렸겠지.

창대 코끼릿간에 범을요?

연암 그럼…. 범도 놀라고 코끼리도 놀랐겠지, 그러자 코끼리가 냅다 코를 휘둘러 범을 때려죽인 거야!

창대 (놀라서) 코끼리 코에 맞아, 범이 즉사했다굽쇼?

연암 저 살자고 있는 힘껏 코를 휘두르는데, 몽둥이에다 대겠니? 그런데 코끼리의 코는 누가 주었겠니?

창대 (생각) 그야…. 조물주겠지요?

연암 왜 그렇게 생각하느냐?

창대 이빨 대신 코를 길게 만들어 살란 거겠지요?

연암 그런데 조물주께선 왜? 코끼리에게 긴 앞닐 주고, 코를 서너 발이나 길게 준 것일까?

창대 (난감) 그야….

연암 긴 앞닐 주지 말고, 차라리 코를 짧게 주었다면 더욱 편했을 터인데?

창대 천하 미물도 저 살아갈 방돌 구하지 않았을까요?

연암 코끼리에게 범은 대적할 만한 가치가 있어도, 코끼리 앞에 쥐새낀 아무 의미가 없는 것이니, 뭐든, 한 가지에 몰두하여 동일한 판단을 해서는 아니 된다, 이 말이다. 각기 다르게 작용하는 가치를 인정하고, 세밀히 관찰해 보면, 하늘의 원리를 볼 수 있는 것이야!

창대   (흉내를 내며) 저는 그저 우우우, 하고 나발을 불고, 하늘 같은 두 귀를 너풀거리며, 사뿐사뿐 걸어가는 코끼리한테서, 그저 재주꾼들이 쉽게 버는 돈만 봤을 뿐인 걸요.

연암   그럴 테지, 여하튼 조선사람 중 처음으로 연경이 아닌, 건륭황제의 피서산장이 있는 열하를 구경할 줄이야, 그 누가 알았겠느냐? 헛허허.

창대   (짜증) 닷새를 밤낮으로 걸어야 하는데, 하루에도 큰 강을 아홉 번이나 건너야 한답니다, 어르신.

연암   일야구도하(一夜九渡河)라! 난, 그래도 좋다!

배경 막에 '일야구도하기 · 一夜九渡河記' 가 뜬다. 연암과 창대, 말 발굽소리, 자욱한 안개 속으로 들어간다. 왁자한 사행단의 소요가 한동안 계속.

제6장. 열하에서

해설   (나오며) 8월 9일에서 8월 14일까지, 연암은 열하의 태학관에서 유관록을 쓰며, 아련한 조선의 영혼을 발견하게 됩니다. 왕임호, 추사시, 기풍액, 윤가전 등의 청나라 선비들을 만나, 필담을 나눕니다, 연암은 기풍액에게 조선과학의 지전설을 열심히 설명합니다. 그리고 코끼리 두 마리를 보고 변화무쌍한 우주의 비의를 깨우치는 놀라운 발견도 합니다. 단일한 틀로 환원되지 않는 차이를 연암의 눈은 놓치지 않고 바라보게 됩니다. 8월 15일에서 8월 20일까지 6일간 북경으로 돌아오는 이야기로, '환연도중록' 을 쓰며, 연암은 공자와 맹자의 동굴에 갇혀 있던 자아를 발견합니다. 만리장성을 다시 넘으며, 자아는 분열하기 시작하고, 인간의 참모습을 재발견하며 옥갑야화의 허생을 통해 조선의 근대를 발견하게 됩니다.

하수에 불이 들어오면 기진맥진한 변계함과 다리를 다쳐 광목으로 칭칭 감은 창대가 작대기를 짚고 절름거리며 온다.

변계함 (상처를 살피며) 그러니 좀 조심하잖구, 인석아!

창대 강물을 아홉씩이나 건너니 눈이 가물거려 알 수가 있어야지요. 물 속에 뭔가 뜨끔하겠지요. 나와 보니, 저 놈이 편자를 박은 앞발로, 내 발등을 밟은 거예요. 어휴, 아퍼!

연암 (오며) 좀 어떠니, 걸을 수 있겠느냐?

변계함 상처가 깊어요.

연암 이거 큰일이로구먼, 정사께선 저토록 한잠도 안 주무시고 강행하라 다그치시고….

창대 (울 듯) 어르신, 죄송합니다요.

연암 (지쳐서) 연경에 남은 사람들 생각해서라도 무사히 황젤 배알하고 돌아가야겠지, 황젠 언제 배알한다던가?

변계함 내일이면 군사들이 오겠죠.

연암 (하품을 크게 하며) 무박 4일을 강행하니, 너무 졸려 잠이 안 오는구려. 거 참 이상도 하지, 내 조선으로 돌아가 연암골로 가면, 천 날하고도 하루를 더 자겠다고 별렀건만….

변계함 (기분 나쁜) 오랑캐 황제는 참 묘한 사람입니다. 왜, 조선 사행단에게 서번에서 온, 큰 중을 만나라는 겁니까? 그래서 우린 떨떠름했지요.

연암 (생각하며) 그 이를 만나서 무얼 하란 말인고?

변계함 그 큰 중인가 뭔가 하는 이의 위세가 얼마나 센지, 황제도 마치 살아 있는 부처를 모시듯 한답디다. 허엇, 참…. 그리고는 그 이가 선물로 조선 사신에게 금부처를 준다는 거예요. 그걸 갖고 조선에 갔다가는 바로 귀양살이 감이죠.

연암 (떠보며) 에이, 다 좋자고 하는 일인데, 금부철 선물했다고, 그걸 버리고 갈 순 없잖은가?

변계함 (부어서) 우리 쪽 사람들이 난감해 하니, 저 놈들이 황제께 떨떠름하
        게 군다고 통역을 했답디다. 그래 우리 사신들이 죽을상이 되어 버
        렸지요.

연암   그래, 황제께선 뭐라 했다는가?

변계함 뭐라긴 뭐라겠어요. 에이 버르장머리 없는 조선놈들, 이라 했겠지
        요.

연암   공연히 황제의 심기를 건드릴 필요야 없지, 허엇. 황제는 일 년 내
        내, 남에서 동으로, 동에서 북으로 다니다가, 여름이면 동북 지방인
        열하의 피서산장에서 쉰다고 했겠다?

변계함 (비꼬며) 피서산장요? 사실은 그게 아니구요. 동북방 오랑캐들의 길
        목을 차단하려는 작전이랍디다!

연암   (의아) 오랑캐라면?

변계함 (당연히) 북쪽의 몽고족을 말하는 것이지요. 천자가 피서산장에 떠
        억 버티고 앉아 있으니, 중원의 병력이 다 집결하겠지요.

연암   (고개를 끄덕이며) 오라, 그러니 몽고가 침입할 수가 있겠나?

변계함 딴엔 피서한답시고, 변방을 지키는 거죠.

연암   때문에 우린 졸지에 북경이 아닌 열하까지 오게 된 것이구요.

변계함 그나저나 선생님은 서번에서 온 큰 중을 만나시겠습니까?

연암   나야 이번 사행에서 둘러리요, 객인 걸…. 만난다면야, 그런 영광이
        또 어디 있겠는가?

변계함 (놀라서) 허엇, 조선에 들어가 취조 받을 일은 없으시겠다?

연암   아무렴, 나야 조오치, 좋구 말구, 헛허허….

변계함 선생님은 물 만났고, 우린 불을 만났습니다. 조선으로 돌아가서, 서
        번의 생불을 만나 금부처 선물을 받아 왔다면, 자리보전이나 되겠
        습니까?

연암   허엇, 그것 참…. 불은 불이로되 화마가 아닌 생불이라 문제가 된
        다? 이보시게 변 주사, 그 경직된 관념을 버려요. 여긴 조선이 아닌

청국 건륭황제의 땅, 열하가 아닙니까?

변계함 (낭패) 주는 걸 마다하면, 황제를 업신여긴다 하고, 받아 가자니 우리 목숨이 위태하고…. 하이고!

연암 이곳은 정말 다국적 사람이 함께 살아가는 곳이요. 혹여, 서반이나 회회 사람들을 보셨소?

변계함 요상한 모자를 쓰고, 눈이 깊고, 코가 높아요. 서역 만리에서 온 사람들이라지요. 그 뿐입니까? 월남 사람, 티벳 사람, 모두 섞여 낙타가 수없이 늘어서, 황제에게 바칠 선물을 싣고 수천 명이 몰려오고 있으니, 정말 건륭황제의 위엄이 천자의 지위에 있다 하는 것도 거짓은 아닌 것 같습디다.

연암 우리도 수만리 길을 걷고 걸어, 선물 보따릴 지고 이고, 예까지 오질 않았나? 바로 이게 현실일세, 우리의 현실!

변계함 중환, 역시 대단한 것이지요?

연암 중화가 세계의 중심에 있네!

변계함 (눈치를 보며) 말씀대로 오랑캐 나라에서도 배울 점이 있긴 있나 봅디다.

연암 허엇, 변 주사의 요지부동 중화론이 열하에 오더니 점점 싹이 보이는 것 같소이다. (타이르듯) 사물을 오직 한 가지로만 생각하지 말고, 귀를 열고, 마음을 열고, 눈을 들어 다각적인 방향으로 생각을 바꿔 보면, 우주의 이치가 우리 마음에 들어와 있음을 중화의 공자, 맹자, 장자가 아니더라도 알 수 있을 것이오.

변계함 에이…. 그래도 오랑캐는 오랑캐인 걸요…. 헛허허.

연암 (선언하듯) 조선이 변하려면 사농공상, 서얼차별, 반상차별, 도포자락, 상투머리, 허례허식, 이 모든 게 중화주의니, 여기서 벗어나야 하지요!

배경 막에 건륭황제의 모습과 '피서산장 · 避暑山莊' 현판이 뜬다. 그 안으로 분주한 사람들의 그림자가 지나친다. 하수에 불이 들어오면 연암, 한지에 붓글씨를 쓰고 있다. 창대와 변계함이 들어온다.

변계함 (읽으며) 건륭 45년, 경자년 8월 11일, 드디어 황제를 배알하다!

연암 창대야, 우리가 조선을 떠난 지 얼마만이더냐?

창대 5월에 떠났으니, 거짐 석 달은 되었네요.

연암 허엇, 석 달 동안 산 넘고 물 건너 찾아온 곳이 바로 열하의 피서산장이란 말이지?

변계함 (경이) 연경하곤 사뭇 달라요. 대단합디다.

연암 (떠보듯) 구체적으로, 뭐가 다릅디까?

변계함 (당차게) 사람이 달라요, 회회 사람, 몽고나 서번 사람, 목에 혹이 달린 여인들…. 머리에 쟁반 모양의 모자를 쓴 사람, 두건을 두른 사람, 붉은 옷, 검은 옷, 우락부락한 사람들, 어휴 뭐 이런 데가 다 있지요?

연암 서역의 문물을 거침없이 받아들이기 때문이지요.

창대 (감동한 듯) 제가 청국 나으리의 은전으로 노새를 타고 오십 리를 따라오는데, 아마 수천 대의 수레가 만수절 사행단으로 열하로 몰려들고 있더라구요.

연암 (측은해 머리를 쓰다듬으며) 네가 정말 고생 많았다. 다리를 다치는 바람에 뒤에 낙오되어, 내 맘이 불안하기 그지없었는데….

변계함 (떠벌이며) 쳇, 우리 하인 놈들, 저 살자고 거들떠 보지두 않더라니까요. 이 녀석은 엉엉 울어대죠. 청국 감독 한 사람이 노새를 얻어 태워줬기에 다행이었지요.

연암 (감격하며) 저런 고마운 사람이 있나!

창대 서번 사람들은 누런 옷을 입었구요, 황교를 믿는답니다.

연암 서번이라 함은 멀리 사천과 운남 땅을 이르는 말일진대, 청나라완 아주 멀리 떨어진 변방인 걸!

변계함 황교란 걸, 몽고 사람 일부도 숭배한다고 합디다.

연암 서정관과 부사는 어디 가셨는가?

변계함 오늘 정문에서 건륭황제를 배알한답니다.

연암 상통사가 뉘시더라?

변계함 윤갑종이란 사람이더이다.

창대 상통사께선 만주 말을 잘 하시거든요.

연암 창대, 네가 그이를 아느냐?

창대 그럼요. 저하고 서너 번이나 연경에 함께 갔거든요.

연암 그래, 그랬구나! 통역을 잘 해야지. 우리 사신들이 덜덜, 떨지 않게 끔.

창대 그런데 사신 나으리들한테, 군기대신이 급히 오더니, '술천 나마샹 치 찰십륜포 지에 판첸라마!' (사신은 곧장 찰십륜포로 가서 반선 불을 접견하라)라고, 명령했답니다.

연암 그게, 무슨 소리냐?

변계함 저 녀석이 아직두 되놈 말 좀 한다구, 재는군요, 헛허….

창대 (흉내 내듯) 사신은 곧장 찰십륜포로 가서, 반선불을 접견하라는 말 입죠!

연암 찰십륜포라면, 성승이 거처한다는 절을 말하는 것이냐?

창대 그렇답니다요, 어르신!

변계함 (화가 나서) 어찌, 오랑캐가 조선 사신들에게 서번의 중을 만나라, 명 령을 하는 겁니까?

연암 황제가 만나라니, 만날 수밖에….

변계함 선생님이야 천하를 두루 구경하시니 좋으실 테지만, 부사나 정사, 서정관 어른들은 난감하시겠지요. 오랑캐들이 중화를 버리고 누런 옷 입은 중을 떠받들라 하니, 원!

창대 아주 엄청 높은 중이라서, 아예 절을 지어주고, 그 곳에 살게 했답 니다요.

연암	무슨 뜻이 있겠지. 밑두 끝두 없이 대승을 만나라 하진 않았을 게야!
변계함	(심통스럽게) 불교를 억제하고, 유학을 장려하는 조선이 미웠겠지요.
연암	그렇담 황제께서 또 다른 각도에서 조선을 보고 있음이 아니던가? (호탕하게) 창대야, 앞장 서거라. 중국말로 그 대승이 누구라 했지?
창대	판첸라마에요!
연암	그래, 판첸라마. 서번에서 온 판첸라마를 만나러 가자꾸나! 내 생에 이런 횡재가 다 있나. 열하에 와서 황제를 보고 대승 판첸라마를 만날 줄이야. 내 조선에 돌아가면 친구들에게 할 자랑거리가 더 많아 졌는걸, 허허허.

쇠북소리, 목탁소리, 염불소리 은은하게 들려오면서 무대 암전된다.

제7장. 에필로그

현대의 북 콘서트가 열리는 현장. 배경 막에 '북 콘서트, 열하일기를 만나다' 란 부제가 뜬다. 무대 밝아오면 진행자가 나와 무대 인사를 한다.

해설	(나오며) 여러분, 안녕하십니까? 연극 잘 보셨나요? 지금부터 '북 콘 서트, 열하일기를 만나다' 를 시작하겠습니다. 역대 문학작품 중에 서 '열하일기' 만큼 조선을 대표할 작품은 없습니다. 그래서 북 콘 서트의 이름을 '열하일기를 만나다' 라고 정해 봤습니다. 어때요, 맘에 드시나요? (분위기를 살피며) 하하, 맘에 드신다구요. 예, 감사합 니다. 그럼 여러분이 보셨던 연극 '열하일기' 의 원저자, 연암 박지 원 선생님을, 그 시절, 조선왕조 정조대왕 시절로 거슬러 올라가 제 가 특별히 천상에서 지상으로 모셔왔습니다. 연암 선생님께서 나

오십니다. 박수 부탁합니다, 여러분!

연암 (어리둥절) 예가 어디요, 선생?

해설 북 콘서트 현장입니다!

연암 북 콘서트? 그게 뭐요?

해설 (의자를 내어주며) 선생님께서 남기신 200년 전의 열하일기를 만나는 자리입지요.

연암 아직도 내 글을 읽고 있는 사람이 있다니, 놀랍군요!

해설 워낙, 명 문장가셨잖습니까? 그럼…, 북 콘서트, 시작하겠습니다. (객석을 둘러보다가 연암에게) 긴장하지 마시고, 예전 그 기억을 되살려 주시기만 하면 됩니다, 선생님.

연암 (당황하며) 아, 예.

해설 본론으로 들어가죠. 선생님이 쓰신 열하일긴 기행문이며 수필이라고 배워 왔습니다. 그런데 소설적 기법이 너무 많이 보입니다. 혹시 이 작품에 픽션은 없나요?

연암 (반문하며) 픽션이라면?

해설 죄송합니다. 작품 의도를 전하기 위해 허구적인 사유나 은유를 사용하셨느냐, 이 말입니다.

연암 사실 열하일기는 내가 나에게 쓴, 나를 찾아 떠나는 긴 이야기지요.

해설 매월당 김시습이나 허균이 쓴 소설과 같은 겁니까?

연암 말하자면 그렇지요. 기행문 형식을 딴 소설이지요.

해설 그런데 우리는 조선 선비의 북경 여행 정도의 단순한 기행문으로 배워 왔거든요, 잘못된 거죠?

연암 그것이 단순한 여행기록이라면, 그리 오래두고 쓸 필요가 있었겠습니까?

해설 (관객에게) 연암 박지원의 열하일기를 우린 거꾸로 읽고, 그 속에 내재된 무서운 외침을 외면해 왔습니다. 그 이유는 열하일기를 흥미 위주의 단순한 기행문으로만 가르쳐 왔기 때문이지요.

연암 (진정성 있게) 열하를 다녀온 뒤, 오랜 세월 고심을 거듭하며 완성한 작품입니다. 교육이 잘못돼 본말이 왜곡됐다면 언능 고쳐야지요!

해설 연암 선생님, 죄송합니다. 그래서 이 연극을 만들게 된 겁니다.

연암 (헛기침) 허엇.

해설 열하일기 초반부, 도강록에서 청국의 문물을 극구 찬양하시던데, 당시엔 중화주의에 푸욱 젖어 있었던 것으로 보이는데….

연암 (고백) 중화주의를 빨리 벗어 던져야 했는데 그게…, 그래서 옥갑야화를 쓰게 된 이윱니다!

해설 선생님, 중화주의가 구체적으로 무얼 뜻하는 것인가요?

연암 공자, 맹자로 대별되는 유가의 형식주의를 말하는 겁니다.

해설 (반문) 형식주의라면 구체적으로?

연암 유학에서 비롯되는 엄격한 형식주의인 서얼차별, 반상차별, 유교적 허례허식을 버리고 실리적으로 살자는 것이지요.

해설 사대부가 변해야 조선이 변한다고 하셨죠?

연암 시대가 변하고 문화가 뒤섞여 과학은 진보하는데, 조선은 꿈쩍도 않아요. 양반은 굶어 죽어도 일을 하지 않고, 사농공상을 정해놓고 차별하고, 적서를 가리며, 위엄과 체통만 따지는 중화에 빠져 도대체 모면할 생각을 못하는 겁니다. 과거는 과거요, 현재는 현재인 것을 인정하려 들지 않아요?

해설 (자르듯) 숭명주의를 두고 하시는 말씀이시군요?

연암 (흥분) 망한 명나라를 의리와 옛정으로 동경하고, 숭배하려 하니, 하는 말이지요.

해설 아, 그랬군요. 도강록, 6월 27일자에 '이용후생과 정덕론'을 펼치셨거든요?

연암 '서경'에 나오는 말입니다. 내가 그 순서를 바꿨어요. 모두 동위의 요소들일 뿐 순위는 없소이다!

해설 이용과 후생, 정덕이 똑같단 말씀은 잘 이해가 안 가는데요?

연암　이용을 잘해야 잘 살게 되며, 행복을 누릴 수 있다는 말입니다. 과학을 발전시켜야 문명이 이로워지고, 인간의 가치가 올라가는 것이지요.

해설　즉 오랑캐의 문화라도 이로운 것이라면 적극 받아들여 배우고 익혀, 우리 생활에 유익을 보태자란 것인가요?

연암　맞소이다. 조선이 변해야 하는 것은, 옛 중화를 버리고, 실리를 챙기는 것이었소.

해설　예를 들어, 벽돌을 구워 집을 짓고?

연암　캉의 이로운 점을 배워, 온돌보다 과학적인 우리 것을 창조하고.

해설　펄럭이며 하늘을 덮는 도포자락을 과감하게 벗어던지고, 일하기 편한 간출한 옷을 입고?

연암　배배 꼬아 올린 상투머리 잘라 버리고.

해설　넓은 길 닦아, 수레가 가득 줄이어 달리고요.

연암　과학과 기술을 개발하여 인간의 힘을 덜 들여 생산량을 늘리고.

해설　일석이조, 일거양득의 기중기나, 규격에 딱 맞는 수레문화를 조선에 들여오자 이거였지요?

연암　머릴 빡빡 깎은 청나라 오랑캐든, 서역의 회회 문화든, 열심히 일해서 함께 잘 사는 나라를 만들자 이겁니다!

해설　당시 조선은 모든 일이 양반사회, 즉 상류사회를 위한 생산과 분배의 체제였죠?

연암　조선의 농, 공, 상인은 상류사회에 착취당하는 하류집단이었지요.

해설　허허, 그렇군요. 회회 사람들이 낙타를 타고 무역을 하는데 조선에선 그걸 모두 굶겨 죽인 예가 있었다지요?

연암　낙타를 거둘 수 있는 집이 없어요. 길이 좁고 집이 낮고 작아, 조선에선 무용지물이었지요. 먹이도 감당할 수가 없었을 터이고….

해설　선생님의 주장은 낙타가 다닐 수 있는 대로를 건설하고, 집을 높고 크게 지어 큰 무역을 위해, 낙타를 운송수단으로 수입했어야 한단 말이었네요?

연암 이르다 뿐이겠소? 코끼리도 마찬가지지요.

해설 선생님은 지동설을 구체적으로 청나라 학자들과 나눴는데, 그걸 확실히 믿고 있었나요?

연암 (단호히) 내 친구, 홍대용의 이론은 정확합니다. 오늘도 땅 덩이는 돌아가고 있습니다. 맞지 않나요?

해설 여전히 서역사람, 갈릴레오나 코페르니쿠스의 이론은 2백 년 전, 선생님들의 이론과 맞아 돌아가고 있습니다.

연암 변함없는 것은 진리요, 새로운 각도에서 경계를 허물고 듣고 보고 생각하는 것, 달을 보고, 바다를 보고, 보고 보고 또 보고, 그렇게 해서 만들어진 게 지동설이지요.

해설 놀라운 일이군요. 서양에서만 천문학이 발달한 줄 알았는데, 우리 조선에서도 천문학의 정확한 이론이 정립돼 있었다니 말입니다!

연암 누구도 이 학설을 뒤엎진 못할 것이라고, 내 청국 친구 기풍액에게 예단하지 않았습니까?

해설 에…, 본론으로 돌아가서 오늘 북 콘서트에서 밝혀내야 할 것은 열하일기에서 하고자 했던 메시지, 즉 최고의 주제는 무엇이냐는 것이지요. 도강록을 비롯해 성경잡지, 일신수필, 관내정사, 막북행정록, 태학유관록, 곡정필담….

연암 (말리며) 무얼 그리 외시느라 수고하시나요? 열하일기의 절정부를 말해 달라, 이거지요?

해설 맞습니다. 열하일기의 클라이막스, 절정부는 어디죠?

연암 (자신 있게) 그야, '옥갑야화' 지요!

해설 예, 저도 그렇게 생각하고 있습니다.

연암 그 중에 '허생전' 은 내가 하고 싶은 비유와 은유를 다 쏟아 부은 소설입니다.

해설 허생전의 이야기 구조는 어디에서 차용하셨나요?

연암   허균의 '홍길동전' 이지요.

해설   무인도는 그럼 홍길동의 유토피아, 율도국을 모방한 것인가요?

연암   허균은 율도국을 건설만 했을 뿐, 그 정체가 없어요. 그래서 그 빈 섬을 채워 나가는 일을 한 것이지요.

해설   마누라에게 학대받던 허생이 변승업을 찾아가 돈 1만 냥을 빌리는데, 그게 소위 자원의 분배라든가 기업의 투자개념인가요?

연암   그렇소이다. 상인이 돈 버는 방법을 매점매석이라는 좋지 않은 방법을 비유해 그려본 겁니다.

해설   오늘날 재벌기업들이 문어발식 기업 확장과 소상공인을 다 죽이고, 돈을 싹쓸이하고 있는데, 선생님께선 200년 전에 자본주의 경제 폐해를 예단하셨단 말입니까?

연암   매점매석은 나쁜 방법이지만, 자본을 통용하는 데는 일정 역할을 하지요. 그러나 정덕의 세상을 만들려면, 서로 양보하고 힘을 나눌 줄 아는 분배의 정의를 찾아야지요.

해설   오, 놀랍습니다. 오늘날 노블레스 오빌리주, 명예와 의무, 닭의 벼슬과 달걀의 노른자 역할, 선생님께선 허생을 통해 명예로운 부자의 명예로운 의무를 역설하신 거네요?

연암   돈은 필요한 만큼이면 족한 것이지요. 돈이 넘쳐나면 세상이 흉흉해지고, 질서가 잡히질 않아요. 통화가 많으면, 빈부 차는 더욱 심해지고, 적당한 돈이 돌고 돌아야, 살림이 재미있어지는 것이지요.

해설   허생의 무인도는 하위계층이 건설하는, 유토피아였다, 이 말씀이시지요?

연암   이상향을 만들어가게 한 조치였어요. 아이를 낳으면 오른손으로 밥을 먹게 하고, 문자를 만들게 하고, 지식을 터득케 하는 것입니다. 백지 상태에서 새로운 나라와 문화를 만들려는 것이었지요. 그래서 이미 글을 아는 자들을 모두 데리고, 외부와의 소통을 차단하기 위해, 배 한 척, 남기지 않고 나온 겁니다.

해설	(놀라며) 도적떼를 교화시켜 유토피아를 건설케 하셨다?
연암	사람이 주인인 안락한 나라를 만들어 주고 싶었어요.
해설	나오는 길에 거금 50만 냥을 바다에 투척하셨는데, 왜 그러셨지요?
연암	돈이 많아지면 물건 값이 오르게 되죠? 통화의 폐단을 막기 위해, 필요한 돈만 남겨둔 것이지요.
해설	와! 또 한 번 놀라게 됩니다. 그 옛날, 물가 인플레를 잡으려 통화정책까지 마련했다니, 정말 대단하십니다!
연암	(웃으며) 돈 1만 냥에 좌지우지된, 조선의 경제는 그 수준의 깊고, 얄음과 경제의 질 문젤, 제기한 것이지요.
해설	그 부분 말이죠. 우린 단순히 부실한 조선경제의 고발쯤으로 배워왔는데, 그렇게 깊은 뜻이 숨겨져 있었군요!
연암	내 글은 행간과 행간 사이의 뜻을 충분히 따져봐야 알 수 있지요. 사이 사이에 도(道)가 있다, 말했잖습니까?
해설	예, 도강록에서 압록강을 건너며 물과 육지의 사이, 그 경계에 도가 있다고 피력하신 게 기억납니다. 자, 그럼 정치 쪽으로 주제를 돌려볼까요? 변승업이 이완 장군을 데리고 와, 북벌을 꼬득이죠? 선생께선 기발한 간첩작전을 제안하셨죠?
연암	우리 조선이 북벌을 하자면, 먼저 북학을 해야 한다고 했습니다. 적을 알아야 이기는 법, 청나라 오랑캐를 접수하자면 은밀히 간첩을 침투시켜, 권력 속으로 들여보내, 차츰 무장해젤 시켜야 했지요, 헛허.
해설	그 제안에 이완 장군이 난감해 했지요?
연암	그 친구는 당시 150년 전, 병자호란 때, 인조 임금이 누르하치에게 무릎 꿇었던, 삼전도에서의 굴욕에만 젖어 있어요.
해설	대를 이어, 굴욕에 젖어 있기만 하면 뭘 합니까? 방도를 찾아야지?
연암	무슨 도술을 부려서 수치를 씻을 수 있단 말인가요? 현실은 그게 아니잖소? 이완 장군은 280여 명의 사행단이, 오랑캐 황제의 칠순을

축하하기 위해, 장장 다섯 달 동안이나 목숨 걸고, 강행군을 해야
하는 게, 조선의 현실인 것을 망각한 사람이었어요.

해설 역부족이었지요? 오늘날 중국은 지구상 최대의 인구와 땅덩이를
가지고, 새로운 중화를 부르짖고 있지 않습니까?

연암 그 이유는 옛 중화를 그들의 문화로 이어가고 있기 때문일 겁니다.

해설 옥갑야화의 결론은 무엇입니까?

연암 내가 지어낸 허생 이야길, 사람들이 무척 좋아했지요.

해설 허생전의 중심은 근대사회의 원리와 근대기업의 출현을 예단한 것
입니까?

연암 실리주의 정책을 이어가, 백성이 행복한 조선, 과학문물을 받아들
여 부강한 조선을 만들어야 한다는 지상 예언이올시다. 그게 결론
이지요!

해설 죄송합니다, 그런 줄 모르고 '허생전'을 마당놀이로 한 편으로 만
든 결과 우리 모두를 바보로 만들었네요. 그리고 이완 장군에게 칼
을 들이댄 것은 역성혁명, 즉 왕을 죽이라고, 은유한 것 맞습니까?

연암 (수긍) 조선이 변하려면, 기존 정권은 물러나야 했지요.

해설 그 기조는 이미 선생님 글 속에 장자가 유가를 향해 '숙'과 '홀'이
중앙의 남해 제왕을 죽인 이야기로 비유하신 거죠?

연암 (단호히) 왕이 죽어야, 조선이 살아날 수 있었기 때문이었소!

해설 마치 퍼즐게임을 하듯 비밀 암호를 풀어가는, '왕을 죽여라!' 이 거
대한 비유, 그러자면, 선생님 목숨을 담보하셨겠군요?

연암 그러니까, 열하일기는 단순한 일기책이 아니지요.

해설 진짜, 장자의 책에는 길이가 천리가 된다는 새라든지, 8천 년 묵은
나무라든지, 하백 같은 허황된 인물 등, 거짓도 있으나, 연암 선생
님의 책에는 참은 있으나, 거짓은 없는 것 같습니다. 선생님, 혹시
중세의 르네상스를 아시는지요?

연암 서역 세상의 변화의 물결을 알고 있었소이다.

해설 정조 임금을 조선의 르네상스 시대를 개척한 왕으로 비유하는 게 맞습니까?

연암 (부정) 허엇, 내가 쓴 열하일기에 건륭황제 연호를 사용했다 하여, 노발대발하던 임금이시오?

정조 (나오며) 누가 함부로 나를 비판하시는가?

연암 (개의치 않고) 어서 오시오, 이산 선생.

해설 (놀라며) 이산이라면 정조대왕이신데?

연암 무엘 그리 놀라시나. 저 쪽의 삶은 다 그래요, 누구나 평등하거든.

정조 (웃으며) 저승에서까지 왕은 아니지. 나, 이산 맞소이다.

해설 (감동) 아아! 열하일기에 대해 진실게임을 벌이던 중입니다.

정조 (연암을 가리키며) 이 친구, 자송문을 쓰라 하니 뭐라 한 줄 아세요?

해설 (객석을 향해) 자송문이라면, 그 유명한 정조의 문체반정을 말하는 겁니다. 조선 후기 정조시대에 연암을 비롯한 진보적 성향의 문인들이 정통적인 문체를 벗어나 패사소품체, 즉 소설체 문장을 구사해 글을 쓰니까, 정조를 비롯하여 보수파 세력이 이를 바로잡으려 단행한 사건이 문체반정이었습니다.

정조 열하일기란 소설을 써서 무민을 혹세하고, 세상을 어둡게 만든 장본인이 바로, 저 친구지요.

연암 허허, 초야에 묻혀 자유로운 문체로 소설을 썼기로, 문체를 트집 잡아 세상의 흐름에 역행하는 반정을 시도한 사람은 이산, 바로 당신입니다!

해설 당시 유행하던 문체로 쓴 열하일기가 맘에 안 드셨나요?

정조 소설체는 사람의 마음을 간악하게 만들어요. 오로지 선대의 고전으로 돌아가 세상의 문체를 바로잡기 위함이었어요.

연암 (화를 내며) 소설체 문장은 시대의 흐름이었소. 왕의 권력으로 막을 수 없는 거대한 흐름이고 해방이며 자연의 순리였소!

정조 (역정) 무슨 소리요, 문체를 바로 잡아야, 이 나라가 바르게 변화된다는 걸 모르고 하는 소리 아닌가?

연암　(따지듯) 이옥의 문체가 어때서 과거에 장원한 이의 문장을 맨 꼴찌로 내쳐서 낙방을 시킨 것입니까?

정조　이옥의 문장은 소설체였소!

연암　소설체 문장이 뭐가 잘못이란 거요?

정조　이옥의 문장은 패관잡기요. 소설체 아류로써 문장에 내용은 없고 기교와 조급함과 경박함이 문제였소!

연암　(꾸짖듯) 이산, 당신이 저지른 문체반정으로 조선의 문화가 수백 년 뒤처지게 되었소이다. 서역에선 문예부흥이라 하여 과거 인간의 지성을 규제하던 오만의 틀을 깨뜨리고, 고전을 뛰어넘어 사람이 중심이고, 자연과 함께하는 표현의 자유와 해방구를 찾아내는 역풍이 불었을진대, 조선의 왕, 이산은 시대에 역행하는 문체반정을 일으켜 수많은 문장가들을 조여매고, 죄로 몰아 과거에도 응시하지 못하도록 족쇄를 채웠던 것, 이제 와서라도 사과하시오!

정조　(목청을 높이며) 고전으로 돌아가자는 문체반정은 옳았소이다!

연암　(반사적으로) 나의 글, 열하일기는 소설체 문장의 선풍을 일으켰소.

정조　문장은 도와 의와 예로 표현되어야 함이 마땅하지요!

연암　그건 잘못된 생각이오. 자연의 섭리와 감성, 작은 외침을 무리 없이 표현해 주는 것이 소설체이지요!

해설　패관소품은 곧 소설체 문장을 뜻하는 것이고 경서를 존중하여 중화의 공자, 맹자의 경전과 비교해 가장 천하고 천대받아야 할 문체란 뜻이지요?

정조　(간절히) 문체로 세상을 바꿔야 했어요. 청국의 야한 소설, 천박한 이야기를 우리 조선 백성들이 배워선 아니 되었기에….

해설　그래서 문체반정을 일으키셨단 말씀이지요?

연암　가장 누추하고 천대받는 이야기가 위대한 문장으로 완성될 수 있음을 모른단 말이시오?

해설   저, 이산 선생님께 한 가지 질문이 있습니다.

정조   무슨….

해설   정조대왕께서는 개혁군주였다고 평가되는데 어쩌다 문체반정 같은 시대를 거스르는 정책을 펼치셨습니까?

정조   (심각) 당시엔 선비들이 문풍이 날로 해악스러워지고, 그 옛날 평화로운 세상의 문장과는 판이하게 달라지고 있었지요. 백성의 마음을 움직이는 바른 문장이야말로 세상을 변화시킬 것이라 믿었소!

연암   무엇이 바르단 소리요? 백성이 좋아하고, 즐거워하고, 행복하면 그게 바로 화평인 것이지요!

정조   (침통) 하지만 나의 정책은 성공하지 못했소. 당시 떠오르던 연암의 소설체가 나를 이긴 거요! 그게 진실로 백성이 원하는 문장이며, 문체였음을… 강제로 막아서려 했던 내가 우를 범한 것입니다! 미안하외다, 연암!

연암   나에게 미안할 것 없소이다. 수많은 유생들을 소설 문체를 썼다 하여 유배 보내고, 군역을 부과했고, 과거응실 제한하고, 당파간 분쟁의 먹잇감으로 전락케 했으니, 당연 그들이 피해잔 것이지요.

정조   당파라 하셨소? (사이) 노론과 남인의 틈새에서 난 문체를 통해 노론에 명분을 주고 남인에게도 희망을 주려 탕평책을 썼던 것입니다. 허나, 노론은 남인의 소설체를 고발하고, 남인은 노론의 소설체를 고발하며 문제가 일파만파로 커졌던 것이지요. 어차피 문체반정은 실패로 돌아갈 것이 대세였으니, 실패를 인정할 수밖에….

연암   왕권을 강화하고 문민정책을 혁신했기에, 조선의 근대는 아수라장이 되어 마침내 일본의 지배를 자초하게 된 것이 바로 정조, 그대의 문체반정에서 기인한 것입니다!

정조   인정하겠소. 내가 세상을 뜨고 60년 동안 천주학을 몰아내기 위해 무참한 사화를 불러왔고, 그것이 조선의 쇄국정치로 이어졌으며, 마침내 조선 근대화에 악재가 되었음을 잘 알고 있소이다! (비통) 내가 모를 턱이 있겠소?

정조, 연암의 말에 동의하며 침통한 모습으로 사라진다. 연암이 사라지는 정조의 모습을 바라본다.

해설   연암 선생은 그야말로 경박한 청나라에서 수입한 문체의 원흉으로 찍혔고 반성문을 써내라 했으나 이를 거부했었죠. 정조임금은 당시 스러져가는 조선의 문장을 바로 일으켜 세우고, 성리학의 성체로 조선을 변화시키려 했던 겁니다.
연암   (흥분) 조선은 역성국이 세워지지 못해, 변화의 기회를 놓친 겁니다.
해설   그럼 조선에 새로운 성씨가 들어섰다면, 서역의 르네상스 같은 변화가 일어날 수 있었단 말씀이시로군요.
연암   그렇소!
해설   아, 예…. 중화를 타도하고, 근대조선을 건설해야 한다는 북학파 지식인, 소설가 연암 박지원 선생님, 목숨 걸고 역성혁명을 은유한 코리아 판타지, 열하일기, 이제 그 속 깊은 내용을 알 수 있게 되었습니다. 200년 전, 걸어 걸어, 북경과 열하를 다녀온 뒤, 조선의 도약과 변화를 꿈꿔 오신 연암 선생님께서, 세상을 향해 토해내신 역작, 열하일기! 정조시대 문체반정의 최대 피해 작품이자, 피해 작가인 연암 박지원, 열하일기는 작가가 주인공인 일인칭 판타지 소설로 새롭게 읽혀져야 할 것입니다.
연암   (환상 속으로 돌아가며) 깨어나시오, 조선이여!
해설   (사이) 그러면, 북 콘서트, '열하일기를 만나다' 를 모두 마치겠습니다. (연암이 사라진 곳을 향해) 연암 선생님, 그리고 여러분, 감사합니다.

연암, 홀연히 사라지고, 음악이 덮쳐오는 가운데 서서히 막이 내린다.

옥갑야화
허생전

때: 조선 정조시대
곳: 서울 및 그 밖의 일원

· 나오는 사람들 ·

· 무대 ·

배경 막에 가득 포효하는 호랑이 모습, 그 너머로 불이 들어오면 실루엣으로 다가오는 과수댁과 선비의 애정행각. 야릇한 음악이 흐르고, 드디어 두 사람 일을 시작하려는데, 일순에 덮쳐오는 대호의 울음소리. 순간 무대 암전된다.

제1장. 인왕산 호랑이 터

연이어 호랑이 울음소리가 번뜩이는 섬광과 함께 들려온다. 어둠 속에서 허우
적거리는 선비가 여기저기 기어 다닌다. 호랑이 울음이 들릴 때마다, 사시나
무 떨듯 몸이 꼿꼿해져 경기(驚氣)를 일으킨다. 마침내 반수반인의 호랑이, 대호
가 등장하여 상좌에 앉는다.

대호   (나오며) 이게 먼 구린내여? 어떤 놈이 똥물을 뒤집어쓰고, 날 잡어
잡수 허고 온 거여? (쿵쿵거리며 무대를 한 바퀴 돌다가) 어이크, 넌 머여?
니놈헌티 나는 냄시여?

허생   (무릎이 닳도록) 저, 사, 살려만 주십시오, 대호님!

대호   어휴, 똥 냄시, 야 이눔아, 쩌루 가, 언능 씻구 오거라.

허생   (설설 기어 나가며) 예, 예, 죄송합니다, 대호님!

대호   원 드러워서 먹을 수가 있어야지. 그래, 넌 양심두 없느냐? 기왕지
사 몸을 바칠 거믄 목욕재계허구, 깨끗한 몸으로 올 것이지, 똥물이
머란 말이냐. 허허, 인간들 허는 짓거리허구는, 에이…. 그나저나,
입맛두 까알깔허던 참인디, 저 눔이 아주 입맛을 베려놨어! (안을 향
해) 야, 이 눔아, 씻었음 잽싸게 와야지, 멀 꿈지락거리는 거여? 어
유, 왜 이리 목이 근질거리는 겨? 에따, 가래나 뱉고 봐야겠다. (가래
를 뱉으면, 대호의 울음이 산천을 울린다) 어이구, 시언허다! 아니, 이 눔이
어딜 간 거여, 시방?

대호 두리번거리며 찾으러 나간다. 하수에서 반수반인의 탈을 쓴 광대가 슬며
시 들어온다.

광대   (조롱하며) 허허, 쩌어그 남산골 샌님 꼬라지 좀 보시셔잉, 양반댁 과
수허구 언감생심, 한 번 붙어볼까 허다가, 인왕산 호랑이 굴루다가

지발로 왔것다? 이보우, 양반 나으리, 대체 성씨가 어떻게 되시우?

허생　(나오며 노려보더니 침을 뱉고) 허, 원, 참, 드러워서!

광대　(확인하듯) 머여? 허… 원… 참?

허생　예끼, 광대패 주제에 양반을 놀리다니, 허… 원… 참!

광대　(방백) 어따, 조거시 아직두 주둥인 살았네 그랴. 잠시 잠깐임 허씬지, 원씬지, 참씬진 몰러두, 호랑이 밥이 될 것인디, 히히히….

허생　(정신을 차리더니 매달리며) 하이고 선상님, 날 좀 살려주서, 지이발…. 목숨만 살려주서!

광대　(뿌리치며) 범이 무선 건, 인간이 잘 아는 터, 범보다 무선 게, 비위란 놈이 있고….

허생　(의아해서) 호랑이보다 무선 게 있소?

광대　있다마다, 죽우란 놈도 있지. 박이란 놈도, 오색사자란 놈도, 범을 잡아 자시거든, 히히히….

허생　(떨며) 그러엄, 어서… 비위던, 죽우던, 저 대호를 잡어 먹게 해 주시게!

광대　(놀리며 노래하듯) 자백이도 범을 잡어 먹구, 황요란 놈은 범의 염통을 끄집어 내, 잘근잘근 씹어 먹길 즐기지, 요로케 말이시…. 허엇, 그런디, 진짜루다가 범을 잡어 먹는 아조 쎈 놈을 인간덜이 잘 몰라. 오로지 범만 무서워한다, 이 말이여라.

허생　(떨며) 이보시게, 저기 대호가 나오기 전에, 어서 자백일 불러줘요.

광대　(담뱃대로 장난하며) 범이 사람을 처음 잡어 잡숨, 굴각이란 창귀가 되는디, 먹거리가 있는 장소루다가, 범을 안내하는 귀신이지. (흉내를 내며) 요렇게 말이시…. 범이 두 번째루다가 사람을 자시면?

허생　(애가 타서) 그, 그래…. 또오 자시면?

광대　사람의 혼은 이올이란 창귀가 되는디, 요놈은 범의 광대뼈에 (흉내 내며) 요로코롬 붙어 있다가, 높은 데서 망을 보다가 덫이나 함정이 있음, 잽싸게 뛰어 내려가 덫을 풀어놓는 귀신이지라.

허생	(동화되어) 저러언…, 싸가지!
광대	범이 세 번째루다가 사람을 잡어 자시면?
허생	(안달이 나서) 또오, 자시면이여?
광대	육혼이란 창귀가 되는디, 요놈이 좀 치사허걸랑. 범의 주둥아리에 (흉내 내며) 요로코롬 붙어 있다가, 지가 아는 놈들, 이름을 죄다 일러바치는 의리 없는 귀신이어라, 크크….
허생	어이휴, 어쨌던 간에 우선, 날 좀…, 살려 주시게.
광대	(못들은 척하며) 어느 날 대호가 창귀란 놈을 불러놓고 먹잇감을 고른다는디, (신이 나서) 사람 병 고치는 의원하구, 귀신 내쫓는 무당을 천거하렸것다! 대호께서 가라사대….
허생	(애가 타 따라하며) 가라사대….
광대	(주위를 오가며 분방하게) 에헴, 의원이란 놈은 의심을 많이 허여, 이 놈, 저 놈, 병을 고친답시고 시험하여, 수많은 인간을 죽이는 드런 놈이니, 맛이 있을 리 없구!
허생	(동화되어) 아무렴, 맛이 있을 리 없지.
광대	(신이 나서) 그라지요잉? 귀신 쫓는 무당이란 놈, 역시 생사기로에 애매모호한 사람을 꼬셔, 귀신을 속이구 사람을 호려내, 한 해만 해도 수천, 수만 명을 죽이는 악독한 놈이니. 사람 귀신이 그 뼛속에 금잠으로 스며들었을진대, 독해서 워디, 고것을 먹기야 허겠소? (과장되게) 어허, 고민거리로다. 어떤 놈을 잡어 먹어야 맛이 좋을꼬?
허생	(고명한 척하며) 호랑인 자고로 사람을 먹기보단, 토깽이나 여우 같은 아주 육질이 연한 짐승을 먹어야 합지요.
광대	(개의치 않고) 그러자 창귀란 놈이 대답을 허는디, 평생 욕심 없이 글귀나 꿰고 앉아 고주알미주알, 풍류를 따라다니는 쩌그 선비패가 어뗘신지요?
허생	(화들짝 놀라) 선비? 아니, 아니 될 말씀, 난 선비가 아니오!
광대	고놈은 육질이 아조 좋고, 간은 어질어 살살 녹으며, 쓸개는 의롭고

충성심이 있어, 담백한 맛을 갖고 있습지요. 고것을 그냥 화아악, 쪼사가지구서, 요로코롬 한 입에 자시면….

허생 (벌벌 기며) 내 간? 하이고 내 쓸개야. (사정하며) 아니 되오 선상, 지이 발….

이때 대호의 울음소리가 천지를 진동한다. 광대 두리번거리더니 꽁지가 빠지게 달아난다. 조명과 장단이 대호와 선비를 우스꽝스럽게 따라간다.

대호 (과장된 요지로 이를 쑤시며) 허엇, 네 눔이, 가봤자 내 굴 안이지. 고눔 차암, 성글지게두 생겼다! (대호, 입맛을 다시더니 침을 삼킨다)

허생 (아부) 대호님의 덕이야말로 지극하옵니다. 아들은 효성을 본받고, 장수는 대호님의 위엄을 본받으며, 신룡을 더불어 구름과 바람을 일으키는 위대하신 덕을 갖추신 분이옵니다. 지이발 가난한 서생, 이 사람 목숨만….

대호 서생이라? 그럼 니눔이 바로, 맛이 조오타던 선비로구나!

허생 (떨며) 대호님, 사, 살려주십시오!

대호 (얼굴을 돌리며) 그래, 다 좋은데, 이쪽 편을 보구 말하지 말구, 저쪽 편을 보구서리 말을 하거라. 어디 똥 냄새가 구려서, 허엇 참!

허생 (덜덜 떨며) 황구스럽사옵니다.

대호 혼자서 고명한 체하고, 온 세상의 윤리도덕을 이끌고, 유학이란 이름하에 온갖 쓰레기 같은 것만 나에게 뒤집어씌우던 자가, 니눔처럼 글줄이나 아는 선비란 눔덜 아니더냐?

허생 (도리질하며) 아니옵니다. 소인은 되레 대호님의 위엄과 용맹스럼을 글씨로, 그림으로 세상에 널리 알려 왔습니다.

대호 (호기를 잡은 듯) 오호라, 니눔이 나를 그려 족자에 가두고, 바람벽에 가두고, 대청마루에 붙박이로 잡아 두고 하는 말이 머? 저 액자 속, 호랑이가 지이발, 돈 복을 물고 오게 해 주삼? 귀신을 막아 주세용,

크크?

허생   (아부하며) 고것은 하해와 같은 대호님의 대덕을 기리기 때문입지요.

대호   (근엄하게) 그리 과잉되게 날 치켜세우지 말거라. 범이 몹쓸 늠이면 사람도 몹쓸 늠일 것이며, 범이 선하면 사람도 선한 법, 어찌 동물과 인간이 같지 아니한가?

허생   (무릎을 치며) 천하 명언이십니다요. 인물동성(人物同性), 인간과 동물의 성품은 하나같이 선하단 말씀입지요.

대호   (곱씹으며 배회하더니) 물인동성(物人同性)이 아니구?

허생   예, 그러지요, 맞습니다. 물성과 인성은 동등합지요!

대호   (느글거리며) 동물과 인간의 본성은 착하다? 그거, 맞는 이치로다. 헤헤헤…, 허지만 인성보단 물성이 더 어질고 착한 것을 니눔이 모르고 있구나!

허생   (아부) 무, 물론, 말하자면…, 물성이 더욱 어질지요, 맞습니다.

대호   녀석, 아부근성은…. 이것이 너희 인간의 실체인 것이야! 너흰 늘상 주둥이만 떼면 공자왈, 맹자왈, 장자왈, 순자왈, 지랄을 떨며 윤리와 도덕을 떠들어대지만, 실제로는 같은 동지들에게 죄를 몰아 죽이고, 가두고 이루 형언치 못 할 악독한 짓거릴 하지 않던가?

허생   (읍하며) 예, 예, 바로 시정하겠습니다.

대호   시정하구 말구는 너희들 맘이렷다. 허나, 범인 나는 나무와 푸새, 벌레나 물고기 같은 것은 차마 입에 대지도 않는다. 노루와 말과 소를 사냥하지만, 치사허게 음식을 놓고 너희 인간들처럼 송살 벌이진 않는다, 이 말이다.

허생   (아부) 대호님의 아쌀하신 성품으로 자질구레한 생명을 보호해 주심을 어찌 모를 리가 있겠습니까?

대호   (더욱 느글거리며) 너 같은 인간은 앞뒤가 안 맞아. 범이 야생의 음식을 취하면 아무렇지도 않다가, 지들이 소유한 말이나 소를 취하면 원수라고 떠들지. 그건 지들이 말이나 소를 부려먹고, 죽을 때까지 뼛골 빠지게 일한 짐승을 푸줏간이 미어터지도록 걸어놓고, 가죽, 뼈, 살과 뿔까지 국물 하나도 안 빠뜨리고 구워 먹구, 삶아 먹구, 데쳐 먹지?

허생 　(조아리며) 하이고, 대호님, 죄송하옵니다.

대호 　(삿대질) 에이이…, 악독한 눔덜 같으니…. 그러구도 모자라 산야를 날뛰며, 내 음식인 노루나 산양, 사슴을 마구잡이로 잡아가니, 내가 먹을 것이 없잖은가, 이 말이다!

허생 　(극진) 향후, 그런 일이 없도록 하겠사옵니다.

대호 　어휴, 그러니 내가 인간을 먹어야 할 것 아닌가? 산야에 먹을 음식이 없으니, 민가에 내려와 너희들을 먹어야 한단 말이로다!

허생 　(소릴 질러) 대호님, 잘못했습니다. 다시는 산야의 먹이를 잡어 들이지 않고, 잘 보전토록 하여, 대호님의 간식에 차질이 없도록 하겠사옵니다. 통촉하여 주옵소서, 대호님!

대호 　(고개를 갸웃거리며) 어따, 어서 많이 들어본 것 같은 소린디?

허생 　(고개를 들이밀고) 어서 들으셨는지요?

대호 　어쭈, 요것이 시방 나를 가지고 노네 그랴? 어서 듣긴 이눔아, 조오 아래 경복궁에서 매일 읍소하던 인간들의 야비한 소리가 아니더냐? (때리려는 시늉과 함께 호랑이 울음소리 크게 들려온다) 정녕, 죽고자퍼 실성한 게야! 뉘 안전인데 치사한 궁궐 안, 모리배 흉낼 내?

허생 　(혼비백산하여) 대호님, 살려주시어요!

대호 　(꾸중) 네 놈 행색이 똥구덩이에 빠진 생쥐 꼴이니, 그토록 현고하고 윤리와 도덕으로, 공맹을 부르짖던 도포자락에 더러운 정욕을 묻혀가며 양반댁 과수에게 비굴하게시리 욕정을 구걸하였다? 이 꼴이 현자의 꼴이며, 당골찬 선비의 꼬락서니란 말이더냐?

허생 　(머리를 조아리며) 저의 물성보다 못한 인성을 꾸짖으시니 쥐구멍이라도 찾아 기어들어가야 마땅하옵지만, 지금 대호님 앞에 숨조차 편히 쉴 수 없사오니, 대자대빌 베푸시어, 소인을 혜량하여 주시옵소서!

대호 (삿대질하며) 기망한 녀석이로고, 너희 인간이 하는 짓이 대체 무엇이 윤리도덕이란 말이며, 누가 성인군자고, 살신성인이라 함부로 떠드는 것이냐?

허생 (도리질하며) 대호님, 저는 그렇게 떠벌인 적이 없습니다요.

대호 (꾸중) 제 것이 아닌 것을 취하는 걸, 훔칠 '도'라 하고, 남을 못 살게 하여 그 생명을 빼앗는 걸, '적'이라 하거늘, 너희 인간들이 밤낮을 가리지 않고 팔을 걷어 부치고 눈을 부릅뜨며, 함부로 남의 것을 착취하고, 도적질해도 부끄런 줄 모르구. 심지어는 돈을 지아비나 형님이라 모시고, 출셀 위해 지 자식과 아내도 죽이는 싸가질 두고 인류의 도릴 논할 수 있단 말이더냐?

허생 황공하여이다, 대호님!

대호 (화가 나서) 시끄럽다 드런 놈아. 어디 네 놈이 인간을 대리하여 할 말이 있음 해 보거라.

허생 (간절히) 난리가 나고 가뭄과 홍수가 나면 기근이 심해 사람이 사람을 잡아먹는 행위를 용서하소서. 정의란 이름으로 복수를 하고, 전쟁을 일으켜 허다한 백성을 죽게 하고, 다치게 한 일을 용서하소서. 힘없고 나약한 아녀자를 농간하려는 인간의 잘못된 본성을 용서하소서!

대호 (따지듯) 너희 인간은 도대체 도덕이 먼저냐, 법이 먼저냐? 법은 왜 만들어 가지구 지들끼리 재고, 치고, 빼고 지랄 발광을 하는 게야! 힘 없고 빽 없는 과부에게 덤벼든 너를, 인간의 법으로 처단해 주랴? 아님, 네 놈을 한 입에 자서 주랴?

허생 (자지러질 듯) 어이쿠, 대호니임…. 고것두, 저것두…, 지 놈이 죽을 죌 졌나이다!

대호 (소요하며) 내 근자에 인왕산 꼭대기서 인간들 사는 꼬라질 보아허니, 허엇, 개망나니 짓은 궁궐 안에 사는 권세 높은 눔덜이 다 하더

구나. 무엇이 못 된고… 허니, 권력을 유지허기 위하야 돈 있는 눔
덜을 끌어들여, 고관대작 벼슬을 사구 팔더니, 노론, 소론, 남인, 북
인 지덜끼리 패당을 지어, 상대방을 역모로 몰아쳐, 머시여? 삼족을
멸한다니 그 일가친척들은 머언 죄를 진 것이냐? 인간의 셈법은 다
그런 것이냐?

허생   하이고, 대호니임! 막 돼 먹은 인간들을 대신해, 사죄드리오니 대자
대비, 하해와 같은….

대호   (버럭) 시끄러 이눔아! 니눔두 한 통속이렷다? 노론이냐, 남인이냐?

허생   하이구, 아닙니다요. 저야… 그저 벼슬도 못한 백면서생이온뎁쇼.

대호   그럼, 다 떨어진 갓에 도포자락만 입고, 도성을 배회하면 먹을 것이
나온단 말이냐?

허생   그건 아니옵고, 그저 사는 것이 허뜩하야 신선술을 깨치려구….

대호   (짐짓 놀라) 신선술?

허생   소인이 사서에 신물이 나서 주역에 잠시 빠져 기문둔갑을 공부하
고 있었나이다.

대호   (때릴 듯) 머셔? 둔갑?

허생   (죽을 맛으로) 그게 아니옵고, 대호님, 그건 그저, 괘를 풀어….

대호   이노옴, 니가 도사란 말이여? 어서 둔갑술로 내 눈앞에서 사라져 보
거라. 요행히… 도망치면 목숨은 살려 줄 터이니!

허생   그, 그게 아니옵고, 아직 도가 모자라 둔갑까진 할 수 없사옵니다.

대호   허엇 참, 가련한지고, 내 한 가지만 묻겠다.

허생   예. 머든 성실히 답해 올리겠사옵니다, 대호님!

대호   (위엄 떨며) 언젠가 왜란이 끝나고 얼마 안 있어, 죄 없는 왕을 역모로
몰아 일족을 쥑이더니, 그 권력을 뺏은 놈덜이 오랑캐헌티 한판 자
알 당한 것두 부족하야, 급기야 왕이 제 자식을 뒤주에 가둬 굶겨
죽이질 않았던가. 그것이 돈과 권력 때문인 걸 인정하느냐?

허생   (읍하며) 하이고…, 유구무언이옵니다. 인간의 패악을 용서하여 주

옵소서!

대호　지금부터 내가 하는 말의 요점만 반복하거라!

허생　예, 대호님!

대호　궁궐 안에 해충 같은 눔덜이 너무 많아, 때에 따라 말을 바꾸며!

허생　예, 말을 바꾸며….

대호　도당을 지어 저희들끼리 소곤거리고!

허생　예, 소곤거리고….

대호　온갖 악랄한 음모로 권세를 누리고.

허생　예, 누리고…

대호　임금 비윗장을 건드릴까 무서워 입바른 소릴 못하고…, 어디 이루 다 말하랴?

허생　예, 이루 다 말하랴?

대호　어허, 이눔 봐라?

허생　(정신을 차리며) 예? 이, 이눔 봐라?

대호　(멱살을 쥐며) 니가 정녕 나의 식재료가 되고 싶더냐?

허생　(기절할 듯) 아, 아니옵니다, 대호님! 그냥, 따라 하라 하시니 소인은 그저…, (알아차리고) 입, 입바른 소릴 못하고오….

대호　(고개를 갸웃거리며 바라보더니 결심한 듯) 내가 너에게 돈과 권력을 잠시 빌려줄 터이니, 너는 세상에 나가 화평한 세상, 즉 물성과 인성이 서로 싸우지 않고 평안히 살아갈 수 있도록 정치를 할 수 있겠느냐?

허생　(놀라) 예? 지가 무슨 재주루다가….

대호　(잡아먹을 듯) 할 수 있겠느냐?

허생　(자진하듯 쓰러지며) 예, 예, 아무렴요….

대호　(내려다보며) 오늘 맛있는 저녁은 니눔 또옹 냄새 땀시 다 글렀으니, 내가 인왕산 정기를 빌어다가 하늘의 천도를 내릴 터인즉, 양심껏 세상의 왕 노릇을 해 보거라!

대호의 울음이 메아리친다. 무대 조명이 사라지고 부복하여 빌고 있는 허생을 에워싼다. 푸른 여명이 무대 뒤로 피어오른다. 이어, 대호의 종사(從士)가 등장한다.

종사　아니, 선생께선 무신 일루다가 새벽부터 땅에 대구 절을 올리시는 겁니까?

허생　(위엄이 살아나며) 하늘이 높다 하여 어찌 머릴 숙이지 않겠소. 땅이 두렵다 하여 어찌 발걸음을 조심치 아니 하겠소? 허엇!

종사　(떠보듯) 혹여, 선생께서 간밤에 인왕산 호랑일 만나 혼구녕이 나신 줄은 아십니까?

허생　어? 그걸… 아니요. 에헴… 난 아니외다! 허엇, 근데 선생은 뉘시우?

종사　인사가 늦었소이다. 소인은 물성계의 도리를 전파하는 종사이올시다!

허생　(갸웃거리며) 머요? 종사?

종사　앞으로 자주 뵙게 될 터, 대호께서 분부하신 지상과업을 잘 할 수 있도록 도우란 명을 받았지요.

허생, 먼지를 털며 일어나 정색을 하고, 예의 양반 걸음걸음으로 헛기침을 하며 사라진다. 종사가 무대 앞으로 나온다.

허생　(도망치듯) 머요? 날 감시할 생각은 마시우.

종사　(방백) 허엇, 그래도 꼴에 양반이요, 선비요, 언필칭 사림이라 하는, 중화를 부르짖는 공자, 맹자, 유가의 문제적 인간들이지요. 좌우지간 공맹이 인왕산 호랑이, 대호한테 혼쭐이 났습니다. 사람 목숨이 중한 건, 남산골 샌님이나 빽 없는 과수댁이나 매 하냥인 걸요. (갸우뚱) 그런데 과부의 인권이 문젠가? 선비의 성추행이 문제인가? (돌아서 따라가며) 허엇, 이 양반이 어딜 가셨나? (부른다) 어이, 같이 갑시다, 허 생원, 어이, 허 생원!

호랑이 울음소리 크게 다가오더니 현실과 미래를 오가는 아리송한 음향과 함께 무대 천천히 암전된다.

제2장. 남산골 허생의 집

유려한 음악이 흐르고, 멀리 개 짖는 소리가 들려온다. 남산 위로 보름달이 둥실 떠올라 있다.

부인   (뒤뚱거리며 나오며) 그러게 내 머랬어. 10년 공부 도루아미타불이랬잖어?

허생   (나오며 애원하듯) 마누라, 딱 3년만 더, 기다려 주심 안 되겠능가?

부인   (뒤돌아 따귀를 칠 듯) 시끄러!

허생   여보시게, 살살 좀 하시구려. 남산골이 쩌렁쩌렁 울리니, 남 부끄러 어디 집밖에 한 발짝이랩두 나가겠소?

부인   어허, 이렇게 잘난 양반께서, 왜 집 밖에 얼굴을 못 내민다 허시우?

허생   (빌며) 부탁이네, 10년 공부, 이제 7년이 꽈악 차, 만 3년 남았으니.

부인   (실성한 듯 소릴 지르며) 그만두랑께!

허생   (부인의 치맛자락을 붙잡고) 여보, 자그만치 소릴 지르시게.

부인   (눈을 부라리며) 에라이, 과건 고사하고, 비럭질도 못하고 있는 판에, 머셔? 3년이나 더? 글을 읽것다고라?

허생   (사정하며) 그, 그래요…. 내가 아직 독서가 익숙치 못하여 그렇소!

부인   그럼 익숙한 거 하면 될 거 아녀?

허생   여보, 마누라?

부인   에라이, 마누란 누가 당신 마누라여?

허생　(주춤) 어허, 이거 왜 이러시나, 부자는 유친이요, 부부는 유별인데….

부인　거 참 벨 추잡스런 양반 다 보것네. 머시가 유친이고, 머시가 유별나단겨. 시방, 지 앞가림도 못함서. 어젯밤엔 어떤 년을 후렸길래 생똥을 다 싸셨는가?

허생　그게 아니구, 저 무악재를 넘어오다가….

부인　남의 집, 뒷간에 빠져 뿌럿다? 하이고 인간아, 잘도 그렸것다, 니 아랫도리에 차고 다니는 趙溫馬難色氣(조온마난색기)가 발동하여 여염집 담을 넘다가 똥통에 빠졌것제….

허생　(화들짝 놀라며) 부인, 어찌 그리 험한 소릴 입에 담으시오?

부인　어째? 나으 말이 틀렸소?

허생　허흠, 아, 아무리 그렇다 해도 그렇지. 조… 온… 마 난색기라니!

부인　음마, 지가 일러 주구선, 머언 소리여 시방? 공자님 나라 색꼴이 조온마람서?

허생　허흠, 그래도 그렇지. 말이 아 다르고, 어 다른 법인데.

부인　(점점 악이 바쳐) 그러니 야밤에 조온마난색기가 발동하여 남의 집 담을 넘은 거 아녀, 이 썩을 인간아!

허생　(기가 막혀 혼잣말로) 아이그, 나 좀 편하자고 불학무식한 것을 마누라로 들였더니…, 마침내 실성을 했군!

부인　(들었는지) 그래, 나 부락무식허다. 그런 넌 유식허냐?

허생　부락무식은 아니고 불학무식이요!

부인　(씩씩거리며) 거 참 잘 되았네. 너처럼 불학무식헌 눔은 안 처먹어도 배불러야 살것제잉, 그라네?

허생　(기막힘) 그, 그게 아니구요, 마누라님!

부인　웃기는 소리 허덜 말고, 나가 갓바치네 잘 앙께로, 거그 가 장인 바치랩두 거들어 양식이나, 얻어오소!

허생　(위엄과 노기를 섞어) 허엇, 양반이면 사족인데, 어찌 내가 갓바치 일을 거들란 말인고?

부인 (침을 뱉더니) 머시라? 요것이 저녁밥을 한 덩어리 자알 자시더니, 밥
      알이 꼰두슨께 누깔에 비는 게 읎나뿌요잉, (들이대며) 쩌어그…, 지
      정신 맞소?

허생 (고개를 주억이며) 암, 지 정신이지.

부인 (발로 걸어차며) 니미럴, 갓바치도 못헌다믄, 나가 육종가에 들어가
      장사랍두 하씨요?

허생 (피하며) 장산 머…, 가진 밑천이 있어야지. 밑천은 있소?

부인 에라이…, 개콧구멍 같은 양반아. 나가 장사 밑천 있음 볼싸 큰 부
      자 되았제…. 하이고…, 남편이라고 하나 있는 것이, 있으나마나 쇠
      귀에 경 읽듯 방구석에 처박혀 주야장창 경외득기, 글만 읽어 대는
      디, 글 읽음시로 쌀이 나와, 밥이 나와야? 아이금마, 나 죽소, 나 죽
      어!

허생 (말리며) 부인, 지이발, 그만 좀, 사알살 허시게. 양반 체면이 있지!

부인 (가슴을 치며) 음마, 나 더는 못 참겄소, 쪼까 기다리씨오!

부인, 안으로 뛰어 들어가더니, 책 보따리를 집어 내온다.

허생 (말리며) 부인, 왜 그러시오?

부인 여그 보따리 속에 너 좋아하는 책 있응께, 나가 실컷 읽던지 보던
      지, 삶아 잡숫던지, 맘대루 혀!

허생 (꾸짖듯) 허엇, 부인!

부인 (수염을 당길 듯) 머셔? 개폼 잡지 마시셔잉. 너 땜시 우리 식구 목구녕
      에 거미줄 치게 생겼응께. 한 놈 입이랍두 떼야, 나가 살겄응께, 어
      여, 나가소!

허생 (간절히) 부인, 제발 나더러 집 나가란 얘긴….

부인 (책을 꺼내 찢어 던진다) 필요 읎응께, 당장 꺼져, 꺼지랑께!

허생   허엇, 부인! (참다 못 해) 야, 너 정말? (주춤하며 말을 바꾼다) 이, 이럴 거
          여요?

부인   (게거품을 물며) 나도 양반댁 마님 노릇하고 싶어야, 너한티 속어 남
          산골까정 왔다만, 이자 다 틀려뿌렀웅께. 기댈 것도, 엎어질 곳도,
          이자 나 한 몸뿐이여! 너 읎이도 나가 바느질에 막일을 해서랍두,
          자식 새끼덜 배 안 골릴텡께, 어여 싸악 읎어져, 싸게 읎어지랑께?

허생   (찢어진 책을 주워 담으며) 부인, 정말 실성을 한 거요?

부인   나가 왜 이런진 니가 더 잘 알 것 아녀? 그래, 나 미쳤어, 미쳤웅께,
          뒤돌아보지 말구, 남산골을 떠나서.

허생   (잡으며) 그래도, 한 번만 더 생각을 해 보시게. 한 번만, 부탁이네!

부인   한 번만?

허생   예, 마누라님, 따악, 한 번만!

부인   (밀어부치며) 에라이, 미친년허구 살믄, 따라 미친께, 아싸리 떠나씨
          오. 갓바치도 못 허것다, 장사두 못 허것다, 그랑께 남의 집 대문 따
          는 법, 담 넘는 법이나 잔뜩 읽구서, 도적질이랍두 허씨오! 돈 많이
          불면, 그 때 남산골로 돌아와, 나가 그 땐 아이구, 우리 서방 오시었
          소, 함서 반갑게 붙들텡께!

부인이 휙 돌아서 들어가 버린다. 멍하니 안채를 향해 서성이던 허생, 급기야
바랑을 메고 길을 나선다.

허생   허엇, 이거 남사스럽구먼. 저 자가 돌아도 한참 돌았어, 에이 저걸
          내 집에 들여논 내가 잘못이지…. 허나 저나 이를 어쩐다? 당장 한
          뎃잠을 자야 한다니, 허잇…, 양반 체면에 노숙을 할 수야 있나. 시
          내로 들어가 궁리를 해야겠지. 암, 날 아는 사람은 반드시 도울 것
          이야! 내가 누군가? 천하의 도리를 꿰뚫는 남산골 샌님, 허생이 아
          니던가, 허허엇….

부인   (안에서) 지랄허구 자빠졌소잉?

허생   하이고, 저것이 귀는 밝아 가지구선. 흐흠…, 부인, 나가오!

개 짖는 소리만 요란할 뿐, 대답이 없다.

허생   (안을 기웃거리며) 나 지금 가면, 한 10년은 못 볼 거요. 허엇, 참….

부인   (안에서) 그랑께, 개소리 말구, 언능 꺼져야!

허생   (짐짓) 허엇 고이연지고. 언제부터 조선팔도 아낙이 왜, 저리 목소리가 커졌누. 하이구 망쪼로다, 조선이 망쪼여!

허생, 하염없이 걷는다. 음악이 무거운 발걸음에 차이듯 미끄러진다. 종사가 실루엣처럼 따라간다. 무대 잠시 암전.

제3장. 변승업의 집

상수에 불이 들어오면 두레상을 놓고 둘러앉아 회계장부를 뒤적이며 숙고를 거듭하는 변승업. 아들은 옆에서 손가락을 세며 육십갑자를 외는 듯.

변승업   (담뱃대를 털며) 그래, 회계를 보니, 총 얼마나 되느냐?

아들   (진저리 치듯) 예?

변승업   (당연하게) 또 육갑을 쳤느냐?

아들   예.

변승업   (등을 긁적이며) 허엇, 내 팔자야, 아들 하나 있는 것이 요 모양새니 원, 그눔에 육십갑잔 허구헌날 왜 외구 지랄여 이눔아. 애빈 50만 냥을 장안에 풀어놔, 거둬들일게 망망한 판에, 지이발 셈법이나 배워라, 육갑은 그만 떨구!

아들   아버님.

변승업   말해 보거라.

아들   거두고 흩어놓은 돈이 많아, 회계 보는데, 아주 번잡합니다.

변승업   그래서?

아들   제 생각으로는…, 오래 되면 돈을 거둬들이기보단, 떼일 처지가 더욱 많으리라 사료되니, 이제 장부에 있는 대로 일일이 거둬들였으면 합니다.

변승업   (답답) 허엇, 그것이 순전…, 니 생각이렷다?

아들   물론입니다, 아버지!

변승업   그나마 지 정신이 돌아왔군. 헌디 무슨 재주로 서울 도성 안, 만 명이 넘는 사람이 가져간 돈을 일시에 거둬들인단 말이냐?

아들   집안 모든 사람을 동원하여, 급히 일을 진행하면 가능합니다, 아버지!

변승업   (때릴 듯) 예끼, 어리석은지고…. 한 집 찾어 돈 받아 내자면, 돈 가지고 기다리다 생큼 '여기 있소이다' 함서 주겠느냐? 차일피일… 미루다가, 달포가 머냐, 반년이 넘어도 받아내기 힘들 것인데….

아들   (묘책이 있는 듯) 아버님, 안 내는 놈, 내놓케 해얍지요!

변승업   (답답해서) 어떻게? 돈 없다, 나자빠진 놈에게 어떻게 받아내?

아들   (자신만만) 다, 방법이 있습니다. 50만 냥을 받아내면, 원금은 그 동안 이자루 받아냈으니께, 순 이득이 50만 냥, 그 중 1할을 받아내는 자들에게 주는 겁니다. 그래도 우린 땅 짚고 헤엄치는 격입니다.

변승업   1할을 내주면, 5만 냥이나?

아들   예.

변승업   그 엄청난 돈을 그저 받아내기만 함, 내주겠다는 것이냐?

아들   아버님, 그 사람들을 내 편으로 삼는 것이지요. 죽기로 내 편을 만들어, 또 돈을 풀고, 다시 받아내고, 이를 거푸 하다 보면 장안의 돈은 다 우리 것이 됩니다.

변승업 (신통한 듯) 거푸루다가? 되루 주구 말루 받구? 거져 말루마안?

아들 히히. 차암… 쉽습지요, 아버지!

변승업 (포기하며) 되루 주구 말루 받구? 그래 참 쉽다, 쉬워. 어이구, 내 머리야!

아들 (괘념치 않고) 예, 갑을병정무기경신임계….

변승업 (따라가며) 잘 헌다, 얼씨구?

아들 자축인묘진사오미신유술해.

변승업 그러지. 잘 헌다, 어절씨구?

아들 (손가락으로 세며) 갑자 을축 병인 정묘, 그 담은… 머더라?

변승업 (동화되듯) 허엇, 평생을 두고 외두 고걸 못 외니 원, 무… 가만 (손가락으로 치며) 무진이로고, 허험.

아들 (짐짓) 맞어, 히히. 무진 기사 경오, 지게 돈 놓고 돈 먹고, 도랑 치고 가재 잡고, 히히히. 근디 아버진 머가 안 된다 그러십니까요?

변승업 (담배를 힘껏 빨더니) 어이휴, 저 시절이가 또 도졌나 보다. 또 도졌어! 어이구, 권력을 잡고, 자기 잇속을 챙기는 사람치고, 그 재산이 자손 3대 가는 걸 보지 못했다는데.

아들 (당혹) 아버지가 권력을 잡수셨나요? 그게 근에 얼만디요?

변승업 (답답하여) 아들아, 고것이 아니구 말이다. 권력이란 것은 말이다.

아들 (따라 하며) 말이다!

변승업 오날날…, 장안의 경제가, 우리 집 드나드는 돈을 기준으로 삼고 있으니, 이 또한 권세라면 권세, 권력이람 권력인 것이다. 그러니 우리 집 돈도, 3대 가기가 힘들것다, 요 말이다!

아들 (부정) 아버지, 제가 바봅니까, 헤헤.

변승업 (기대하며) 그럼 경오담에 머더냐?

아들 아버지, 진짜 모르십니까요?

변승업 그래, 애빈 모른다. 경오담에 뭔고?

아들 (한참을 따지더니) 헤헤, 신미구만요, 신미! (빙빙 돌며) 임신 계유 갑술을해, 어휴… 이제 한 바퀴 돌았네.

변승업 그래, 넌 계속 육갑이나 치거라. (실망한 듯 고개를 가로 저으며) 이 장부
의 돈을 가지고는 니 명에 못 죽는다. 모두 흩어지고 나눠졌으니,
가져간 만여 명의 사람들이나 잘 먹고 잘 살라, 하거라!

아들 (손을 내두르며) 그건 절대 안 됩니다. 이 돈이 어떤 돈인데요?

변승업 어떤 돈은? 돈이 돈을 벌어들인 게지. 그게 경제야, 그게 상도의고,
그만큼 해 먹었으면, 베풀 줄도 알아야 하는 법!

아들 (땅을 치며) 하이고, 우리 아버지께서…, 삼천갑자 동방삭이 다아 되
셨는데, 돈을 버린다굽쇼. 하이고… 난 망했네, 망했어! 내가 육갑
을 떠는 것이 울 아부지 오래오래 사시라고, 효도하는 것인디….

이 때 문밖으로 들려오는 허생의 냉랭한 소리.

허생 이리 오너라, 게 아무도 없느냐?

덕쇠 (나오며) 뉘신 게라?

허생 이 댁이 장안에서 제일 잘 나간다는 변씨 댁이렷다?

덕쇠 (아래 위로 훑어보며) 맞긴 하오만, 댁은 뉘시오?

허생 허엇, 영감님 계시어든, 남산골에서 사람이 찾아왔노라고 전하거
라.

덕쇠 (막아서며) 에잇, 어서 딴 데나 가보시셔? 여근 당신 같은 비렁뱅이
잠재워 주는 디가 아닝께, 말이시.

허생 (방백) 아따, 요놈도 우리 마누라하고 비슷한 놈일세 그랴. 야 이놈
아, 쥔장 계시냐, 묻질 않았느냐? 잡소리 말고, 어서 들어가 고하거
라, 에헴!

허생, 수염을 쓸며, 담뱃대를 만지작거리고, 팔자걸음으로 양반행세를 하고 있
다.

덕쇠　(방백) 엇따미, 우리 도련님만혀두 지긋지긋헌디, 벨 그지 같은 놈이 또 육갑을 떨어요, 잉?

허생　무얼 꾸물거리느냐?

덕쇠　(위축) 저…, 뉘시라 했등가요?

허생　허엇, 이놈이 까마귀 고길 삶아 먹었나? 남산골 생원이라 전하렷다.

덕쇠　성씨두 읎구, 그냥…, 생원이라고라?

허생　(담뱃대로 칠 듯) 그렇다, 이놈아!

덕쇠　(피하며) 엇따, 초면에 왜 이러신다요, 증말? 고허믄 될 거 아닌가벼?

뒤뚱거리며 덕쇠가 안으로 들어가 변승업에게 고한다.

아들　(얼이 빠져) 누가 왔느냐?

덕쇠　쩌으그, 남산골 생원이란… 그지 같은 사람이 왔는뎁쇼.

아들　아버지를 찾더냐?

덕쇠　그러지라. (방백) 어따 꼴에 의심은 많어 가지구서!

아들　생김새는 어뗘 하드냐?

덕쇠　(신이 나서) 예, 생긴 건 새우젓 누깔 맹키로 생긴 것이, 가슴에 두른 실띠는 실밥이 다 터져 너널거리고, 갓신은 다 떨어져 뒷굽이 덜렁거리고, 갓은 다 떨어져 쭈그렁 망탱이에, 의복은 그지 새끼꼴인디, 콧물은 질질, 수염은 쥐새끼 덧니만큼 삐쪽빼쭉허구 설라무네…. 선빈지 아닌진, 잘 모르겄어라.

아들　(능청스레) 우히히…, 그지가 오셨군.

변승업　(오며) 허엇, 손님을 맞이하는데, 먼 소란이냐? 어서 뫼시거라!

덕쇠　예엣, 마님. (설설 기듯 나오며) 싸게 들어오씨요.

허생　(오며) 평안들 하시외까? 저는 남산골에 사는 백면서생이올시다.

변승업　(정중히 인사를 하며) 아, 그러십니까, 어서 오시지요?

허생　아, 남산골 우리 집에서 오는 길입니다만….

덕쇠 (방백) 음마, 어여 들어오란 소린디, 먼 봉창 뚜딩긴 소리당가?

허생 반갑게 대해 주시니, 참으로 고맙소이다.

변승업 (아들에게) 얘야, 인사 올리거라, 지 자식입니다.

허생 허엇, 거 참 잘두 생겼소이다.

변승업 고맙습니다. 얘야, 상을 좀 봐오라, 이르거라.

아들 (뻥뻥하여 손가락으로 재어보며) 예.

허생 (손을 저으며) 아니올시다. 금방이면 됩니다.

변승업 그래도 저를 찾아오신 손님이신데….

허생 영감께선 세상 부러울 게 없으시겠습니다?

변승업 아닙니다. 사람 사는 게, 다 그렇고 그런 거지요.

허생 잘 살고 못 사는 게, 내 탓은 아니라, 이 말씀이시지요?

변승업 그렇습니다. 천하만물에겐 다 때가 있는 법, 시운을 타고나야 발복
을 하는 것이지요.

허생 그게 맞는 말입니다. 발복을 하려면 운을 갖고 태어나야 합습죠.

변승업 (갸웃거리며) 헌데, 무슨 일로….

허생 (위엄 있게) 내가 집안이 빈궁하여 무얼 좀 해 볼까 하는데….

변승업 그래서요?

허생 천하발복을 하자니, 변씨 댁을 찾어 가라는 하늘의 소릴 듣고서….

변승업 (복창) 듣고서요?

허생 물어물어, 이 댁을 체면불구하고 찾어 왔습지요.

변승업 (눈치를 보며) 그럼…, 얼마나?

허생 한, 만 냥만….

변승업 (손가락으로 집어 보며) 하안… 마안 냥 만이라, 하셨습니까?

허생 (손을 저으며) 더는 필요 없습니다. 하안… 만 냥이면 족합니다.

아들이 이 소리를 듣고 기겁을 하듯 숫자를 헤어 본다. 이 때 월향이 주안상
을 내어온다.

변승업 (매우 긴장하여) 우서언… 목부터 좀 축이시지요, 선생!

허생 (술잔을 받아 마신 뒤) 선생은요, 과찬이십니다. 그저 백면서생하는 가
난뱅이인 걸요.

변승업 (주거니) 한 잔 더!

허생 (받거니) 한 잔 더!

술잔이 오가고 화기애애한 분위기, 아들이 복장이 터지는지, 변승업을 향해
눈짓을 하고 꿔주지 말라는 용을 쓰며 손짓을 한다.

변승업 (돈궤를 끌어 열며, 만 냥을 꺼내 보따리째 준다) 여기, 1만 냥입니다.

허생 (들어보며) 허잇, 생각보단 가볍소이다? 사실 만 냥이란 돈을 아직 꿈
에서도 본 일이 없습니다만….

변승업 뭐든 풀기는 쉬운 법, 거두긴 힘이 들더이다.

허생 (일어나 나가며) 내 이 돈을 자알 쓸 터이니, 염려 마시고 몇 해만 기다
려주시오.

변승업 애, 떡쇠야, 손님 가신다.

덕쇠 예. (빗자루질을 하다가 뛰어오며) 음마, 쩌그 등에 진 것이 머셔?

허생 머긴 뭐냐 이놈아. 환자로다, 환자 만 냥이다!

덕쇠 (떨며) 쩌것이 다 돈이란 말이여? 음마, 우리 대감마님이 돌으셨제,
쩌런 위인을 멀 믿구서루다가, 돈을 꿔준당가?

아들 (멍해진 변승업을 부축하며) 아버지, 괜찮으십니까요?

변승업 난 괜찮다만, 가셨느냐?

아들 아니, 저 사람을 언제 봤다고, 1만 냥이란 거금을 덥석 주십니까요?

변승업 (손가락 계산) 50만 냥 받으면 5만 냥이 나간다 했질 않느냐?

아들 (손을 막으며) 아버지, 그것과 이것은 다른 거 같습니다.

변승업 기다려라. 웬만한 사람 같으면 1만 냥은 엄두에 내지도 못 할 뿐더
러, 그걸 받아내기 위해 온갖 공갈 사기에, 교묘한 술법으로 나를

설득하려 난릴 텐데, 저 사람은 그게 아니질 않더냐? 분명 정덕을 갖춘 인물이다. 1만 냥, 값어칠 하고도 남을 하늘이 낸 위인이란 말이다!

아들 　(망연자실하여) 그래도, 아버지….

변승업 　(손을 내두르며) 기다리거라, 기다리거라!

밖에선 덕쇠가 월향에게 안에서 벌어진 소식을 전한다. 월향의 입이 딱 벌어지더니 엉덩방아를 찧는다. 덕쇠가 뒤에서 월향을 안으면 서로 사랑싸움을 한다.

변승업 　떡쇠야, 떡쇠야.

덕쇠 　(월향에게 정신을 팔다가) 예, 마님!

변승업 　너, 저 선비를 뒤따라가, 시중을 들도록 하거라.

덕쇠 　(놀라며) 예?

변승업 　어서 따라가래두!

덕쇠 　(낙심하여) 그럼 여근?

변승업 　우리 집 식솔이 너 하나뿐이더냐?

덕쇠 　(월향을 보더니 울듯) 알겠습니다요, 마님.

월향 　(오며) 마님, 저두 따라감, 안 되겠습니까요?

변승업 　아니 되느니!

덕쇠가 울 듯, 월향을 돌아보며 허생의 뒤를 따라간다.

덕쇠 　향아, 쪼께만 기다리거라잉. 나가 돈 벌믄 데릴러 올 텡께….

월향 　(울며) 떠억쇠야!

두 사람 이별에 구슬픈 음악이 똬리를 틀듯 풀어지더니, 암전.

제4장. 안성 과일도가

사람들 북적이는 과일도매상, 혼잡한 소리가 들려온다.

덕쇠 (큰 소리로) 여그들 줄을 서요, 줄을 스랑께…. 엇따 충청도, 경상도,
전라도 사람들 다 몰려옹께로, 정신 사나워 미쳐뿔것구마잉? 보씨
요, 밤장신 밤 있는 디로, 감장신 감 있는 디로, 대추장신 대추, 행잔
행자, 잣은 잣 있는 디로 줄을 스란 말이시, 나으 말이 안 들리요?

허생 (춤을 추듯) 허엇, 문전성시로다, 문전성시! 안성으로 내려와 자릴 잡
은 게 아주 안성맞춤이었어. 삼남의 과실은 서울로 올라가럼, 지 아
무리 날구 기는 장사도 안성 땅을 안 지나갈 수야 없질 않던가!

종사 내, 선생이 예서 과물전 차릴 때부터 알아봤지. 싱싱한 과실을 오래
두고 저장하려면, 땅을 파고 깊숙이 디려 놔야지. 안 그럼 다 썩어
문드러져 내다 버리기도 힘이 들거든….

허생 (납득이 간다는 듯) 물론이구말구, 창고 없이 과일을 거둬들일 수야 있
나?

종사 서울에선 과일이 품귀라고 난리, 도루 열 배를 주고 사서 팔아도 남
는 장산디, 사들인 과일을 도루 달라고 난리지요, 난리!

허생 안성에 쌓인 과일을 아주 비싼 값으로 다시 서울로 보내니, 백성이
든 궁궐 안이든, 안 먹을 순 없겠고, 먹자니 돈을 바지게로 져 날라
야 할 판, 헛허허…. 돈 1만 냥에, 이것 참 우스운 세상 꼴이로세.

종사 1만 냥을 투자하였다더니, 그간 얼마나 버셨소?

허생 열 배는 남겨야 장사꾼 아니겠소?

종사 (놀라며) 멋이라, 열 배? (방백) 아유 이런 도적놈. 손에 칼만 안 들었
지, 이런 자가 도적이지, 누가 도적이여?

허생 (들은 듯) 장살 하려면 도적질하는 거나 매 일반이로세.

종사 (들킨 양으로) 그, 그게 아니고, 저거 하니까, 그거하다… 이거지요.

허생   이 나라 과일이 내 돈 1만 냥에 좌지우지, 휘청거리는 꼬락서니라니 원… 조선이란 나라의 형편을 알 만하외다! 조선의 살림살이가 바닷가 모래성이란 말이로고. 한 번 파도가 쉬이 허니, 흔적도 없어져 버려요, 허헛 참!

종사   (나서며) 허엇…. 진짜 조선 장사꾼은 여기 있었네요, 별 볼 일 없던 줄만 알았던 백면서생 남산골 허생이 이렇게 돈 버는 법을 통달할 리야. 사서에, 아님, 삼경 어딘가에 나와 있나? 상품의 유통을 꽈악 틀어막고 독과점을 한다는 거…, 이거 가진 자의 전횡이고 횡포 아니던가?

허생   (꾸짖듯) 나라의 형편이 길이 없고 수레도 없어, 지방의 진귀한 물품이 서로 상통하질 못하는데, 왜 내 탓만 하시는가? 만 가지 산물을 빠르게 유통하여 서로 나눠 먹을 수 있는 방책은 뒤로하고, 돈 1만 냥에 독과점으로 열배의 이득 취하는 나는 머, 맘 편히 그 돈을 다 먹을 수야 있겠소?

종사   (설명하듯) 여기서 지방에 올라오는 과일을 독점하니 값은 치솟고, 좋은 방법은 아니지요. 안성을 거치지 않고, 서울 가는 길을 뚫기 전에는…, 독과점으로 인한 피해는 나라 백성이 지는 것이지요.

허생   미안허이. 하늘이 나를 도와 장사의 본을 보인 것이오. 마누라한테까지 홀대 받고 쫓겨난 내 신세를, 하늘이 노정해 주신 거란 말이외다. 허허헛.

종사   안성은 이만하면 됐으니, 다른 데로 옮길 생각은 없으신지요?

허생   이문을 열 배로 챙겼으니, 곧 떠나야지요.

종사   어디로 가시겠소?

허생   제주로 가서 말총장살 할까 하외다.

종사   (놀라움) 말총장사? 그것 참 기발한 생각이십니다. 제주도는 말이 사는 유일무이한 섬, 그러니 말총을 독점하긴 식은 죽 먹기 아닙니까?

허생   (꾸짖듯) 나라를 망치는 것이 독과점인 줄 알다마다, 그걸 막을 수 없는 조선의 정치가 무삼하니, 그게 더 문제요.

종사   잘 아십니다 그려. 나라가 나서 독과점의 병폐를 막아야 하는데, 그럴 지혜가 없어요. 당리당략, 논공행상에 궐 안이 늘 이합집산이니, 발전이 없는 것이지요. 그나저나, 갓을 만들려면 말총이 있어야지. 전국의 양반들 망건이고, 갓이 다 떨어져 너덜거리는 소리가 들리는 듯합니다. 이참에 새 갓이나 얼른 장만해 둬야겠네요. 열 배로 오르기 전에, 허허헛. 말총으로 떼돈을 모으면, 그 담은 뭘 하실 생각이시우?

허생   (좋아서) 서해 멀리 무인도를 하나 구해, 거기서 농살 짓고 살고 싶소이다.

종사   무인도엔 사람이 없는데 적적해 어찌 농살 지으며 사시려구요. 남산골로 다시 돌아가진 않으실 요량이시우?

허생   (분해서) 하늘같은 남편더러 너니, 내니, 함부로 하대하는 악처에게 이미 정내미가 끊긴지 오래 되었수다. 변산반도에 가난한 백성이 굶주리다 못해 도적떼가 되어 나라를 어지럽게 한다니, 그들을 설득해서 무인도로 들어가 서로 죽이고 죽는, 싸움 없는 화평한 나라를 만들어야겠소이다!

종사   지당하신 말씀이외다!

허생   이 나라 형편이 요지경이 되었음을 알았으니, 말총은 썩지 않는 물건이니 얼마든 돈을 만들 수 있지. 그래야 새 나랄 만들 것 아니겠소, 허허헛!

종사   (감탄하며) 화평소국을 만들어 임금이 되시겠다?

허생   서로 먹고 먹히는 일이 없는 천도를 지키는 낙원을 만들어 보겠소이다. (돌아보며) 애, 떡쇠야!

덕쇠   (총총히 오며) 예, 어르신.

허생   (돈주머닐 던져 주며) 옛다, 그동안 고생 많이 했다. 넌 이제 한양으로 돌아가거라!

덕쇠	(날듯) 차, 참말이어라?
허생	느이 쥔 마님헌텐, 내 반드시 환잘 갚겠다고 전하거라!
덕쇠	예, 예, 전하구 말굽쇼!

허생이 사라진다. 덕쇠, 신바람이 난다. 뒤에서 들려오는 파도소리, 갈매기 울음소리가 길게 농익은 가락으로 들려온다.

종사	(해설) 허생은 그야말로 톡톡 튀는 상술로 떼돈을 벌어들였죠. 안성의 과일도가에서 매점매석으로 10만 냥을 벌었고, 다시 제주로 가서 엄청난 돈을 벌어 무인도를 샀습지요. 자, 그가 번 돈을 어찌 쓰는지 보실까요?

제5장. 도적들의 나라

상수에 불이 들어온다. 배경으로는 도적떼들이, 이리저리 도적질을 하고 있다. 도적떼의 우두머리 격이 허생 앞에 서 있다.

허생	(훈계하듯) 허엇, 어쩌다 못된 도적질을 하게 되었소?
도적	먹고 살 길이 없으니 도적질이라도 해야 했지요.
허생	노동을 하면 먹고는 살 수 있질 않소?
도적	(기가 차서) 원 선생님두, 농사질 땅뙈기가 있어야 일을 하지요? 송곳 하나 꽂을 만한 땅이라도 있음, 우리, 도적질 안 합니다.
허생	(달래며) 내가 그대들에게 원하는 만큼의 땅을 줄 테니, 나를 따라오겠소?
도적	(눈이 휘둥그래서) 그게 정말이십니까? 저희들에게 땅을 주신다굽쇼?
허생	(설교) 천 명의 도적이 도적질하여 1천 냥을 벌면, 천 명이 나눠가지

면 얼마가 되겠소?

도적   (셈하며) 그야, 한 냥뿐입지요.

허생   그러니 과도한 노력만 하는 것이지, 천 명이 농살 지으면 삼천 배, 삼만 배의 결실을 거두게 될 것이오.

도적   (결의에 차) 그렇게만 된다면, 우린 즉시 선생님을 따르겠습니다.

허생   모두들 과년한 나인데, 아내들은 있소이까?

도적   없습니다요.

허생   우선, 바닷가로 오시오, 붉은 돛단배가 삼십만 냥의 돈을 싣고 와 여러분을 기다릴 터이니, 게서 돈을 거져 주리다.

도적   (놀라며) 사, 삼십만 냥이라굽쇼?

허생   그렇소, 삼십만 냥!

도적   우린 도적질 그만두고 아낼 얻어 와, 집짓고 농사지으며 살 것입니다요, 나으리, 아니, 장군님!

허생   (밖을 향해 외치며) 도적 여러분, 이제 도적질로, 관군에게 쫓겨, 도망 다니지 않아도 맘 편히 사는 세상이 기다리고 있소이다.

도적들 (합창하듯) 장군, 오직 장군의 뜻을 따르겠소이다!

허생   자, 나를 따라 오시오!

도적들 예, 장군님!

허생, 무대를 가로질러 바닷가 포구로 내려간다. 종사도 뒤따라간다. 여러 대의 배들이 정박해 있다.

허생   (단에 올라) 너희들이 힘센 도적이라 하여도 겨우 백 냥어치 돌덩이도 지지 못하면서 무슨 도적질을 한단 말인가. 이제 너희들이 양민이 되려 해도 이름이 도둑장부에 올랐으니 더 이상 갈 곳이 없다. 내가 여기서 기다리고 있을 터이니, 각자 백 냥씩을 가지고 가서, 여자 한 사람, 소 한 마리씩을 거느리고 오너라!

도적   (모두 바삐 움직이며) 예, 장군님, 그렇게 하겠나이다!

배경막 안의 도적들, 부산하게 돈 보따릴 짊어지고 움직인다. 파도소리가 유량하게 들려온다.

종사   말총장사로 또 다시 떼돈을 번, 허생은 남녀 2천 명을 이끌고 무인도에 들어가 대나무를 엮어 집을 짓게 하고, 농사를 짓게 하였는데, 땅이 비옥하고 기후가 온난하여 아홉 배의 결실을 이루었지요. 그래서 3년 동안 먹을 곡식을 저장해 두고는 마침 일본의 속주국인 '장기'라는 섬에 큰 흉년이 들자, 그 곳에 곡물을 실어 날라 구휼했겠지요….

제6장. 장기국에서

어둠 속에서 들려오는 파도소리, 인근 도처에서 들려오는 배곯는 소리가 과장되게 들려온다. 낑낑거리는 개 앓는 소리, 굶어 죽어가는 동물들의 처절한 소리가 들려오더니 급기야 사람의 탄식소리가 들려오기 시작한다. 무대에 불이 서서히 밝아온다. 주린 배를 움켜잡고 구걸하는 백성들의 참담함이 하수 쪽으로 드러난다. 허생과 종사가 등짐을 진 일행과 등장, 장기국의 속주가 맨발로 달려 나와 절을 한다. 무대 중앙으로 이동, 일행들 모두 후면으로 사라진다.

허생   허엇, 이것 참, 말이 아니로소이다.

속주   선생께서 후의로 도와주시니 백골남방이옵니다!

종사   이럴 땐 백골남방이 아니고 백골난망이라 하는 것이오!

허생   인두겁을 쓴 사람으로 어찌 바다 건너 이 땅의 굶주림을 듣고서 가만있을 수가 있겠습니까! 지난번 방문 땐 그리 화평스럽고 보기 좋더니만….

종사 사람만이 아니질 않소이까? 도처에 짐승이 죽어 썩어 가고 있으
니….

속주 우선… 사람이 살어야, 짐승도 먹이지요.

허생 허엇, 저 말 못하는 짐승들이 뼈다구만 남아 헛구역질만 해대는구
려.

종사 알량한 사람 목숨을 부지하기 위하여, 얼마나 많은 짐승을 자셨소?

속주 그래도 이제껏 사람을 도운 소와 말과 개는 아직 먹지 못하도록 국
법으로 못을 단단히 쳐놨습죠.

허생 (당연한 듯) 거어, 차암 잘하셨소!

속주 (짐승을 보며) 배고픈 건 저 놈들이나, 인생이나 매일반입지요!

허생 (밖을 향해) 여봐라, 배에 있는 쌀을 한 톨도 남기지 말고 대령하렸다!

속주 하이고, 감사합니다요. 이 은혜 언제고 갚겠습니다.

허생 보답을 바라고 이러는 건 아니지요.

속주 보시다시피 이 땅은 비옥하고 기후도 따뜻하여 머든 심으면 싹이
나고, 금세 결실을 한답니다.

종사 이 좋은 땅에 어찌 식량이 거덜 난 것이오?

속주 모두 속주인 제가 모자란 탓이지요.

허생 (고개를 끄덕이며) 그건 맞는 소리요.

속주 어이구, 죽을 죄 졌습니다!

허생 풍년이 들었을 때, 창고에 쌀을 가득 채워 빈궁기를 대비했어야지
요.

속주 물론입니다요.

종사 어찌, 한 해 가뭄에 식량을 거덜낸단 말씀이요?

속주 방심한 탓입니다. 원래 예로부터 이곳은 비도 자주 내리고 햇빛도
아주 자알 들어, 가뭄이라곤 걱정해 본 적이 없었습니다요!

허생 유비무환이란 말이 있소이다.

속주	우비요?
허생	유비무환이라 하였소!
속주	예, 유비무환!
허생	있을 때 준비를 자알 해 두면 환란이 생겨도 버틸 수 있단 말이지요!
속주	(깨달은 듯) 허이구, 그런 고등한 말씀을, 역시 선생은 우리보다 대선 진이십니다요.
허생	자, 이러고 있을 때가 아니지요.
종사	어서 식량을 배급해서 주린 배를 우선 채우게 하고 짐승을 정성으로 거두시오.
속주	이르다 뿐이겠습니까. 배 터지게 먹이고 밭을 갈고 씨를 부려야합지요.
허생	나라를 운영하는 것이 그리 녹녹한 일이 아니지요. 저 많은 백성을 먹여 살리고, 나라를 지켜 보전케 하고, 시집 장가 들여, 인구를 생산하여 후손에게 대물림을 하자면, 왕이 지혜를 짜야지요!
속주	맞습니다요!
허생	그런데 이상스럽게도 아녀자들이 보이질 않으니 어찌된 일이요?
속주	예, 모두 집안에 엎드려 남자들이 곡식 가져오길 기다리고 있습지요.
허생	배고픈 게 어찌 남자들의 잘못이란 말인가?
속주	그래도….
허생	살아 남고자픔, 여자나 아이나 몽땅 발 벗고 나서야지요.
속주	예, 그렇긴 하지만….
종사	하지만 머요?
속주	이 나라 풍습상, 여자는 그저 집안에서 살림만 하고, 애나 낳고….
허생	(화가 나서) 먹고 살자는데, 남녀노소가 어디 있소이까?
속주	이제 여자도 일을 하도록 법을 고치겠습니다!
허생	당연하지요. 나라를 살리는데, 남녀가 따로 있을 순 없지요.

종사   그렇다면 속주인 당신께선 몇 명을 먹여 살리고 계시우?

속주   (머리를 긁적이며) 저어… 그게… 솔차니….

허생   어서 말해 보세요.

속주   저어, 후궁에 무수리까정 합치면….

허생   (의아해 하며) 합치면?

속주   (손가락을 꼽아가며) 하안… 삼배액… 왔다갔다….

허생   (기가 막혀) 머시요? 사암백?

속주   예, 이 나라 풍습이….

종사   예끼, 왕 한 사람이 어찌 후궁을 삼백이나 둔단 말이오?

속주   그게 아니라, 비, 빈, 궁, 무수리까지 다 합친 결과이옵지요!

허생   그게 모두, 당신을 위한 여자란 말이오?

속주   저엉… 따지자면 그런 셈이지요.

허생   (밖을 향하여) 여봐라, 짐을 도루 배에 싣거라!

속주   (허생의 발목을 잡으며) 하이고 선생, 자, 잘못했습니다!

허생   그러니 나라가 이 지경이 아닌가. 일하지 않고 주색잡기에 빠져 민
       생을 돌보지 않고, 밤낮으로 후궁의 품에 놀아났으니, 나라꼴이 (도
       리질하며) 아니로세, 아니로세, 요것은 진짜루 아니로세! 어여, 배를
       돌려 떠나세!

속주   아이구 선생님, 그것만은 지이발… 이제 궁녀들도 다 들에 나가 일
       을 할 것이고, 후궁도 대폭 줄일 것이며….

허생   몇으루?

속주   저어… 그러니께….

허생   (호통 치며) 말을 하렷다!

속주   (고개를 갸웃거리며) 그저 대애폭으루다가….

종사   그러니 삼백에서 몇으루, 대폭?

속주   하안… 백으루다가….

허생   (뿌리치며) 머여?

속주 (도리질) 그러니께 누가 백이라고 단정을 했나요? 백에서 반을 뚝 잘라서….

종사 (웃으며) 아하, 그러니까, 얼추 오십으루?

속주 (눈치를 보며) 에이, 오십이 머여요?

허생 모름지기 속주라 하나, 내 도저히 이 나라꼴을 봐줄 수가 없을세!

속주 (간절히) 그럼 지가 이쁜 애들로 골라, 조공을….

허생 그게 아니고, 궁궐에서 밥만 축내는 인구를 줄이란 말이오. 일을 시켜 생산을 해야지, 당신의 정비 한 사람 빼곤 모두 밖으로 몰아내 일을 시키시오!

속주 (놀라서) 아, 아무렴요. 한 해만 기다려 주신다면, 주신 은혜 백배로 갚겠습니다요.

허생 그 담엔?

속주 선생님 나라와 통상을 하고, 명절과 생신날에 사신을 보내, 형제국의 도리를 다하겠습니다!

허생 (흡족해 하며) 옳거니, 이것이 왕도요, 외교로다! 허나 다아 필요 없으니 준만큼만 갚도록 하시오! 만약 허랑방탕하여 또 이 지경이 된다면 내가 직접 군사를 몰고 들어와 왕을 죽이고, 이 땅을 차지할 것이오!

속주 하이고, 형님, 먼 서운한 말씀을, 이제 우린 선생 나라를 형님 나라로 받들어 뫼실 터이니, 하명만 하시옵소서!

종사 (기가 차서) 허엇, 이거 차암, 쉽소이다, 쉬워!

속주 머가 쉽단 것이온지요?

종사 이 나라 정치말이요.

속주 에이…, 그래도 전 어렵습니다!

허생 이 땅에선 이 자가 속주며 왕이니, 우리도 왕으로 대접할 것이니, 열심히 일해 갚으시구려! 정치는 바가지가 새선 안 되는 법, 마누라 단속, 집안 단속, 잘 하시게!

속주	이곳은 나와 사둔 아닌 자가 없지요. 꾀고 풀다 보면 다 사둔입지요.
허생	그래도 독재는 아니 되오. 탕평을 하여 골고루 인재를 써서 작은 나라지만 알토란같이 나라 살림을 해야지요!
속주	형님 말씀, 마음에 새기겠습니다!
허생	왕은 권위가 서야 하거늘 옷도 의관도, 좀 제대로 갖춰 입고.
속주	보시다시피 날이 더운지라, 그저 벗고 사는 게 편하여….
허생	왕이란 백성관 달라야 합니다. 더워도 참아야지요. 내 그대의 정치를 멀리서나마 유심히 볼 것이오!
종사	어서 짐승을 거둬 민심을 다독이고 노동을 하시오!
속주	(읍하며) 예, 예. 무슨 말씀인지 알겠습니다요!
허생	(종사를 끌며) 자, 우린 이제 갑시다!
종사	그러지요.
속주	(막아서며) 가, 가시다닙죠? 이렇게 보내 드리면 왕의 체면이 아니지요!
허생	줄 것 주고, 이를 거 다 일렀으니, 가야지요.
속주	(밖을 향해 소리 지른다) 여봐라, 향이 머하고 있느냐?
향이	(들어오며 대경하며) 아, 아버님!
종사	(고개를 갸웃거리며) 아니, 자넨 누구더러 아버님이라 하는 것인가?
향이	(허생에게 큰절 하며) 아버님 기체후만강하시옵니까? 소저를 몰라보시겠나이까?
허생	(어리둥절하여) 허엇, 글쎄올시다!
향이	몇 해 전, 수양딸로 맺어주신 향이옵니다.
허생	몇 해 전이라?
종사	(허생에게) 이곳에서 머언 전조가 있었소?
속주	이 아인 무수리이온데, 아조 똑똑한 아이인지라. 제가 하룻밤, 정성껏 뫼시라 했습지요, 헤헤….
허생	(생각이 난 듯) 오호라, 맞어. 자네가 바로 날 수양아비로 삼겠다던?

속주   (의아해서) 아니, 선생께서 저 아일 아십니까요?

허생   알다마다. 이 아인 내 딸이로세!

속주   (고개를 갸웃거리며) 아니…, 그럴 리가 없는데….

허생   (진정으로) 허엇, 참, 괴상한 인연이로고…. 예서 널 만나다니….

속주   그럼…, 다른 아이루다가?

허생   관두시게, 딸을 만난 것으로 족하니. 저 아일 속주의 정실 며느리로
       삼아, 날 대신하여 자알 보살펴 주시게, 헛…. 괴이한 인연이로고….

향이   (밝게) 아버님, 감사합니다.

속주   향아, 이게 어쩐 일이더냐?

허생   (무마하며) 어쩐 일은?

속주   그렇다면, 다른 아이루다가….

허생   어헛, 관두라 하지 않았소? 저 아이나 자알 보살펴 주면 나는 그
       만….

속주   (머리를 긁적이며) 그래도…, 그게 아닌데 그러시네.

종사   도대체 됐다는데 왜 이러시는가? 선생이 여색을 피하시니, 우린 이
       만 가봐야겠소이다!

속주   세상에 여자 싫단 사람은 첨 보겠소이다!

허생   (고개를 저으며) 그것보다 나라 살림 걱정이나 하시게.

속주   나라 살림은 분부대로 자알 할 테지만. (허생의 아랫도리를 유심히 보며)
       호옥시…?

허생   (아랫도리를 보며) 으흠, 난 아니요. 멀쩡해!

속주   먼 길 떠나시기 전, 양기라도 채워 드리는 것이 도리일 거 같아서
       그럽니다!

종사   허엇, 이곳 풍습은 내 잘은 모르지만, 처첩을 수 없이 둬도, 능력만
       있으면 상관이 없다 하니, 필연 물성과 인성의 통합이로세!

속주   고것이 머언 말씀이시온지?

종사   동물과 사람이 합해져 물류와 인류가 혼재했단 말이로세.

속주 그러니까, 머가 잘못되었단 말씀이신지요?

허생 법과 제도를 고쳐 일부일처제를 시행하시게! 한 남자는 한 여자로 족한 것이야!

속주 (깨달은 듯) 아, 예…. 하지만….

허생 머가 또 하지만인가?

속주 하나 가지곤…, 외롭지 않을까 해서….

허생 허엇, 인생이란 자고로 외로운 걸세. 한 세상 왔다 가는데, 하나면 족하지, 아니 그런가?

속주 아, 예, 알겠습니다요.

허생 머든 과하면 욕이 되는 법이네!

종사 권세를 누려도 과하면 빼앗기며, 자식에게 물려줘도 당대를 이어 가기 힘든 것이오!

허생 바람처럼 왔다가 안개처럼 사라지는 것이 인생이오. 과한 욕심으로 권력을 휘둘러 무고한 피를 뿌리지 마시게…. 우리 딸, 향이는 꼬옥 한 남자와만 백년해로하게 하여 주게!

속주 (머리를 긁적이며) 예, 분부대로 하겠습니다요!

허생 종사, 어서 출발합시다!

속주 기어이 가시겠다니, 하는 수 없습니다만, 농사 잘 지어 이 은혜, 곧 갚아드리겠습니다!

향이 (쫓아나가며) 아버님!

허생 그래 그래, 내 딸 향아, 잘 있거라! 내 살아 있으면 또 다시 올 것이니….

향이 (큰절을 올리며) 아버님, 만수무강하옵소서!

파도소리와 함께 무대 암전된다. 소리로 들려오는 허생과 종사의 소리.

종사 아니 일면식도 없는 아일, 언제 봤다고 딸이라 속이셨소이까?

허생　보아하니, 하늘이 말씀하시기를, 저 아일 돕지 않음, 필시 노비로
　　　 팔려 나갈 것이지만, 내가 딸로 삼았으니, 향후, 큰 이득을 가져 올
　　　 아이라 판단하였소!

종사　그것이 선견지명이라 하는 것이지요.

허생　허엇, 그렇던가!

어둠 속으로 갈매기 울음이 가득하게 덮어온다.

제7장. 낙원에서

몇 년 후, 흐드러진 매화꽃, 그 향기에 취한 동네 부녀들 화평스런 춤을 춘다.
넌버벌의 연희, 평화를 누리는 사람들. 풍요와 행복이 있고 호랑이와 짐승들
이 공존하며 그 무엇도 사람을 해치지 않고 함께 누리는 낙원의 모습이 펼쳐
진다.

허생　(단 위에 올라 교화하듯 엄숙하게) 이게 필시 꿈이 아니라면 인성과 물성
　　　 이 공존하는 화평한 세상이 아니던가. 사람과 짐승이 서로 싸우지
　　　 아니 하고 서로 존중하며 아끼는 세상! 인왕산 대호께서 내리신 천
　　　 도의 비밀을 다 이루었도다!

종사　(오며) 백성들이 다 모였습니다.

허생　종사께서도 보았지요?

종사　(흐뭇한 표정) 물론 보았지요, 하늘의 도가 이뤄지는 세상인 걸요….

허생　(작심) 이제 내가 시도한 바가 끝이 났다. 내가 처음 너희들과 이 섬
　　　 에 들어올 때엔, 먼저 부자가 되게 하고, 문자를 만들고, 의관을 새
　　　 로이 만들어 제정하려 하였느니라. 그런데 이 땅이 비좁고 덕이 없
　　　 어 보이니, 나는 이제 이 섬을 떠나겠노라! 너희들끼리 싸우지 말고
　　　 잘 살도록 하라!

사람들　(울며) 장군님!

허생   (외치듯) 다만, 아이들을 낳게 되면 오른손에 숟가락을 쥐게 하고, 하
       루라도 먼저 난 아이가 밥을 먼저 먹도록 양육시켜야 하느니… 가
       지 않으면 오는 이도 없는 법, 더 이상 오가는 이를 없애기 위하여
       배를 모두 불태울 것이다!

       사람들, 소요하며 장군님을 연호한다.

도적   (간청하며) 장군님, 떠나신다니, 저희들은 어찌 살라 이러십니까?
허생   이제, 필요한 자원은 그만큼이면 되었다. 그러니 이곳에서 쓸 만큼
       남겨두고 50만 냥의 돈을 바다에 던질 것이다. 누구든 바닷물이 마
       르면 주워 갖게 될 것이지만, 그런 일은 절대루 없을 것이다.
도적   물론입니다요. 우리가 먹고 살기에 풍족하온데, 무슨 욕심으로, 바
       다에 떨어진 돈을 줍겠습니까요.
허생   (끄덕이며) 그래, 돈이 없고 무식해야 천년만년 평안하리라!
종사   (나오며) 돈이 없고 무식해야 화평한 나라가 된다? 그래서 50만 냥을
       바다에 수장하겠답니다. 사실 백만 냥은 나라에서도 용납할 곳이
       없을진대, 하물며 이 작은 섬에서야, 50만 냥이면 차고 넘칠 것이지
       요, 허허. 허생은 무인도에 인간과 동물이 공존하는 화평한 나라를
       만들어 주더니 후환을 없애려, 글줄이나 아는 이들을 모두 배에 싣
       고 섬을 떠나겠답니다.
허생   (오며) 종사께선 예 남으시겠소?
종사   (웃음) 남다니요, 조선으로 돌아가야지요.
허생   조선이라 하셨소?
종사   우리가 돌아갈 곳이 조선밖에 더 있습니까?
허생   (한숨) 어찌 조선은 예처럼 화평한 나랄 못 만드는 것입니까?
종사   음…, 변해야, 변하지요.
허생   변해야 변한다?
종사   왕과 사대부가의 권력놀이가 반드시 조선을 망하게 할 겁니다.

허생	저는 남인 출신이라 버슬도 포기하고 주경야독하며 글이나 읽고 있던 사람입니다. 때를 기다려도 때가 오질 않아요!
종사	왕이 노론의 힘에 밀려 정책을 결단치 못해요. 노론의 눈치만 보고 있으니 어느 세월에 남인이 득셀 하겠습니까?
허생	어찌 해야 조선이 변하겠는지요?
종사	(사이) 음…, 왕이 죽어야지요.
허생	(놀라며) 왕을 죽이란 말씀입니까?
종사	그래야, 변합니다!
허생	허엇, 그 일을 누가 할 수 있답디까?
종사	선생이 하셔야지요.
허생	(놀라며) 예? 제가요? (황당하여) 왕을?
종사	과거에 사로잡혀 한 치 앞도 희망이 없는 조선을 살리는 길입니다.
허생	도대체 종사께선 어느 나라, 어느 곳에서 오셨소?
종사	(손으로 하늘을) 저…, 산 너머 또 그 너머….

대호의 울음소리가 순간적으로 밀려온다.

허생	(주눅) 어이쿠, 이게 머언 소리요?
종사	물성의 포효지요.
허생	그렇다면 인왕산 대호의?
종사	그렇소.
허생	(진저리) 난, 난, 아니오. 그냥, 남산골로 돌아가 글이나 읽으며 안빈낙도하리다.
종사	안빈낙도?
허생	예, 안빈낙도!
종사	우선…, 조선으로 돌아갑시다.

파도소리 밀려오고 유량한 음악과 함께 무대, 암전된다.

제8장. 변승업의 집

하수에 불이 들어온다. 예전 변승업의 집, 예전 모습 그대로의 허생이 그를 찾아온다.

변승업 (허생을 보며) 뉘시더라?

허생 나를 알아보시겠소?

변승업 (놀라며) 남산골 생원 아니신가요?

허생 헛허, 그렇소이다. 이 몸 죽지 않고 돌아왔소이다.

변승업 (낙담하여) 어휴… 몰골이 예전과 다름없는 걸 보니, 호옥… 만 냥을 실패 본 건 아닌지요?

허생 (무심하게) 헛허, 재물에 의해 얼굴에 기름기가 도는 것은 변 선생 같은 사람들의 일이지요.

변승업 (난처하여) 그, 그게 무슨….

허생 (돈 봉투를 건네며) 어찌, 돈 만 냥으로 도(道)를 살찌울 수 있겠소이까?

변승업 (놀라서) 이, 이게…, 얼마인가요?

허생 약속대로 십만 냥이오. 우선 문서를 만들었으니, 사람들이 밤새 돈을 져 나를 것이외다! 그 때엔 워낙 사정이 딱하여, 당신에게 돈을 빌린 것인데… 지금 와 생각하니, 괜한 짓을 했다 싶어 후회가 되오!

변승업 (돈 봉투를 돌려주며) 이거, 이러자고 빌려드린 돈이 아니올시다. 이러지 마시고 십분의 일로 이자를 쳐서 나머진 돌려 드리겠습니다.

허생 (역정을 내며) 선생은 날 한낱 장사치로 보시오?

허생이 화가 나서 변승업의 손길을 뿌리치고 나간다. 변승업이 그의 뒤를 따라간다. 소쩍새 울음소리가 단아하게 들려온다. 계곡물 흐르는 소리도 들려온다. 새댁과 아낙이 빨래를 하고 돌아오는 길에 변승업과 마주친다.

변승업 이보시우, 저 작은 초가삼간이 뉘 집이요?

아낙 허 생원 댁입지요.

변승업 허 생원이라구요?

아낙 예. 가난한 형편에 글 읽기만 좋아하더니, 어느 날 갑자기 집을 나가 돌아오질 않으신다우.

변승업 그럼 저 집엔 누가 사나요?

아낙 부인이 살지요. 남편이 집을 나간 날을 잡아, 제사를 모신다지요.

변승업 허엇, 그랬구만, 그랬어!

아낙 헌데 무슨 일로, 저 집을 물으세요?

변승업 (짐짓) 아, 아니요. (방백) 살림이 저리 어려운데, 왜 돈을 마다하는 것일까? 과연 허 생원은 도술을 부리는, 도사임에 틀림없구나!

아낙 (보며) 어디가 편찮으시우?

변승업 아, 아니오. 음…, 고맙소. 가던 길이나 가시구려.

아낙 (혼잣말) 참, 기이한 사람이네 그려. (부르며) 나주댁, 집에 누가 오셨나?

변승업이 나가고, 안에서 들려오는 두 사람의 소리, 아낙이 엿듣는다.

부인 (소리) 엇따, 오긴 누가 와야?

아낙 웬 훤칠한 영감이 들어가는 거 같던디?

부인 (소리) 워떤 정신 나간 영감탱이여?

허생 (소리) 부인, 나요.

부인 (소리) 음마야, 누, 뉘신 게라?

허생 (소리) 허엇, 당신 남편 허생이요.

부인 (소리) 어라? 이 잡것이 뒈지지도 않고 또 와뻔네잉?

허생 (소리) 허엇, 부인 말뽄샌 여전하구려.

부인 (소리) 이게 지삿밥 잘 잡숫더니, 환생을 헌 거셔, 머여?

허생	(소리) 허엇, 지엄하신 남편한테 '이게' 라니요?
부인	(소리) 이게던, 참게던, 울 남편 죽었응께, 지랄 말고 썩 나가써요!
아낙	(동네 사람들에게) 여기, 나주댁 남편이 살아왔나봐.
새댁	어마나, 그럼 입때껏 지낸 제산 어떡해?
아낙	어쩌긴, 헛제사 지낸 거지 머….
새댁	어쨌거나 저 양반들 화해하고 살려나?(들여다보더니) 어머나 저 꼬락서니 좀 봐요, 아주 비렁뱅이 꼴이 다 되었네.
아낙	(보며) 어이구머니나, 저걸 어째?
새댁	나주댁 팔자가 드럽게 꼬였네 그랴. 운종가 갓바치네하구 좋아지내는 거 같던디….
아낙	에이그, 말조심혀!
새댁	죽은 줄 알았던 낭군이 다시 돌아왔으니, 이를 어쩐대?

아낙과 새댁 히죽거리며 사라진다. 무대, 암전된다.

제9장. 남산골 허생의 집

불이 들어오면, 허생의 집 앞이다. 변승업이 덕쇠에게 선물 보따릴 지게 하고 하수에 당도하여 허생을 부른다.

변승업	허 생원 계시오?
허생	(나오며) 아니, 변 선생께서, 어찌 이 누옥까지?
변승업	덕쇠야, 어서 짐을 안으로 들이거라.
덕쇠	(내려놓으며) 알 것고 마니라. 어따, 그 놈에 언덕배기, 찡허게 높네잉.
변승업	(은전을 꺼내며) 아무리 생각해 봐도, 내가 허 생원의 돈을 받는 건 아

니라고 생각되어….

허생 허엇, 참…. 아직도 저를 모르시겠소? 내가 부를 탐했다면 백만 금을 버리고 이 누옥으로 찾아 들었겠소이까?

덕쇠 (침을 삼키며 방백) 엇따, 시상에 돈 싫단 사람도 있네잉.

허생 자, 그거 도루 넣으시고, 이제부터 가끔 날 찾아 돌봐주시구려. 혹여 굶어 죽지 않을 만큼, 양식이나 보태주시면 고맙겠소이다.

덕쇠 (방백) 에이, 나 같음, 두 눈 따악 감구, 받어 챙길 텐디… 참말루 요 상헌 양반여요잉. 안성 도가에서부텀 나가 알어 봤당께….

변승업 선생 뜻이 정 그러하시다면, 제가 평생 동안 보필해 드리리다.

허생 고맙소이다. 이제껏 도를 안고 살아온 이 몸이, 어찌 재물로 맘을 괴롭힐 수 있겠소이까.

변승업 (감탄) 어이휴…, 그렇게 높은 뜻이… 애, 덕쇠야.

덕쇠 예, 쥔마님.

변승업 냉큼 내려가 쌀 한 가마닐, 가져 오너라.

덕쇠 예? 쌀 한 가마니라고라?

변승업 아마도, 너는 남산골 이 댁에 자주 들랑거려야 할 것이야!

덕쇠 (방백) 하이고, 니미 저 양반 땜시로 애꿎은 떡쇠만 죽었당께. (나가며) 쌀 한 가말 짊어지고, 이 꼭대길 워찌 올라온당가?

변승업 (의아해서) 허 생원, 어찌하여 오년 만에 백만 냥을 버셨소?

허생 (상수로 나오며) 그거야 쉬운 일이지요.

변승업 (놀라며) 쉽다구요?

허생 조선이란 나란 배가 외국으로 나가지 못하고, 수레도 국경을 넘지 못하니, 나라 안에서 생산된 것이 모두 나라 안에서 소비되지요.

변승업 그렇지요.

허생 천 냥은 적은 재물인고로 물건을 죄다 사기에는 어려우나, 이것을 열로 쪼개면 얼마가 되겠소?

변승업 (손가락 계산으로) 그거야, 백 냥이 열이 되겠지요.

허생 　그러니 백 냥씩, 열 가지 물건을 살 수 있게 되지요.

변승업 　그래서요.

허생 　물건이 가벼우면 돌리기 쉬운 법, 설사 열 중 한 가지가 잘 못 되더라도 아홉은 남게 되는 거 아니겠습니까?

변승업 　(이해하지 못한 듯) 그렇겠지요.

허생 　이것은 항상 이득을 취하는 소소한 장사치들의 수법이지요.

변승업 　그렇담 무슨 비방이 따로 있습니까?

허생 　물론 있습지요. 만금을 가지면 물건을 마음대로 살 수 있으니, 수레면 수레, 배면 배를 모두 사들일 수 있는 겁니다.

변승업 　(이해한 듯) 오라, 과감하게 투잘 해서 독과점을 하라 이건가요?

허생 　맞소이다. 이게 일확 만금을 버는 방법이지요. 하지만 나라를 위해선 권장할 만한 일은 아니지요.

변승업 　돈 많은 사람이 세상 문물을 다 독식하다 보면, 장사치들이 사라질 것이고…, 그들은 도적떼가 되는 수밖에. 나라와 백성을 보호해야 할 군대들이 도적과 싸울 테니 나라 살림이 엉망이 될 것이고….

종사 　(오며) 허허헛, 이것이 작금의 이 나라 조선의 현상이 아니겠습니까. 장안의 내로라는 사대부가들이 운종가를 휘어잡고 조선의 경제를 망치고 있단 말씀 아닙니까?

허생 　옳게 보셨소. 그 방법은 내가 한 번 써먹은 것으로 끝을 내야지요.

변승업 　또 한 가지 궁금한 게 있는데….

허생 　뭔가요?

변승업 　나를 찾아가면 만금을 빌려갈 수 있다고 어떻게 믿고 찾아왔던 것입니까?

허생 　(교만) 헛허, 하늘이 내려준 도 탓이겠지요. 복 있는 사람에게 하늘은 더 복을 주시는 법이거늘, 어찌 나를 보고 만금을 쾌척치 않으셨겠소?

변승업 　(의아) 하늘의 도리를 따랐다? 허엇 참, 알 수 없는 노릇이구먼…, 알

수 없는 노릇이야!

종사 (설명) 하늘의 도가 내려와 변 대감과 상통한 겁니다!

허생 하늘이 돕지 않았다면 어찌 백만금을 벌 수 있겠습니까. 그리고 만약 내 돈으로 장살 했더라면, 성패를 알 수 없었을 것이지만, 내 하는 일에는 하늘의 명이 구름처럼 따라다녔으니까요, 허허허….

종사 저처럼 말씀입니까?

허생 그렇소이다. 내가 가는 곳이라면 그림자같이 따라붙어, 지혜를 모아주신 종사 나으리 같은 분을 하늘이 붙여주셨기 때문이지요.

변승업 (화제를 돌리며) 자아…, 이제 좀 현실적인 얘길 해 보실까요?

허생 나에겐 모두가 현실입니다.

변승업 물론 그러실 테지요, 작금의 사대부들이 백 년 전, 남한산성에서 인조 임금이 당한 분풀이를 하려고 하니, 선생과 같은 우국지사들이 나설 때가 아닐는지요.

허생 허엇, 난 그런데 관심이 없소이다. 그저 구름에 달 가듯이 초야에 묻혀 사는 듯, 마는 듯하다가, 하늘로 돌아가리이다.

변승업 선생 같은 도술을 가지고, 왜 초야에?

허생 (한숨) 조성기 같은 사람은 적국에 가서 사신 노릇을 할 수도 있었지만 벼슬도 못하고 늙어 죽었습니다. 반계거사 유형원도 군량을 넉히 댈 수도 있었으나, 바닷가에서 쓸쓸히 세상을 하직하지 않았소이까?

변승업 그래도 선생은, 그 재주가 너무 아까운지라….

허생 지금 나라를 다스린다는 사람들의 실력을 내 잘 알지 못하지만, 난 장사를 해, 번 돈으로 아홉 사람, 왕의 머리라도 살 수 있었지만, 다 바다 속에 던지고 온 것은…, 그럴 필요가 없었기 때문이요.

변승업 (놀라서) 그 많은 돈을 바다 속에 던지다니요?

허생 (태연하게) 필요 이상을 가지면, 반드시 재화를 당하게 되는 법이지요.

변승업　재활 당한다구요? (최면에 걸린 듯) 필요한 만큼만 가져라, 부자가 3대
　　　　를 못 가느니…. 부자가 3대를 못 가느니… 하이구, 노상 육갑이나
　　　　치고 있는 우리 아들 눔은 어이한단 말인고….

종사　　아들 걱정은 마세요. 계속해서 육갑을 치다 보면 한 세상은 넉히 살
　　　　수 있을 것이외다.

변승업　종사님, 그럼 우리 아들…, 아니 우리 손잔 내 재산을 다 물 말아 먹
　　　　는단 말입니까?

종사　　(손으로 하늘을) 모든 건 저 하늘에 달려 있소이다!

변승업이 하늘의 도를 깨우친 듯, 아들이 육갑을 치듯 손가락으로 십이지간을
꼽으며 하수로 내려가면, 이완 대장이 기다리고 있다.

이완　　(반가이) 변 선생, 나와 함께 큰일을 도모할 사람을 찾았소?

변승업　찾긴 했는데, 그 분이 하도 묘연한 분이라서….

이완　　그 사람 이름이 무엇이오?

변승업　그냥 성씨가 허 씨란 것밖에 알 수 없습니다. 워낙 무소불위한 도인
　　　　이라서.

이완　　허엇, 무소불위한 도인이라? 별난 사람이구려!

변승업　한 번 만나 보시겠습니까?

이완　　좋소이다. 한 번 얼굴이나 보십시다.

두 사람 뒤뚱거리며 상수로 걸어간다. 덕쇠와 월향이 짐을 운반하며 두 사람
을 뒤따른다.

제10장. 허생의 집 마당

상수에 꼼짝 않고 서 있는 허생, 변승업이 머리를 조아려 간청을 하지만, 이내 고개를 외면한다. 동네 구경꾼들이 모여든다. 아낙과 새댁, 부인, 덕쇠, 월향이 먼발치에서 세 사람을 주시하고 있다.

이완   (하수에서) 저, 저런 발칙한 자를 봤나! 나를 감히 업신여겨?
변승업 (오며) 그, 그게 아니옵고 허 선생께서 마침 도(道)를 닦고 계신지라⋯.
이완   저 자, 혹여 도(道)를 가지고 장난질이나 치는 사기꾼 아니오?
변승업 (손 사래질) 아니, 절대 그런 분이 아닙니다.
허생   (작심을 한 듯, 한 바퀴 휘익 돌더니 좌정하며) 변 선생, 손님을 들여 보내시지요.
변승업 (박수를 치며) 옳거니, 왔습니다. 들어가시지요, 대장 나으리!
이완   (들어가지만 자리에 멀뚱히 않은 채 보는데) 허엇, 마침 나라에서 어진 사람을 구하는데, 선생이 신출귀몰한 솜씨를 지녔다고 해서⋯, 좀 앉아도 되겠습니까?
허생   (거만 떨듯) 맘대루 하시지요.
변승업 (무안해서) 허 선생, 어영대장⋯ 이완 장군이십니다.
허생   (개의치 않고) 밤은 짧은데, 말이 길면 듣기에 지루한 법이오. 당신 벼슬이 어영대장이라 하시었소?
이완   (기가 막혀) 허어, 그렇소이다만⋯.
허생   그렇다면 당신은 임금께서 신뢰하는 신하 맞지요?
변승업 그야⋯, 당연하지요.
허생   내 와룡선생을 천거할 터이니, 조정으로 청하되, 세 번 그의 집을 찾아가 보세요.
이완   (고개를 갸웃거리며) 와룡선생을? (생각에 잠기더니) 그⋯ 건 곤란할 것 같소이다. 혹여 그 다음 가는 일을 가르쳐 주신다면?

허생 (단호히) 미안하지만, 나는 그 다음이란 뜻을 배우지 못했소이다.

이완 (최면에 걸리는 듯) 아무리 그렇다 해도 무슨 좋은 방법이 있을 듯합니다.

허생 (마지못해) 명나라 장수들이 조선에 베푼 옛 은혜가 있을진대, 그 자손들이 동쪽으로 유리하여 살고 있으니, 조정에 청하여 이들에게 종실의 딸들을 출가시켜, 척벌과 권신의 세력을 우리 편으로 만들게 하시지요.

이완 (생각해 보더니) 허엇, 그것 역시 어려운 일이요.

허생 허엇, 이것도 어렵다, 저것도 어렵다 하니, 대체 쉬운 일은 무엇이란 말이오? (달래듯) 내 가장 쉬운 일 하나를 일러 줄 텐데 할 수 있겠소이까?

이완 (홀려서) 예, 듣고 싶소이다.

허생 대체로 천하대의를 떨치고자 한다면, 먼저 천하의 호걸들과 사귀지 아니 하면 안 되는 법이지요?

이완 그렇지요. 인정합니다.

허생 단, 나라를 치려면 간첩을 쓰지 않고서는 안 되는 법도 아십니까?

이완 예, 대략의 뜻은…, 이해가 갑니다만….

허생 지금 만주족이 천하의 중심이 되었으나, 아직 청국 본토와는 화친을 맺지 못하고 있는 것도, 아시지요?

이완 알곤 있습니다.

허생 그러니 만주의 황제는 조선이 알아서 기어줄 줄 알고 있는 거겠지요?

이완 (신묘한 듯) 그럴 겁니다.

허생 그러므로 조선의 자제들을 보내 입학도 시키고, 벼슬도 하게 해서, 옛날의 당나라, 원나라에서 하던 일을 본받게 하세요.

변승업 당나라, 원나라라면?

허생 서로 섞여서 기회를 만들라 이거요?

이완 알 수는 있으나, 그것이 현실적으로다가….

허생 향후 장사꾼의 출입도 막지 않아 자유로이 국경을 오가면, 마치 자기 나라 사람 대하듯 할 것이고, 나라 안의 자제들을 뽑아서 청인처럼 치발하여, 머리를 **빡빡** 밀고, 호복을 입혀 과거에 응시하여, 강남으로 강동으로 관아의 일을 맡기게 될 것이지요.

이완 (이해한 듯) 그런 연후에 천하의 호걸을 모아 청국을 몰아내, 병자년 국치를 씻잔 말씀이신지요?

허생 (기특해서) 역시 장군이라 빠릅니다!

이완 (애써) 그러기엔…, 너무나 긴 세월이 흘러야겠지요. 그리고 사대부가들이 중화에 빠져 공자 맹자가 정해준 예법만 지키려 하는데, 누가 머리를 밀고 호복을 입히려 하겠습니까?

허생 (호통 치며) 허어엇, 소위 사대부란 것이 머란 말이요? 청나라와 형제의 위를 맺었으니 조선도 오랑캐 나라요, 오랑캐의 땅에서 나 가지고 자칭 사대부라 하니, 어찌 어리석은 일이 아니요? 옷은 순전히 흰옷만 입으니, 그건 상제들이 입는 상복이 아닌가? 머리털을 상투 랍시구 송곳처럼 죄어매는 것은, 남방 오랑캐들이나 하는 짓인데, 무엇으로 예법을 찾으려 한단 말이요? 이완 대장, 내 말이 틀렸소?

종사 (들어서며) 허 생원의 말씀이 곧 하늘의 뜻입니다. 조선이 북벌을 해 청국을 이기기는 이미 힘으로 보나, 군사로 보나 틀렸소이다. 그러니 간첩작전으로 야금야금 청국의 관리가 되어 병자년 국치를 씻을 그날을 도모하고 기다려야 하지요.

이완 그, 그게 하루 이틀 가지고는….

종사 어찌 조선의 어영대장이란 분이 오늘밤에 모르시오? 역사는 수십, 수백 년에 걸쳐 이뤄내는 것을 모른단 말씀입니까?

이완 (벌벌 떨기 시작하며) 아, 아니올시다. 모두 맞는 말씀입니다.

허생 옛날 번어기란 사람은 사사로운 원술 갚기 위해 머릴 잘랐고, 무령

왕은 나랄 살리기 위해, 호복 입길 주저하지 않았습니다.

변승업 (눈치를 보며) 지당한 말씀입니다.

이완 예, 지당한 말씀이지요.

허생 그런데 이제 나라를 위해 원수를 갚게 하자면서, 한낱 머리털을 아
끼단 말인가? (일어서며) 허엇 참, 답답한지고!

이완 (덩달아 일어나며) 저 역시 답답합니다!

허생 (점점 광분하며) 오랑캐들 싸우는 걸 보세요. 말을 타고 창을 내던지
고, 활을 쏘고, 달려오는 속도로 사람의 목을 수 없이 날려 버릴 텐
데, 조선 사람 복장으로, 넓은 소매와 도포자락, 긴 상투와 장발에
휘감겨, 마침내 몰살당하고 말 것이오!

종사 (덩달아) 그러면서 북벌을 하자고? 먼저 북학을 해야지요? 오랑캐를
모름 배워야 할 거 아니오?

변승업 (허생을 따라다니며) 허 선생, 지, 진정하시고….

허생 (광기를 띠며) 이완이, 네 이 놈. 내가 애써, 세 가지로 나라 구할 방도
를 말하였는데, 그래, 국록을 먹으며, 조정의 신임을 받는 어영대장
이란 자가, 그 중 한 가지도 할 수 없단 말이냐?

변승업 (말리며) 허 선생, 이거 왜 이러시나!

허생 너 같은 역적 놈은 쳐 죽여야 하느니. 칼이 어디 있누, 칼 좀 가져 오
시게!

종사 (장검을 뽑아주며) 여기 장도가!

허생 (꼬나보며) 네 이 노옴…. 그러구도 네 놈이 조선의 어영대장이란 말
이더냐?

이완 (읍하며) 하이구, 선생. 자, 잘못했소이다.

허생, 장도를 꼬나들고 날뛴다. 이완대장이 도주한다. 구경꾼들이 폭소를 터뜨
린다. 음악이 흐르고 상수, 암전되자 하수에서 대호가 나타난다. 호랑이 울음
소리가 뇌우처럼 들려온다. 허생이 대호 앞에 무릎을 조아린다.

대호   그래, 돈과 권력을 가져보니, 화평한 세상을 만들 수 있더냐?

허생   (도리질하며) 아니더이다. 돈은 권력을 만들 수 있었지만, 권력은 인간의 피를 부르고, 급기야 인물동성 연후에야 진정, 태평성대더이다!

대호   (야단치며) 에이…, 또오… 인물동성이 아니라 일렀잖느냐?

허생   물론입죠. (말을 더듬으며) 무, 물인, 물인동성 즉 대호님 같은 동물님과 인간이 한데 어울려 살아가야 화평한 나라가 될 수 있다는 뜻이옵니다!

대호   허헛, 그것 보시게. 천도는 물성과 인성이 동질인 것이야. 그러니 지들 몫이나 잘하란 뜻이렷다!

허생   왕이 죽어야 나라가 변하는 법, 조선이 살려면 왕을 죽여야지요.

대호   그래서 이완대장한테 칼부림을 한 것이냐?

허생   (읍하며) 예, 대장을 죽이는 것은 곧 왕을 죽이고, 권력을 허무는 것이옵니다.

대호   네가 요리… 조리…, 내 입 맞을 잘두 맞춰 가는구나. 허나 다신 나와 마주치진 말거라. 그 때엔 (입맛을 다시며) 반드시… 한 입에 너를 자실 터이니….

대호, 보잘것없는 인생들을 조소하듯 크게 울어대더니, 순식간에 종사를 데리고 사라진다.

허생   (쫓아가려는 듯) 보시게. 종사, 종사아…, 어딜 가오? 허헛, 이것이 꿈이여, 생시여?

허생, 포기하고 주저앉아 이마의 땀을 훔친다. 대호가 사라진 하늘을 휑하니 바라보는데 울음소리 멀어지며 막이 내린다.

〈막〉

원류(原流) 춘향전

때 : 삼국시대(서기 500년 경)

장소 : 백제와 고구려의 영토분쟁이 치열했던 한수 이북
가맛고을(現 경기도 고양시 행주 일원)과 고구려 궁궐.

· 나오는 사람들 ·

한주낭자—춘향 역

안장왕(홍이)—이몽룡 역

태수(가맛골의)—변학도 역

시종(태수의 부관격)—이방 역

마님(한주낭자의 모)—월매 역

묘월(한장자 댁 시녀)—향단 역

선돌(한장자 댁 머슴)

을밀장군(고구려의)

안학공주(안장왕의 누이동생)

판돌

좌장

우장

태수2(김포 메줏골의)

태수3(강화 혈구성의)

기녀들

병사들(광대들)

· 무대 ·

전장 모두 삼국시대의 시대배경을 참고하여 무대를 디자인해야한다. 물론 춘향전의 원조를 다루는 극의 진행상 조선시대의 모든무대장치와 복장을 변용해도 무방할 것이다. 그러나 의상이나 무대미술이 춘향전의 재판이 되어서는 안 되며 매우 독특한 드라마트루기가 극의 참신성을 보완해 주어야 할 것이다. 무대는 백제의변경 가맛고을의 부농 한 장자의 별채와 이와 연결되어 있는 과일나무 숲 속이며 고구려의 궁궐 안과 바다가 보이는 숲 언덕 그리고 백제의 태수가 잔치를 벌이는 동헌과 감옥으로 변화된다.

소리   옛날…, 고구려, 백제, 신라 삼국이 대치하고 있을 무렵 한강유역에
      위치한 고양시는 군사적으로 매우 중요한 지리적 요충지였다. 삼
      국간에는 이 지역을 서로 차지하려고 빈번한 전쟁을 벌이게 된다.
      이 지역은 원래 백제의 땅이었으나 고구려의 장수왕이 남침하여
      백제의 세력을 한강유역에서 몰아내어 고구려의 영역을 넓혔다.
      지리적, 군사적 요충지인 이 땅을 되찾기 위해 백제는 신라와 나제
      동맹을 맺어 고구려를 내몰고 다시금 한강유역을 되찾게 된다. 서
      로가 빼앗고 뺏기는 전쟁의 혼란스런 와중에 고양 땅 가맛골이라
      는 고을에 한씨 성을 가진 토호가 살고 있었는데 그 부자 댁에는 한
      주라는 아리따운 낭자가 있었다고 한다. 이 연극은 잘 알려진 춘향
      전의 모태설화로 추정되는 한주 낭자와 고구려 왕자의 애틋한 사
      랑 이야기를 소재로 만들어진 것이다. 이 애틋한 남녀간 사랑의 전
      설을 전해 주는 역사자료는《삼국사기》고구려국 본기 안장왕 편과
      세종장헌대왕실록지리지 권 148 고양현 조, 그리고 삼국사기 잡지
      제 6지리지 왕봉현 조를 통해 위 사실을 확인할 수 있다.

      막이 오르기 전 시종이 무대 앞으로 나와 관객의 흥미를 유도하려고 농익은
      만담조의 골계적인 대사를 시작한다. 조명은 시종에게만 닿아 있다.

해설   안녕하신 게라? 에, 또…. 저로 말씀드리자믄 진짜배기 원조 중의
      원조, 원류 춘향전써 변 태수의 시종인디…. 본시 춘향전이야 모르
      는 양반덜이 있것습니까만서두 요놈에 원류지, 진짠지, 알짠지 아
      리송송헌 춘향전은 쩌그 남원써 한양으루다가 올라온 거이 아니
      고, 요것이 순전히 백제 땅, 그랑께로… 시방의 경기도 고양, 행주,
      일산, 김포, 강화를 배경으로 한 그야말로 선남선녀의 애절한 사랑
      야급니다요! 성 춘향이 아닌 한씨 성을 가진 어느 부잣집 낭자와 고
      구려 왕태자, 거시기의 신분을 초월해뻔진 사랑 야그입지요잉….

(좌중을 둘러보고) 멋이라고라? 넌 뭐하는 눔이냐굽쇼? 아따, 그 냥반 성질 한 번 겁허게 급허네요? 아까 말씀드렸잖소? 쩌그 남원써 여그 백제 땅 변방 가맛골로다가 좌천되아뿌린, 변 태수 나으릴 뫼실 (단모리 창으로) 시방저방골방샛방, 서방남방보다 한 수위으 (힘주어) 이방이지라? (객석을 보며) 나가 이방을 헌당게 워디가 뜰부요? (헛기침을 하고) 자, 여러분! 남원골 성춘향이보다도 수백 년 앞서 벌어진 진짜배기 원조 춘향전잉게 살콤살콤 보시셔잉? (뒤를 향해) 어잇, 뭣들 허냐, 징 안 치고? 자, 다시 허것습니다요. 얼쑤, 원류 춘향전, 막 올라갑니다요!

징소리와 함께 막이 오른다. 시종 으스대며 퇴장.

제 1 경

한 장자의 집 근처 과일나무 숲이다. 오른쪽으로 별당으로 이어진 담장이 있고 뒤편에 고래등걸 같은 고택이 보인다.

한주 (밤알을 주워들며) 애, 묘월아. 저것 좀 보렴!
묘월 (앞치마에 밤알을 받쳐 들고) 아씨, 뭐가 보여요?
한주 어서 이리 와 봐, 저 밤나무 좀 봐, 알밤이 금세라도 쏟아질 것 같구나.
묘월 (다가오며) 어머나. 정말이네요, 아씨.
한주 아휴, 탐스럽기도 하지…. 올 가을은 유난히 볕이 곱고 야물더니 온갖 과일까지 저토록 대풍이로구나!
묘월 (뾰로통해서) 그럼 뭘 해요. 우리 집 머슴들은 저렇게 많은 과실들 거들떠보지두 않구, 가맛골 신임 태수 나리 댁, 추수하러 벌써 며칠째 코빼기도 볼 수 없어요.
한주 모두 태수 관저에 부역을 나갔단 말이더냐?

묘월	대감마님의 엄명이신 걸 어떡해요.

한주	원 아버님도…. 자진해서 부역 내보낼 게 뭐람?

묘월	에이, 저라도 장댈 가져다 털어야겠네요.

한주	(막으며) 아서라.

묘월	왜요?

한주	바람이 불면 알밤들이 곧 떨어질 것이야.

묘월	바람이 언제 불 줄 알고 이대로 기다리란 말씀이세요, 아씨?

한주	물때가 되면 바닷물이 바람을 몰고 올 것이야.

묘월	아이 답답해!

한주	잠자코 기다려보자. 한여름엔 더운 바람으로 모든 오곡백과를 저 렇게 살찌워줬으니, 당연 인간의 섭생을 위해 바람이 불어와 도와 줄 것이야!

묘월	(신명나서) 아씨, 그럼 가만 나둬도 우리 손에 이렇게 알밤이 굴러 들 어온단 말이네요? 세상사가 다 그렇다면 얼마나 좋을까? 아무 일 안 하고 배불리 먹고 살 수만 있다면 말이에요, 호호호.

한주	그렇다고 감이 익기도 전에 입 벌리고 감나무 밑에서 기다리겠니?

묘월	…….

한주	사람이 할 일은 정해져 있는 것이란다. 자연과의 약속은 봄이 되면 씨앗을 뿌리고, 여름이면 부지런히 거두고, 가을에 추수를 해야, 기 나긴 겨울을 살아갈 수 있는 것이야.

묘월	아씬 참 아는 것도 많으셔요.

한주	이제 추수하는 가을이 되었으니 이렇게 과일을 줍고 있잖니. 사람 이 그런 자연의 섭리를 거역하면 하늘의 무서운 형벌을 자초하는 것이란다.

이때 한 줄기 강한 바람이 스쳐 지나간다.

묘월	어머나, 진짜 바람이 불어요. 아씨, 저 알밤 떨어지는 것 좀 봐요.

한주   그래, 내 뭐랬니? 얼른 저 아래 알밤이나 주워 와. 난 이 아래에서
       주울 테니까!

한주와 묘월이 알밤을 줍느라 정신이 없다. 수풀을 짚고 내려가던 한주가 섬
떠꺼머리의 청년을 발견하며 기함하듯 소릴 지른다.

한주   (급박하게) 묘월아!
묘월   뱀이에요?
한주   빨리 와 봐. 여기 누, 누가!
묘월   (나뭇가질 휘두르며) 어디에요? 뱀 물리면 죽어요, 아씨!
홍이   (일어서며) 뱀이 아니고 사람이에요!
한주   (물러서며) 뉘신데 이 숲속에?
홍이   (머쓱해서) 저어….
묘월   아니, 댁은 엊그제 새로 들어온 머슴 총각 아네요?
홍이   (웃으며) 맞아요, 이 댁 머슴 홍이구먼요.
한주   (안심한 듯) 어휴, 난 또….
홍이   죄송허구먼요, 아씨…. 저 아래 염소들 풀 뜯는 걸 보다보니 졸립기
       도 하고….
묘월   얼씨구! 신참내기 주제에 밤나무 아래서 낮잠이라?
한주   (홍이와 눈을 마주치며) 묘월아, 너보단 나이가 위로 보이는데 너무 그
       러지 말거라!
묘월   (막대길 주며) 잘 됐네요, 아씨. 바닷바람 기다릴 것 없이 새 머슴더러
       올라가 털으라고 하죠. 남들은 태수 나리 댁 논밭에서 부역질하느
       라 진땀을 뺄 텐데?
한주   판돌 아범이 역시 인덕(人德)은 있으셔. 불쌍한 사람을 보면 외면하
       질 못하니…. 다 죽어가는 선돌일 데려다가 치료해 살려주고 양아
       들로 삼았잖니?

묘월	그래야 뭘 해요. 사지 멀쩡한 저런 사람 놀리고 자기 아들까지 부역에 내몰고 나가는 판인데…. 뭐 그렇다고 덜떨어진 판돌이한테 관사 문지기라도 시켜줄지 아는 모양이죠? 굴러들어온 선돌이가 키도 크고 얼굴도 잘 생겼는데, 이제 판돌인 틀렸다니까요.
한주	네가 선돌일 좋아한다고 해서, 어른을 그렇게 모함하면 못써!
묘월	아니어요 아씨! (홍이에게) 뭘 그리 넋 놓고 있어요? 얼른 낭구 위로 올라가 밤이나 털 것이지!
홍이	아, 알았어…. (웃어 보이며) 선돌일 좋아한다고?
묘월	쳇, 저것도 남자라고? 신경질나면 밥도 안 챙겨 줄까 보다!
한주	(다가오며) 저 사람 이름이 홍이라고 했니?
묘월	예, 아씨.
한주	어쩌다가 우리 집엘….
묘월	판돌 아범이 대곳말에 갔다가 길바닥에서 잠자는 걸 데려왔대요. 음 그러니까, 저 사람은 잠 귀신이 씌었나 봐요? 아님, 조상 중에 잠 못 자고 죽은 귀신이 있던지, 호호호.
한주	(손짓으로 말리며) 얘, 저 사람 들을라!
묘월	들을 테면 들으라지요? (밤알에 맞는다) 아야….
홍이	(다가오며) 아씬 들어가 계세요. 제가 밤하구 감, 대추 따는 대루 가져다 드릴 테니….
한주	(반가운 듯) 그래, 그럼 우린 들어가도 되겠네.
홍이	너도 어여 아씨 뫼시고 들어가래두…. 여긴 독사가 우글대는 배암밭이니께… 알아서 하라구!
묘월	(징그러운 듯) 뭐야? 뱀? 독사밭이라구?
홍이	그러니 어서 저쪽으로 가서 따다주는 과일이나 아씨한테 갖다 드려.
묘월	(펄펄 뛰며) 아씨, 같이 가요, 아씨….
한주	(큰 소리로) 난 저쪽 별당에 기거하고 있으니 과일을 가지고 오려거

든 그리로 오게나.

홍이 알았습니다, 아씨.

묘월 (눈치를 살피며) 얼른 알밤이나 주워 와…요.

홍이 새 머슴이라고 너무 얕보진 말라구, 같이 남의 집 더부살이하는 처
지에, 안 그래?

묘월 잔말 말구 어서 알밤이나 던져…요.

한주 (돌아오며) 묘월아, 아버님 탕약 올려야지?

묘월 참, 내 정신 좀 봐, 대감마님 약 드실 시간인데.

묘월이 강똥거리며 뛰어 들어간다.

한주 저어…, 그럼….

홍이 (넋이 나간 듯 한주의 눈을 바라본다) ….

두 사람 그렇게 한동안 말없이 뜨거운 시선을 교환한다.

한주 (부끄러운 듯 시선을 거두며) 별당 앞으로 가져오시게….

홍이 (정신을 차리며) 아, 예. 아씨!

홍이, 들어가는 한주의 뒷모습을 훔쳐보며 얼이 빠져 있다.

홍이 (독백하듯) 세상에 저토록 아름다운 여인이 있다니! 여지껏 볼 수 없
었던 아름다운 눈빛이야! (가슴을 어우르며) 아니, 그런데 왜 이리 가
슴이 뛰는 것일까? (머릴 쥐어박으며) 안 돼, 난 이 집의 머슴, 그것도
꽁배기 머슴인데, 언감생심…. 하지만 아씨의 눈빛이 예사가 아니
질 않던가? 왜, 날 보고 정색을 하시는 걸까? 별당에 기거 중이니 그
리로 직접 내 손으로 과실을 가져오라? (도리질하듯) 안 되지, 안 되구
말구! (밤알을 줍다가) 그래도 아씨의 그 뜨거운 눈길에 자꾸만 내 맘
이 끌리는 걸 어쩐담?

(창) 내 가슴 두근거리네. 그 검은 눈빛 속에 내가 들어갔네.
손발은 떨려오고, 이내 머리엔 가득한 연민이 번져 오르네.
저토록 아름다운 자태는 내 생애 처음이라, 내 생애 처음이라….

무대 서서히 암전된다.

제 2 경

별당 앞 정원. 별당에 불이 들어오면 한주의 그림자가 새어나온다.
홍이가 과일을 품에 괴고 두리번거리며 다가선다.

홍이   (작은 소리로) 아씨….
한주   (불을 끄고 나오며) 오늘은 무슨 과일이지?
홍이   홍시입니다, 아씨!
한주   (주위를 살피며) 본 사람은?
홍이   없습니다.
한주   음, 그래. 그럼 우리 저 아래로 갈까?
홍이   예, 아씨.
한주   아무래도 묘월이 눈치가 수상쩍어. 우리가 야밤에 이렇게 만나는
      걸 알면 넌 우리 집에선 끝장이야! 그나마 말벗이 생겨 기분이 좋은
      데, 제발 너하고 오래도록 이렇게 재미있는 얘길 주고받았으면
      해…. 그러니 조심해야 한다!
홍이   아씨, 염려 마세요.
한주   (걸으며) 우리 아버님은 몸이 쾌칠 못하시고 그런 연유로 날 빨리 시
      집보내려하시는데 난 싫어하는 사람에겐 죽기로 싫단 말이야!
홍이   그게 누구시지요?
한주   가맛골 태수!

홍이	(놀라며) 예? 태, 태수라면 이 고을에서 (엄지로 가리키며) 이건뎁쇼….
한주	하날 보면 열을 아는 법이거늘…. 그 사람, 새로 부임해 와 여간 위세를 펴는지 알아? 허구헌날 여염집 딸들이나 꾀어볼 참으로 민정 시찰입네 하고 부잣집을 돌아다니며 추태 부린다니까?
홍이	그럼 이 댁에도?
한주	이미 다녀갔지. 내가 별당에 온 것도 아버님의 추상같은 명령 때문이야. 아무래도 태수 어른과 가약이 있을 듯싶으니까, 별당에서 조신하며 글이나 읽으라는 분부 아니시겠어? 아휴 답답해…. (달을 보며) 어머, 어느새 만월일세?
홍이	(투정하듯) 아씨께선 어차피 태수 나으리한테 시집을 가야 할 겁니다.
한주	어차피라니?
홍이	아씨 댁의 평안과 더부살이하는 모든 이들을 위해서라도….
한주	(어린아이처럼) 싫어, 난 태수의 목소리만 들어도 닭살이 삐쭉삐쭉 솟는단 말이야!
홍이	그런들 어쩌겠습니까? 어른들께서 이미 약졸 하셨는데?
한주	(단호하게) 난 내 좋아하는 낭군이 아니면, 죽어도 시집 안 갈 것이야!
홍이	(의아한 듯) 죽어도요?
한주	(홍이의 눈을 쏘아보며) 음, 죽어도….
홍이	대단하시네요, 아씨!
한주	이런 얘길 너에게 해도 될는지 모르지만, 난 천지신명께 늘 기도하고 있어.
홍이	기돌요?
한주	날 행복하게 해줄 좋은 낭군이 나타나주길 기도하고 소원하고 있단다.
홍이	(관심 밖인 듯) 제가 이 댁에 들어온 지도 벌써 달포가 되었네요, 아씨! (팔짱을 끼며) 오늘 따라 유난히도 달이 밝네요.

한주 (앉으며) 날이 점점 추워질 텐데 어쩐다지?

홍이 뭘요?

한주 (기대며) 아직까진 홍이와 이렇게 정원에서 밤샘을 해도 될 터인데 북풍한설이 몰아치면….

홍이 (한숨을 쉬며) 모진 바람이 우리 사일 벌려 놓겠지요. 오히려 전 겨울이 빨리 와 줬으면 해요….

한주 그게 무슨 소리야? 안 돼. 겨울은 싫단 말이야! 펑펑 쏟아지는 눈도 싫고 밤새 처마 끝을 울리는 바람소리도 지겹단 말이야!

한주, 더욱 홍이의 가슴으로 파고든다.

홍이 아씨, 정말 이러시면 안 됩니다!

한주 (고개를 저으며) 아니야, 홍이 넌 날 속이고 있어….

홍이 아씨! 제가 어찌 아씰 속일 수 있단 말씀이세요?

한주 (눈을 보고 뺨을 만지며) 내 아무리 보고 또 보고, 생각을 해 봐도 홍인 남의 집 머슴살이나 할 그런 인물이 아니야. 그런 천한 집안의 자식이라면 이렇게 깊고 맑은 눈망울을 가질 수가 없었을 거야!

홍이 아씨! 제발 그만 두세요. 전 정말 근본도 모르는 사람이라니까요? 어디서 났는지 어디서 왔는지…. 도대체 알 수가 없단 말예요! 전쟁통에 고향 잃고 부모형제가 누군지 분간할 새도 없이 이렇게 굴러다니며 자라났어요!

한주 아니야, 난 널 처음 본 순간 그 깊고 깊은 눈 속에서 끓어오르는 광휠 보았어. 그래서 별당으로 널 오게 한 것이고….

홍이 (일어나며) 그러니 얼른 북풍한설이 몰아치는 겨울이 왔으면 좋겠다니까요, 아 씨!

한주 (소매를 끌며) 내 얘기, 끝나지 않았어!

홍이 어휴…. 정말 미치겠어요, 아씨! 생사람을 잡아도 유분수지? 대감마님 말씀 따르세요. 공연히 저한테…, 억지 맘 쓰시지 마시구요.

한주   그만한 신술 해 가지고 이런 변방 시골구석이나 떠돌 순 없는 법이야. (상상에 빠지며) 난 홍일 만난 것이 꿈만 같애! 너도 날 예사롭게 생각하지 않고 있다는 걸 이미 알고 있어! 사람과 사람, 더군다나 선남, 선녀의 만남은 곧 서로의 믿음이고, 그 믿음을 지키려는 지조요, 정절이란 말이야…. 난 이미 홍이 너에게 내 마음 모두를 쏟아 부었어. 어차피 이렇게 된 바에야 진정한 홍이의 근본을 말해 줘….

홍이   (심각하게) 아씨, 아씨의 마음, 저도 잘 압니다. 그러나….

한주   (채근하듯) 말 못할 곡절이 있지? 맞지?

홍이   (심각하게) 내가 이곳에 잠시라도 더 머물며 아씨의 고운 모습을 볼 수 있게 되길 바랄 뿐입니다.

한주   그게 무슨 소리야, 홍이?

홍이   나의 신분이 밝혀지면 난 그 자리에서 참수 당할 것이고 나와 만난 아씨는 물론이거니와 대감마님과 모든 식솔들까지도 목숨을 부지할 수 없기 때문입니다!

한주   (근엄한 말투에 저절로 읍하며) 뭐라구? 참술 당하다니?

홍이   미안해요, 아씨. 오늘은 이 정도에서 끝내는 것이 후일을 위해 좋을 듯싶군요. (일어서며) 전 아씨의 영원한 머슴일 뿐이에요. 자, 어서 별당으로 드시지요 아씨!

한주   (떨며) 맞았군요, 내 예감이! 이렇게 사람을 놀라게 해놓고 날더러 방에 들어가 잠이나 자라구요?

홍이   (말리며) 아씨, 말씀 낮추세요. 제발, 전 꼴배머슴 홍이라니까요?

한주   (도리질하며) 아냐, 홍인 절대로 머슴살이할 사람이 아냐!

홍이   머슴이래야만 내일도 모레도 아씰 만날 수 있다니까요? 자, 어서, 그럼 전 이만. (들어가다 돌아보며) 오래도록 아씨 곁에서 늘 바라보며 살았으면 더 바랄 게 없습니다!

한주   (따라가며) 이래야만 내일도 모레도 홍일 만날 수 있다니, 오늘은 밤새 잠을 못 이룰 것 같네….

홍이   아씨, 밤이 깊었습니다. 날도 차구요, 어서 안으로 드세요.

홍이, 뒤도 돌아보지 않고 사라진다. 한주, 몇 걸음 따라가다가 밤하늘을 바라본다. 휘영청 밝은 달 아래 기러기떼가 울며 북쪽 하늘로 날아간다.

한주   (창) 이 무슨 하늘이 맺어준 인연이런가…. 필시 저분은 보통 사람 아니리. 빛나는 눈동자며 사금파리처럼 반짝이는 치아…. 예사롭지 않은 검고 긴 눈썹, 어디 하나 평범한 데가 없어 보이네…. 낭군이 되어 주려나, 내 낭군이 되어 주려나!

무대 암전되며 바람에 밀려오듯 들려오는 단소의 청아한 음률.

제 3 경

대가의 안채이다. 홍이와 또 다른 머슴 선돌이 마당을 쓸고 있다.
안방에서 약주발을 들고 나오는 묘월. 선돌을 보더니 뜨락에 서서 늘어지게 하품을 한다. 윗저고리가 밀려 올라가 가슴이 보인다.
어느새 뒤에서 나타나 가슴을 보듬고 달아나는 판돌, 어딘지 매우 덜떨어져 보인다.

묘월   아악, 너, 판돌이 너, 게 못 서니?
판돌   (놀리며) 와, 묘월이 애기밥통 디게 크다아! 울 엄마 꺼 보담두, 히히….
묘월   저, 저런 바보 같은 놈, 너 한 번만 더 까불면 거시길 잘라 버릴 테다!
판돌   (아랠 만지며) 엉? 내 거시길? 안 돼, 고건… 엄마아…. (뛰어나간다)
선돌   (한심스러운 듯 보고 있다가) 저런 말만한 처녀가 젖가슴이 삐져나온 줄도 모른 채 하품을 하니까 덜떨어진 판돌이한테 당해도 싸지, 쳇….

묘월   어머나, 봤어? 봤지?

선돌   그럼 보라고 내놓는 걸, 안 봐?

묘월   (쫓아가며) 아이, 몰라….

선돌   이러지 마, 동네방네 소문내기 전에.

묘월   뭐야?

선돌   오죽잖은 것이 웅뎅이하고 젖통만 크다던데?

묘월   (때리려고 쫓아가며) 정말 소문내면 칵 죽어버릴 거야, 알았어?

홍이   그만들하지? 아침부터 뭐하는 짓이야?

묘월   댁이 뭔데 참견이우?

홍이   (노려보며) 묘월인 어서 아침밥이나 내오라구!

묘월   (토라지며) 흥, 배고프면 찾아 잡숫지 그래요?

홍이   뭐라구?

선돌   그만해 둬, 내가 좀 심했나? 헤헤헤.

마님   (나오며) 왜들 이리 소란스럽냐?

홍이   아닙니다, 마님.

마님   이러구 저러구, 어젯밤에 피릴 불어댄 녀석이 뉘더냐?

선돌   (머릴 긁적이며) 접니다요, 마님!

마님   그래? 피리 부는 솜씨가 보통은 아니던데, 선돌이 너한테 그런 재주가 다 있었었진 금시초문이구나.

선돌   그저 흩어진 가락을 두서없이 부는 겁니다요, 마님.

마님   사랑채에서 부는 소리가 예까지 들리니 물론 별당까지도 들렸겠지?

홍이   (의도적으로) 별당까진 안 들렸을 겁니다, 마님.

마님   네가 그걸 어찌 알 수 있단 말이냐?

홍이   아씨 방에 불이 초저녁에 꺼지는 걸 봤습죠, 마님.

마님   허기사, 그 아인 잠들면 누가 보쌈을 해가도 모를 것이야.

묘월	그놈에 피리소리 땜에 잠을 한숨도 못 잤다니까요, 마님.
마님	오늘부턴 청승맞게시리 피릴랑은 불지 말도록 해라!
선돌	예, 마님.
마님	별당은 아직 기상치 않았다더냐?
홍이	제가 다녀올깝쇼?
마님	그래. 어서, 아씰 모셔오너라. 그리고 너희들 오늘은 집안 구석구석을 아주 깨끗이 쓸고 닦아야 하느니라.
선돌	마님, 귀한 손님이라도….
마님	대감께서 저리 누워계신 걸 태수 어르신께서 아신 모양이다. 이따가 문병을 오시겠다니 마다할 수가 있어야지, 묘월아?
묘월	(부엌에서 대답만) 예, 마님!
마님	판돌네하고 영천네하곤 오늘 서둘러야 한다고 전하거라. 서둘러야 물 좋은 생선을 살 수 있을 게야.
묘월	(나오며) 마님, 나리께선 왜 또 오신대요?
마님	문병이라질 않았느냐.
묘월	지난번에도 다녀가셨는데요, 마님.
선돌	묘월인 집안일이나 신경 써, 이것아!
묘월	(혼잣말로) 아씨께서 그리 달가워하진 않으실 텐데?
마님	그리고 오신 김에 아씨 얼굴도 한 번 보고 싶어 하실 터이니 각별히 준비해 두라 이르거라. 일 그르치지 않도록 어서들 서두르거라!
선돌	예, 마님. (비를 들고 이쪽 저쪽 기울여보며) 대감마님 병고는 우환, 아씨한테는 경사, 그리고 보니 우환 반, 경사 반일세? 우리 아씨 태수 나으리께 출가하시면 지덜두 혹시 압니까요? 관저 문지기라도 시켜줄라는지? 헤헤헤….
묘월	홍, 웃기고 자빠졌네. 떡 줄 사람은 생각도 않는데 김칫국 먼점 마셔?
선돌	아니, 저것이 그냥!

곽노흥의 희곡으로 읽는 한국고전문학

마님   (들어가며) 마당은 물론이고 저 바깥 초입부터 반들반들하게 쓸고 닦아라.

선돌   (신이 나서) 예, 닦구 말굽쇼. (밖을 향해) 판돌아, 얘가 어딜 간 거야?

판돌   (눈을 가리고 주춤거리며 들어와) 판돌이 여기 읎다, 헤헤헤….

선돌   저런 바보 같은 놈 좀 보게, 어서 별당 앞길이나 쓸어라.

판돌   난, 길 같은 거 모르는데?

선돌   어이휴, 저걸….

판돌   아하…, 길 닦아 놓으니까 개가 지나가야겠구나!

선돌   개는 웬 개?

판돌   몰름 관둬. 에이, 똥이나 싸질러야지.

선돌   (달래듯) 판돌아, 어디 가서 이 선돌이가 네 형이라고 하지 말어라. 알겠니?

판돌   에이 바보, 넌 선돌이구 난 판돌이니까 내가 너보다 성이지…. 줏어 온 게 까불구 있어, 증말….

묘월   (뛰어오며) 야, 판돌이 너 이리 와앗!

판돌   (도망치며) 쟤 디이게 크대? (손으로) 이따만 해!

묘월   너 거기 안 서?

판돌   매롱, 자, 어디 잡아보라구?

마당을 몇 차례 뛰는데 판돌의 바지괴춤이 내려가 엉덩이가 보인다.
흘러내린 바지춤을 한 손으로 추스르며 도망쳐 나간다.

판돌   (넘어질듯 뛰며) 마님, 저년 좀 보래요?

마님   (나오며) 일껏 소젤 하라 일렀더니, 왜 또 난릴 피우는 게냐?

묘월   (울상이 되어) 판돌이 저 바보녀석이 날 자꾸만 골리잖아요, 마님.

마님   그 바보녀석이 널 골리는 걸 보니 그 아이에게 무슨 약점이라도 잡힌 모양이구나? 어때 내 말이 맞지?

묘월 (옷매무새를 고치며) 저…, 그게 아니고요?

마님 아무리 천한 것들이라도 남녀간 행동거진 조신해야 하느니라!

한주 (마당으로 들어오며) 어머니, 아버님은 밤새?

마님 (살피며) 어째 안색이 달갑지 않구나? 잠을 못 잤니?

한주 아니어요.

마님 오늘 태수 나으리께서 우리 집에 문병 차 들르신단다. 그러니 어서
      가서 몸치장 곱게 하고 준비하도록 해라!

한주 그분이 어째서 또?

마님 (역정을 내며) 네가 몰라서 되묻는 것이냐?

한주 죄송합니다, 어머니!

마님 (창) 네가 잘해야 우리 문중과 병드신 네 아버님을 일으킬 수 있다는
      걸 유념하거라! 하이고, 하이고…. 하나밖에 없는 아들, 원수 놈들
      한테 맞아 죽었으니, 비록 외동딸인 너라도 아들 대신하여 가문을
      일으켜 세워야 하느니….
      (아니리) 지금 누굴 고를 것이며, 이맘 저맘 돌릴 시간이 없느니라.
      신임 태수 나으리한테 밉보이면 우린 쪽박 차고 저 건너 혈구성 외
      딴섬으로 귀양을 가야만 할진대 알아서 행실 차리도록 하거라.

한주 (낙심하여) 명심하겠습니다, 어머님!

선돌 자, 이러구 있을 때가 아닙니다요. 마님! 성질 급하기로 이름난 태
      수 나으리신데 언제 들이닥칠지 모른다니까요?

마님 어서들 맡은 대로 움직여라, 어서! (한주를 밀며) 어서 가서 곱게 몸단
      장하거라. (작은 키에 뚱뚱한 몸집의 마님, 허둥대는 폼이 매우 해학적이다)
      (창) 어서 분 바르고 연지곤지 찍고 첫날밤 새색시처럼 조신하게 앉
      아 육간대청으로 뚜벅뚜벅 올라오는 나으리 한눈에 반하도록 어서
      어서 분칠을 하거라.
      (아니리) 이쁘게 보여야, 태수 나으리 눈에 삼삼하게 비칠 것이니라.

한주 (창) 분바르고 연지곤지 찍으면, 이날로 시집으로 내치실 작정이세

요? 그렇게는 못합니다, 어머니. 어찌 맘에 없는 혼살 이렇듯 치르
시려 하시는지요.

마님 (딱한 듯 혀를 차며) 허허, 에미 말을 아직도 못 알아듣네. 어이구, 내
팔자야…. (무의식적으로 한탄하듯) 하나밖에 없는 내 아들은 고구려
원수 놈들한테 매 맞아 죽고…, 매 맞아 죽고, 허이구!

한주 어머니, 오라버닌 아리수 도선꾼들에게 이용당해 돌아가셨어요.

마님 (쓰러질 듯) 고구려 원수놈들이 아니구? 아이구, 어쨌든 내 아들, 네
오래빈 죽었잖여, 이것아! 이눔에 나라가 쉴 새 없이 쥔이 뒤바껴
싸니, 원 어떤 놈이 그 놈이고, 그 놈이 어떤 놈인 줄 알 수가 있나!

홍이 (급히 돌아오며) 마님 저 아랫뜸에 태수 나으리 행차가 당도했답니다
요.

마님 (놀라며) 뭣이라, 나으리께서 벌써?

선돌 (손가락으로 가리키며) 저 아래 오고 있습니다요, 마님!

마님 (허둥거리며) 원 급하다, 급하다 저리도 급하실까? 애들아 뭣들 하는
게야, 서두르잖고!

판돌이 씩씩거리며 나타난다.

선돌 (판돌을 보고) 아니잖어?

홍이 판돌아, 넌 저 아래 나으리 행찰 보았니?

판돌 (퉁명스럽게) 보았지.

홍이 어쨌게?

판돌 디게 크더라?

홍이 뭐가?

판돌 (히죽 웃으며) 그거….

선돌 그게 뭔데?

판돌 넌 몰라두 돼.

홍이 뭔데?

판돌 나도 모른다니까, 이 바보야. 아이 심심한데 나도 아씨마냥 묘월이
      랑 혼인이나 해야겠다.

선돌 어휴…. 판돌아!

판돌 성아야, 너도 만져봤냐?

홍이 무슨 소리냐?

선돌 야, 임마. 묘월인 네 형수 될 사람이란 말이여, 이 밥통아!

판돌 뭐 밥통? 걘 이따만한 밥통이 두 개니까 우린 밥 안 해도 될 거야!

마님 (뒤뚱거리며 안으로 들어가며) 어이구 잘들 논다, 잘들 놀아. 영감, 태수
      나으리께서 오신대요. (돌아보며) 아, 당신 사윗감 나으리 말이에요!

소리 (병색이 짙은 노인) 뭐? 나 태수라고?

마님 (답답한 듯) 나 태수가 아니고 태수나리가 온다니께요? 뭘 멍하니 있
      어. 어서 넌 옷 갈아입고, 넌 쓸던 마당 마저 쓸고, 판돌넨 왜 안 보
      여?

홍이 판돌넨 어물전에 갔는뎁쇼, 마님.

마님 묘월인? 묘월아, 묘월아. 아, 이년이 어딜 간 거야? 부엌데기가 어
      딜 갔냐구…. 그 많은 음식은 누가 어떻게 준비하라고…. 하이고 그
      냥반 승미 하난, 나보담 더한가 보네? 아직 아침상도 안 물렸는데,
      점심 자시러 오시는가? 하이고, 어서어서 치워라. 마루가 이게 뭐
      여?(선돌이 약주발을 들고 부엌으로 내닫는다. 부엌 문지방을 딛고 넘어지면 사
      발 깨지는 소리에 발만 동동 구르는 마님) 아이구, 내가 못 살어…. 저걸 선
      머슴이라구 새경을 주고 있으니 원….

이때 밖에서 들려오는 소리. 태수의 행렬이 문 앞에까지 당도한다.

소리 이리 오너라, 이리 오너라.

선돌 (절름거리며) 갑니다요.

시종　흠, 가맛골 태수 나으리께옵서 한 장자 어른 문안 행차를 위허야….

선돌　(말을 막아서며) 안녕하셨는가요?

시종　음? 어디 보자, 넌 화상이 왜 그러느냐? 연주창 앓는 놈 갓끈이라
　　　도 핥었느냐?

선돌　그게…, 저….

시종　어서 한 장자 어른께 나와 태수 나리께, 아니지 (혼잣말로) 고올골,
　　　오늘 낼 오늘 낼 헌다고 혔겄다? (정중하게) 원, 녀석두. 그놈에 우거
　　　지상 좀 펴뿔고, 짜아 네가 앞장스거라…. 태수 나으리께설랑은 쪼
　　　까 공사가 다망허서서 나가 일시 나으리 지나실 길을 한 번 확인 차
　　　왔느니라. 그렇게 싸게 앞장서 보드라고?

선돌　(절름대며) 예? 그럼 지금은 아니굽쇼?

시종　(선돌의 절름거리는 모습을 보고) 얼씨구, 쩌 놈 걷는 모냥새 좀 보소잉.
　　　얼씨구, 절씨구! 어제만 혀도 멀쩡하던 놈이 어찌하여 뱅신이 되았
　　　능고? 에이잇 썩을 놈, 쪼께 쓸 만허다 혔더니 그거이 아니로군. 나
　　　가 사램 잘못 보았당께로!

선돌　어르신, 그게 아니구요, 글쎄…. 그게 아니고 보시라니깐요. 요렇게
　　　멀쩡하다 이겁니다요. 요놈의 방정맞은 다리 목쟁이가 잠시 문지
　　　방에 걸려 넘어진 관계로다가….

시종　관계로? 무신 관겐디?

선돌　요것이 글쎄, 주책없이 고명하신 어르신 앞에서 경끨 하는 바람
　　　에….

시종　그래? 고 싸가지 읎는 다리 목쟁이사 쪽이야 있겄능가? 이리로 혀
　　　서 어디로 가야, 느그 아씰 뵐 수 있다냐?

선돌　예? 우리 아씰요?

시종　(작은 소리로) 녀석아, 태수 나으리 문병행차는 전수 핑계시고, 오로
　　　지 (강조하며) 오로지, 그 무엇이냐? 이 댁 아씨헌티 청혼키 위해서
　　　랑께, 허헛헛. 그래 쩌쪽이냐? 아님 어느 쪽이냐?

선돌	(고갤 저으며 능청스럽게) 거긴 측간입니다요, 어르신.
시종	그럼. (돌아서 동작으로) 요리로? 아님, 조리로? 요리, 조리로?(역정을 내며) 네 놈! 감히 선머슴 주제에 태수 나으리의 지엄하옵신 부관을 놀리는 것이여, 시방? 싸가지 읎는 작것을 그냥 호아악!(주먹으로 내리치는 흉내를 내며) 싸게 안내혀는 거이 좋을 것이다, 이눔아?
선돌	(당황해서) 아씬 지금 별당에 계시구먼요.
시종	(솔깃해서) 별당? 그럼 그 별당써 우리 태수 나으릴, 호젓허게…, 맞이허겄다? (펄쩍뛰며) 웜메… 나으린 여복두 그냥 사뭇 끝내준당께. 쩌 호젓한 별당에사 그냥,이히히. 나야 고년을 쩌그 낭구 아래서 그냥, 히히히….
소리	그러다가 또 좌천되면 더 이상 올라갈 땅은 고구려밖엔 없느니라!
시종	예? 뭣이라고라? 시방 좌천되아 여그꺼정 쬐껴 와뿌럿는디? 이자 타국 땅 고구려꺼정 쫓겨간다고라?
선돌	(갑자기 멍해져서 고개만 가로 젓는다) …….
시종	(정신을 차리며) 너 워디 껄쩍지근헌 디라두 있냐? 갑자기 버버리가 마빡을 쳤다냐, 이눔아?
선돌	(사정하듯) 어르신 정말 걘 안 되는뎁쇼?
시종	(꼬집듯) 뭣이 안 디야?
선돌	(눈치를 살피며) 태수나리허군 별당에서…, 어르신은 낭구 아래에서….
시종	어허라, 요놈 보소? 고것이 뭐가 잘못 디었냐?
선돌	그, 그게 아니고 (새끼손가락을 보이며) 묘월이 말입니다요?
시종	묘월이?
선돌	걘 안 됩니다요.
시종	(손가락으로 놀리듯) 고년이 바로 너의 이건께?
선돌	맞구먼요, 어르신!
시종	(정색을 하며) 워따, 싸가지 읎는 것, 요거이 사람 잡을 놈이 아닌가?

나가 원제 니 거시길 달랬냐? 달랬어? 요것이 고향 떠나 변방에 온 것도 서러운디 사람 깔보는 거여, 뭐여 시방? 나가 증말로 고구려로 쬐껴 가는 것을 꼭 볼 참이냔 말이시?

선돌 (애원조로) 나으리, 그래도 묘월인 진짜루 안 됩니다요.

시종 그라믄 진즉이 말로 혔어야제, 고년이 (손가락으로) 이것이라고 말이여. (정색하며) 좌우당간 고건 고렇고, 자네 나가 한 번 쓰고자픈디?

선돌 포졸로 말입니깝쇼? (빌며) 그래도, 묘월이 만큼은….

시종 (화가 나서) 나가 원제 달랬는가? 영겔 품어본 적이 하도 오래라 한 번 해 본 소링께 신경 팍 끄드라고? 어서 아씨 별당이나 안낼 혀, 어써!

선돌 (고개를 갸우뚱하며 방백으로) 저 영감탱이가 삐쳐 버렸군. 일이 요렇게 되믄 되는디? 이자…, 관저에 취직하긴 글렀나 보네.

시종 야이 썩을 눔아. 시방 뭔 고시렐 하는 것여. 나으리께서 곧 당도허실 텐데, 허흠!

선돌 (놀라 다가가며) 아, 예, 어르신 이리로 오시지요.

두 사람 별당을 향해 걸어가면 홍이가 황급히 길을 막아선다.

홍이 저…, 아씨께선 지금….

시종 넌 또 웬놈이냐?

홍이 아씨께서 심기가 매우 편칠 않으십니다.

시종 (의심하듯) 뭣이라고라? 심기가 워찌 혀서 편틀 못 허단 말인가?

홍이 그건 소인두 잘 모르겠습니다요….

선돌 사실, 요즘 우리 아씨께서 심기가 통 편칠 않으십니다요.

시종 얼씨구? 두 놈, 장단 잘 맞춰뿌렀다. 아무리 심기가 드러워도 그라제. 우리 나으리의 청혼을 못 받겄다 요것여, 시방?

홍이 그러니 좀 시간을 주십사…, 여쭙랍시던뎁쇼, 어르신!

시종	음…, 그렇다믄 나가 쪼께 기대려야 쓰겄그마….
묘월	(머리에 바구닐 이고 다리를 절며 들어선다) 어이 재수 드럽게 없어!
선돌	(쫓아가 부축하려는데) 넌 또, 왜 그러는 거야?
묘월	(신경질적으로) 관둬. 어떤 잡놈이 감낭구 밑에다 똥을 싸갈겨 놨어?
선돌	(머쓱해 하며) 난 아냐?
홍이	나두….
시종	하이고 생긴 건 예쁘장한 것이 주둥빠진 드럽게 지저분한 거!
묘월	(씨근거리며) 뭐여요, 영감탱인?
시종	뭣이라? 영감탱이라고라? 하이고!
묘월	그래 영감태기다, 왜? 나 똥 밟아 넘어지는데 뭐 도와준 거 있어?
선돌	(너무 놀라 자기 입을 막으며) 묘, 묘월아!
홍이	관아에서 오신 분이서!
시종	저런 싸가지 읎는 천종 좀 보소잉?
묘월	(바구닐 떨어뜨리며) 하이고 나으리, 잘못했습니다. 용서해 주세요!
시종	(귀여운 듯 볼을 부비며) 웜메 작것, 그리 혀도 피분 뽀송뽀송허네, 잉? 옹야, 옹야, 나가 그런 걸 갖고 썽을 내믄 되겄냐. 아가 안 그렇냐? 한 번 봐 주지…. 음미 찡헌 거….
묘월	(몸을 꼬며) 실은 누군가 쉰넬 골리려고 감낭구 밑에 똥을….
시종	(코를 막으며) 에이 그렇찮어두 퀘퀘한디 그놈에 똥타령은 그만 좀 혀라! 자, 그럼 안으로 가서 쪼께 기다려야 쓰겄다. 어서 앞장들 서거라.
홍이	예, 나으리!

홍이와 선돌, 묘월 나란히 걷는데 절름거리는 선돌과 묘월의 상반된 걸음걸이를 보고 시종 크게 웃는다.

| 시종 | (걸음 장단에 맞춰) 헛허, 년놈들. 모냥새허구는…. 얼씨구…, 절씨구…, 어절씨고? |

무대 서서히 암전된다.

제 4 경

별당 앞. 장지문을 통해 방안에서 벌이는 홍이와 아씨의 사랑행위가 실루엣으로 나타난다. 청아한 단소소리가 흐른다. 그렇게 한동안 계속되다가 먼저 옷깃을 여미며 툇마루에 나와 걸터앉는 홍이, 그 뒤로 아씨가 상기된 얼굴로 나와 다정히 곁에 앉으면 조명이 두 사람을 에워싼다.

홍이와 한주, 산 위로 떠오른 달을 바라본다.

한주   (조르듯) 어서 속 시원히 말해 주어, 하나도 숨김없이. 그 간의 모든 비밀스런 얘길…. 아이, 어서!

홍이   (결심한 듯) 내가 비밀을 털어놓으면 난 이 댁에 더 이상 머물 수 없게 되오. 그래도 좋단 말이오? 저 달이 지기 전에 작별을 해도 좋단 말이오?

한주   (이미 각오한 듯 말씨가 자연스럽게 경어로 바뀐다) 이미 님을 향한 마음 변치 않을 것임을 저 달에게 맹세했어요!

홍이   일이 이렇게 되었으니, 한시인들 망설일 수가 없게 되었소.

한주   (확신하며) 댁은 고구려 사람 맞지요?

홍이   (긍정하며) 역시 낭잔 사람을 볼 줄 아는 맑은 눈을 가졌구려! 내 더 이상 무엇을 주저하고 속이려 하겠소. 믿던 말던 지금부터 내 말을 잘 들어보시구려.

한주   믿던 말던이라니요? 소녀 죽기를 마다하고 그대의 뒤를 따를 터인데요?

홍이   안 될 말이요. 아녀자의 몸으로 어찌 그 험한 길을….

한주   말씀하시어요!

홍이   낭자가 보고 느낀 대로 난 고구려 사람이오. 우리 아버님은 고구려의 문자대왕이시오.

한주   (경악하며) 그렇다면 당신은?

홍이   고구려의 왕실을 이어갈 안흥태자요.

한주   (믿어지지 않는 듯) 어쩌다가 태자께옵서 이렇듯 험한 꼴로 백제 땅까지 오셨단 말씀이옵니까?

홍이   원래 우리 고구려 사람들의 기풍은 모험을 좋아하고, 사람의 덕을 용맹스럽게 하기 위해 탐심을 기르길 좋아하는 편이오. 자고로 영웅이란 모진 생명의 거듭남을 수없이 참아내고 인내하며 탄생하는 것이오.

한주   하오나 태자께옵선 그리 안 하셔도 왕위에 오르실 텐데….

홍이   (웃으며) 나약한 왕이 되란 말이오? 귀골 태생일수록 흙구덩이에 구르고 살아가는 민생들과 더불어 웃고 울며, 온갖 시련과 고행을 감내해야 함을 스스로 경험해야 하는 법이오.

한주   가맛골엔 어쩌다가 오시게 되었습니까?

홍이   태자의 이름을 달고선 어디 한 군델 마음대로 다닐 수가 없었소. 그래서 지금 이 댁 머슴 이름인 홍이란 가명을 써가며 등짐장사도 해 보고, 품팔이꾼도 해 보고 여러 해 동안 고구려 산천을 배회하며 나와의 승부를 겨뤘던 것이오. 그러던 중 뜻하지 않게 아리수를 따라 내려온 곳이 바로 이 가맛골, 백제의 땅이었소.

한주   이곳은 원래 고구려 땅이옵니다. 우리도 예전엔 고구려 사람이었구요!

홍이   그러니 내가 이곳을 샅샅이 뒤지고 다니며 지리를 익혀두고 후일 반드시 고구려 영토를 회복하리라 결의를 다진 것이 한두 번이 아니라오, 낭자!

한주   어머나, 우리 어머니께선 말끝마다, 고구려 놈들이 우리 오라버닐 때려 죽였다고 하셨는데… (방백) 얼마나 듣기 거북하시었을까?

홍이   마님께선….

한주　마님이시라니요. 듣자옵기 거북하옵니다, 태자 저하!

홍이　무슨 소리요? 이 몸은 아직 이 댁의 머슴 홍이일 뿐이오. 또한 후일 나의 장모가 되실 분 아닙니까?

한주　부끄러울 뿐이옵니다. 제 어머니께서 그토록 저하의 나라를 욕하셨으니….

홍이　뭔가 곡핼 하시는 소릴 겁니다. 우리 고구려 사람들은 선인을 참하지 않습니다. 필시 낭자 오라버니의 죽음 뒤에는 무슨 말 못할 사연이 있을 겁니다.

한주　저도 그런 생각을 하고 있습니다. 아리수 강변에서 죽은 시체로 떠올랐는데 어째서 고구려 사람들의 짓일 수가 있겠습니까? 우리 아버지의 재산을 탐하는 무리들이 대를 끊어 놓고 이 넓은 땅을 차지하려는 음모일 것이옵니다, 저하!

홍이　어차피 이 집에 액운은 피하기 어려울 것 같으오…. 태수란 놈이 낭잘 넘보고 있으니…. (답답하고 불안한 듯) 이것도 저것도 마음 놓고 떠날 수가 없네, 그려!

한주　걱정 마셔요. 제 한 몸 갈기갈기 찢어지고 짓이겨지더라도 태수한테는 아니 갈 것이어요. 소녀 맘은 오로지 태자 저하뿐이랍니다, 믿어주소서!

홍이　일이 이 지경이 되었으니 더 이상 낭자와 지체할 수가 없게 되었소. 부디 몸 성히 기다려주오. 고구려로 돌아가는 대로 병사들을 이끌고 가맛골 태수를 참하고 낭잘 고구려로 데려갈 것이오! 내가 당도하는 날 저 고봉산 위에 봉홧불을 올릴 것이오!

한주　그렇다면 가맛골에 문제가 없다면 화답의 봉활 피워 올리겠습니다, 저하!

홍이　잘 알겠소. 부디 빠른 시일 안에 다시 상면케 되길 바라오.

한주　물론 그리 되어야지요…. (안타까워 울듯이) 천하에 둘도 없으신, 귀하디귀한 몸을 어찌, 천한 우리 집에서 마구 굴리셨을까? 물론 빨리 돌아가시어 왕이 되시옵고 소녈 데리러 오셔야지요?

(창) 님이 떠나신다 해도 소녀 마음이야, 님의 곁을 한 시라도 떠날 리 있사오리 까…. 하룻밤 태산 같은 저하의 은전, 죽도록 이 내 가슴에 사무쳐, 님 오실 그날만 기다리고 있을 것이어요. 님 그리는 이내 심정 기러기 울고 가는 저 북녘 하늘 머얼리 이어지고, 또 이어져, 소녀의 근본, 고구려로 갈 것이어요….

홍이   (포옹하며) 낭자, 사랑하오! 이대로 헤어진다면 언제 다시 만날 수 있으리오. 갈 수만 있다면, 지금 당장 낭잘 업어 고구려로 돌아가고 싶소!

한주   걱정 마시어요, 이 몸이 죽고 또 고쳐 죽더라도 언제라도 님을 기다릴 것입니다!

홍이   낭자, 죽음이 우리 사일 갈라놓지 않는 한, 우린 다시 만나 백년해로할 수 있을 것이오, 사랑하오…. 사랑하오, 낭자!

한주   (돌아서며) 어서, 대장부 갈 길을 재촉하소서!

홍이   (떨어지지 않는 발걸음으로) 부디… 기다려주시오. 이 몸, 낭잘 믿고 이제 가오….

홍이, 뒤도 돌아보지 않은 채 훠이훠이 걸어간다. 한주, 넋이 나간 듯 사라지는 홍이의 뒷모습을 보며 북받치는 설움에 눈물을 흘린다.

제 5 경

관저 안의 동헌.
시종이 태수와 대화를 나누고 있다.

태수   그래 한 장자 댁의 근황은?

시종   그것이 글씨….

태수	낯선 머슴들은 못 보았느냐?
시종	그쪽이… 그렇습니다요, 나으리…. 실지야 노골적으루다가 말씀이 온뎁쇼….
태수	(가슴을 치며) 그래서 어찌 되었냐니까?
시종	의심할 만한 구석은 읎굽쇼, 아 또 지가 누굽니까요? 저 남쪽 하늘 아래에서꺼정 나으릴 뫼시느라, 나라 땅끝 행주 땅 가맛골꺼정 따라온 지가 아닙니까요?
태수	(못 참겠다는 듯이) 아씬?
시종	그것이, 그랑께로…. 아씬 못 뵈었구…, 나으리 서찰은 전했습니다요.
태수	그럼 내일 내가 찾아가 청혼을 해도 무방하게 길을 닦아놨다 이거겠지?
시종	물론입죠. 허나 나으리? (익살스럽게) 감낭구 밑으루다간 지나치지 마셔야 하올 줄로 압니다요.
태수	감나무 밑은 왜?
시종	아, 예…. 그 감낭구로 말씀드리자면 아씨 별당으로 가는 길목에 있는 낭군데, 그 아래 똥구신이 있당께요?
태수	뭐라?
시종	똥구신이 발목쟁일 나꿔채는디, 그 댁 머슴이구, 계집이구 한나같이 (절름거리며) 이겁니다요. 긍께…, 한 장자 영감도 어느 날인가 그 구신헌티 발목을 붙잡혀 도시 일어나들 못한답니다요, 나으리!
태수	에이 불결하게 달걀이면 달걀이지 웬 똥귀신이란 말이더냐? 핫하하, 그러구 보니 어서 한주 낭잘 이곳으로 모셔와야겠구나. 그 냄새나는 똥귀신 소굴에다가 어찌 백옥같이 가녀린 낭잘 방치할 수 있겠느냐? 안 그러냐?
시종	두 말허믄 잔소리라. 좌우당간 그 가맛골에는 똥이 산지사방에 쭈와악 널려있응께 잘못혔단 코털 죄 빠진당께요? 밭이구 또랑이

구 사뭇 싸놓고 퍼질러뻗징께 로, 원 시상에, 증말로 징헙디다. 숫제 가맛골 전체가 똥 고개랑께요, 나으리.

태수 예끼, 그게 어찌 가맛골뿐이던가? 사람이 먹고 싼 것이 농사엔 꼭 필요한 거름이 되는 것을…. 그러니 한 장자 댁이 부자일 수밖에, 그러구 저러구 엊그제부터 민심이 소란하다던데 고구려에서 밀정들이 북강을 건너 고봉산으로 숨어들었다던데 필시 먹을 것이 있어 뵈는 한 장자 댁을 노리고 있을 것이니 (작은 소리로) 그곳 순찰을 보강토록 하라!

시종 (기다렸다는 듯) 예, 여부가 있겠습니까요?나으리!

태수 (밖을 향해 명령하듯 고함을 지른다) 병사와 관원들은 듣거라. 특별히 변경지역 경계를 강화하고 고양과, 행주땅 인구를 다시 파악하여 타지인들의 방문과 아리수 통문을 철저히 할 것이며 혈구성과 메줏골 등, 인근 도서로 나가는 어선의 출입을 철저히 통제토록 하라!

병사 (소리로) 예, 나으리 분부 거행하겠나이다.

태수 (다가오며) 요렇게 신경 써 주는 태수의 뜻을 낭자에게 전달했을 테지?

시종 물론입지요. 지가 누굽니까요. 나으리께서 바늘이시면 지는 뭐시기냐, 실이 아니겠습니까요? 나으리께서 꿩이시면 지는 짝이굽쇼, 헤헤헤…. 걱정허들 마시랑께요.

태수 오호라, 네놈이 자신만만한 것을 보니 일은 제대로 한 모양이로구나!

시종 천하 미색이랑께요. 쩌그 아랫 고을 색시덜 보담이야 왓따지요잉?

태수 (흐뭇해 하며) 물론이지?

시종 좌우당간 나으린 여복 하난 끝내준당께요, 헤헤헤…. 백제 땅 그 워디서 고로코롬 야들야들한 색실 찾아볼 수 있겠습니까요?

태수 (덩달아 좋아서) 네 눈에도 그렇게 보였단 말이지?

시종 (지그시 눈을 감으며) 징한 거! 앵도 같은 입술에 오똑한 코, 터질 것 같은 가슴, 웜메, 나 죽는 거….

태수 (머리통을 때리며) 이놈아, 동상이몽이라더니 혹시라도 딴 맘 품으면
요절 날 줄 알거라!

시종 (피하며) 뭣이라고라? 동상이몽여라? 시방 뭔 봉창 뜯는 소리라요?
나가 야그한 처잔 아씨 말고 그 뭣이냐 묘월이란 쌍것인디요?

태수 (기이한 듯) 그 댁 종년이 그리도 미색이더란 말이다냐?

시종 아씨보다야 한 수 아래지만서두 그런대로 쓸 만하던디요?

태수 그래? 기왕지사 그 애까지 데려다가 써야겠구나.

시종 좋고만이라, 헌디 혼삿날은 원제로?

태수 글쎄다…, 맘 같선 지금 당장이라도 날이고 뭐고 신방을 꾸렸으
면 좋으련만…. 어쨌든 고구려 밀정 놈들을 잡으면 길일을 택하여
거창하게 혼례를 치러야지….

시종 물론입굽쇼, 나으리! 그 놈덜 잽히는 날이 제삿날이구, 나으리 장
개드시는 날이지라. (좋아 어쩔 줄 몰라 하며) 하이고, 생각만 혀도 속이
찌르르르 헙니다요, 나 으리….

태수 그렇다마다, 그러니 어서 여기저기 다니며 수상한 놈을 들인 집이
있나 소상히 탐문하도록 해라!

시종 분명 놈덜이 고봉산으로 들어간 것 같은디, 날쌘 병사 열만 붙여주
셔야 쓰겄는디요, 나으리?

태수 네가 고봉산을 뒤지겠단 말이냐?

시종 물론입지요, 지가 남원골써, 신라 밀정들 일망타진 해뿌린 거이 볼
싸 잊어 잡쉈습니까요?

태수 (웃으며) 이놈아, 그것이 어디 밀정이더냐? 노령에서 길 잃고 헤매던
백성들이지 핫하하. 네놈은 다 좋은데 그놈의 공치사 때문에 가맛
골까지 쫓겨 왔으면서 그걸 못 고치는구나! 완산골에서도 네놈의
허풍 때문에 웅천으로 천거된 나를 이 변방으로 좌천케 한 것이 아
니던가?

시종   (무안한 듯 입을 가리며) 하이고 요놈에 주둥박지 땀시로 나으리께 못
        할 짓을…, 그렇께로 유, 유구무언이지라….

태수   (화를 내며) 네놈 행동거지 중에서 바른 것이라곤 숨쉬는 소리밖엔
        없다는 걸 내 익히 보고, 들어 알고 있다만, 그래도 완산에서 나에
        게 해준 그 정이 하도 딱하여 여기까지 데리고 왔느니….

시종   (죽은 듯이) 하이고 나으리….

태수   (넌지시 떠보듯) 병사 열을 주면 산을 뒤지는 게 아니고 남의 집 곳간
        이나 뒤지려는 건 아닐는지 알 수가 있어야지?

시종   (간교하게) 나으리, 한 장자 댁?

태수   (놀라며) 낭자?

시종   (응석 부리듯) 나으리, 새 장개….

태수   (눈치 채며) 아하, 그…거?

시종   하루라도 빨리….

태수   에잇, 그놈허군, 좋다!

시종   절대루 딴 짓은 안 헌당께요, 나으리! 고봉산에 가믄 당장에 고구려
        밀정 늠덜, 요절을 내뿌릴텡께, 나으린 그저 장개들 준비나 허구,
        기대리시랑께요, 히히히….

태수   자신 만만하구나. 여봐라, 병사 열을 주어 이잘 따르게 하라!

병사   (소리) 예, 나으리.

시종, 헛기침을 하며 팔자걸음으로 관저를 둘러보며 하수로 걸어간다.

시종   (독백) 나가 누구간디? 쩡허게 공을 세워 고향으로 내려가고 말것잉
        께, 두고들 보드라고잉! (허공을 향해) 나가 요로코롬 가맛골써 똥냄
        시나 맡음사, 썩을 사람이 아녕께로…. 엄니, 안 그렇소잉? 쬐깐만
        기다리시져, 금세 내려갈 텡께요!

무대 암전된다.

제 6 경

다음날 오전, 별당 앞.

마님이 화급히 나와 읍하며 태수 일행을 맞는다.

그 뒤로 어색하게 나와 고개를 숙여 예를 하는 한주.

판돌이가 태수와 아씨를 번갈아 오가며 희롱하듯 히죽거리고 있다.

시종   (판돌에게) 예끼 이놈 쩌리 물러서지 못헐꼬오!

판돌   에그머니나, 와… 디게 크네?

선돌   (붙잡으며) 판돌아….

태수   대감께선 차도가 좀 있습니까?

마님   예. 나으리께서 염려해 주신 덕에….

태수   빨리 쾌차하셔야지요…. 따님의 혼례를 치르시자면 말입니다! 그러나 저러나 이토록 아름답고 가녀린 낭자를 한적한 별당에 기거하게 해서야 내 맘이 놓이질 안을세!

마님   저 이이가 원래 조용한 걸 좋아하고…, 조신한 성격이라서….

태수   고구려 밀정 놈들이 밤이면 가맛골을 활개치며 다닌다는데, 여긴 너무 외져놔서 무슨 사단이 일어나도 사랑채까진 들리질 않겠습니다.

판돌   (겁 없이) 다 들리는뎁쇼?

태수   (노려보면 움찔하는 판돌) …….

시종   예끼, 이눔아! 시방, 여그가 워디라고 들떨어진 놈이 나스는 것여 나서길?

판돌   아썬 우리 성아가 불어제끼는 피리소릴 듣고 밤잠을 안 잔단 말이어요?

마님   (황망해져서) 어디서 자꾸 입방알 찧는 게냐!

태수   이곳은 위험하니 한주 아씰 내가 관저로 모셨으면 하는데….

한주 뜻은 고맙지만 소녀 사양하겠나이다.

마님 (옆구리를 찌르며) 얘는….

태수 허허 난 그저 낭자를 위해서 한 소리일 뿐이오.

시종 (분위기를 파악한 듯 선돌에게) 머심이 또 있던디 으째 고놈은 보이질 않는가?

선돌 (당황하여) 예? 그게….

태수 왜 그러느냐?

시종 왜 그러느냐고 묻지 않았느냐?

마님 (막아서며) 그 놈은 원래 판돌 아범이 데려온 아인데 글쎄 한밤에 곳간을 털어 야반도줄 했질 않습니까!

태수 (의외인 듯) 그래요?

시종 그렇다믄 신골 했어야제 신골!

태수 아무튼 그 놈도 수상한 구석이 있는 놈이로고…. 그러니 아씰….

한주 (당돌하게 나서며) 나으리, 하오나 소녀 이미 혼례를 약속하고 기다리고 있던 중이라, 태수 나으리의 고마우신 배려 받자올 수가 없습니다.

태수 (놀라며) 뭐라? 혼약을? 그것도 이미?

마님 (막아서며) 나으리, 이 아이가 어제 잠을 설치더니 제 정신이 아닌 모양입니다. 혼약이라니요? 당치 않습니다!

태수 (따지듯) 낭자, 그대가 어찌 부모님도 모르는 혼약을 대체 누구와 어떻게 어디서 맺었단 말이요?

한주 (외면하며) 제발, 더 이상은 묻지 말아 주셔요. 나으리….

태수 허어… 이런 변고가 있나. 한 장자 댁은 예로부터 내려오는 우리 백제의 백성 중 고견과 명망 있는 집안으로 알고 있는데, 어찌 저토록 과년한 여식을 저렇게 되도록 별당에 유기했단 말인고?

마님 나으리, 모두 에미인 제가 잘못 거둔 탓입니다. 노여움 푸시고 명일, 다시 오셨으면… 아무래도 저 아이가 뭔가에 씌었나 봅니다!

태수 좋소, 내 다시 기별할 터이니 마음을 추스르고, 이담엔 안전한 관저로 오시게나!

시종 (생각에 잠기다가) 나으리, 갑시다요. 아씬 지가 알아서 뫼실 텡께요….

한주 살펴 가시어요…. (인사를 하고 별당으로 들어간다)

태수 (넋이 나가) 오, 말씨하고는….

마님 나으리 저 아이를 혜량하여 주시어요.

태수 (고개를 끄덕이며) 만화방창이라 했거늘, 모든 것이 가득하면 번민이 오는 법, 생각이 깊다 보면 망령에 씌울 수도 있겠지…. 이러구 저러구 이런 혼삿일은 앞으로 제 장인이 되실, 한 장자 어른과 상의해서 진행해야 하는 건데…. 곧 쾌차하실 겁니다. 저토록 어여쁜 고명따님을 봐서라도 이번 혼롄 성대하게 치뤄야 합지요.

마님 물론이구 말구요. 어서 일어나서서 훌륭하신 사위를 맞으셔야지요!

태수 (나가며) 그럼 난, 장모만 믿고 돌아가오.

마님 이거 죄송해서…, 나으리 잠깐만 기다리세요, 내 긴히 드릴 것이….

마님 뒤뚱거리며 안으로 뛰어가면 판돌이도 얼결에 같이 뛴다.

태수 아니, 저 놈은 왜 덩달아 뛰는 거야?

시종 (혼잣말로) 망딩이가 뛴께 어물전 꼴띠기도 뛴다더니 나 원 참, 저런 눔 낳고도 멱국은 들이켰을 것이고마?

태수 예끼 아무리 우리 장모가 될 사람인데 망둥이가 뭔고?

시종 아, 말이 그렇다 이거지요

태수 긴한 물건이라? 뭘 줄려는가?

시종 나으리 서풍이 불기 전에 돌아가셔야 헙니다요. 서풍은 똥바람인 께, 어휴 썩을놈으 냄시?

태수 (코를 막으며) 냄새? 어찌 이런 곳에 저토록 아리따운 아씨가! 허엇

　　　　　　참, 자, 어서 가자꾸나!

선돌　　(길을 막아서며) 나으리 마님께서 잠시….

태수　　오, 그렇지!

시종　　야, 이눔아. 지발 밭에다가, 똥 좀 자그매 뿌리란 말여. (코를 막으며) 하이고 찡헌 거….

선돌　　똥이 약 된다구, 저것이 냄샌 고약해두 농사 짓는 덴 최곱지요?

태수　　서풍은 언제 불어 온다더냐?

선돌　　물때가 곧 될 것이구먼요, 나으리.

시종　　바람 불기 전에 어서 가십시다요, 어서.

태수　　(핀잔하며) 그 놈에 성미하군, 장모를 보고 떠나야 할 것 아닌가!

선돌　　(민망한 듯) 저어….

시종　　야 인석아 또 뭣여?

선돌　　저어….

태수　　뭘 꾸물대느냐, 어서 말을 해 보거라.

선돌　　우리 아씰 관저로 뫼시면?

시종　　요런 음흉한 놈 좀 보소, 묘월일 워찌 혈까 봐 안달이 났는가 봅네잉?

태수　　묘월이? 이 댁 아씨의 종년 말이더냐?

선돌　　진 개 읊인 한 시두 못살 것 같구먼요….

태수　　그렇다면 네 놈도 관저로 불러다가 옥문지기라도 시켜주런?

선돌　　(굽신거리며) 그렇게만 된다믄 뭔 일인들 못하겠습니까요, 나으리….

태수　　그래? 일이 잘 되어야 할 터인데…, (안을 보며) 장모는 어찌된 셈인고?

선돌　　(안채를 향해) 판돌아!

마님　　(나오며) 저어…, 이걸 좀 받으세요, 아주 귀한 거랍니다.

태수　　(받으며) 이것이? 사주단잔 아닌 것 같고….

시종　　요것이 뭐당가요?

마님   산삼이라는 겁니다.

태수   (놀라며) 산삼이라?

마님   영감 달여 드릴려던 건데, 안 드시겠다며 장차 사윗감한테….

태수   (산삼을 손에 들며) 하이고 이렇게 고마울 데가, 사위 사랑은 장모라더
        니 그게 아니고, 이 댁에선 장인인가 봅니다, 그려. 핫하하….

시종   이 귀한 산삼을 워디서 나셨는가?

선돌   지눔이 고봉산 초입에서 캤구먼요?

시종   (놀라며) 고, 고봉산에서, 네 놈이 쩌그 산삼을 캤어야?

선돌   예.

태수   음…. 이 댁 머슴하난 영특한 놈을 두었소.

판돌   (끼어들며) 그거 우리 집엔 겁나게 많은데….

태수   (놀라며) 뭣이라? 사, 산삼이 너희 집에?

판돌   (가소로운 듯) 우린 그걸로 맨날 국 끓여 먹어요.

시종   산삼국을?

마님   예끼 바보 같은 소리 작작 하거라, 이 녀석아!

판돌   (태수의 손에 든 산삼 냄새를 맡으며) 맞다니깐요. 이거 내가 한 입 먹어
        보면 금세 알 수 있는데….

선돌   (웃으며) 판돌아 우리 집에 있는 것은 산삼이 아니고 대 오른 냉이하
        고 말라 비틀어진 도라지 몇 뿌리야.

마님   저놈이 아마 냉잇국을 산삼국이라고…. 어서 들어가 소제나 하거
        라, 인석아. 어서! 그럼…. (인사하며) 며칠만 지나면 우리 애가 좋아
        질 것입니다!

태수   반드시 그래야지요. 이거 귀한 선물까지 주시니 고맙구려, 장모!

판돌   안녕하셔요, 나랏님! (마님을 따라 들어간다)

태수   나랏님? 원 핫하하. 싱거운 녀석, 저렇게 덜 떨어진 놈이 있나?

선돌   저것이 감낭구에서 떨어진 뒤로 반편이 되어 저럽니다요.

시종   허기사 뿌래기 굵은 냉이나 요것이나 비슷은 하지만서도 아 산삼

으로 국 끓여먹는 일은 백제국 대왕마마께서도 못 허시는 일인
디….

선돌 이 다음에 지눔이 또 캐거든 그 즉시로 관저로 달려갈 것이구먼요.

시종 암, 그래야지. 그 놈, 눈깔은 썩은 동태 눈깔을 혀 가지고 으찌 산삼
을 봤능가잉? (선돌에게 작은 소리로) 나으 것은 니 놈이 알어서 챙겨야
쓰겄제?

시종 (태수를 살피며) 알겠습니다요, 어르신!

세 사람 하수로 사라지면 그 쪽의 조명이 암전되고, 별당 앞에 스포트 핀이
떨어진다. 시간이 흐른 뒤 마님과 한주, 심각하게 대화를 주고 받고 있다.

마님 (답답한 듯) 아이고 답답해라, 답답해! 언제 네가 어떤 놈과 눈이 맞았
다고, 태 수 나으리 앞에서, 그따위 망발을 한단 말이냐?

한주 (고개를 숙인 채 울먹이며) 어머니, 제발 태수 어른께 시집가란 말씀은
거두어 주세요?

마님 (죽일 듯) 누구냐? 어느 놈이야? 외간 남정네와 별당에서 정분난 놈이
뉘란 말이다! 그간 뭔가 이상야릇하더니만 기어이 사단이 벌어진
게야. 어이구…, 우린 망했다, 망했어!

한주 망하지 않아요. 왜 우리가 망한다구 그러세요?

마님 네 오라비 고구려 놈들에게 맞아 죽고, 네 아버지마저 저렇게 몸지
어 누웠으니 이 집안을 누가, 어떻게 일으켜 세운단 말이냐?

한주 태수 어른과 혼례를 치르면 우리 집안은 태수 어른 게 되고 말 것이
어요.

마님 그러면 어때, 네가 태수 나으리의 각시가 될 터인데?

한주 고난은 일순간에 지나가는 것이어요. 참고 기다리면 우리에게 그
보다 더한 복이 따를 것이에요.

마님 도대체 네가 약조했단 남자가 누구길래, 이 에미한테도 말을 못한

단 말이더냐. 어서 말해 보거라, 어서!(귀를 내밀며) 아, 어서!

한주 (당당하게) 홍이에요!

마님 (눈이 휘둥그레지며) 뭐야? 호, 홍이라면?

한주 우리 집, 꼴배머슴 홍이에요.

마님 (머리를 짚으며 엉덩방아를 찧는다) 어이구! 우리 딸이 꼴배머슴과 눈이 맞았다니!(정신을 차리며) 아니야, 우리 딸이 그럴 리가 없지.

한주 사실이에요, 어머니!

마님 (때리며) 이것아, 설령 그렇더래도 그 일로 태수 나으리 청혼을 면전에서 거절해?

한주 어머니, 홍인 그냥 빌어먹는 머슴이 아니에요.

마님 지깐 놈이 머슴이면 머슴이지, 그냥 머슴은 또 뭐 말라비틀어진 게야?

한주 홍인, 고구려의 왕이 될 태자에요!

마님 (놀라며) 뭣이라?고, 고구려?

한주 (여유 있게) 우린 처음 본 순간, 마음과 마음이 서로 통해 버렸어요.

마님 저, 저런!

한주 그분께선 반드시 저를 데리러 오신댔어요.

마님 고구려?(한탄하며) 그놈들이 이제 하나밖에 없는 우리 딸까지 잡어가려는가 보구나!

한주 여긴 원래 고구려 땅이고 우린 고구려 사람이에요. 오라버닌 백제의 장사꾼들과 거간꾼들이 우리 재산을 넘보고 아리수에 빠뜨려죽인 거예요, 어머니!

마님 (한주의 입을 틀어막으며) 이것아, 빈말이래두…. 그러다간 몰살당한다, 이것아!

이때 묘월의 그림자가 스쳐 지나간다.

한주	(놀라서) 게, 누구냐?
마님	(놀라며) 선돌이냐?
묘월	(쿵당거리는 가슴을 쓸어내리며) 마, 마님 묘월이에요.
마님	게서 뭘 하고 있던 게냐?
한주	우리가 하는 말을 들었느냐?
묘월	(도리질하며) 아, 아뇨!
한주	혹시라도 이상한 말이 나돌게 되면 너나 나나 목숨 부지하기 어려울 것이니 입 심하거라.
마님	그런데 야심한 시각에 왜 별당 앞을 기웃거리는 것이냐?
묘월	선돌이가 안 보이길래….
마님	(쏘아보며) 저런 고이연 것 좀 보게, 선돌이가 없으면 없는 것이지, 왜 별당을 기웃거려?
한주	선돌인 아까 태수 어른 일행과 같이 나갔잖느냐?
묘월	그런데 아직도….
한주	(의심스런 듯) 아직도 관가에서 돌아오지 않았단 말이냐?
묘월	예, 아씨!
한주	아니, 그네들이 선돌일 뭣 땜에 돌려보내지 않고….
마님	(묘월에게) 대감께서 주무시는지 살피고 들어가 자거라.
묘월	(황급히) 예, 마님.
마님	(사라지는 묘월을 보며) 아무래도 저년이 우리 애길 다 들었나 보다!
한주	언젠간 저 애도 알 터인데요….
마님	(닥달하듯) 너, 모가지가 몇이 된다구 이리 경거망동한단 말이냐. 말해 봐, 이것아! 고구려 밀정놈들 잡아죽이는 날이 바로 네 혼삿날이라던데 홍이 그 놈이 고구려 밀정이었다니?
한주	어머니, 홍이의 신분이 밝혀진 이상 그렇게 말하지 마세요. 고구려 왕이 되실 황태자이십니다! (위엄 있게 예를 다하듯) 그분은 오라버니 죽음에 관한 진실을 규명해 줄 것이고 관저에 빼앗긴 우리 땅을 되

찾아 주실 분이에요!

마님   (탄식하며 주저앉는다) 어이구… 내 팔자야!

한주   전임 태수에게 오라버닐 바치고, 아리수 강변의 옥답을 바치시더
        니, 이제 와선 현임 태수에게 소녈 바치고, 그 나머지 전 재산을 몽
        땅 바치실 셈이세요, 어머니?

마님   그나마 이 땅에 살아남으려면 태수 나으리의 청혼을 들어줘야만
        돼, 이것아!

한주   전임 태수도 똑같은 방법으로 우릴 죽이려 했어요. 그들도 우리가
        고구려 사람이란 걸 잘 알고 있을 터이니 이만한 것으로 족한 줄이
        나 아세요, 어머니!

마님   (눈을 부비며) 왜 이리 눈앞이 깜깜해지는지 모르겠구나?

한주   태자께옵서 왕위에 오르시면 가맛골을 쳐서 고구려의 영토를 되찾
        고, 우릴 평양성으로 데려가 평생 호의호식하며 살 수 있게 해 주실
        거에요.

마님   저런 미련한 것, 지금 당장 널 잡아갈 텐데? 홍인지 태자인지 국경
        을 못 넘고 잡혀 봐라…. 이러나 저러나 우린 이제 망쪼가 든 거야!

한주   아니어요, 어머니. 그분은 다른 사람과 달라서 무사히 국경을 넘어
        고구려에 당도했을 거여요. 고구려가 멀기나 해요? 바로 저 북강을
        넘으면 고구려 땅인데요….

마님   (침을 삼키고 차분하게) 너 생각 잘 해야 한다? 태수 나으리 비위짱 건
        드려 봤자 이로울 게 없다. 오지두 않을 사람 기다려 봤자, 죽음밖
        엔 용·뺴는 수가 없단 말이다, 알겠니?

한주   (창) 아무리 모진 시련과 풍파가 닫쳐 와도 전 이겨낼 거예요. 어머
        니, 어찌 한 나라의 왕 되실 분의 따스한 온정을 입은 몸으로 일개 변
        방 고을 태수와 혼약이라니요…. 있을 수 없는 일이어요, 있을 수 없
        는 일이어요…. 이 한 몸 골백 번 또 죽어도 태자 저하와의 깊은 약조
        를 져버릴 수가 없는 일이에요. 어머니 불초 소녈 용서하소서….

마님   어이구, 저런 가련하고 박정한 우리 딸을 어이 할꼬, 어이 할꼬….

무대 서서히 암전되며 그윽한 피리소리가 사랑채에서 들려온다.

제 7 경

고구려의 궁궐 안 왕실.
홍이가 왕이 되어 하늘의 달을 보고 있다.

대왕   (독백조로) 낭자…, 미안하오…. 아버님의 급서로 준비 없이 왕위에 올랐소. 한시 바삐 그댈 만나고 싶지만 일이 맘대로 되질 않는구려…. 조금만 기다려주오. 내 특수부대를 동원해서 반드시 그댈 데려 올 것이니….

공주   (다가오며) 오라버니!

대왕   오, 내 누이동생 안학공주야. 야심한 밤에 웬일이더냐?

공주   도시 잠이 오질 않아요, 오라버니.

대왕   잠을 못 이루다니? 번민이 많은 게로구나?

공주   (한숨을 쉰 후) 세상살이가 덧이 없어요. 왕실에 태어나 온갖 것 부족함 없이 살아왔건만 사모하는 사람이 곁에 없으니….

대왕   아버님만 살아 계시고 내가 좀 더 일찍 돌아왔다면 을밀장군과 혼약을 이룰 수 있었을 터인데, 너에게 미안할 뿐이구나. 사람을 시켜 을밀장군을 궐 안으로 불렀으니 곧 좋은 소식이 올 것이니라.

공주   (간절히) 오라버닌 이제 왕위에 오르셨으니 저희 두 사람의 혼약을 책임져 주셔야 해요!

대왕   음…, 그래야지. 화급한 일들을 서둘러 처리해야겠어.

공주   화급한 게 무엇이어요?

대왕   선왕께옵서 못 이루신 아리수 땅을 회복하는 일이 급선무이고….

공주 　(기대하듯) 그 다음은요?

대왕 　글쎄다. 나나 너나 어서 왕비와 부마를 맞아들여 왕실을 튼튼하게
　　　해야 할 것 같구나. 을밀장군을 부른 것도 다 생각이 있어서다.

공주 　(당황해서) 그럼 을밀장군에게 백제 땅 아리수를 치게 하시려구요?

대왕 　역시 우리 안학공주는 영특하시구려!

공주 　하지만 그 일은 생명을 담보하는 전쟁이 아니옵니까?

대왕 　(단호하게) 대고구려의 부마가 되는 일인데 그 정도 대가는 반드시
　　　치뤄야 하는 법, 너무 심려치 말거라. 을밀장군은 충분히 해낼 수
　　　있는 사람이다. 그리고 이번엔 내 직접 선봉에 설 것이야.

공주 　아니 되옵니다. 한갓 백제국 변방을 치는 일에 지엄하신 대왕께옵
　　　서 친정을 하시겠다는 것이옵니까.

대왕 　(웃으며) 나도 왕비를 맞이하려면 나랄 위해 공을 세워야 할 것이 아
　　　니더냐?

공주 　왕비를요?

대왕 　(심각하게) 내가 백제 땅에 흘러들어 혼인을 약조한 낭자가 있단다.

공주 　(놀라며) 어머, 왕비를 백제국에서 들이시겠다구요?

대왕 　왜 놀라느냐? 아리수 이북은 원래 고구려 땅이고 백성들 또한 고구
　　　려 후손이란다. 그러니 그 땅을 회복시켜 원래대로 돌리자는 게야!

공주 　(감탄하며) 그럼, 을밀장군을 복귀시켜 주는 것이어요?

대왕 　물론이지 신원시켜 주고 말고…. 선왕께옵서 너의 일로 인해 약간
　　　의 오해가 있으셨지만 이제 모두 풀린 일, 다시 장군의 직을 명하여
　　　우리와 더불어 부국강병을 꾀할 것이니라….

두 사람 흐뭇한 마음으로 서로 위안을 받고 있다. 상수에서 하수로 마치 안개
가 흐르듯 나라의 안녕을 비는 춤사위가 지나간다.

시간이 흐른 뒤 내전으로 급전이 당도한다. 대왕과 안학공주가 놀라 신하를
바라본다.

신하1   아뢰오!

대왕   웬일이냐?

신하1   을밀장군이 당도했나이다.

대왕   (반가워 어쩔 줄 모르며) 을밀, 을밀장군이 드디어 왔단 말인가? 안학공주, 을밀장군이 왔다는구나!

공주   (울 듯이) 어머나….

대왕   뭘 하느냐, 어서 뫼시질 않고? 공주도 어서 가, 치장을 하고 나오시게, 그리고 주안상을 보도록 하거라. 내 오늘 오랜만에 을밀장군과 거나하게 취하고 싶구나!

신하1   그럼 뫼시겠사옵니다, 대왕폐하!

을밀   (초라한 서민 복장으로 들어온다) 대왕폐하!

대왕   (쫓아나가 반기며) 어이구, 을밀장군. 이게 얼마만이요! 어서 오시오, 을밀. 정말 잘 오셨습니다, 정말 잘 오셨어요!

을밀   황공하여이다. 누추한 사람을 이렇듯 환대해 주시니 몸둘 바를 모르겠나이다. 대왕폐하!

대왕   이제 문자대왕 즉, 선왕의 시대는 옛것이 되었어요. 지난 과거지사 모두 털어 버리고 새롭게 출발합시다. 장군같이 훌륭한 분들이 당연히 나를 도와 강건한 제국 고구렬 건설하셔야지요?

을밀   황공할 따름이옵니다, 대왕폐하!

대왕   자, 이리로 앉으시지요. 그동안 우리 안학공주 때문에 마음고생이 크셨겠소. 을밀장군!

을밀   (어색하게 앉으며) 왕위 승통을 감축드리옵니다, 대왕폐하! 그동안 몸소 나라를 돌며 고행하신다기에 걱정을 많이 했는데, 이렇게 돌아오셔서 왕위를 승통하셨으니 가히 고구려의 성군이 되어주소서, 대왕폐하!

대왕   (반가워하며) 이르다 뿐이오!

궁녀들 주안상을 들고 들어온다.

대왕   자, 을밀장군, 이 시간 부로 그대의 무급을 원래대로 신원할 터이니 그리 아시고 한 잔 하십시다!

을밀   (놀라며) 소장의 무급을 신원하신단 말씀이시옵니까, 대왕폐하?

대왕   물론이요. 지금 이 나라 고구려에는 을밀과 같은 명장이 필요합니다. 그런 분이 한적한 초야에 묻혀 농사일이나 한다는 것은 나랄 위해서나 개인을 위해 막심한 손해를 불러올 것이 자명한 일이오.

을밀   (부복하며) 황공하여이다, 대왕폐하!

대왕   자, 그리고 그대가 선왕의 공연한 불신으로 시골로 내려가게 된 것도, 차제에 사과하리다. 그대가 사모하던 내 누이동생 안학공주도 곧 올 것이오!

을밀   (적이 당황하며) 안학공주께서 아직도?

대왕   을밀을 사모하는 정한, 아직도 변함이 없더이다, 헛허허.

을밀   (감격하여) 어찌 여지껏 미천한 소장을 기다리신단 말이옵니까?

대왕   (술잔을 들며) 자, 한 잔 하십시다, 을밀장군!

을밀   이것이 꿈은 아니옵길….

대왕   내가 고구려의 시골 구석구석을 돌아다니며 보고 느낀 것은, 고구려 백성들의 기개와 용맹이 대단하다는 것이며, 한 때 우리 고구려의 변방이었던 아리수 북쪽의 기름진 땅을 백제국에 넘겨졌다는 것이 더 없이 분통한 일이오…. 한시바삐 그 땅을 되찾아 우리 고구려의 변방을 만고에 강성케 할 것이오. 이 일에 장군의 지략과 용맹이 절대 필요합니다.

을밀   백제의 최북단 요새인 가맛골 일대의 평야지대 말씀이시옵니까?

대왕   (술을 마시며) 맞습니다. 내 가맛골이라는 곳에 가서 머슴살일 하지 않았겠소?

을밀   (놀라며) 예? 폐하께옵서 적국에서, 그것도 머슴살일 하시다니요?

대왕	어쩌다 흘러들어 간 곳이 알고 보니 백제 땅 끝 가맛골이 아니겠소? 어쩔 수 없이 한 장자란 부자 댁 꼴배머슴으로 들어가 그곳 지형을 익히고 훗날을 도모했던 겁니다.
을밀	(감복하며) 아, 역시 폐하다우신 지략이시옵니다! 그 곳은 예전에 우리 고구려 땅이었습니다. 소장도 그곳에 여러 번 출병하여 백제군과 전쟁을 치룬 경험이 있사옵니다.
대왕	(무릎을 치며) 바로 그겁니다, 을밀장군!
을밀	(의아해 하며) 예?
대왕	솔직히 말씀드리지요. 과인이 태자의 몸으로 백제국의 국경을 넘어 한 장자 댁의 머슴 일을 한 것은 적절한 시길 택해, 그 곳을 점령하기 위함이었소! (안학공주에게 손짓을 하며) 여…, 안학공주, 이리 오시게.
을밀	(황망히 예를 올리며) 고, 공주마마!
대왕	이리 오시게. 여기 자네가 사모하던 을밀장군이 계시질 않는가?
공주	(감격하여 울듯이) 참으로 오랜만입니다, 장군!
을밀	미천한 소장을 이렇게 다시 불러주셔서 이렇듯 환댈 하시오니 몸 둘 발 모르겠습니다!
대왕	내 한 가지 청이 있어서 을밀장군을 수소문하였습니다.
을밀	말씀하시오소서, 대왕폐하!
대왕	자, 술 한 잔 더하며 얘기하지요. 안학은 이미 알고 있는 터이지만, (술을 마신다) 요즘 과인의 심사가 말이 아닙니다. 마치 바늘방석에 앉지도 서지도 못한 형색이랍니다.
을밀	그게 어인 말씀… 이신지요?
대왕	가맛골에서 머슴살일 할 때 그 댁의 낭자를 사모했지 뭡니까? 우린 한눈에 눈이 멀고 귀가 먹었어요. 그래서 혼살 약조했고 그녀에게 나의 신분을 밝히고는 그날 밤으로 북강을 건너 왔는데 그 뒤로 첩병을 보내 그간의 내막을 알아보니 그곳 태수란 자가 한주 낭자의

미색에 미쳐, 억지로 혼인을 청했다지 뭡니까?

을밀 그러하오면 소장이?

대왕 (상상에 빠지듯) 지금도 내 머리 속엔 달덩이 같은 낭자의 얼굴과 그
윽한 향기가 어른거릴 뿐이오.

공주 오라버니!

대왕 과인도 촌구석을 딩굴고 다녀봐서 시골 사람들의 넉넉함을 좋아하
게 되었어요. 다시 말해, 내 누이동생 안학공줄 사모하던 을밀장군
의 마음을 너무나 간절히 느낄 수 있었소! (을밀의 손을 잡으며) 또 한
가지의 청은, 우리 안학공주의 부마가 되어 주시오, 을밀장군!

을밀 (눈시울을 붉히며) 망극하옵니다, 대왕폐하!

대왕 그런데 과인은 이렇게 외로우니….

을밀 (호기 있게) 분부만 내리소서. 당장에 가맛골을 쳐부수고 낭자를 대
령하겠나이다, 대왕폐하!

대왕 (호탕하게 웃으며) 허허허, 내 이럴 줄 알았소! 과부사정은 과부가 안
다더니 바로 그 꼴이 아니고 무엇이겠소, 허허허…. 안학공주도 이
제 그토록 보고 싶어 하던 을밀장군을 부마로 맞이하였으니, 을밀
장군은 바로 과인의 매부가 되었으며, 과인은 장군의 처남이 되질
않았는가? 이렇게 기쁜 날이 어디 있겠소, 을밀장군! 아니 그렇소,
안학공주? (술을 권하며) 그러니, 처남 매부지간에 밤이 새도록 취해
보십시다, 그려. 헛허허….

세 사람 흥에 겨워 술잔을 비운다.
(사이)
풍류악이 울려오면 대부분 조명이 암전되고 공주와 을밀에게만 남는다.

공주 (확신에 차서) 반드시 승전보를 가져다주실 것이어요, 장군!
을밀 (손을 잡으며) 정말 이렇게 공주를 다시 볼 수 있을 줄은 몰랐소이다.

공주 얼마나 길고 긴 밤을 장군을 그리며 보냈는지….

을밀 그건 나도 마찬가지였구려!

공주 반드시 오라버니의 뜻을 성취시켜 우리도 백년가약을 맺어야지요,
      아주 성대한 혼례를 치러 주실 것이어요!

을밀 자, 이리 오시오, 공주 내 품안으로….

공주 (다가가 안기며) 장군!

을밀 날이 밝는 대로 아리수를 향해 진격할 것이오. 한시바삐 대왕폐하
      의 뜻을 이루고 돌아와 공주와 혼례를 치를 것이오. 그 동안이라도
      우리 서로 사랑하는 맘, 더욱 깊어질 것이오, 안학공주!

두 사람 깊은 포옹을 한다.
그들에게 남았던 조명이 차츰 사라진다.

제 8 경

태수의 관저 앞이다.
동헌 아래 부복한 한주와 마님, 그 뒤로 선돌과 묘월 등이 지켜보고 있다.

태수 (위엄 있게) 어서 이실직고하렸다! 어찌하여 국법을 어기고 고구려
      밀정과 내통하였는고?

마님 나으리, 그건 내통이 아니옵고….

시종 닥쳐라!

한주 (당당하게) 어찌하여 국법을 논하는 태수 나으리께서, 무고한 백성을
      이리 마음대로 농락하시는 것이온지요. 죄가 있다면 자초지종을
      말씀하셔야만 그 죄의 값을 받을 것이 아니옵니까?

태수 역시 생긴 대로 말도 잘하는구나!

한주 죄인 아닌 저와 우리 어머닐 어서 풀어 주옵소서, 나으리!

태수   죄인이 아니라고?

한주   저흰 선량한 백제국의 백성일 뿐 과거로부터 지금까지 누구보다
      나라에 곡물을 많이 바쳤으며, 하나뿐인 오라버니의 생명도 백제
      를 위해 초개처럼 던진 우국충정의 가문이옵니다. 아무리 아버님
      께서 중환에 계실지언정 이러실 수는 없는 법이라 사료되옵니다!
      그러니 어서 저희 모녀를 방면해 주옵소서, 나으리!

태수   (화가 나지만 참으며) 무어라? 내가 아주 몹쓸 태수라, 이거로구나?

시종   뉘 안전에서 주둥일 놀리느냐?

태수   내가 보고 받은 바로는 가맛골 한 장자 댁에 고구려 밀정 놈이 머슴
      으로 위장하여 몇 달 동안 일은 아니 하고 이곳의 지형지물과 기밀
      을 빼내 고구려로 도주했음이 분명한데…. 그리고 한주 너와 혼인
      을 약조하고 먼 길을 떠났다던데…, 그것이 아니란 말이더냐?

한주   그리도 정확한 밀고를 뉘에게서 받았는지 모르오만 그건 잘못된
      것이옵니다.

태수   이보시오 한주, 저 뒤를 보시오. 당신의 집에서 일하는 머슴과 계
      집, 바로 저 자들이요!

한주   (돌아보며) 너희들이 어찌 있지도 않은 일을 꾸며 밀고를 했단 말이
      더냐? 확실한 물증을 대 보거라, 어서!

선돌   (울상이 되어) 아씨, 그게 아니옵고, 묘월이가…. 부, 부관 나으리헌
      테….

태수   (호통을 치며) 네 이년 똑바로 대지 못할까? 부디 살고 싶다면 본 대로
      들은 대로 이실직고하렷다!

마님   이년, 묘월아. 네 년이 뭘 들었구, 뭘 보았단 말이더냐?

묘월   태수 나으리 다녀가신 날, 그러니까 그날 아씨께서 홍이에 관해….

한주   저런 못된 것! 나으리 그날 밤 소전 정신이 아득하여 꿈같은 얘길
      하던 참인데 묘월이가 지나가며 잘못 들은 것이옵니다.

태수   (비웃듯) 그렇다면 나와 혼인해 줄 수 있단 말이더냐?

마님	(옆구리를 찌르며) 이것아 얼른 대답해!
한주	사실, 저와 혼약을 맺기로 약조한 남자가 지금은 멀리 떠났으니, 그 사람의 생사를 확인할 길이 없으니 그 사람의 생살 확인이라도 한 연후에나….
태수	그런 연후엔 나의 청혼을 받아주겠다?
한주	예, 그렇게 하겠나이다.
태수	언제 어디서 누구와 약줄 했다고 거짓말을 하는 거냐? 그따위 구름 잡는 식의 거짓말로 날 속이려 들다니! 이미 너희 두 모녀는 반역죄로 체포된 몸 그 동안의 정분을 참작하여 어미와 머슴과 계집종은 풀어줄 것이니, 바른 대로 반역죄를 낱낱이 고할 때까지 혹독한 문초를 받아야 할 것이야!
마님	(울며) 하이고, 나으리 우리 한주를 좀 달래나 보시잖고 혹독한 문초라니요?
태수	(근엄하게) 생명을 걸고 변방을 지키는 대백제국의 태수를 농락하는 잔, 그 누구도 용서받지 못할 것이니라!

무대 암전된다.

(사이)

어둠 속에서 들려오는 한주의 비명소리.

옥에 갇힌 한주에게 스포트 핀이 떨어진다.

곤장을 든 시종과 포졸을 대동하고 태수가 멈춰 선다.

한주	(창) 이 몸이 죽고 죽어, 일백 번을 고쳐 죽어, 백골이 진토 되어, 넋이라도 있고 없고, 님 향한 일편단심이야, 가실 줄이 있으랴! (반복)
태수	(다가오며 방백) 과연 절세미인이로고…. 소리 또한 그토록 낭랑하니 이런 미인을 두고 매를 때려야 한다니 안타까운 일이로고…. (한주에게) 방금 부른 그 노랜 무슨 노래지?

한주　(무섭게 노려보며) 어서 날 죽이시오!

태수　(포졸에게 눈짓하면서) 잠깐, 이토록 아름다운 여인을 어찌 무지막지한
　　　곤장으로…. 다시 한 번 말하겠다, 그 고구려 밀정 놈을 단념할 텐
　　　가, 아니면 반역죄로 죽도록 피를 말리다가 결국 (하늘을 가리키며) 저
　　　승으로 갈 것인가! (결박된 한주의 둔부를 쓰다듬는다)

한주　(침을 뱉으며) 더러운 손으로 어딜 만지려는 것이오?

태수　아니, 이 년이 감히 어데다가 침을?

시종　나으리 이판사판 볼 꺼이 읎습니다요, 그냥 패대길 쳐뿐져야 바른
　　　말을 헐랑가 봅니다요?

태수　(몸을 꼬며) 참으로 아까울 쌔, 아까워…. 저 가냘픈 엉덩이로 어찌 저
　　　육중한 곤장을 받아낼꼬? 그래서 한 번 쓸어나 주려 했더니, 영악한
　　　것이, 허허엇 그것 참!

시종　이것 보시서, 시방이랍두 나으리헌티 잘못혔다고 빌믄 될 것인디,
　　　뭔 놈에 고집이 요로코롬 싸가지 읎이 쎄당가?

태수　(돌아가며) 난 도저히 못 보겠으니, 부관이 알아서 문촐 진행토록 하
　　　라!

시종　(반기며) 아, 예 나으리, 그럼 지가…. (앞으로 다가가 얼굴을 마주하며) 자,
　　　한주야, 나가 그날 밤. 느그 별당 뒤에서 미안하지만 쪼께 숨어서
　　　동탤 살폈느니…. 묘월이가 야그한 것은 잘 모른다 혀도 될 것이지
　　　만, 나으 귀에 쳐백혀뿌린 야근 어쩔 수가 읎제. 오리발 내밀어봤
　　　자 사람만 다친께 어서 인정을 혀고 나으리 침방으로 드셔서? 그 월
　　　매나 좋가디? 따순 아랫목에 푹신한 원앙금침…. (침을 삼키며) 웜매,
　　　침 넘어가는 거…. 고걸 마다허고 요것이 뭔 짓거린가? 증말?

한주　(노려보며) 듣기 싫다, 버러지만도 못한 인간망종들. 그러니 좌천을
　　　밥 먹듯 하지?

시종　(뒤로 넘어질 듯) 멋이라고라? 마, 망종이라고라? 요런 싸가지 읎는 것
　　　좀 보소? 태수 나으린 대백제국의 상급관리로서 남에도 가고 북에

도 가는 것이제, 요거이 좌천이라고라? 전수, 부관인 나 땜시로 요
렇게 되아뿌렀다?

한주   여러 말할 것 없으니 어서 죽여라. 너희들이 아무리 날 괴롭혀도 내
맘을 돌리진 못할 것이야. 어서, 죽여라, 어서!

시종   (얼결에) 어서 치랍신다! 웜메, 요거이 워찌 되야서 뒤바꺄뿔졌당가?

한주의 엉덩이 위로 곤장이 떨어진다.
비명 속에 절규하듯 외치는 한주의 소리….

한주   (표독스럽게) 무고한 백성을 죄인으로 몬, 태수의 손아귀에 놀아나는
한심한 놈들아. 차라리 날 죽여라, 이놈들아 !

시종   (손으로 눈을 가리며 얼결에) 더 치랍신다! 으음메, 저 독사눈까락지 좀
보소? 어휴, 징헌 것, 어서 이실직고허는 것이 신상에 좋을 것이다!

비명소리에 나오는 태수. 무대 다시 밝아온다.

태수   그만, 그만!

시종   그만 하랍신다!

한주   죽여라, 죽여!

시종   (엉겁결에) 주, 죽이랍신다!

태수   (시종을 밀어 넘어뜨리며) 에이, 또옥바로, 또옥바로?

시종   (얼이 빠져 있다) 또옥 빠아로오….

태수   (다가앉으며 안쓰러운 듯) 낭자, 이게 무슨 변고요? 나와 혼인하면 뭐가
잘못 되기라도 한다던가? 우리 둘이 의지하고 행복하게…, 안 그런
가 낭자?

시종   (끼어들며) 오, 오붓하게….

태수   (따라 하며) 오붓하게…, 사랑을 나누며 살고 싶소!

한주   (창) (이를 악물며) 님 향한 일편단심이야 가실 줄 있으리오! (반복)

태수   (안타까워 울상이 되어) 어떤 님?

시종   (태수를 가리키며) 이 님? (답답한 듯) 여그 이 님? (먼 산을 가리키며) 안 그라믄 쩌그 님?

한주   (매에 실성한 듯) 내 님 말이다, 내 님! 오신댔어, 너희들 죽이러!

시종   웜메, 쩌것이, 인잔 아주 돌았는갑소잉?

태수   얘들아, 안 되겠다. 오늘은 일단 하옥토록 해라, 낭자 미안하오! 오늘밤 다시 한 번 깊이 생각해 보시게…. 나두 이제 홀아비 신센 면해야 할 것이 아닌가! 이 변방에서 홀로 보내는 밤이 너무나 외롭고 쓸쓸해 무섭단 말이다, 밤이 무섭대두! (애절하게) 낭자 오늘 일은 정말 미안하오, 어서 마음 고쳐먹고 원앙금침이 깔려 있는 내 방으로 드시구려….

시종   그래야 누이 좋고 매부 좋은 것이제. 안 그라요, 나으리?

태수   예끼 이 사람아, 그래도 그렇지. 어찌 가냘픈 낭잘 저렇게 심하게…. (울듯이) 얼마나 아프시오, 낭자. 자, 어서 내실로 듭시다. 내 장독을 고이 다스려 줄 터이니….

시종   고것이 그랑께로, 지가 헌 것이 아니옵고, 쩌 낭자가 자청헌 매랑께요?

태수   매를 자청해?

시종   그러믄입쇼, 나으리!

태수   어떻게?

시종   지 입으루다가 때려라 카믄 때리고 처라 카믄 쳐뻔지고….

한주   (미친 사람처럼 웃으며) 오신다니까? 너희들은 이제 죽어!

시종   웜메, 쩌것이 아작두 지 정신이 아닌갑네잉.

한주   (창) (고개를 저으며) 이 몸이 죽고 죽어 일백 번 고쳐 죽어 백골이 진토 되어 넋이라도 있고 없고, 님 향한 일편단심이야 가실 줄 있으리오….

태수   (혀를 차며) 에이, 오늘은 안 되겠구나. 어서 가서 음식을 넣어주고 두

툼한 이불도 넣어주도록 해라. 오늘 밤 제힘으로 장독을 다스리다 보면 내일쯤이면 내심 변화가 있겠지….

시종　나으리, 시방 가막소에다가 음식과 솜이불을 넣어 주라고라?

태수　없으면 네 것이라도 넣어 줘!

시종　알겄고마니라, 지가 대신….

태수　대신 뭘?

시종　솔직히 말씀혀서 지가 대신 벌을 받고 싶은 심정이랑께요….

태수　이것이 모두 네놈이 엎질러 놓은 일이 아니더냐?

시종　그것은 맞지만서도 쩌렇게 독할 줄은 몰랐응께 허는 말이지요잉.

태수　밤새 다독거려 맘을 돌리도록 해 보거라.

시종　(태수가 사라지면) 어휴 쩌어걸 그냥 호아악…. 웜메 징헌 거! 완산써 두 저래갖구 쫓겨왔슴서, 아즉 멀었당께…. 우리 태순 아즉 멀었당 께로!

선돌　(다가오며) 뭣이 멀었다굽쇼?

시종　자네, 오늘부터 가막소 당번이던가?

선돌　고맙습니다. (주머니에서 뇌물을 건네며) 저. 이거 얼마 안 되지만….

시종　뭘 이런 것까지…. (아래 위를 훑어보며) 자네 이러구 저러구 찐짜 포졸 다 되았네 그려, 허헛!

선돌　우리 아씬 어떻게 되는 거지요?

시종　들어온 복을 차버렸응께, 요런 사단이사 벌어진 것이 아닌가?

선돌　(안타까운 듯) 홍이 녀석 때문에 애꿏은 우리 아씨만….

시종　그랑께, 나가 뭐라 혔냐? 홍인지 뭔지 그 썩을 놈이 언젠간 큰일 저 지를 것 같다지 않았능가?

선돌　고봉산에 숨어 들었다믄 언제 또 요리로 나타날지 모르겠는 걸요?

시종　그랑께 근무 똑바로 서야제. 고구려 밀정 눔덜 제일 목표가 요 가막 손께 말이시…. 느그 아씨라고 맘대루 봐주다간 낼 아침부로 모가 진께 알아서 혀!

선돌	이렇게 눈을 크게 뜨고, 똑바로 선 채로 옥문을 지키면 되겠지요?
시종	좋지…. 그럼, 느그 아씬지 벱씬질 옥에 가두거라. 그리고 이불도 한 채 넣어 주고…. 그리고 자네 (작은 소리로) 산삼은 아즉 멀었능가?
선돌	쬐끔만 기다리시면 지눔이 봐둔 게 있구먼요?
시종	(좋아서) 산삼은 서리 내리고 나서 캐야 약발이 좋다는 건 알겠제?
선돌	곧 무서리가 내릴 것입니다요.
시종	아따, 씨잘데기 읎이 일을 벌여뿌져, 긁어 부시럼 되는 거 아닌지 모르겠네. 그럼, 난 자네만 믿고 침소로 갈 것이네….
선돌	걱정 마시고 들어가 쉬세요, 나으리!

선돌, 아씨를 부축해 일으켜 옥으로 향한다.

선돌	(안쓰러운 듯) 아씨! 도대체 이게 어찌된 일입니까?
아씨	난 괜찮다….
선돌	면목 없습니다, 아씨!
아씨	그래도 네가 곁에 있으니 다행이로구나. 자, 어서 옥으로 안내하거라, 내 발로 당당히 걸어 들어갈 것이니….

한주, 힘겨운 걸음으로 옥으로 들어간다.
(사이)
시종이 사라지면 감옥 안에 흐릿한 불이 들어온다.

선돌	(안타까워하며) 아씨!
한주	어찌된 영문인 줄은 모르나 너와 묘월이가 밀고했다니….
선돌	아씨, 그게 아닙니다. 모두 나으리께서 꾸민….
한주	나으리라면?
선돌	부관 나으리 말씀입죠….
한주	그자가 그럼 별당을 염탐하였더냐?

선돌 예, 그걸 알면서도 묘월이와 지놈이 아씨한테 기별을 못했구만요.

한주 (원망하듯) 그 대가로 넌 옥문지기가 되었으니 잘된 일이로구나. 그
      리도 관저에 취직하길 바라더니!

선돌 (머리를 긁적이며) 면목 없습니다. 그날 부관 나으리가 어찌나 엄폴 놓
      던지, 최신 정볼 입수했다나요?

한주 (놀라며) 최신 정보?

선돌 홍이가 도주한 걸 누군가 신골 했대요.

한주 어디로 도줄 하는 걸 봤다더냐?

선돌 북강 쪽으로요…. 그래서 고구려 밀정이라고 단정한 모양입니다,
      아씨.

한주 (하늘을 보며) 무사히 북강을 건너 고구려로 돌아가셨겠지?

선돌 아씨, 정말 홍이가, 고구려 태자, 맞습니까?

한주 됐느니라. 그 분이 날 데리러 오신다 했으니 난 그 분을 끝까지 기
      다리다가 죽을 것이니라!

선돌 아씨….

한주 (고개를 끄덕이며) 그 분은 이미 내 마음 속에 계시느니, 너도 이제부
      턴 그 분을 홍이라 부르지 말거라. 고구려의 왕이 되실 태자이시온
      데….

선돌 정말 믿겨지지가 않습니다, 아씨. 어찌 일국의 태자께서 가맛골까
      지 내려와 아씨 댁에서 머슴노릇을 했는지….

한주 (주위를 살피며) 혹시 고봉산에 봉화가 올랐는지 보고 오거라.

선돌 (의아한 듯) 고봉산에요?

한주 너도 처신 잘해야 하느니라. 고봉산에 봉화가 오르면 이 땅은 원래
      대로 고구려로 돌아가는 것이야, 난 고구려의 왕비가 되는 것이
      고….

선돌 (놀라 사방을 살피며) 예? 아씨, 그 말이 참말입니까?

한주 어서 고봉산을 살피고 오너라.

선돌 예.

한주 (창) (일어나 하늘을 보며) 제 아무리 모진 문초도 님이 함께 해 주시니 하나도 괴롭지 않더이다. 봉화가 오르길 기다리며 참아내렵니다…. 님 향한 일편단심 어찌 가실 줄 있으리요!

선돌 (돌아오며) 고봉산은 어둠뿐인뎁쇼, 아씨!

한주 (실의에 차며) 되었느니, 언제고 봉화가 오르면 제일 먼저 나에게 달려와 일러줘야 한다, 알겠지?

선돌 물론입지요. 아씨 댁에 은덕 입은 지가 벌써 몇 해인뎁쇼.

한주 은혜를 악으로 갚는 우매한 사람이 되어선 안 되느니, 너도 묘월이하고 혼살 맺어 행복하게 살아야지….

선돌 내일 모레가 태수 나으리 생신이온데 인근 각처에 사람을 청하여 가맛골 유지들은 물론 강 건너 김포 메줏골이며, 바다 건너 강화 혈구성 태수들이 모두 모인답니다.

한주 백성의 고혈을 빼내어 그런 잔치를 벌인다 하니 참으로 한심한 작태로고.

선돌 (조심스럽게) 그것보다 아씨께서 모레까지 태수 나으리의 청혼을 거절하신다면 많은 사람들 앞에서 고구려 첩잘 도왔다는 죄목으로 처형하리란 소문이 파다합니다. (애원하듯) 아씨! 그러니 그만 고집하시고 우선 살아날 방돌 찾으심이….

한주 (코웃음 치며) 죽일 테면 죽이라지. 난 그렇게 허망하게 죽진 않아!

선돌 태수 나으린 성격이 불같습니다. 한다면 하는 사람이래요.

한주 내일 모레라? (불안해지며) 내일 모레…. (혼미해지듯) 선돌아 혹여, 내가 죽더라도 우리 집은 네가 돌봐야 하느니…. (울먹이며) 병드신 아버님과 유약하신 우리 어머님을 어이 할꼬…. 어이 할꼬….

선돌 (울먹이며) 아씨, 제발 먼저 살 길을 찾은 연후에 아씨께서 기다리는 그 분을 맞이하심이….

한주 (결연히) 님 향한 일편단심을 어찌 꺾을 수 있다더냐! 그건 안 될 말이야! 선돌아 너 피리소리 좀 들려주련?

선돌　여기서요?

한주　밤이 깊었는데 무슨 일이야 있을려구. 어디 그 가락 좀 들어보자꾸나. 별당에 기거할 때 네가 불어주는 피리소리에 밤늦도록 그 분과 깊고 깊은 정분을 쌓았는 데….

선돌, 괴춤에서 피리를 꺼내 불기 시작한다. 한주, 감격한 듯 그 소리에 하늘을 향해 합장을 한다. 무대 암전된다.

제 9 경

고구려 병사들의 전초 진지이다. 간간이 파도소리가 들려온다.
안장왕과 을밀장군, 좌우 비장들이 도열해 있다.

대왕　(흡족한 듯) 모두 훌륭한 장수들이오, 그곳은 물때를 잘 조절하면 소수의 해병력으로 기습 공격하긴 매우 훌륭한 곳입니다.

을밀　결단코 아리수 이북의 고구려 땅을 되찾고, 낭잘 뫼셔 오겠나이다, 대왕폐하!

대왕　이를 말이오, 을밀장군. 해병특공대가 출병한다고요?

을밀　수륙작전을 펼칠 막강한 전투력을 가진 정예의 병사들로만 뽑았나이다.

대왕　잘 하시었소. 모두들 수고스럽겠지만 잃어버린 우리의 영토를 되찾겠단 신념으로 잘 싸워주길 바라오!

을밀　명심하겠나이다, 대왕폐하!

대왕　이번 일이 잘 되면 장군과 안학공주의 혼례를 성대하게 치룰 것이오.

을밀　황공하여이다, 대왕폐하.

대왕 가맛골에 불길한 소식이 들어왔소.

을밀 무슨 불길한 징조라도?

대왕 낭자가 옥에 갇혀 모진 문초를 당하고 있다는 것이오. 아마 곧 택일 하여 처형한다 하니 한시바삐 떠나줘야 할 것이오!

을밀 벌써 수륙군은 장단에 닿아있고 혈구성에 새벽이면 도착될 것이니 염려하지 마시오소서. 후발 부대는 북강을 건너기만 하면 곧바로 봉화를 올리고 작전을 펼칠 것이오니 이번 기습작전은 불과 하루 밤낮으로 끝낼 수 있사옵니다.

대왕 그렇다면 다행이오. 낭자가 걱정되어 어젯밤 한숨도 눈을 붙이질 못 하였소. 다치지 말았어야 할 텐데…. 그 가냘픈 몸으로 어찌 무지막지한 백제 태수의 문출 견디었을꼬? 님 향한 일편단심이야 가실 줄 있으랴. 님 향한 일편단심이야 가실 줄 있으랴… 이렇게 읊조리며 나를 기다리고 있다질 않소!

을밀 폐하께옵서 그리 안타까워 하오시니, 소장 한시도 지체할 수가 없사옵니다. 우선 낭자부터 구해내야겠습니다.

대왕 고맙소, 을밀장군!

을밀 그러하오면 소장은 이 길로 떠나겠사옵니다. 대왕폐하께선 육로를 따라 북강나루를 건너시오소서!

대왕 알겠소. 부디, 낭잘 고이 모셔 오길 기다리겠소, 을밀장군!

을밀과 좌우 비장 읍하고 사라진다.

무대, 잠시 암전된다.

파도소리와 함께 무대, 밝아지면 중앙상단에 장대(將臺)가 세워져 있다.

좌우 비장에게 지도를 펼쳐놓고 작전명령을 하는 을밀장군.

을밀 내일이 가맛골 태수의 생일이요. 인근 각처에서 사람이 관저로 몰려들면 왼종일 술을 마시고 가무를 즐길 것이니, 그때를 틈타, 파장에 술 취한 태수를 처단하고 낭잘 구출할 것이오.

좌장 하오나 고구려 군사의 복장으로 어찌 관저로 잠입할 수 있겠습니까, 장군?

우장 염려 마시오, 좌장. 이미 풍악을 잘하는 병사와 단검 잘 쓰는 병사에게 백제 광대꾼들의 복장을 준비해 두었소.

좌장 광대들로 변장시키란 말씀이십니까?

을밀 먼저 상인과 광대 패거리로 위장하여 관저 안에 들어가 태수를 안심시키고 상황에 따라 피리소리가 들려오면 우선 서너 명이서 태수를 처단하고, 백제군이 혼비백산하여 흩어질 때, 고봉산 일대에 매복했던 주력부대와 합세하여 저들을 아리수 강변으로 내몰아칠 것이오!

좌장 (감복하며) 훌륭한 기습작전입니다, 장군!

을밀 다시 한 번 강조하는데 작전개시의 신호는 피리소리요!

우장 태수의 처치는 제가 맡겠습니다.

을밀 좋도록 하시오. 물때가 되면 북을 쳐서 알릴 테니 각자 돌아가 병사들에게 최후의 일전을 독려하시오!

좌우 비장이 읍하고 사라지면 파도소리와 함께 조명이 을밀에게만 남는다.

을밀 (독백조) 사랑하는 안학공주. 드디어 우리 사랑이 결실을 맺게 되려는 순간이 오고야 말았소! 이 한 몸 그대를 위해, 고구럴 위해, 대왕 폐하를 위해 초개와 같이 버릴지라도, 부디 우리 사랑 영원하길 바라오! 기다려 주시오 공주!

조명이 사라진다. 파도소리가 엄습해 온다.

제 10 경

가맛골 태수의 관저 앞이다. 한주가 태수의 문초를 받고 있다.
선돌이 창을 들고 뒤에서 지켜보고 있다.

태수 (다가오며) 낭자, 어젠 너무 고통이 컸겠소. 그래 밤사이 마음을 돌리
      셨는가?

한주 (쏘아보며) 님 향한 일편단심 어찌 가실 줄 있으오리까!

태수 (놀란 듯) 또 저놈의 소리…. 하지만 기회는 오늘뿐이라네, 내일이면
      수많은 사람이 이 자리에 모일 것이고, 그 자리에서 반역자의 최후
      가 얼마나 참혹한 것인지를 몸소 보여줘야 할 것이네…. 어서 마음
      을 돌리시게. 나와 혼인만 하면 아무 일 없던 것으로 돌아갈 터인
      데…. 오지도, 보이지도 않는 님 타령만 계속하니, 이 얼마나 무모
      한 짓이오!

한주 소녀 죽을 만한 죄를 지은 적도 없으며, 또한 약조한 인연 있어 기
      다려 달라는데 그걸 참지 못하여 이렇듯 문촐 하시니 힘없는 백성
      이 누굴 원망하리요. 부디 이 한 몸 죽더라도 우리 아버님과 어머니
      만큼은 욕보이지 마소서!

태수 (감격하며) 저것 보시오, 저런 훌륭한 효심이 있다니! 얼굴만 절세미
      인이 아니라 마음까지 티없이 맑질 않은가!

시종 (아부하듯) 오늘 문초는 그만 하시옵고 살살 달래보심이 어떨런지요?

태수 열 번 찍어 안 넘어가는 나무 없다는데…, 그게 좋을 듯하구나.

시종 낭자, 잘 생각하셔야 한당께요. 낭잔 물론이고 한 장자 어른을 비롯
      하여 댁의 모든 사람 생명이 낭자의 결단 여하에 달려있응께로….

한주 어찌 죄 없는 우리 가족과 식솔들마저 위협하는 것이오?

태수 (몸을 꼬며) 하이고, 귀여운 것. 저렇게 앙탈부릴 땐 너무 예쁜 거 있
      지?

시종   쪼께 더 할깝쇼, 나으리?

태수   그래, 그래 그 앙탈하는 모습 보기만 해도 기분이 좋도다.

한주   나으리 제발 이 한 목숨 죽는 것은 두렵지 않사오나, 병환 중이신
      우리 아버님은 백제를 위해, 가맛골을 위해, 평생을 일하셨고 하나
      뿐인 아들을 고구려에 잃은 불쌍한 우리 아버님이시옵니다!

태수   (단호하게) 고구려 밀정과 내통한 반역죄를 시인하던지 아니면 나와
      혼인할 것인가만을 대답하라!

시종   (따라 하며) 대답하랍신다?

한주   제 마음 변할 길은 아리수가 거꾸로 흐른다 해도 불가한 것이며 고
      구려 밀정과 내통했단 죄는 있을 수 없는 모략이며 밀계이옵니다.

시종   (답답한 듯 발을 구르며) 웜메, 환장허겄네. 나가 그날 밤새 별당에서 다
      들어뿌렸는디 시방 와서 뭔 소릴 한당가?

태수   묘월이란 계집종도 이미 실토하였는데, 그래도 아니라? 잘못 들었
      을 것이라?

시종   잠잠히 일 잘하던 홍이란 꼴배머슴이 별당 출입을 자주 하였으며
      야심한 시각에 정원에 앉아 노닐다가 날이 추워지니깐 방안으로
      들어가 뭘 혔는질, 나가 이 입으루다가 꼭이사 말을 혀야 쓰겄는가?

한주   그렇게 마음대로 상상하여 소녀 반역죄로 몰아부치지 마옵소서.
      그건 홍이가 너무 가여운 처지라서, 먹을 것도 챙겨주고, 과실을 따
      오면 소저에게 가져다주어 같이 먹으며 환담을 나눈 것 외에는 아
      무 일도 없었습니다.

태수   (노기를 더하며) 점점 가관이로구나. 그렇다면 네가 학수고대하는 님
      이 뉘란 말이더냐?

한주   그 분은 이미 소저의 마음 속에 있사옵니다.

태수   (답답한 듯) 허이고 답답한 거…. 어찌 마음 속에 그리는 님을 두고 생
      목숨을 건단 말이더냐? 아니 될 일이로다. 오늘은 나도 결단을 내려
      야 할 터이니 병사들을 가맛골로 보내 그 집 식솔 모두를 오랏줄로

꽁꽁 묶어 끌고 오라 이르라!

선돌   (머뭇거리며) 아씨…. 맘을 고쳐 잡수세요, 어찌 병환중인 대감어르신을 오랏줄로…. 묘월이와 판돌넨, 또 무슨 죄가 있기에….

태수   (악을 쓰며) 어서 끌고 오너라!

시종   끌고 오랍신다!

태수   (다른 포졸들에게) 형틀을 가져오너라. 오늘은 내 직접 문출 할 테다.

시종   나으리께서 직접?

태수   나도 이제 싫어졌다. 더러운 것, 어떤 놈과 정분이 나, 이제 정신까지 돌아가지구선, 제 정신이 아니야, 제정신이!

한주   아니어요, 정신이 돌다니요.

태수   (독이 올라) 잠자코 있거라. 아주 빨갤 벗겨 가랑일 찢어 놓기 전에!

시종   (찡그리며) 웜메, 나으리께서 저렇게 역정을 내시니, 낭잔 이자 죽었소. 죽었당께!

포졸들 형틀을 대령한다. 한주를 형틀에 강제로 포박한다.
형틀은 주리를 틀 수 있는 의자다. 옆에 서 있던 포졸이 가랑이에 막대기 끼운다. 태수가 직접 치마를 들춰 막대기를 깊이 꽂는다. 한주의 하얀 속살을 본 태수가 수심(獸心)으로 돌변하여 정신을 못 차린다. 한주, 눈을 감고 미동도 없다. 재차 들여다보는 태수의 표정이 일그러지기 시작한다.

시종   (민망한 듯 태수의 허리를 찌르며) 나으리….

태수   (정신을 차리며) 흐음, 뭣들 하느냐, 주릴 틀지 않고?

시종   (태수를 따라 기웃거리다가) 어서 틀랍신다!

포졸들이 막대기를 젖혀 힘을 가하면 찢어지는 한주의 비명.
무대 어두워지고 문초는 계속된다. 고통을 참느라 한주의 몰골이 말이 아니다.

태수   그래도 이실직고할 수 없더냐. 네 맘 속에 얼마나 잘 나고 멋진 녀석이 들어 앉았았길래 그리 표독스럽게 고집을 꺾지 않느냐 말이다. 괘씸한 것 같으니….

한주   (창) (죽어 가는 목소리로) 이 몸이 죽고 죽어, 일백 번 고쳐 죽어, 백골이 진토 되어 넋이라도 있고 없고, 님 향한 일편단심이야 가실 줄 있으리요!

시종   (펄쩍 뛰며) 하이고 찡헌 거…. 또 그 타령일쎄.

태수   (참을 수 없는 듯) 자넨 어쩔 수 없는 천하 미물이로고. 여봐라, 할 수 없구나. 내일 여러 사람 앞에서 처형할 것이니, 그리 알고 준비하도록 하라. 마지막 가는 저승길이니, 저 더러운 옷을 벗기고 깨끗이 하여 최후를 기다리도록 할 것이니라. 그것으로 내 조금이나마 네 년에게 두었던 정한에 보답하는 것인 줄이나 알거라. 흠, 고이연 것….

태수, 화가 나서 돌아간다. 시종 종종걸음으로 따라간다.
조명이 한주에게 남아 있다.

한주   (흐느끼며).아버님 불초여식을 용서하소서!

어디선가 피리소리가 들려 온다. 그 소리에 맞춰 흥얼거리는 일편단심가.

(창) 이 몸이 죽고 죽어 일백 번 고쳐 죽어, 백골이 진토 되어 넋이라도 있고 없고, 님 향한 일편단심이야 가실 줄 있으리요. (반복)

무대 애끓는 한주의 소리를 남긴 채 암전된다.

제 11 경

그날, 늦은 밤이다. 감옥 앞. 포졸이 감시를 하고 있다.

선돌이 나오며 근무교대를 하고 있다.
선돌이 손짓을 하면 마님과 묘월이 다가온다.

마님   (울며) 아이고 이것아, 이게 웬 말이냐?

한주   죄송해요, 어머니!

묘월   아…씨!

마님   우린 망했다. 느이 아버지 돌아가시게 생겼다. 놈들이 얼마나 심하
       게 문출 하던지…, 성한 사람도 그렇게는 못할 텐데….

한주   어머니!

묘월   (울며) 아씨, 대감마님 살리시려면 어서 맘을 고쳐 잡수세요!

마님   오늘이 바로 태수 나으리 생일인데 널 여러 손님들 앞에서 반역죄
       인으로 몰아 죽인다지 뭐냐. 이 어미가 그 참담한 꼴을 지켜봐야만
       하겠니?

묘월   (울며) 아…씨!

한주   하오나 제 마음은 누구도 바꾸지 못할 것이어요!

마님   에미, 아비가 죽는다 해도?

한주   (흐느끼며) 불초여식을 용서하세요, 어머니….

마님   (침을 삼키며 흥분을 자제한다) 좋다, 이 에민 늙어 살날도 얼마 안 남았
       고, 애빈 늙고 병들어 오늘내일하는 판에 무슨 욕심이 있겠냐만서
       도 넌 그게 아니잖니?

한주   이승에서 인연이 안 닿아, 그 분을 못 만나면, 저승에 가서라도 만
       나야지요!

마님   저런, 저런…. 어쩌다 우리 딸이 저렇게 실성까지 했노? 그래, 미쳤
       다고 생각하고 미친 척이나 해라. 그러면 혹 병이 나을 때까지라도
       살려줄지도 모르니 깔깔대고 웃고 춤을 덩실덩실 춰라. 태수 나으
       리한테 안겨보기도 하고…, 응? 넌 미친 거야, 알겠어? 그래야 살아
       남을 수 있단 말이다, 이 야박한 것아!

한주　(정색을 하며) 저도 살고 싶어요.

마님　옳지, 암, 그래야지!

한주　하오나….

묘월　(발을 구르며) 뭐가 또 하오나여요, 아씨!

한주　(눈치를 살피며) 선돌아, 어서 고봉산을 살펴보고 오너라!

선돌　(마지못해) 예, 아씨!

묘월　고봉산은 왜요?

한주　아니다….

묘월　나으리한테 고자질할까 봐요?

한주　네가 고자질 안한 거 내가 다 알고 있단다. 모두가 태수와 부관이 서로 짜고 만들어낸 계략일 뿐이다. 강제로라도 나를 아내로 삼으려는 것이 첫째 목적일 터이고 사람들에게 반역죄가 얼마나 무서운 형벌을 받는 것인지를 시범적으로 보여주어 가맛골을 송두리째 자기 권력 안에 쏟아 넣을 심산인 것이야. 그리고 우리 재산을 압몰하여 자기 것으로 만들려는 얄팍한 속셈을 어찌 내가 모를 손가!

마님　그래도 그렇지 이것아, 사람이 죽고 나서 천하를 얻은들 무슨 소용이 있다고 이러는 것이야?

선돌　(급히 돌아오며) 아씨!

한주　어떠하더냐?

선돌　보, 봉홧불이 올랐습니다요.

한주　(숨을 몰아쉬며 독백으로) 님 향한 일편단심이야 가실 줄 있으리요….

마님　그게 무슨 소리냐, 이 밤에 웬 봉화가?

한주　오셨나 봐요!

묘월　누가요?

마님　그렇다면 고구려의 태자가?

한주　내일이면 당도할 것이니 마음 놓고 돌아가셔요, 어머니.

선돌　(고갤 저으며) 그게 뭔 소립니까요, 아씨?

한주　그래 너는 내일 잔치 때 가능하면 음식을 천천히 나르고 시간을 끌어야 한다, 알겠니?

선돌　그야 그렇게 하면 될 것이지만서도 아씬 아침에 참수하려고 벌써 준빌 다 해놨는뎁쇼?

마님　(자지러질 듯) 뭐야? 참수라면? 정작으로 우리 딸의 목을 벨 작정이란 말이더냐? 안 된다, 안 돼. 차라리 내 목을 치라고 해라!

선돌　마님!

마님　그러니 내일 아침부터 미친 척하고 웃어야 하느니라. 시간을 끌자면 태수에게 술도 따르고!

선돌　저도 아씨를 위해 아무 일이든 할 거구먼요.

묘월　선돌아, 그래 줘. 준비해놨다던 참수 도굴 감춰.

선돌　알았어. 그러니 이제 저쪽으로 가, 여긴 위험하다구!

마님　(눈물을 흘리며) 이런 기막힌 노릇이 또 어디 있단 말인가!

한주　어서 돌아가세요. 봉화가 올랐으니 내일이면 무슨 기별이라도 있을 것이어요, 어머니.

마님　그래 이렇게 살벌한 가막소 안에서 잠인들 제대로 잘 수 있겠니? 어이구 가엾은 것, 하이고…. 하늘도 무심하시지 어찌 저런 착한 아이에게 어째서 이렇듯 무서운 형벌을 지우시는 것인지 원, 하이고.

묘월　아씨, 마님 모시고 갈 터이니 제발 마님 시키신 대로 실성한 척하셔야 해요, 아셨죠?

한주　너무 걱정 말거라!

마님과 묘월이 사라진다.

선돌의 피리소리가 들려오고 또 다시 읊조리는 한주의 일편단심가.

무대 서서히 암전된다.

제 12 경

다음 날, 오전이다.

관저에는 태수의 생일잔치가 벌어지고 있다.

단위에는 가맛골 태수를 중심으로 좌우에 김포 메줏골 태수, 강화 혈구성 태수가 나란히 기녀를 끼고 앉아 술을 마시며 무희의 춤을 보고 있다.

그 단 아래 하얀 치마저고릴 입고 무릎을 꿇은 채 앉아 골똘히 상념에 젖어 있는 한주의 모습이 보인다.

구경꾼과 연회 참석자들은 무대 중앙 좌우에 자리하고 있다.

창을 들고 한주를 지키는 선돌의 눈매가 무섭게 빛난다.

태수   (술을 권하며) 이거 원로에 고맙습니다.

태수2 이곳도 금년엔 풍년이더군요.

태수   메줏골처럼 큰 뜰은 아니지만 꽤 추술 했지요, 핫하하….

태수3 혈구성엔 어디 농토가 얼마나 되야지요. 금년에도 가맛골과 메줏골 신셀 좀 져야 할까 봅니다.

태수2 물론 말씀만 하세요, 얼마든지 보내 드릴 테니…. 그 대신 그곳 특산품은 서운찮게 보내주실 거지요?

태수3 그야 여부가 있겠습니까?

태수   서로 돕고 사는 우리 백제 사람들은 언제나 이렇듯 기백이 살아 요동을 친다니까요, 안 그렇습니까? 핫하하…. 여봐라, 오늘같이 즐거운 날에 뭣들 하고 있느냐? 실컷 마시고 취해서 질탕하게 한 번 놀아보자꾸나!

태수3 어서 풍악을 울려라!

사람들, 어우러져 춤을 추며 놀아난다.

한주의 표정이 점점 굳어진다.

한바탕 덩실거리며 춤판이 시들해지면 태수가 좌정을 한다.

태수   (손을 내저으며) 자, 자, 조용히들 하시오. 오늘은 한없이 기쁜 날이지만 전부터 미뤄오던 반역죄인을 처단해야겠소이다! 죄인은 다름 아닌 저 아래 앉아있는 가맛골 한 장자의 여식인데 저 자가 고구려의 밀정과 은밀히 내통하여 가맛골의 정세를 낱낱이 일러주고 마침내 그 밀정을 달아나게 도와준 반역죄를 지었소. 그러므로 오늘 여러 증인이 보는 앞에서 결판을 내리고 처형할 방침이요.

태수2   잠깐, 저토록 아름다운 낭자가 그리도 무거운 대역죄를 지었다니 믿어지지가 않습니다.

태수3   본인의 식견으로도 그러하외다?

태수   (언짢은 듯) 허어…. 이거 왜들 이러십니까? 가맛골에는 이미 오래 전부터 고구려 첩자들이 들락거리며 호시탐탐 침략의 기회를 엿보고 있다는 것을 모르시고 하시는 말씀입니다. 적과 내통한 죄인의 말로가 어떤 것인질, 여러 백성 앞에 보여드리겠소이다!

태수3   이 연회장에서 저토록 아름답고 유약한 여인을 참수하려 한단 말이요?

태수2   (동조하며) 그건 혈구성 태수의 말이 옳습니다.

태수   (거리낌 없이) 여봐라 부관!

시종   (넘어질 듯 달려오며) 예, 나으리!

태수   준비되었느냐?

시종   (중심을 잃은 듯) 하이고 요걸 워쩔거나. 저, 나으리 고것이 읎사져뿌렀는뎁쇼?

태수   그게 무슨 소리더냐?

시종   아, 고것이 말입니다요?

태수   이런 답답한지고. 그래 무엇이 없어졌단 말이더냐?

시종   형틀과 어제 밤새 칼날을 세워둔 청룡도 말입니다요.

태수   뭐야? 아니 그것이 어딜 갔단 말인가?

시종   (발을 구르며) 지가 금세 찾아볼 것인게 쪼께만 더 기다리심이….

태수	그럴 필요 없다. (안으로 뛰어 들어가 장검을 가져 나오며) 여기 내 검으로 참할 것이니라.
태수2	허허, 이거 술맛 잡치게 무슨 짓이오?
태수3	참술 하더라도 더 여흥이 무르익은 연후에 그냥 술김에 참하는 것이 좋을 듯싶소이다, 가맛골 태수?
시종	(떨며) 나, 나으리. 쪼께 고정허시고 다른 나으리덜 말씸대루 허심이?
태수	(고개를 끄덕이며) 음…. 그렇다면 저 해가 중천을 넘어설 때까지 연기토록 할 것이오. 그때까진 누구나 즐겁게 마시고 노래하고 춤을 추어도 좋을 것이오!
태수3	(웃으며) 잘 하시었소. 아직 술이 덜 올랐는데, 가녀린 여자의 피를 본대서야, 어디 술맛이 나겠소이까?
태수2	(흥미로운 듯) 본관이 직접 심문을 해 봐도 되겠소이까?
태수	도시 말이 안 통하는 년이요!
태수2	(얼굴을 들이밀며 닿을 듯이) 낭자가 정말 대역죄를 지었는가?
한주	(노려보다 침을 뱉는다) 이 더러운 놈들! (미친 듯이 웃는다)
태수	(웃으며) 저것이 필경 실성한 척하는 것이로고.
태수2	(얼굴에 묻은 침을 천천히 닦으며) 허어, 이거 아리따운 낭자의 침이라 그런지 침에서도 향기가 나는 듯하구려, 헛허허.
태수	(노기를 더하며) 저런 발칙한 년!
태수2	(돌아오며) 흥분하지 마십시다. 기왕지사 해가 중천에 오려면 아직 멀었으니 두고 보십시다, 그려!

이때 한 패의 놀이 광대들이 풍악을 울리며 들어선다.

을밀	태수 나으리, 만수무강을 감축하나이다!
태수	고맙소, 그런데 당신들은?

을밀   마침 아리수를 건너오는데 오늘이 태수 나으리의 생신잔치가 있다 하여 왼 고을 전체가 하객으로 들떠 있사옵기에 기왕지사 동네에는 구경꾼도 모이질 않고 해서….

태수   (흐뭇해 하며) 그래? 그것 참 잘된 일이로다. 그렇잖아도 풍악이 약하던 차인데 마침 잘들 오시었소. 어서 푸짐히 먹고 풍악이나 울려주시오!

을밀   (신이 나서) 애들아 뭘 하느냐, 어서 풍악을 울리잖고?

광대패들이 풍악을 울리면 덩실덩실 춤을 추는 기녀들과 태수들….
그러나 한주의 눈매는 떨리며 바짝 긴장해 있다.

을밀   자, 자 그만. (해를 보며) 나으리 이거 해가 중천 가까이 오니 출출한 뎁쇼?

태수   그래 그래, 어서 배불리 먹도록 하여라!

을밀   (한주를 가리키며) 나으리, 헌데 저기 저 규수는 어찌 오만상을 찌푸리고 왜 저리 혼자 앉았는지요?

태수   아, 그런 이유가 있는 여인이로고….

을밀   아, 그래도 그렇지. 오늘같이 기쁜 날 태수 나으리하고 춤이라도 춰야지, 안 그렇습니까요?

태수   네가 저 여인을 달래서 춤을 출 수가 있겠느냐?

을밀   (반기며) 정말입니깝쇼, 나으리?

태수   잠시 후 참형을 당할 운명이니 어디 마지막 저승길이나마 달래 줘 보거라!

을밀   (놀라 고개를 저으며) 예? 차, 참형을 당한다굽쇼?

시종   아따, 뭔 놈에 사설이 쩌리 길당가, 퍼뜩 춤이나 춰보드랑께?

을밀   (술을 급히 마시며) 좋습니다, 지가 한 번 얼려 봅지요. 야, 이 사람덜아 그만 먹고 풍악이나 울려. 내가 저 낭잘 한 번 얼려볼 참이니께, 혜헤헤….

풍악이 울린다. 기녀들 태수에게 억지 술을 권한다. 이미 태수는 취해 있다.
을밀이 한주를 희롱하며 태수의 비위를 맞춘다.

을밀   하이고 이 섬섬옥수 좀 보세요, 어찌 이리 예쁜 손이 있는지…. (손
        을 잡아끌며) 자, 일어나 태수 나으리께 가서 술 한 잔 따르시지요, 낭
        자…. 말을 안 들으면 강제로 하는 수밖엔 별 도리가 있겠습니까요?

을밀이 한주를 어깨에 둘러메고 덩실덩실 춤을 춘다.

을밀   나으리 보시기 어떻습니까요?
태수   (박수를 치며) 그래, 잘 한다, 잘해!

이때 어디에선가 들려오는 피리소리 일순에 풍악이 멈추며 각자 단검을 꺼내
들고 단상 위로 뛰쳐 올라가 태수들을 찌른다.

소리   가맛골 태수는 내 칼을 받어라, 메줏골 태수는 내 칼을 받어라!
선돌   (서 있던 자리에서 단위로 뛰어오르며) 혈구성 태수는 내 창을 받어라!

일순간에 아수라장이 된 관저에 포졸들과 유격전을 벌이는 광대패들….
비명소리가 가득하고 여기저기 넘어져 딩구는 백제의 포졸들….
선돌의 갑작스런 돌변 행위에 놀라는 사람들.
이때 다시 한주를 안고 들어서는 을밀장군.
병사들의 환호성과 말발굽소리가 요란하게 들려온다.
잠시 후 혼란이 어느 정도 수습되면 안장왕이 병사들에 에워싸인 채 다가온
다.

대왕   (달려가 안으며) 낭자!

한주   (안기며) 정말 오셨군요, 저하!

을밀   지금은 저하가 아니옵고, 안장대왕이십니다!

한주   (감격하여 눈물을 흘리며) 대왕마마!

대왕   그 동안 얼마나 고초가 심하셨소, 낭자?

마님   (뒤뚱거리며 뛰어오며) 하이고 이것이 꿈이여 생시여?

대왕   장모, 그 동안 안녕하시었습니까?

마님   (부들부들 떨며) 아니 이것이 뉘시여?

선돌   (다가오며) 대왕마마 왕위 승통을 감축하옵니다.

대왕   (반가이 맞으며) 오호, 선돌, 자네가 오늘 작전의 수훈갑일세, 그 동안
       머슴 노릇하느라 얼마나 고생이 많았나?

묘월   (입을 막으며) 서, 선돌이도 그럼?

선돌   묘월아, 대왕폐하이시다!

묘월   (벌벌 떨며) …….

대왕   묘월이도 아씨 모시느라 고생이 많았느니라!

을밀   자, 여러분. 이 기세를 몰아 저 아리수 건너편까지 백제군을 모조리
       몰아냅시다!

대왕   (호탕하게) 참으로 기쁘도다! 내 사모하던 낭잘 구했고 또한 옛 고구
       려 땅인 가맛골을 마침내 되찾게 되었소이다!

사람들, '안장대왕만세' '고구려 만세'를 외치며 뛰쳐나간다.

사람들 빠져나가면 안장왕과 한주, 해후를 즐기는 가운데 주제음악이 은은하
게 흐른다.

〈막〉

제국의 꿈

때 : 서기 1600년대에서 1641년
    광해군의 생애 전반과 부분적으로는 현대
곳 : 궁궐 안과 유배지

· 나오는 사람들 ·

광해군 · 이이첨
작가 · 김상궁
유희분 · 영의정
우의정 · 이괄
이귀 · 김유
능양군 · 대신
임해군 · 이홍립
도사 · 궁녀들
병사 · 작가의 부인
선전관 · 무용수

· 무대 ·

중심 무대는 궁궐의 내부이다. 기둥과 창호를 설치하고 원색의 천을 요소요소에 늘어뜨린다. 상·하수에 단을 설치하여 내전과 상궁의 방으로 사용한다. 주 무대는 중앙 하단으로 여기서 거의 모든 극이 진행된다. 극장주의적 무대미술을 회피해야 하며 어느 정도 사실성을 부여하면서도 상징적 요소를 접목시켜 진행되어야 한다. 그 외의 대·소도구도 장면마다 적절히 배치한다. 배우의 의상은 사극이므로 가능한 조선시대의 복색을 갖추는 것이 극의 이해에 도움이 될 것이다. 작가의 의상은 현실에서는 현대적이어야 하며 극중에서는 등장인물과 비교되는 복색을 갖추는 것이 효과적이다. 이상과 같은 무대의 제반 조건들을 대폭 상징화하여 극중 인물과 전체적인 무대를 현대화시켜 패러디하는 것도 무방하다.

연출자에게…

이 연극은 관객에게 잘 알려진 광해군의 일대기를 소재로 역사극을 재현하며 그 안에 광해군의 진면목을 찾아낼 수 있도록 유도하고 관객이 무대와 일정 거리를 두고 세심히 관찰할 수 있게 한다. 마지막 장에서 광해군에 대한 논리적 비평을 추론할 수 있도록 해야 한다. 작가가 광해군 시대의 정치상황을 꿈을 통해 반추하고 새롭게 해석을 시도하므로 극적인 드라마보다는 서사적인 드라마 트루기를 지향하고 있다. 각 장마다 부제를 붙여 C/G로 보여줌으로써 관객의 이해를 돕는다. 마지막 장을 빼고 작가는 해설자의 기능을 가지고 분신으로 배역에 참여하여 방백으로 역할을 수행하는데 이것은 관객들의 고정된 일루션을 깨뜨리고 냉철함을 자극시켜 줘야하기 때문이다. 관객으로 하여금 인조반정의 허와 실을 판단하도록 유도한다.

서막 (환상의 춤)

어둠 속에서 들려오는 단말마의 비명, 사이를 두고 다시 여자의 비명, 그 비명 위로 두 개의 스포트 핀이 떨어진다. 참혹한 중죄인의 모습이 상·하수에 잠깐 나타났다 사라진다.

관객들은 이 죄인이 누구인지 알 수 없다. 조선왕조실록 드라마의 한 부분으로 판단하도록 한다.

소리　(여) 어서 날 죽여라, 고연 놈들아!

소리　(남) 천하에 무도한 놈들아, 어찌 하늘같은 군왕을…. (억울한 듯 오열하며) 이건 반역이며 패륜이다, 그리고도 이 나라 종묘사직을 위함이라 할 수 있단 말이더냐!

어둠과 밝음이 교차한 후 주제 음악이 무겁게 밀려오면 사람들 서서히 무용이 시작된다. 명나라에 대한 선조대의 사대주의로 피폐해진 사회상이 표현된다. 분노한 민중들이 하나 둘, 거리로 뛰쳐나와 바람에 밀려가듯 어디론지 보이지 않는 근원을 향해 휘말려가고 있다. 권력을 상징하는 정치지도자들의 망령된 위엄과 그들을 증오하는 민중의 도도한 움직임이 큰 대비를 이루며 두 계층이 상반된 목표를 향해 움직이고 있다. 집권 세력은 자신의 야욕과 부귀를 쫓아가고, 민중은 고난을 몸에 안은 채, 언제 어떻게 될지도 모를 운명의 힘에 이끌려 간다. 불길함이 엄습해 오면, 두 무리는 어디론지 자취도 없이 사라져 버린다. 현실과 이상의 대비가 확연할수록 민중들은 집권세력의 힘에 눌려 그들의 방패막이가 되어준다.

그 세력은 자신의 세도를 지키기 위해 다수의 민중을 탄압하고 처치하기도 한다. 때로는 민중을 계몽하여 단합을 유도해 간다. 그러나 민중은 여전히 역사 앞에 기득권을 상실한 채 부초처럼 떠돌며 자신의 초라한 존재를 인식하지 못한다. 그들은 격랑의 세월을 꿈에 젖어 하늘만 바라보며 지도자들의 계략에 따라 한 시대를 무리지어 살아가고 있다. 그러다가 그들이 바라던 위대한 지도자가 나타나 거대한 포효로 민중의 고뇌를 끌어안는다. 무엇인가 밝은

빛에 선도되어 민중의 자유와 평화와 안식의 시대가 도래하고 있음을 느낄 수 있게 된다. 그것은 거대한 제국주의의 꿈으로 형상화된 광해의 통치 이념이며 정신이자 조선 민중의 꿈인 것이다.

무용의 주제는 군주가 바뀔 때마다 이 땅 위에 반복되는 정치 파벌세력들 간의 피비린내 나는 암투, 그들의 불타는 야욕으로 인해 무모하게 희생당해야 하는 민중들의 진정한 존재의 가치는 어디에 있는 것인가이다. 이상의 내용을 표현할 수 있는 적절한 음악과 안무가 필요하다.

(서막의 춤은 관객들과 일정한 거리를 유지시켜 주고 극의 주제를 제시해 주는 역할을 하기 때문에 오페라에서의 오버튜어 기능을 전제하고 있다. 이 부분은 관객의 일루션을 제한하려는 의도에서 진행되므로 연출의도에 따라 생략할 수도 있다.)

제1장. 광해군 일기를 읽다

부제가 C/G 그래픽으로 지나간다.
작가의 방이다.
주제음악이 가볍게 흐르며 무대 하수에 스포트 핀이 떨어진다.
작가가 컴퓨터를 켜놓은 채 책상 위에 잠들어 있다.
작가와 모니터의 화면은 사선으로 객석에서 볼 수 있어야 한다.
이어서 들려오는 전화 자동응답기의 소리.

남자 (소리) 김 작가, 대체 어찌된 일이에요. 이거 원, 대본이 나와야 촬영 스케줄을 잡을 거 아니요. 위에선 지금 난리법석입니다. 도대체 작 갈 어떻게 섭외했길래 이 모양이냐고 말입니다. 제발 이 사람 모가 지에 서슬 퍼런 청룡도 좀 들이대지 말아줘요. 요즘 꿈자리가 사나 워 잠을 못자요, 우리 애들 아직 대학도 졸업 못했단 말입니다!

여자 (소리) 김 작가님, 축하해요! 이번에 티삐 사극을 맡으셨다구요. 고

중 필요하면 우리 역사연구소로 연락 바래요. 조선왕조 시리즈를 대중오락물로 끌고 가시다간 지난번 작가처럼 도중하차하고 말 거에요. 요즘 우리 국민의 역사의식이 옛날과 같지 않다는 걸 유념하셔야 해요!

이때 부인이 커피를 들고 다가온다. 잠든 작가를 물끄러미 바라보다 안 됐다는 듯이 잔을 놓고 스웨터를 벗어 작가의 등을 덮어준다. 컴퓨터를 무서워하며 키보드를 조심스럽게 만져보지만 제대로 작동이 되질 않는다. 한동안 망설이다가 모니터의 메인 코드를 뽑으면 동시에 무대 암전된다.
이어서 스니크 인으로 살아나는 궁중음악.
작가, 집필 중에 몽롱한 꿈속으로 광해군 시대로의 역사여행이 시작된다. 작가는 분신으로 과거와 현재, 미래에 존재하는 무소불위의 역량을 가진 해설자적 인물이다.

무대, 서서히 밝아오면 중궁전 앞이다. 흰 천이 넓게 드리워져 안과 밖을 구분하고 있다. 안에서는 선조와 중전이 다정한 모습으로 대화를 하는 듯 호리존트를 통해 실루엣으로 비치고 있다. 그 앞을 광해가 불안과 초조의 마음을 가닥잡지 못한 채 서성이고 있다. 객석에서는 그의 불안과 기행의 심리 세계를 이지적으로 볼 수 있도록 한다. 음악이 고조되면 광해에게 스포트라이트가 떨어진다.

선조   (소리) 세자가 뭣이 어째? 허허…. 이런 낙망이 있나, 내 그 놈을 세자에서 폐출하여야겠소!
중전   (소리) 갈수록 태산이란 말이 무삼치 않습니다. 성격은 더욱 포악해지고…, 더욱이 영창 아기대군이 태어난 후로는….
선조   (소리) 저런 발칙한 놈 같으니…. 어찌 갓 태어난 제 아우를 빗대어 참소하고 질투한단 말인가? 아무래도 세잔 재목이 아닌가 보오…. 내가 재목감을 잘못 고른 탓이오, 중전!

호리즌트의 불빛이 어울대며 실루엣으로 나타나는 다정스런 모습, 내전 안에서 들려오는 교태스런 중전의 웃음소리. 그들의 대화를 엿듣던 광해, 흥분하여 발작하듯 몸 둘 바를 몰라 한다. 들려오는 중전의 교태스런 소리에 귀를 기울여 다가간다. 이내 돌아서 분노의 표정으로 돌변하면 호리즌트가 사라진다.

광해 (절규하듯) 아바마마! 어찌하여, 어찌하여 소잘, 이렇듯 난공불락의 험지로 내몰려 하십니까? 당신의 그 뜻 없는 욕망으로 수많은 어머니들이, 이 밤도 잠을 못 이루며 당신의 애틋한 정분에 목말라하며 피눈물로 지새우고 있는지 아십니까? 이복형제들의 앞날이 오리무중인데, 어찌하여 또 다시 소자보다 나이 어린 새어머니를 맞이하여 또 다른 동생을 보게 하시며, 소자의 마음을 이리도 번뇌의 바다로 휘몰아 내시는 겁니까! 정말 세자를 내어버리고 피를 토해 자진하고 싶을 뿐입니다. 저…, 먼저 가신 어머니들을 대신하여 새어머니께선 영창 아우를 생산한 대가로 중전의 자리를 견고히 굳혀가고 있는데 궁궐 도처에는 폐세자론이 공공연히 대두되고…. 소잔 이제 어찌하란 말입니까, 아바마마, 아바마마!

무릎을 꿇고 중궁전을 향해 울부짖는다. 그러다가 갑자기 일어서며 세자의 위엄을 갖춰 생각에 잠긴다. 그의 행동거지가 몹시 불안하여 마치 정신분열증세가 있는 것 같아 보인다.

작가 (분신으로 불현듯 나타나며) 허허허, 정말 미칠 만도 합니다. 그걸 시쳇말로 외디프스 콤플렉스라 하질 않소이까, 세자저하?
광해 (매우 놀라며) 당신은 누구요? 그게 무슨 말이오? 외디프스 콤플렉스라니?
작가 허허, 이거 왜 이러시나요. 솔직히 늙은 아버지에 저하보다 젊은 나이의 새어머니…. 왕위에 오르자니 아버지가 죽도록 원망스럽고,

저 교태스런 새어머니의 빼어난 미모와 여성스러움에 질투가 요동하는 건 아니신지요? 저 옛날 테베란 나라에서 외디프스란 사람이 자기 아버질 죽이고, 자기 어머니와 결혼했다는 말이 전해지고 있습니다.

광해 (짐짓 당황하며) 무, 무엄하도다!

작가 (빈정거리며) 저하! 옥음을 낮추소서. 아랫것들이 듣겠습니다! 소인은 태조께서 창업 이래 꿈꾸어 오시던 막강한 조선제국을 건설하시려는 저할 위해 마키아벨리즘을 옹호하는 백면서생이옵니다. 저하!

광해 백면서생이라? 무엄하도다! 이런 해괴한 노릇이 있나, 임해 형님이 보낸 첩자요? 아니면 명나라의 첩자? (갑자기 도리질하며) 난 아니오, 난 아니란 말이오!

작가 저하, 무엇이 아니란 말이옵니까? 세자의 품월 갖추소서, 저하! 다만 소인은 저하의 딱한 콤플렉슬 치료해 드리고 싶을 따름이옵니다.

광해 (방백조) 대체 알아들을 수 없는 소리만 지껄이는군, 콤플렉슨지 외디프슨지가 뭐란 말인가? (돌아서며) 도대체 사람이요, 귀신이요?

작가 (웃으며) 말씀드렸다시피, 그저 힘없는 백면서생일 뿐이옵니다, 저하!

광해 (의심하며) 거짓말 마시오. 혹시… 삼사에서? 사간원이요, 홍문관이요?

작가 소인의 당돌함을 용서하소서. 저하! 저하의 깊은 마음 속에 묻혀진 한의 응어릴 끄집어내 저하께옵서 꿈꾸셨던 제국의 신화에 대해, 만백성과 역사 앞에 새롭게 알림이 옳은 줄로 아옵기에, 수백 년의 역사를 헤집고, 이렇게 중궁전까지 찾아들었나이다. 저하, 용서하시오소서!

광해 (고개를 흔들며) 허허, 참으로 기괴한 일이로고!

작가 미래의 역사가들은 저하를 이렇게 기록하고 있더이다.

광해 (놀라며) 미래의 역사가들이? 어떻게 말이오?

작가   아뢰옵기 황송하옵지만…. 조선왕조 오백 년, 스물일곱 분의 군왕
      중, 연산왕을 두고 둘째가라면 서러워할 패덕한 왕이시라고….

광해   (멱살을 잡으려 하지만 허공만 가를 뿐 잡히지 않는다) 무엇이? 패덕한 왕이
      라?

작가   저하, 노여워 마시오소서, 뿐만 아니오라….

광해   (노려보며) 맘대로 지껄이지 마시오!

작가   부모를 독살하고 형제를 죽인 패륜아, 지어밀 능욕한 변태!

광해   (뭘 듯이) 그게 무슨 말인가? 어떤 미친놈이 날보고 그따위 터무니없
      는 망발로 조선제국의 장엄한 왕조사를 날조하고 있단 말인가?

작가   그러니 소생이 미래의 이 문제를 들고 일어난 것이옵니다, 저하!

광해   허허, 어찌 나의 미랠 당신이 알 수 있단 말인가?

작가   죄송하오나, 소인은 과거와 현재 그리고 미래를 넘나드는 능력을
      가지고 글을 쓰는 작가이옵니다.

광해   (당황하며) 혹여 그렇더라도, 당신이 본 미래는 눈깔이 뒤집힌 어용
      글쟁이들의 잡문에 불과한 것이오. 나의 진실은 아직도 비밀일 뿐,
      때가 되면 진실은 역사 속에 명확히 각인되는 법이오! (허공을 가리키
      며) 어서 당신 갈 길이나 가시오. (사정하듯) 난 지금 미칠 지경이오,
      다급하단 말이오!

현실로 돌아온 듯한 기분이 되어 밖을 향해 소리를 친다.

광해   여봐라. 내관, 내관 어디 있소?

작가   (다가가며) 저하, 다가오는 미래를 예견하시옵소서!

광해   어서, 이 자를 잡아 가두시오, 어서!

작가   (물러나며) 저하께오서 소인을 버리지 않으시리라 믿사옵니다. 이 한
      몸, 반드시 저하를 위하여 바칠 것이옵니다. 저하!

광해   (안을 가리키며) 저 소리가 네 귀엔 아니 들린단 말이더냐? (속삭이듯)

저 소릴, 중전, 아니, 우리 새어머니의 열락의 가쁜 숨소릴 말이다. (발광하듯) 저러다간 영창 말고도 몇이나 아기대군을 생산할지, 누가 말릴 수 있단 말이던가. (위엄을 갖추며) 어서 썩 물러 가렸다! 어서 물러 가래두!

광해, 소릴 지르다가 혼절하다시피 쓰러진다. 그 모습을 처연한 눈빛으로 바라보는 어두운 그늘 속의 작가.

광해   (얼굴을 들며) 저 사람이, 아직도 아니 갔군. (발작하듯) 어서 사라지렸다!

그 소리에 놀라 뛰어 들어오는 김상궁. 그녀는 작가의 존재와 상관이 없다. 작가의 모습은 광해의 환상 속에서만 존재할 뿐이다.

작가   (다가오며) 안녕하십니까, 김 여사? 아니지, 김 상궁?
김상궁 (작가의 존재를 느끼지 못하며) 저하, 무슨 일이시오니까?
광해   저기, 저 자를 보시게.
김상궁 (살펴보며) 저하, 누가 있단 말씀이신지요?
광해   저기, 저 자가, 김 상궁의 눈에는 안 보인단 말인가?
김상궁 (눈치를 살피며) 뭔가 서 있는 것 같기도 하고….
광해   (집요하게) 보이지? 방금 전에 나와 속 깊은 얘길 나눴소!
김상궁 (광해의 진지함에 외면할 수 없는 듯) 그래 뭘 하는 사람이기에 궐내에 들어올 수 있었는지요? 궐 안 분위기도 어수선한 판에 말씀이옵니다, 저하!
광해   글쎄…. 아마도 나의 뜻을 따르다가, 억울하게 옥사에 휘말려 매 맞아 죽은 사람의 혼령일지도 모르지.
김상궁 혼령이라면? 저하께오서 혼령을 보시고서 소저에게? (허공을 향해 귀신을 쫓아내듯 소릴 지른다) 그러고 보니 어디선가 본 듯도 한 얼굴이오만, 썩 물러가라. 이곳은 귀신이 거처할 곳이 아니니라!

작가　(반가이) 이제사 나를 알아보시는구려, 김 상궁!

김상궁　(개의치 않고) 장안의 유명한 퇴마살 부르기 전에 어서 썩 물러 가래 두, 어서! 요망한 귀신 같으니, 우리 저하를 정탐하려는 걸 그냥 보고만 있진 않을 것이야!

작가　(몸이 단 듯) 저하의 입지가 풍전등화 격이옵니다. 적자승통의 원칙론을 서인 그룹에서 강력하게 주청하고 있다는 걸 아시는지요?

광해　(끼어들며) 아바마마께서도 17세의 어린 나이에 방계로 보위를 승통하시질 않았던가? 그런데 이제 와서 핏덩이 영창을 염두에 두고 이미 왜란 중에 책봉된 세자를 두고 폐세자 운운하시니 어디 그것이 말이나 될 법한 소리란 말인가?

작가　(맞장구치며) 맞질 않구요, 저하!

광해　모든 사대부가들이 백주에 피난으로 아우성칠 때, 나는 조선을 나눠 통치했질 않소. (점점 흥분하며 소리가 높아진다) 평양과 서울을 탈환하는 데 내 모든 걸 바쳤소. 이런 나를 두고 폐세자라니?

김상궁　(두리번거리며) 저하, 누굴 두고 말씀하시든, 그 말씀은 만고에 변함이 없는 사실입니다. 고정하시오소서!

김상궁은 여전히 작가의 소리를 듣지 못한다.

광해　종묘사직을 굳건히 하고 선왕의 위업을 이어갈 사람은 조선 천지에 광해, 나 한사람뿐이란 걸, 어찌 모르신단 말이요? 노망입니다, 노망이시라니까요?

김상궁　(달려들며 광해의 입을 막는다) 저하!

광해　(김상궁을 밀치며) 왜 이러느냐, 숨막히게시리.

작가　맞습니다. 선조께선 현대의학으로도 치유키 어려운 치매란 골치 아픈 망질에 걸리신 것입니다, 저하! 서양 어느 제국의 왕을 지내신

분도 세월의 흐름엔 어쩔 수 없었던지 꼴사나운 늙은이로 전락하여 치매란 병에 걸려 도시 무엇 하날 분간할 수 없는 지경에 이르렀다 하옵니다.

광해   (돌아보며) 음? 그래…. 치매라 했겠다? 그게 무슨 병이던고?

작가   (손으로 목을 치며) 갈 때가 다 되었다는 증거입지요, 저하!

광해   (그대로 흉내내며) 음…. 갈 때가 다 되었다? (반가운 듯) 우리 아바마마께옵서?

광해, 낄낄거리며 목을 치는 흉내를 낸다. 김상궁, 발만 동동 구르고 있다.

김상궁   (광해의 손놀림을 만류하며) 저하, 고정하시오소서. 혼령의 말을 듣지 마소서! 누구라도 들을까 두렵사옵니다, 저하!

광해   (웃으며) 들으면 어때. 이미 폐세자설이 궐내에 파다한데 날보고 그냥 앉아서 당하란 말이던가? (더욱 목청을 높이며) 서출이기는 아바마마나, 나나 매일반이 아니던가?

김상궁   (화급히 말을 막으며) 저하! 도저히 소저 목도할 수가 없사옵니다. (나가며) 아무래도 전의를 불러야겠사옵니다.

광해   (개의치 않고) 날 도와줄 위인은 궐내에 없어요. 나 때문에 억울하게 정배 당하신 송강, 이산해, 정인홍 어른은 나의 기둥이자 방패이신데 정작 소식이 감감하니….

작가   (끼어들며) 대북인들이 정권을 잡아줘야만, 이 나라 종묘사직을 반석 위에 올려놓을 수 있습니다, 저하!

광해   (갸륵해서) 서생께서도 대북을 아시는구려?

작가   그 일이라면 이미 오래 전, 이 나라 지덕들이 사분오열되어 동과 서로 갈라서질 않았습니까? 동과 서, 그리고 소북과 대북….

광해   (어느덧 동화되어) 그렇다마다, 서로가 헐뜯고 중상모략하여 국사는 양분되었고 분파세력은 또 다시 분파되어 동에서 남과 북이 갈라

서게 된 것이지. 하지만 분당이란 게 정치발전을 위해선 바람직한 일일 수도 있지.

작가 　(광해의 진보적 발언에 약간 주눅이 들어) 북인은 다시 대북과 소북으로 서로 죄를 몰아 옥사로 힘을 과시하고, 정국의 주도권을 잡으려 피바람을 불러일으키고 있질 않습니까?

광해 　(심각해지며) 영상과 추종세력들이 폐세자론을 들고 노환 중이신 아바마마 등에 업고 이토록 국정을 문란케 하고 있지 않는가?

작가 　(아부하듯) 물론이옵니다, 저하! 저들이 기득권을 만세무궁토록 향유코자 하니, 이 나라 조선의 앞날이 아득할 뿐이옵니다, 저하!

광해 　(동화되며) 이 모든 것들이 궐 안의 분위기를 좌지우지하질 않던가?

작가 　당파를 제대로 운용하지 못하면 서로가 공멸하고 말 것이옵니다.

광해 　(흥분하며) 저들에게 좋은 구실을 주자는 것이 아니고 무엇이겠소!

작가 　저하, 아기대군이 그렇게 마음에 걸리십니까?

광해 　(고개를 끄덕이며) 불안하오. 소문이 수상하단 말입니다!

작가 　(독백으로 낭송하듯) 어이타 핏덩이 영창을 볼모로 원임, 시임 만조백관이 저토록 처절한 분열상을 보였던고… (다가서며) 저하, 잘 하셔야 하옵니다! 백면서생, 이 몸은 저하의 분신이 되어 죽기까지 충성을 다할 것이옵니다, 세자저하!

광해 　희한한 사람이로고…. (고개를 끄덕이며) 생각은 올케 하는 선비 같소만….

작가 　(확신 있게) 저하, 심려치 마옵소서. 소생이 조사해 본 바론, 저하께옵선 무난히 왕위에 오르십니다!

광해 　(귀를 의심하며) 무엇이요?

작가 　(웃으며) 바로 저 중궁전에 들어가신다니까요?

광해 　그게 무슨 소리요?

작가 　전 이미 저하의 과거와 미래를 왕래하는 사람이라고 말씀드렸질 않사옵니까?

광해	어헛, 이것 참. 점점 기괴한 소릴 하시는구려!
작가	이제부터 왜곡된 광해의 역살 바로 세우는 일이 시급하옵니다.
광해	광해의 역사라면, 나의 역사를?
작가	(냄새를 맡으며) 저하! 궁궐 도처에서 풍겨오는 피비린낼 맡아 보시오소서.
광해	궁궐 안에 피비린내라?
작가	왕권 강화를 빌미로 뿌려진 피의 냄새가 역겹게 풍겨오고 있사옵니다.
광해	(어지러운 듯) 모를 일이요, 정말….
작가	조선개국 이래 저하에 이르기까지만 해도 수 없는 인명이 바로 이 자리에서 피를 뿌려 역사를 움직여 왔음을 어이 모르시옵니까, 저하!
광해	(도리질하며) 그만하시오, 난 피의 역사에 대해 아는 게 없소이다.
작가	(채근하듯) 진실을 보여 주시오소서, 저하!

광해, 쫓기듯 사라지면 작가, 뒤따라간다.
무대 잠시 암전되며 주제음악에 섞여 점점 커지는 북소리.
서서히 호리즌트에 불이 들어온다.

선조	(소리) 허허허…. 내 후궁을 들여 수십 명의 자손을 보았으나 오늘처럼 기쁘고 반가운 것은 생전 처음이오, 중전!
중전	(소리) 이 모든 광영이 전하의 홍복이시옵니다.
선조	(소리) 꽃같이 어여쁜 중전의 몸에서 원자가 태어났으니 이것을 두고 하늘이 이 나라 종묘사직을 버리지 않았음이 아니고 무엇이겠소. 정말 기쁘오, 중전!

조명이 바뀌며 현실로 돌아온다.

광해	(비분에 가득 차 어쩔 줄 모르며) 세상에 어찌 이럴 수가 있단 말인가! 하

늘이 종묘사직을 버리지 않았다고? 영창 아우의 탄생이 그토록 지
엄하단 말인가? 설마설마 했더니…. 이제사 올 것이 왔단 말이던가?
왕위에 오르느냐 마느냐, 죽느냐 사느냐, 사느냐 죽느냐, 진정 이것
이 문제로고….

중얼거리며 무대를 돌아다닌다. 뒤에서 바라보던 김상궁이 다가선다.

김상궁　(안타까운 듯) 저하…. 너무 심려치 마옵소서.

광해　(날카롭게 돌아보며) 원자의 탄생을 만조백관이 진하하고, 날 폐세자
　　　로 몰아붙이겠단 심사가 아니고, 뭐란 말이오?

김상궁　저하…. 궐 안의 분위기는 그렇긴 하오나, 그것은 영상대감의 계략
　　　에서 나온 소리임에 틀림없습니다.

광해　(놀라며) 무엇이라? 영상대감의 간계?

김상궁　한시 바삐 저하의 수하에도 영상대감과 그의 추종세력들을 파괴할
　　　수 있는 역량 있는 인물을 영입하셔야 하옵니다.

광해　(힘이 빠져) 힘 될 사람이 어디 있어야지. 모두 내 곁을 떠나고 말았지
　　　않소?

김상궁　소저가 도와 드리리다. 동인 중에 남북분파의 원인은 세자를 정하
　　　려는 건저위를 놓고 강·온의 두 세력이 벌어지면서가 아니옵니
　　　까, 저하?

광해　그렇지, 건저위가 문제야!

김상궁　강경파와 온건파의 대립이 격심한데 어느 쪽을 밀어야?

광해　(갑자기 이상주의에 빠져들며) 더 이상 당파의 분열과 투쟁을 보고 있을
　　　수만은 없소. 서로 일심협력하여 이 나라 조선의 기강을 바로 세워
　　　화평한 세상을 만들고야 말겠소!

김상궁　(이상한 듯) 저하!

광해　(크게 웃으며) 난 왕위에 이미 올랐다질 않습니까? 모두 김상궁 도움

때문이오!

김상궁 (울듯이 감정이 격해지며) 저런, 저런…. 우리 저하께옵서….

광해 (갑작스런 태도의 변화를 보이며) 아니, 그게 아니질 않소! 파당이 어떻건 내가 세자로 쫓겨날 판에 어허이…, 한심한 작태로고…. 요즘은 나의 혼백이 왔다갔다, 왜 이러는지, 나도 모를 일이오.

김상궁 저하! 심약해 하옵시면 아니 되시옵니다. 곧은 소저의 소릴 들으셔야 하옵니다. 동인과 서인을 적절히 조절하여 세자저하의 지위를 만고에 튼튼하게 하는 일을 서두르셔야 하옵니다.

광해 (손을 잡으며) 도와주시오, 김상궁!

김상궁 늘 소저 곁에 있사오니, 심려치 마옵소서, 저하!

광해 아바마마께서 영창을 끼고 저 모양이신데, 누가 손을 들어 내 편이 되어주겠소?

김상궁 소저가 있다질 않사옵니까, 저하!

광해 내 자넬 믿으니 어서 내 편 사람들을 규합해 주시구려, 부탁하오.

김상궁 저하, 이럴수록 심기를 돋우셔야 하옵니다.

광해 (슬퍼지며) 영창 아우의 탄생으로 궐 안은 기뻐 날뛰지만 나는, 나는 매일 밤, 땅속으로 기어들어 가는 것 같구려…. 절망과 슬픔뿐이오!

김상궁 (간절히 염원하듯) 바다와 같은 광대한 꿈을 가지신 저하의 큰 뜻을 이루기 위해서라면 산이 있다면 넘으셔야 하옵고, 강이 있으면 마땅히 건너셔야 하옵지요. 드넓은 바다를 만나 그 광대한 꿈을 이루기 위해서라면 할 수 있는 데까진 하셔야만 하옵니다, 저하! (소매를 당겨 중궁전을 향해 부복시킬 듯) 용기를 내시어 주상전할 부르시오소서, 저하!

광해 (머뭇거리며) 그래요, 광해의 그 드넓은 바다만 볼 수만 있다면 이 쓰라린 마음, 황무지에 내몰린 이 비참한 심정인들 참아낼 수 없으리요! (단을 올라 중궁전을 향해 부복하며) 아바마마, 소자 문후 여쭈옵니다.

선조 (소리) 당치 않다. 너는 세자가 아니다. 앞으로 문안 올 것도 없느니

라. 앞으로 세자의 문안은 받지 않을 터이니 부르거든 오도록 하라!

광해, 선조의 소리를 듣고 그 자리에 엎드려 흐느낀다.

광해   아바마마! 이제 와 어찌 하라고 그런 분부를 내리시옵니까, 세자가
         아니라니요?

선조   (소리) 내관들은 앞으로 세자 소릴 입에 담지 말거라, 책봉고명도 받
         지 못한 것을 어찌 세자라 할 수 있다더냐?

광해   아바마마! 청천벽력 같은 분부…, 거두어 주시오소서, 거두어 주시
         오소서!

엎드려 흐느끼는데 김상궁이 그를 부축하여 중궁전을 나간다.

김상궁   저하, 너무 심려치 마옵소서. 주상께옵선 이미 저문 해, 저하께옵선
         이제 마악 떠오르는 태양이시옵니다!

광해   (격정에 휘말리며) 두고 보시오. 난 끝까지 버틸 것이오! 난 조선의 왕
         이 되고 말 것이오! (내전을 쳐다보고 히죽거리며) 아바마만 지는 해, 난
         떠오르는 태양인 것을, 어찌 만고불변의 이치를 뒤바꿀 수 있으리
         요!

작가   (나오며 노래하듯) 태정태세문단세 예성연중인명선, 광인효현숙경영
         정순헌철고순, 우린 버릇처럼 조선왕조를 외우죠. 그 중 걸리는 게
         있어요, 연산군과 광해군, 왜 이들은 왕인데도 군이 되었을까요? 아
         버지는 그랬죠. 연산과 광해는 폭군이었어, 선생님도 그랬죠. 두 사
         람은 폭군에 변태 사이비 임금이었다, 라구요. 이야기는 사실처럼
         그럴싸했지요. 오늘도 그럴싸한 광해군의 모습을 보는 겁니다. 하
         지만 광해의 참 모습이 어딘가에 숨겨져 있을 겁니다. 숨은 그림 찾
         기를 하는 거죠. 우리의 상식과 편견을 치료하는 것이 무엇보다 중
         요한 이슈가 될 겁니다.

음향과 함께 조명이 어둠과 빛의 콘트라스트를 이룬다.

마치 교성으로 들려오는 조선 왕들의 연호가 합창으로 장중하게 흐르고 무용수들이 등장하여 시대의 변화를 상징하는 군무를 춘다.

선조가 승하하고 새로운 조선의 정치사가 펼쳐지는 광해의 봄이 다가온 것이다.

제2장. 광해의 봄날

부제가 C/G로 지나간다.

내전 앞이다.

선조가 승하하고 인목대비의 언문교지로 왕위를 승통한 광해주의 원년이다.

우의정　이제 대비마마의 언문교지로 세자 저하께서 그토록 노심초사하옵시던 왕위에 오르셨으니 이보다 더한 광영이 또 어디 있겠습니까, 좌상대감?

좌의정　물론이지요. 하지만 명나라를 향한 고부사의 말에 의하면 금상전하의 즉위에 관한 갖가지 사실들을 조사하리란 전갈이 있습니다.

우의정　(놀라며) 뭐요? 그렇다면 명나라에선 우리 금상전하의 즉위에 무슨 하자라도 있다고 보는 것입니까?

좌의정　그건…. 전하의 맏형이신 임해군을 제치고 어찌 아우께서 즉위할 수 있느냐? 이거지요.

우의정　이런 빌어먹을, 명나라에서 차관이 온다면 그 오만불손함을 어찌 감당한단 말이요?

좌의정　(문서를 건네주며) 자, 이걸 읽어 보세요.

우의정　(받아 펼치며) 모든 신하와 백성들이 추대하였다고 할지언정 매사가 자기들 나라에서 행하여진 바인지라 소상히 조사를 한 연후에야 조처를 내릴 수 있을 것이라?

좌의정　이건, 국권 모독이요. 어찌 국왕의 즉위를 신하와 백성이 의논하여

정한단 말이요? 이건 아무리 조선이 명나라의 식민, 내지는 속방이라 해도 이건 저들의 지나친 오만이며 방자한 행위가 아닙니까, 우상?

우의정 이대로 두고 당할 수만은 없습니다. 수습책을 마련해야 할 것이요.

좌의정 난 이미 예측하던 일이요, 그래서 공에게 우상을 맡긴 것 아닙니까? 난 사직을 청할 것이요.

우의정 아니, 대감께서 이 일을 회피하실 생각이시오? 이 일을 대감께서 수습하지 않으면 역사에 크나큰 오점을 남기게 된다는 것을 모르신단 말입니까?

좌의정 하지만 나로서도 어찌 해야 좋을지….

우의정 우리가 할 수 있는 데까진 조처를 취한 연후에 명나라 사신을 맞아야 할 것입니다. 우물쭈물하다가는 보위에 큰 변화가 있을진대, 강 건너 불구경하듯 할 순 없는 일 아닙니까? 지금 당장 입궐하여 전할 배알하고 비책을 숙의하여야 할 것입니다. 어떻게 찾은 대북의 왕권인데!

좌의정 (내키지 않는 듯) 우상의 뜻이 그러시다면, 이 늙은이가 어쩔 수 있겠소. 같이 가도록 합시다.

좌상과 우상이 무대를 나서면 큰 소리로 왁자하게 웃으며 유희분과 이이첨이 들어온다.

이이첨 전하의 분노가 하늘에 닿았소이다. 삼정승이 사직을 주청할 것이고 정인홍 대감은 자신이 올린 상소를 탓하며 영남으로 내려갈 게 뻔한 일입니다! 역모를 주동한 죄인을 위리안치라니, 어디 말이나 될 법한가요? 처형해야 합니다!

유희분 전하의 뜻이 형제간의 은혜를 보전하시려는 것이 아닙니까?

이이첨 영상대감이 대세에 몰리고 있다는 것을 알아차렸지요. 그러니 사직원을 낼 수밖에요….

유희분 역시 대감은 이이첨이요! 대감의 선동정치에 온 궐 안이 임해군 처형을 기정사실화하고 있으니 말입니다!

이이첨 두고 보세요! (비장하게) 이 나라 종묘사직의 안위를 위해 임해군의 희생은 불가피할 터이니. 참, 그건 그렇고 내가 청했던 일은 어찌 돼 가고 있습니까?

유희분 글쎄요, 중전께 말씀은 소상히 올렸습니다만….

이이첨 저런 저런…. 그걸 중전께 말씀드리면 어쩌자는 겁니까?

유희분 전하께서도 이 대감의 정치 지도력을 극찬하시고 있답디다. 그러니 조만간에 좋은 소식이 있을 테지요….

이이첨 고맙소, 대감. 혼란한 시대일수록 용인술이란 게 워낙 절묘한 터이라서….

유희분 그렇지요, 아무나 데려다 쓸 순 없는 노릇이지요, 허험.

이이첨 그러니 중전보다 궐 안엔 김개시가 있으니 긴요하게 써먹어야 한다고 했질 않습니까?

유희분 (언짢은 표정으로) 하지만 후궁의 득세는 결코 바람직한 것만은 아닐 겁니다.

이이첨 아니, 왜요? 외척의 득세보다야 후궁의 득세가 나을 수도 있질 않소이까? 아시다시피 조선 창업 이래 외척의 득세가 얼마나 처참한 최후를 맞이했었는지 유념하셔야 할 겁니다!

유희분 (뜨악하며) 거…, 날 두고 하는 소리 같소이다? 허허허….

이이첨 대감께서 전하의 외척이긴 하지만, 사심이 없음을 이미 내가 잘 알고 있습니다. (자르듯) 김상궁은 후궁이 되길 원칠 않습니다!

유희분 (의외인 듯) 예?

이이첨 주상전하께서 친히 김상궁의 거처를 찾으셨음에도 성은을 마다했질 않습니까?

유희분 그거야, 국상중이시니….

이이첨   비록 국상중에 성은을 입을 수 없다 핑계했다지만 전하의 뜻일진 대…, 무슨 변고가 있겠습니까?아니 그런가요?

유희분   그, 글쎄올시다!

이이첨   그보다 중요한 것은 그녀가 앞으로 주상의 후광을 엎고 어떤 행적 을 펼칠지가 아닐는지요.

유희분   행적을 펼치다니요?

이이첨   김개신 후궁 자리에 연연하지 않을 것입니다.

유희분   (화가 나서) 후궁이 아니면 중전이라도 되겠다는 겁니까?

이이첨   (머리를 갸웃거리며) 보통 비상한 여자가 아닙니다. 후궁의 비극적 종 말을 수없이 코앞에서 보고 느꼈던 개시가 아닙니까?

유희분   (고개를 끄덕이며) 그럴 수도 있겠지만….

이이첨   후궁은 그나마 소생이 있어야 귀인이나 빈이 되는 것이 아닙니까? 그렇지 못하고서야 소의, 숙의, 소용, 숙원으로 머물다가 주상의 은 혜마저 소원해지는 날이면 별 볼일 없는 속인이나 다를 바 없질 않 습니까?

유희분   (이해한 듯) 그렇다면, 김개시가 주상전하의 속박에서 벗어나기 위 해?

이이첨   (손짓을 해가며) 바로 보셨습니다. 주상과 궐내의 속박에서 벗어난 자 리에서 주상의 후광을 업고 누릴 수 있는 최대한의 영화를 누리고 싶은 겁니다.

유희분   허허…. 그것 참, 맹랑한 생각을 하고 있는 여성이로군!

이이첨   (비밀스럽게) 주상과 개시의 관계가 급속도로 밀착되어가고 있습니 다. 그녀의 빼어난 미모와 몸놀림이 주상의 넋을 송두리째 빼앗아 버리고 있는 겁니다.

유희분   (걱정스럽게) 주상의 옥체가 잘 보존돼야 할 터인데….

이이첨   어쨌든 김개신 여걸인가 봅니다. 유약한 주상의 심기를 한 몸에 떠 받들고 천하를 요리하는 여장부가 될 게 안 봐도 뻔합니다.

유희분 (투덜거리듯) 젠장…. 상전 하나를 또 모셔야 될 판이 아니요?

이이첨 김개신 조정의 흐름을 한눈에 읽는 여잡니다. 써야지요, 암, 써야
하구 말구요!

멀리서 들려오는 주연장 가무나인들의 간교한 웃음소리.

이이첨 (고개를 끄덕이며) 아직 명나라의 소식이 감감한 이때, 저토록 주연에
빠져 계시니 원….

유희분 일이 어찌 되겠지요. 명나라에 고부사들을 파견했으니 머지않아
좋은 소식이당도할 것입니다.

이이첨 (흥분하며) 고부사 이호민이 일을 이 지경으로 빠트렸습니다. 당장
불러들여 죄를 물어야 합니다.

유희분 (만류하며) 고부사가 일이 이렇게 될 줄이야 알았겠습니까? 모든 것
이 주상전할 위하다 그런 실언을 하게 된 것이니, 덮어 둬야지요!

이이첨 대감께서 그러길 원하시면 물론 그래야지요. 하지만 저들을 과소
평가해선 안 됩니다. 우리가 생각하고 있는 명나라가 아닙니다. 저
들은 우리를 완전한 저들의 속국으로 생각을 해요. 지난 임진년 일
을 놓고 섭정이 이만 저만이 아니질 않습니까? (동의를 구하듯) 언
젠가는 깨 부숴야죠?

유희분 (놀라며) 이 대감, 제 정신이요? 명국은 우리에게 은혜의 나랍니다.
건국 이래 계속돼 온 우의에 그런 망발이 어데 있습니까?

이이첨 (반박하며) 주상을 주상으로 인정할 수 없다는 데두요? 조선의 주상
을 인정하지 않는 자들은 바로 나, 이이첨과 우리 만백성의 적인 것
이오. 아시겠습니까, 대감? (소리를 버럭 지르며 나간다)

유희분 (방백으로) 아니, 저 사람이 무얼 믿고 저리 방자해진단 말인가?

이이첨 (다시 나타나며) 두고 보시오. 조선의 모든 권력의 근원은 바로 내 손
안에 있다는 것을 대감도 곧 아시게 될 겁니다, 하하하하!

유희분 (당혹해 하며) 뭐, 뭐요?

이이첨 세조 치세 시, 한명회 대감이 혁명가요, 처세술에 능통한 사람이라면, 나는 순수한 정략가며, 이 시대의 감각 있는 정치가일 뿐입니다, 대감!

유희분 (비웃듯) 아하, 물론 대감께선 훌륭한 지략가시지요. 맞습니다, 맞아요. 하하하!

한껏 거드름을 피우며 나가는 이이첨을 망연자실하게 바라본다.
주연회장의 소리가 크게 들려오며 무대 암전된다.

제3장. 그 놈, 사대주의…

부제가 C/G 그래픽으로 지나간다.
광해가 편전에서 상기된 표정으로 서성이고 있다. 단 아래 삼정승이 무엇인가 황망히 숙의를 거듭하고 있다.

광해 도대체 명나라의 차관이 조선에 와서 무엇을 어떻게 살피고 확인하겠단 말이요? 정말 답답한 따름이오, 답답해요….

영의정 전하 이번 일은 조선창업 이래 최악의 외교적 사건이며 최악의 사대모화입니다.

좌의정 신료와 백성 그리고 왕족 누구 하나 전하의 승통에 거슬리는 사람이 없음을 수만 명의 연명으로 입증되었다고 봅니다, 전하!

광해 (흥분에 떨며) 내 이번 수모를 죽기까지 잊지 않을 것이오. 난 내 아버지 뒤를 이은 적통한 조선의 군왕이요! 감히 제 놈들이? 두고 보시오. 아버지와 나는 틀리지요. 암, 같을 수가 있나?

좌의정 전하, 심기를 편케 하심이 대사를 위해 옳을 것입니다. 문제는 강화도에 위리안치 된 임해군의 적절한 해명을 얻어내는 것이며, 명나

	라 차관에게 대면시켜 확실한 증거를 보여주는 일뿐입니다.
광해	허어, 무슨 수로 임해 형님을 저들과 대면시킨단 말입니까? 그리고 대면한다 한들 멀쩡한 사람이 어찌 중풍에 맞아 거동치 못하는 것으로?
우의정	소견이오나, 임해군께서 잘 대처해 주실 것이라 생각됩니다. 전하!
광해	말도 안 되는 억지입니다. 임해 형님을 면질한다면 저들이 무엇을 어떻게 물어올 것 같습니까?
우의정	중풍과 정신괴질로 스스로 보위를 사양한 것으로 알고 있으니, 그런 쪽으로 물어올 것입니다.
광해	(흥분하여 발을 구르며) 세상에, 그게 말이나 되는 소립니까? 내가 세자로 책봉된 것이 17년 전의 일이고, 임진 정유간의 왜란 때에 수많은 명나라 장수들이 조선에 세자가 있음을 타진하였을 텐데…. 이제 와서 어찌하여 이 일을 이토록 꼬여 가게 만든단 말입니까? 이래도 되는 일입니까? 이대로 앉아서 저들의 방자함을 지켜보고, 마냥 수모를 당해야만 하는 겁니까?
영의정	(흥분을 가라앉히며) 전하! 하지만 제 발로 오는 명나라 차관들을 막아설 순 없는 일, 오히려 조정에선 오는 그들을 성대히 맞이하여 저들의 환심을 돌려세울 수밖엔 별다른 방도가 없을 것 같습니다.
좌의정	일이 파국에 이르기 전에 방도를 구해야 합니다.
우의정	사실대로 차관들에게 간곡히 주청을 한다면 저들도 인간인지라 태도에 변화가 일어날 것입니다, 전하!
광해	예? 사실대로 주청을 하다니요? 그렇다면 임해 형님이 대죄를 지어 강화섬에 위리안치 된 몸이니 면질할 수 없으니, 조정의 뜻을 헤아려 달라 이겁니까?
영의정	그렇게 하는 것이 오히려 저들의 인간적인 덕성에 허를 찌르는 효과가 있을 것 같습니다, 전하!
광해	(극도로 흥분하여) 그만들 두시오! 저들이 누군데 경들의 그따위 농간

에 속아 넘어갈 것 같습니까? 그건 조정과 대신들의 고육지책에 불과한 것입니다.

영의정 전하, 심기를 바로 세우시고 저희들을 믿어 주십시오. 최선을 다하면 길이 보일 것입니다.

광해 (숙연해지며) 이 모든 일은 내가 덕이 모자란 탓입니다. 옥사를 통해 임해 형님추종자들은 이미 처단되었고, 나는 임해 형님을 외딴섬 강화에 부처한 매정한 아웁니다. 모든 것이 내 탓입니다. (가슴을 치며) 내 탓이지요, 내 탓!

조명이 광해의 옥좌에 스포트 되면 삼정승 물러나가고 사이를 두고 곤혹스러워 하는 광해의 모습이 계속 된다. 잠시 후, 우측 상단에 푸른 빛이 떨어지면 환상으로 나타나는 임해군의 모습.

임해군 거 참 잘 되었다. 이 나라 조선의 법도를 깨부숴버리고 왕좌를 거머쥔 내 아우 광해여, 헛허허⋯. 아무래도 난 억울해서 내 명에 죽긴 다 틀렸나 보이⋯. 아무튼 나 때문에 죄 없이 역모로 몰려 죽어간 영혼들이 구천에 머물고 있음을 잊어선 안 될 것이야! 장자가 보위에 오르는 것은 당연한 일, 그것이 우리 조선의 법도가 아니겠나, 아우?

광해 (놀란 듯이 일어서며) 그것만큼은 아니 됩니다, 형님!

임해군에게 떨어졌던 조명이 사라진다. 식은땀을 닦아내는 광해, 이때 조명 다시 살아나면, 그 자리에 환상으로 나타나는 이이첨.

이이첨 (간곡하게) 전하! 임해군은 옥사를 통하여 역모를 꾀한 중죄인임이 만천하에 드러났으며 그를 따르던 수하의 인명이 이미 처형되어 죽었는데 어찌 그 수괴를 살려 두시어 오늘날, 진퇴양난의 화를 자초하십니까? 역모의 죄를 다스림은 형평에 어긋나서는 아니 되는 줄로 압니다. 형제의 사사로운 정을 과감히 끊으시고, 이 나라 종묘사직을 굳건히 지키셔야 합니다. 그러기 위해서는 임해군을 국법으로 처단하시어 만공불락의 보위를 튼튼히 하는 것이 상책인 줄로 압니다. 그래야 만백성이 시름을 덜고 전하와 현 정치를 믿고 따르며 화평을 누릴 수 있을 것입니다, 전하!

스포트 된 조명이 꺼지면 이이첨의 모습도 함께 사라진다.

광해　(머리를 감싸며) 그만, 그만 하시오. 지금 명국의 차관들이 임해형님 면질을 위해 도성을 찾아오고 있습니다. 더 이상 나보고, 더 이상 뭘, 어떻게 하란 말씀이시오. 나보고 하나뿐인 형님을 죽이란 말이요? 그게 종묘사직과 선왕께 효도하는 일이라니…, 그게 말이나 됩니까! 하하하…. (미친 듯 웃는다) 형님을, 한 어머니 뱃속에서 나온, 단 하나뿐인 내 형님을 죽여야만 보위가 튼튼하게 된다? 그건 억지요. 형제의 우의를 끊으려는 모함이요! 제발 나를 좀 도와주세요. 내 맘대로 못하여 국법대로 강화에 내쳤으면 됐지, 뭣이 모자라 나를 이토록 괴롭히는 겁니까! 대신들은 이런 아우의 통절한 이 마음을 어찌 혜량치 못한단 말입니까! (절규하며) 누가 이 애통한 마음을 알아줄 수 있단 말이요!

김상궁　(황급히 다가오며) 무슨 일이시옵니까, 전하!

광해　(애원하며) 오! 김상궁, 정말 미칠 지경이오. 일이 대체 어찌 되어가는 것인지 예서제서 상소는 빗발치고….

김상궁　전하, 상소라니요?

광해　임해형님을 죽이라는 상소요.

김상궁　(당혹한 듯) 뭐라구요? 어떤 자들이 그 따위 망발을 한답니까?

광해　모든 것이 다, 왕권의 안위를 위함이라질 않소!

김상궁　심려치 마시오소서, 더 이상 옥사는 아니 되옵니다. 백성들의 마음이 편칠 않사옵니다, 전하!

광해 　물론 더 이상의 옥사는 없을 거요. 암 없어야 하구말구. 민심을 거역하는 군주는 모래 위에 집을 짓는 격이지요….

김상궁 　민심을 추스러 왕권을 반석 위에 세우셔야 하옵니다, 전하!

광해 　(언짢은 듯) 정치는 내 잘 알아서 처리하고 있으니 염려치 말고 과인의 적법한 보위승계나 빌어주시오. 명국의 차관들이 까탈을 부리면 언제 어떻게 보위가 무너질지 아무도 모르오.

김상궁 　(심각하게) 전하, 언제까지 명국에 사대하며 이 나라를 이끌 것이옵니까?

광해 　(안타까운 듯) 선왕대부터 입은 덕이 있질 않소. 하지만 난 실리파요, 누루하치의 금나라가 우리 조선을 위해 값진 이웃이라 생각하면 가차 없이 명나랄 버릴 것이오.

김상궁 　(고고하게) 강력하게 밀어붙이셔야 하옵지요, 하지만 아직도 전하껜 친정체제를 구축하지 못하시고 유약해 보이는 게 흠이시옵니다.

광해 　친정체제, 맞소, 친정체제 중요하지요.

김상궁 　하루바삐 대북의 인재를 등용시켜 조정을 반석 위에 올려놔야 할 줄로 아옵니다.

광해 　이번 일만 잘 처리된다면 내 뜻대로 멋지게, 아주 멋있게 정치를 펴나갈 수 있을 것이요.

김상궁 　오늘은 너무 피로해 보이시옵니다, 내전으로 드시지요?

광해 　아니요, 자꾸만 헛것이 보이고 환청이 들려요. 심사가 뒤죽박죽이니…. 나가서 바람이나 쐬어야겠소.

　　　　광해, 밖으로 나가면 김상궁, 멍한 채 바라보다가 광해를 따라간다.

김상궁 　전하, 너무 심려치 마시오소서.

광해   (괴로운 듯) 이런 수모를 당해 내야만 옳단 말인가?

김상궁 과거 일을 잊지 마시오소서, 전하께옵선 과거 이보다 더한 고통과 괴로움도 참고 견뎌내셨사옵니다.

광해   허기사, 세자시절보다야….

김상궁 심기를 굳건히 하시고 군왕의 위엄을 갖추셔야 하옵지요. 명나라 차관들이 제아무리 오만불손하다 해도 곧 자기 나라로 돌아갈 것이옵니다. 전하, 그때까지 참으셔야 하옵니다.

광해   돌아간다고? 모르는 소릴세. 저들이 임해형님을 면질한다질 않는가? 형님 말 한마디에 이 나라 조선의 흥망이 달려있음을 정말 모르고 있단 말이던가? (심각하게) 이 일은 반드시 명나라에 첩자를 보내 과인의 승통을 방해하고자 하는 서인세력이나 소북 어느 일파가 꾸며낸 음모일 것이야!

김상궁 (호기 있게 다가서며) 사실은 그 일을 전하께 주청 드리고자 전하를 따라나선 것이옵니다!

광해   (놀라며) 그럼 김상궁은 그 일을 알고 있단 말인가?

김상궁 그런 명분은 후일에 조사를 하면 될 것이지만 지금 화급한 것은 명나라 차관들을 요리하는 것이라 생각되옵니다.

광해   그래, 무슨 묘책이라도 있단 말인가?

김상궁 차관 중에 엄일괴는 탐욕이 많고, 이해에 밝다고 정평이 났다 하옵니다. 그 자의 입을 막아낼 수 있는 것이 있다면, 우선 써야 한다고 생각되옵니다.

광해   무얼, 어떻게 쓴단 말이오?

김상궁 그가 좋아하는 뇌물로 그 자의 입에 재갈을 물리면 임해군의 횡설수설을 믿지 않을 것이옵니다.

광해   (근심어린 표정으로) 어디 그 자들이 한두 푼으로 될 성싶다던가?

김상궁 전하께옵서 소저에게 허락해 주시오면 얼마만큼은 모아들일 수 있사옵니다.

광해　(의외로) 자네가, 어떻게?

김상궁　윤허만 내려주시오소서, 전하! 방도는 소저가 찾아보겠사옵니다.

광해　(주저하며) 하지만, 내 어찌 자네에게 그런 막중한 일을 허락하란 말인가? 아녀자의 몸으로 거액의 비자금을 모아들일 수 있단 말이요?

김상궁　전하! 명국의 소행과 불손함도, 이 나라 조선에 그 자들을 물리칠 힘이 없는 것 또한 분통터질 노릇이옵니다. 여차해서 이번 일을 그르치게 된다면 그 결과는 불 보듯 뻔한 일이 아니옵니까? 그러니 명나라 차관들을 모든 수단과 방법을 동원해서라도 전하의 편으로 만들어 돌려보내야 하는 것이옵니다. 또한 이번 일이 우리 뜻대로 성사된다면 세자 저하의 책봉고명도 함께 받으실 수 있는 절호의 기회가 아니고 무엇이겠사옵니까. 이 기회를 철저히 이용해야 하옵니다, 전하! 모든 걸 소저에게 맡겨 주시오소서!

광해　(놀라운 듯) 세자 책봉고명까지? 역시 자넨 앞을 내다보는 혜안을 가지셨소, 할 수 있는 데까지 해 보도록 하시오!

김상궁　전하, 그럼 최선을 다해 보겠사옵니다!

광해　고맙소, 정말 힘이 돼 주니 고맙소!

김상궁　이 모두가 전하의 치세를 위함이 아니고 무엇이겠사옵니까!

광해　내 책임이 막중함을 비로소 느끼게 됩니다, 그려. 그나저나 초야에 머무시는 정인홍 대감께서 또 상술 올렸습니다.

김상궁　(예견한 듯) 또이옵니까?

광해　조보를 보고 시중여론을 보더라도, 과인이 역적의 무리들을 너무 관대하게 처리한다는 것이지요.

김상궁　그것이 전하의 성정께옵서 모나질 않으시고 후덕하옵신 때문이옵니다.

광해　역모와 옥사 이제 그만둘 때가 되었어요…. 역몬 역몰 낳고 옥사 또한 피바람을 일으키는 것인데….

김상궁　전하, 하오나 사특한 무리들의 간곌 비호하셔선 아니 되올 줄 아옵니다. 실로저들의 마음은 사리사욕 채우기에 혈안이 돼 있어, 나라의 존망은 뒤켠에 묻어둔 자들이 허다하옵니다.

광해 아무리 믿음직한 신하의 말도 옳고 그름을 따져서 가납하란 말이로군.

김상궁 나라의 기강이 떨어지고 세상이 도도하며 이권과 중상으로 은헬 입고 있는 주인만 알고 임금을 모르며 권력 있는 권문대가만 두려워하고 왕실을 존중할지 모르는 세상이옵니다.

광해 과인도 공감하는 부분이오.

김상궁 그리하여 대신은 있으나 충신이 없으며, 대감은 입이 있으나, 말하지 못하는 것이 작금의 세태이옵니다.

광해 공자께서는 무로써 난리를 평정케 하고, 예기에는 나라의 어지러운 형국을 다스리기 위해선 중벌을 쓰라 하셨소.

김상궁 (다그치듯) 그러하오면 써야 하옵니다, 전하!

광해 (허망한 듯) 하지만 그런 일이 우리 조선에 없길 바랄 뿐이오.

김상궁 잡초를 제거하며 뿌릴 놔두거나 적을 사로잡으며, 적장을 잡지 못한다면 남아있는 것들이 승냥이와 개의 마음으로 난릴 도모하는 것이옵니다. 정인홍 대감의 상소를 가벼이 넘기지 마시옵소서, 전하!

광해 (이미 예견한 듯) 역시, 결론은 바로 그 거였구려?

김상궁 훗날의 걱정거린 애초에 발본색원하셔야 하옵니다.

광해 (의미 있게) 발본색원이라, 발본색원이라?

김상궁 (표독스럽게) 권력의 오른쪽 날갤, 통렬히 자르소서, 왕실의 우익을 쳐야 하옵니다!

광해 그들을 역모로 몰란 말인가?

김상궁 (비장하게) 그것이 조선과 전하의 만세무궁을 위하는 길입니다, 전하!

광해 (수긍하며) 어서 앞서시게, 내 오늘 자네와 함께 지내야 할 성 싶으이….

김상궁 하오나, 중전마마께옵서….

광해 개여치 마시게, 거사를 앞두고 있질 않은가?

김상궁, 앞서면 뒤따르는 광해. 미안한 듯 내전을 한 번 돌아본다.
(사이) 무대 암전되고 파도소리가 점점 가까이 들려온다.

제4장. 임해군, 빼앗긴 보위를 넘보다

부제가 C/G 그래픽으로 지나간다.
어둠 속에서 임해군을 대동한 사람들이 두세두세거리며 얘기를 나누고 있다.
그들의 형체는 어둡고 푸른 조명 속에서 실루엣으로 처리되어 있다.

도사   이 나라 종사의 흥망이 나으리 말 한 마디에 달려 있습니다.

임해   (웃으며) 그렇던가? 물론 내 입이 원망스러울지도 모를 테지.

도사   예? 그게 무슨 말씀이십니까?

임해   조정에서 큰 실수를 한 거야, 나 같은 놈, 대번에 요절을 내버렸어
야 하는 건데 이렇듯 목숨을 살려놨으니…. 이렇게 날 모시러 오는
번거로운 일도 있게 됐으니 말이요, 핫하하….

도사   나으리, 나으리를 극형에 처해 사약을 내려야 한다는 상소문이 산
처럼 쌓여 있습니다. 다만 주상께서 형제의 연을 내세워 단호하게
거절하시니까, 오늘이 있는 것이라고 생각해 보시진 않으셨습니까?

임해   거참, 헷갈리게 말하시는군!

도사   나으리께선 지금 중풍을 앓고 또한 역모를 꾀한 대역죄인이며 보
위를 자청해서 사양한 것으로 돼 있습니다. 이 세 가지를 명나라 사
신들에게 보여줘야만 됩니다. 다른 말은 안 하시는 게 이로울 것입
니다.

임해   (웃으며) 우하하…. 내 아우 주상이 그렇게 하라고 시키던가?

도사   당치 않습니다. 이 나라 모든 신료와 백성들이 그렇게 원하고 있는
바입니다.

임해   (웃으며) 아니, 어느 나라 백성이 장자가 왕위를 승통하는 것을 반대

한단 말인가? 어떤 개 같은 나라 놈들이 말인가? (비애에 젖어서) 하하하하….

도사   (화가 나서) 말씀이 지나치십니다! 우린 나으리를 단칼에 칠 수도 있게끔 중무장한 호송인입니다!

임해   그래서, 날 죽이기라도 하겠다는 것인가? 난 목숨이 아깝지 않아, 하루도 더 살고 싶지도 않구…. 또한 이번 일이 잘 마무리되었다 해서 내가 살아남을 수 있다고 생각하지도 않아, 어차피 난 깨지게 되어 있어!

도사   그러니 삼가고 조심하시란 말씀입니다.

임해   이 사람아, 그렇게 겁주지 말라구! 내가 명색이 이 나라 조선의 제일의 왕자 임해가 아닌가?

도사   (비웃으며) 조선 제일의 왕자답게 처신해 주시지요, 임해군 나으리!

임해   당신들이 칼을 휘둘러 협박한다 해도, 난 눈 하나 깜짝하질 않아, 알겠나? 핫하하…. 차라리 나한테 애원을 해 보게, 이렇게 말이야. 대사를 앞에 놓고 전전긍긍하는 내 아우 주상을 위하여 명나라 차관들이 시인하고 돌아가게 해달라고 말일세! 그것이 이 나라 조선을 화평케 하는 길이라고, 핫하하…. (비웃듯이) 자, 이 정도면, 날 살려줄 셈인가?

도사   뜻을 혜량하시니 됐습니다.

임해   알겠네, 어차피 죽을 몸…. 아우를 위해…. 내 아우를 위해….

도사   나으리의 처신만 믿겠습니다!

임해   믿어주시게, 나 이 사람 임해, 알고 보면 불쌍한 인간이라네. 시대를 잘못 만나 왜란 중에 왜놈의 포로가 되질 않았나, 아버지의 눈에 벗어나 아우에게 보위를 넘겨야 했으며, 그 일로 신료들의 모함으로 역모에 시달렸고, 나로 인해 얼마나 많은 인명이 죽어갔는가?

도사   나으리의 사적인 감정은 대사를 그르칠 수 있습니다.

임해   나로 인해 죽어간 한 사람, 한 사람 피값으로 여지껏 살아 있으니 부끄러울 따름이오.

도사   (웃으며) 인명은 재천이라 하질 않았습니까?

임해   역모로 온갖 고초를 겪고 죽어간 죄 없는 이들의 원혼을 누구라서 달랠 수 있단 말인가? 내가 죽어 그들 곁으로 갈 수밖에….

도사   (짐짓 말리며) 나으리.

임해   (벌벌 떨며 하수로 나가며) 그래 내가 이렇게 하면 되겠지? 중풍병자처럼 벌벌 기고 떨며, 중언부언하고, 나의 중죄를 그들 앞에 이렇게 고하면….

도사   (포기하듯) 나으리, 됐습니다.

임해   (방백조로) 그렇게 해야만 내 아우 광해의 승통이 적법해지고 왕실의 위엄이 되살아나 준다면…. 그렇게 해야지, 이 나랄 세우신 우리 할아버지들도 그랬듯이 오늘에 이르러서 임해가 그 어지러운 왕실을 위해 불행했던 왕자 할아버지들 곁으로 가는 것이로고…. 권력이란 것이 이토록 허망한 것인 줄 알면서도, 내 아우에게 그 진실된 한 마디 말을 못 전하는 이 신세가 죽고 싶도록 처량할 뿐이오, (허공에 대고 울부짖듯) 내 아우, 광해여! 아우님은 나의 간절한 이 소릴 들으시는가? 아우가 피를 나눈 형, 임핼 죽이지 않더라도 난 아우의 권력에 죽어갈 것이네…. 그것이 선대로부터 내려오는 정치의 정도요, 생리란 걸 아우도 잘 알지 않는가?

무대 암전되면 파도소리만 처연히 남는다.

제5장. 왕의 여자, 김개시

부제가 C/G 그래픽으로 지나간다.

김상궁의 거실이다. 주안상을 마주한 채 앉은 광해와 김상궁.

광해의 얼굴에 희색이 만연하다.

광해　자자, 한 잔 더 따르시게.

김상궁　전하, 아직 밤이 이르질 않사옵니까?

광해　오늘 같은 날, 취하지 않으면 어찌 한단 말이던가?

김상궁　(술을 따른다) 자, 그럼 한 잔만 더….

광해　(술을 따르는 김상궁의 손목을 잡으며) 자, 이리로 오시게. 기분 좋으이, 좋아!

김상궁　아이, 전하….

광해　이 모든 일들이 모두 자네의 은덕이로세, 내 앞으로 자네의 말이라면 뭐든지 믿고 따르겠네.

김상궁　전하, 송구스럽사옵니다!

광해　차마 옥사에 관한 것만 빼고는 자네 말대로…. 어찌 보면 자넨 내 생명의 은인이 아니던가?

김상궁　황공하옵니다, 전하!

광해　내가 피를 토하고 쓰려졌을 때, 자네 손으로 피를 닦아주고…. 정말 고마우이, 내 아버지께서 자넬 돌보신 것보다, 내 자넬 각별히 보살펴 줄 걸세!

김상궁　전하, 황공하옵니다!

광해　이번 일도 마찬가지가 아니던가. 명나라 사신들을 보기 좋게 요리해서 돌려보낸 것 또한, 내가 새 생명을 얻었음이 아니던가?

광해, 김상궁을 끌어안는다.

김상궁　(교태스런 목소리로) 전하, 과찬이시옵니다, 거두어 주시오소서!

광해　자, 어서 금침으로 드세나. 오늘은 자넬 고이 품어주고 싶으이.

김상궁　망극하옵니다, 전하!

광해 옷을 벗어 던지고 보료 위로 눕는다. 조명 그 위로 스포트 되면 반라의 김상궁 광해를 희롱하기 시작한다. 차츰 조명이 어두워진다. 어둠 속에서 들려오는 희열에 들뜬 소리들. 이때 하수에 찬물을 끼얹듯 푸른 조명을 받으며 나오는 작가.

작가   (해설조로) 광해군 일기에 보면 김개시는 남을 의심하기를 잘했으며 미신에 빠져 지관과 무당들의 허황한 소릴 믿고 갖가지 토목공사를 벌여 국고를 탕진했으며, 그녀의 거처엔 연일 사람들이 북적거렸고, 이들은 모두 뇌물로 벼슬을 사려는 사람들이었다고 한다. 금은보화를 뇌물로 바쳐가며 사대부가의 안주인들은 지아비의 출세가도를 재촉하여 나선 것이라고 기록하였는데, 이 때에도 내조의 여왕들이 많긴 했었나 봅니다. 그러나 '광해군일기'를 저술한 사람들이 인조반정을 주도한 서인세력임을 감안해 보면 진실이 왜곡 또는 조작되었을 것이라는 가상도 물리칠 순 없는 일이지요.

다시 불이 들어오면 작가, 사라지고 상수에 광해가 주안상을 앞에 놓고 개시와 나란히 앉아 정담을 나누고 있다.

김상궁   전하! 참, 요즘도 못된 상소문이 날아오는지요?
광해   골치 아픈 얘긴 그만 하시게.
김상궁   결단을 내려야 할 땐, 내리셔야 하옵니다.
광해   무슨 뜻이던가?
김상궁   어떻게 승통한 보위시옵니까? 이제 그 누구도 시비 못할 승통을 이루셨는데 그 기반이 확고해야 한단 말이옵니다.
광해   부왕의 대를 이은 보위의 승통은 매우 정통적인 일인데 거기에 무슨 가감이 더 필요하단 말인가?
김상궁   싹이 노라면 아예, 그 싹을 치셔야지요.
광해   (놀라며) 임해 형님을 말하는 것이리라?

김상궁 몇 분 더 있나이다. 그렇잖으면 몇 년이고 옥사에 옥사를 거듭하게
        될지도 모를 일이지요.

광해   에이…, 술맛 떨어지네 그려. 옥사 얘긴 좀 그만 두시게!

김상궁 못된 무리들은 자기들의 권력욕을 채우기 위해 애꿎은 왕족의 한
        사람을 꼬드겨 역모를 시도하게 되옵니다. 그것이 아무리 늙고 어
        리고를 떠나서 말이옵니다.

광해   (놀라며) 그게 무슨 변고인고?

김상궁 세자 책봉을 서두르셔야 하옵니다. 그리고 대비마마의 왕자 아기
        씨도 조심해야 할 인물입니다. 임해군 옥사 때도 그랬듯이, 아직 척
        결 안 된 구시대적 신료들이 조정안에 있습니다. 명나라의 확약까
        지 받은 보위임에도 불구하고 적서를 탓하여 영창을 적통으로 보
        려는 무리들이 있사옵니다.

광해   (놀라며) 뭐라? 영창을 두고? 영창은 아직 걸음마를 하는 아기가 아
        닌가. 어찌 세상에 그런 모함을 귀담아듣고 있단 말인가? 내 실망했
        도다! (일어서려다가) 그래, 그런 낌새를 어디서 누구한테 들었는지
        소상히 말해 보시게.

김상궁 전하의 보위를 반석 위에 올려놓기 위함이니, 심기 흐리지 마시오
        소서, 전하! 이이첨, 정인홍 등의 충언을 너무 간과치 마옵소서. 그
        들은 이 시대를 개혁시켜 나갈 타고난 충신들이라 생각되옵니다,
        전하!

광해   (취기에 그냥 주저앉으며) 알았네. (끌며) 이리 오시게.

김상궁 저…, 새 아이가 하나 천거되었사온데, 너무나 예쁘고 아름다워 전
        하께옵서 원하시오면, 오늘 그 아이와 함께 하심이….

광해   (호감 있게) 그래? 김상궁이 천거하는 아이라면 안 봐도 알겠네.

김상궁 엊그제 입궐한 아이온데, 제가 죽기로 전하의 성은을 입고자 자청
        하여 소절 찾아왔사옵니다.

광해   허허, 죽기로?

김상궁 (맞장구치며) 예…, 죽기로, 호호호….

광해 어허, 이거 점점 갈수록 궁금해질세?

김상궁 (밖을 향해) 소연이 게 있느냐?

궁녀 예.

김상궁 그래, 이리 들어오도록 해라.

궁녀 (들어온다) 저 소녀…. (주상임을 알아차리고는 어쩔 줄 몰라 한다)

김상궁 어서 예를 올리거라. 오늘 밤 너에게 전하께옵서 성은을 입을 기회를 주셨느리라!

궁녀 (절을 하며) 성은이 망극하옵니다, 전하!

광해 (바라보며 적이 감탄한다) 오호라, 천하절색이로고! 그래 올해 철수가 몇이던고?

궁녀 예, 열여섯이옵니다.

광해 그래? 참으로 아름답구나!

김상궁 전하, 그럼 소저 이만 물러가옵니다. (궁녀에게) 극진히 모셔야 하느리라?

궁녀 (황망히 떨며) 예….

광해 자, 술을 따르거라! 너를 보는 순간 십 년은 젊어진 것 같구나? 내 오늘 모든 걸 잊고 잔뜩 취해 보자꾸나! 오, 아무리 봐도, 넌 하늘에서 내려온 선녀 같아. 사람이 낳은 여식 중에 이렇게 아름다울 수가 있다니?

궁녀 망극하옵니다, 전하!

광해 그래 기예는 무얼 잘하는고?

궁녀 가무를 익혔사옵니다.

광해 오호라, 취한 끝에 너의 춤이나 한 번 보자꾸나!

궁녀 황공하옵니다, 주상전하!

무용반주가 흐른다. 일인무가 궁녀에 의해 시작된다. 춤사위가 매우 선정적으로 투영되고 있다. 광해의 눈앞에 어지러이 펼쳐지는 궁녀의 황홀한 춤사위, 터질 듯한 몸매에 매료되는 광해, 차츰 얼굴이 이지러진다. 함께 일어나 덩실 덩실 궁녀를 희롱하는 광해, 뜨거워지는 욕정을 참지 못한 채 궁녀를 보료 위에 쓰러뜨린다.

천천히 무대 암전된다. (사이) 조명이 다시 밝아오면 이이첨과 김상궁이 서성이며 대화하고 있다.

이이첨   이이첨이가 대제학이 되고 보니, 입궐하려는 동문서가의 유능한 인재들이 문전성실 이루고 있습니다!

김상궁   생애 기회는 여러 번 오는 것이 아닙니다. 대감, 어서 인재를 키우셔야지요.

이이첨   과걸 통해 후진을 양성해야겠습니다.

김상궁   좋은 생각입니다, 대감.

이이첨   저를 도와주세요, 주상께 통할 것이 있고 통하지 않는 일도 있습니다.

김상궁   걱정 마세요, 대감을 위해서라면 무슨 일인들 못하겠습니까?

이이첨   일찍이 인목대비의 폐모론을 들고, 주상의 심기를 흐리게도 했지만 그것은 어쩔 수 없는 정적제거의 일환일 뿐이요, 과감히 진행했어야지요. 나무를 보고 숲을 보 지 못하는 형국이질 않습니까? 여차하면 우리들의 과거와 미래는 파도에 씻겨 가고 마는 모래성과 같을 것입니다.

김상궁   그러니 이 대감께서 키워온 인재들을 요로에 배치하셔서, 훗날을 도모하셔야지요. 당파의 세력을 자기 인물로 차고 넘치게 해야 할 것이 아닙니까?

이이첨   (감격하며) 실로 마마의 정치술은 만고에 빛날 지략이십니다!

김상궁   이제 세상은 우리가 마음먹은 대로 굴러가게 됐습니다.

이이첨   왕실 인척의 거물들도 저와 마마의 뜻을 함부로 거역하질 못하질 않습니까?

김상궁 (심각해지며) 매사에 시작이 있으면 끝이 있는 법, 늘 마지막 날을 대비해야겠지요?

이이첨 마지막 날이라니요, 아직 멀었습니다!

김상궁 (고개를 저으며) 아닙니다. 그 일은 불원간에 올 수도 있어요, 주상의 용인술에 문제가 있습니다. 너무 대북에 치우쳐 있어요, 대감께서 그나마 소외된 서인세력을 한직에라도 추천했다지만, 난 그게 항시 마음에 걸립니다.

이이첨 반대파도 과감히 기용해야지요, 그래야 정치가 발전되는 것이지요. 조금만 기다려 주세요, 때가 되면 저들의 한을 풀어줄 기막힌 정책을 개발할 것입니다!

김상궁 (작은 소리로) 궐내를 수비하는 군사들의 사기도 문제이고, 저들의 수반 이홍립도 자꾸 의심이 갑니다. 궐 안을 지키는 보위부대의 장군인데….

이이첨 (고개를 갸우뚱거리며) 이홍립은 영상대감의 인척인데 의심할 여지가 있겠습니까?

김상궁 아니지요, 사람이란 것이 권력에 물들다 보면 인척이고 자식이고 가릴 겨를이 없다는 걸 모르십니까? 속히 대감의 인물로 갈아 치우세요.

이이첨 알겠습니다, 마마!

김상궁 한 나라의 충신이 하루아침에 대역죄인으로 몰락하는 것이 작금의 정치현실입니다. 권력이 모두 덧없음이 아니고 무엇이겠습니까? 이전 것은 다 지나가고 새 날이 오는 법…. 오늘도 자고 나면 과거가 되겠지요.

이이첨 무슨 그리 의미심장한 말씀을 하시는지요?

작가 (나타나며) 김개시가 보통여잔 아니군요. 궁궐을 수비하는 훈련대장 이홍립 장군을 못 믿겠다는 거 아니겠습니까? 여러분은 어떠세요?

두고 보시자구요? 그렇게 하지요. 조사하면 다 나오게 되니까요.

이이첨이 먼 데를 응시한다. 깨닫는 바가 큰 듯 고개를 주억거린다.
무대, 조명이 암전된다.

제6장. 옥사의 끝은 멀기만 하고

부제가 C/G 그래픽으로 지나간다.
편전에서 광해군이 안절부절하며 고심에 빠져 있다.
이이첨이 주상을 배알한다.

이이첨 전하, 그간의 언로와 상소를 통해 보셨듯이 김제남이 왕실의 인척
　　　　되는 사람으로 불량한 무리들과 내통하였고, 영창대군 역시 그들
　　　　의 입에 오르내렸으니, 도저히 용서할 수 없는 일입니다. 김제남을
　　　　사사하고 영창대군을 궐 밖으로 거처를 옮기게 해야 한다는 상소
　　　　가 빗발치고 있습니다.
광해　　그만두시오. 도대체 이 나라 조정이 연일 옥사와 역모, 죄인 대질,
　　　　능지처참에 삭탈관직, 난 정말 미칠 지경이오. 왜 임금인 나의 마음
　　　　이 편한 날이 없는 겁니까? 임해 형님 또한 병사라 하나, 난 그걸 믿
　　　　지 않습니다.
이이첨 전하, 그 때 일은 이미 과거가 되어버린 일이옵니다.
광해　　과잉충성이요. 내 형님을 죽이고, 또 그것이 모자라 대비마마의 아
　　　　버지인 김제남, 그리고 나의 아우인 어린 영창을? 더 이상은 안 됩
　　　　니다. 더 이상은 아니 된단 말입니다!
이이첨 전하, 조정의 공론은 두 사람 모두를 사사해야 한다는 것이지, 유배
　　　　와 부처는 전하의 뜻을 생각하여 미흡한 조처에 불과하다는 것을
　　　　아셔야 합니다, 전하!

광해   허어, 그것도 주상을 봐서 선처한 것이라?

이이첨   조정이 평안해야 백성이 화평을 누릴 수 있는 것이오니 김제남과
       영창을 사사로운 정에 끌리지 마시고, 과감히 결단을 내리소서!

광해   (강력하게) 이 번만큼은 내 양보할 수 없소이다!

이이첨   그 길만이 흐트러진 민심을 바로 잡고 강력한 전하의 체제를 바로
       세우는 것임을 유념하셔야 합니다.

광해   (미친 듯 소리 지르며) 뭐라고? 맘대로들 해, 맘대로 하란 말이요!

이이첨   (위압적으로) 전하, 그것이 대소신료들의 한결 같은 뜻일진대, 어서
       하명을 내리셔야 합니다.

광해   (떨리는 목소리로) 여러 중신들은 한결같이 나에게만 결단을 내리라
       하고 있으니, 난 무섭고 외롭습니다.

이이첨   (꾸짖듯) 전하, 고정하시고 심기를 바로 세우셔야 합니다.

광해   (홍분을 가라앉히며) 내가 덕이 모자라고, 무능하다는 걸 새삼 깨닫고
       있습니다. 그러지 않고서야 보위에 오른 후, 한날한시도, 마음 편히
       국사를 돌보질 못했으니…. 나의 무능과 부덕함을 한탄치 않을 수 없
       습니다. (눈물지으며) 돌아가신 아바마마께 누만 끼치는 것 같습니다.

이이첨   전하, 그건 부당하신 자괴이십니다. 지금 조정은 안정을 찾지 못하
       고 있습니다. 그 이유인 즉 고금을 통하여 한 분의 군주 아래에는
       그 군주께서 인정하시는 가신들이 모여 정국의 주도권을 잡아야
       할 터인데 아직도 조정은 파벌 세력이 하나같이 군주를 따르지 아
       니 하고, 다른 군주를 옹립하려는 불손한 집단으로 변질되어가고
       있음을 통탄치 않을 수 없습니다.

광해   그래서 밤낮으로 옥사를 벌이질 않았습니까?

이이첨   (꾸짖듯) 어찌해서 보위에 군왕을 모셔놓고도 국사를 돌볼 수 없도
       록 되었는지, 그 이유는 김제남 일파를 두둔하고 계신 전하의 사사
       로운 인정 때문이라 생각되옵니다.

광해   (애원하듯) 이것 보세요, 나도 사람입니다. 하늘에 머릴 두고 사는 한

인간이란 말입니다!

이이첨   사사로운 정을 버리시고 전하의 충성스런 가신들의 충정을 받아들
　　　　이셔야, 이 나라가 전하의 뜻과 의지대로 발전되고 개혁되어 나갈
　　　　것입니다!

광해   (답답한 듯) 그게 언제냔 말입니다. 언제까지 옥사에 시달려야 끝을
　　　　볼 수 있단 말입니까?

이이첨   (달래듯) 사실, 길고 긴 임진왜란을 겪으며 이렇게 왕조의 반열을 가
　　　　꾸시고 튼튼하게 길러 오신 것은 전하의 한없는 덕성이 있었기에
　　　　가능했던 일입니다.

광해   (괴로워하며) 솔직히 말하지요. 정말 왕의 자리가 가시방석과도 같아
　　　　요. 옥사, 그놈에 역모, 정인홍 대감의 상소만 접해도 소름이 끼쳐
　　　　오고 헛것이 보여요. 왜 나를 이렇게 만드는지, 진짜 내가 믿고 있
　　　　는 가신이라 해도 좋을 여러분을 원망할 때가 한두 번이 아닙니다.

이이첨   불초한 소신을 용서하십시오, 전하! 아무리 소북파와 서인들을 휘
　　　　어잡아 보려 해도 이전투구입니다. 우리 대북이 소수이기에 힘이
　　　　버겁습니다. 대북정권을 호시탐탐 노리고 비토하는 세력이 너무
　　　　크기에 어쩔 수 없이….

광해   (갑자기 태도를 바꿔) 대북이 약하면 강하게 만들어야지요. 조정이 하
　　　　나 되고 분열을 피할 수만 있다면…. 김제남을…, 사사하시오! 그리
　　　　고 영창대군을 폐서인하여 궐 밖으로 내치도록 하시오!

이이첨   (기세를 몰아 급박하게) 전하, 궐 안에 불행의 씨앗이 또 하나 심겨져
　　　　있습니다.

광해   (의외로) 무슨 소립니까? 불행의 씨앗이라니요?

이이첨   망극한 말씀이오나….

광해   말씀해 보세요!

이이첨   대비마마께서….

광해   (놀라며) 대비마마가?

이이첨   전하의 치세만을 생각지 마셔야 합니다. 세자저하와 그 후의 승통에 화근이 꽃을 피우고 열매를 맺으면 그 씻을 수 없는 회한과 복수의 칼날이…. 그러면 또 다시 국론이 분열됩니다. 막으셔야 합니다. 강력한 군주는 절대로 조정의 분열을 허용해서는 아니 됩니다, 전하!

광해   (울듯이) 날더러 어쩌란 말입니까? 대비까진 안 돼요, 내가 보위를 내놓는 한이 있더라도 대비는 안 됩니다. 대빈 부왕께서 애지중지하시던 분이요. 그런 대비를 어쩌한다는 건 인간의 도리상, 불가능한 일입니다.

이이첨   급한 것은 아닙니다만, 전하께서 눈앞의 일만을 고집하지 마시고 머언 뒷날까지 바로 보셔야 할 줄로 압니다.

작가   (급히 나오며) 저런 저런, 이이첨 대감의 말을 믿지 마십시오, 전하! 임해군에 김제남에 영창대군에, 그 정도면 이제 갈 데까지 간 겁니다. 대비를 건드려서 득볼 게 없다니까요?

광해   (머리를 쥐어짜며) 대빈 정말 안 됩니다. 밖에 나가 바람이라도 쏘여야 할 것 같습니다.

이이첨   김상궁하고 의논은 해 보셨는지요?

광해   모두…, 같은 소리뿐입니다.

계단을 내려선다. 후원으로 스포트라이트가 떨어진다.

이이첨   (따르며) 멀리 보셔야 합니다. 전하의 역량에 가신들의 힘을 실어드리면 완전한 전하의 세계가 오게 되는 것입니다. 맑은 날일수록 뇌성벽력을 생각하는 것이 군주와 가신의 임무라 생각합니다, 전하!

광해   (하늘을 우러르며) 달빛이 참 좋습니다. 달처럼 기울어졌다간, 다시 얼마 뒤엔 반월로 떠오르는 것이 바로 우주의 법칙입니다. 역사 또한 순리대로 흘러가야 하는 것인데 자꾸만 역행을 하고 있어요!

이이첨   역행이 아닙니다, 전하! 지금의 정치는 매우 흡족하리만큼 잘 풀어

가고 있습니다. 명나라에 원군을 보내는 문제며, 임진란으로 피폐한 국가경제를 회복시키는 일이며, 불타 버린 궁궐을 재건하는 일이며, 민생의 현안인 대동법 실시와 국가적 대사업인 재양전 작업을 진행하여 토지대장을 문서화하는 엄청난 치적을 쌓고 있음은 누구도 부인할 수 없는 일인 줄로 압니다. 다만 우리 수권 정파인 대북세력이 워낙 소수파인 데다, 집권 초기부터 건저위를 놓고 갈라진 반대파의 힘이 너무 강합니다.

광해 이 일을 어쩐단 말입니까?

이이첨 현실 정치의 개악적 요소인 당쟁을 종식시키고 왕권을 강화하기 위한 수단에서 피치 못해 불거져 나오는 것이 바로 옥사인 것입니다. 전하, 명분론에 입각해서 저들의 정권주도를 획책하는 서인의 무리들을 간과해서는 아니 될 줄로 압니다.

광해 물론 맞아요…. 하지만, 옥사만큼은…. 어찌 계모도 어머니이고 과인의 보위를 허락해 교지를 내리신 대비마마를?

이이첨 (날카롭게) 대비를 폐서인 안 하면 우린 모두 죽습니다! 언젠가 대비의 추종세력들이 피바람을 몰고 올 것이 당연합니다, 전하!

광해 (만류하듯) 자, 그만합시다. 오늘은 편안히 저 달이나 구경합시다.

작가 (끼어들며) 이 상황이 바로 소수파의 집권이 불러온 정치권의 폐해입지요. 소수가 다수의 반대를 헤쳐 나가야 하니, 권력을 강화해야겠고. 그러니 피바람을 불러일으키며 반대파를 숙청하는 거 아니겠어요? 그러다가 세월 다 보내고, 언제 정치할 건데, 웅?

이이첨 (듣기라도 한 듯) 서인들이 치기 전에 우리가 먼저 쳐야 합니다, 전하!

광해 달구경이나 하자니까요.

작가, 사라지고 불길한 음악이 흐르며 밤은 깊어가고 있다
훗날의 환란을 암시해 주는 듯 달빛이 어두워지고 이이첨과 광해군, 먼 밤하늘을 무심히 바라본다.

제7장. 보수를 물리치고 실리외교를 펼치다

부제가 C/G 그래픽으로 지나간다.

세월이 흐른 후 편전이다.

대신들이 광해군과 조회를 하고 있다.

분위기가 양분되어 첨예하게 대립되어 있다.

이이첨 (대신을 향해) 전하의 명석하신 판단으로 강홍립 장군을 명나라의 원군으로 파견했으면 그만이지, 무슨 이유로 그의 투항을 문제 삼으려는 것이오?

유희분 맞습니다. 명나라에 원군을 파견한 것은 주상전하의 정치 행위이며, 강 장군이 어쩔 수 없이 전세의 불리함을 알고, 한 사람이라도 더 조선인 병사를 살리기 위한 특단의 조치로 금나라에 투항했을 뿐이요!

대신 (대들듯) 명나라를 배신하고선 우리 조선이 살아갈 수가 없소이다!

이이첨 대감, 그건 망발이오. 어째서 조선이 살아갈 수 없다는 겁니까?

대신 (노려보며) 선왕대의 일을 잊으셨단 말입니까?

이이첨 그건 그때의 일입니다. 명나라의 기운이 쇠하고 있고 금나라의 기세가 저렇게 등등한데 언제까지 명나라의 속국을 자처하며 살아가야 한단 말입니까?

대신 대감, 그건 명나라에 대한 의리일 뿐 사대가 아닙니다.

유희분 사대이건 의리이건 우리 조선에게 득이 되는 외교정책은 적극 펼쳐야 합니다.

대신 (분을 토하며) 아니, 저, 야만스런 누르하치에게 뭘 얻을 게 있다는 겁니까?

이이첨 (큰 소리로) 닥치시오. 남의 나라라 해서, 한 나라를 세운 사람을 야만인으로 매도해선 아니 됩니다. 현재 수만 명, 우리 조선의 병사들이 누르하치의 보호 아래 있다는 걸 유념하셔야지요.

유희분 (결말을 지으려는 듯) 명나란 이미 대세가 아닙니다. 두고 보세요, 금나라를 무시했다간 큰 화를 당할 것이요!

대신 (강하게) 어쨌든, 강홍립이 자원하여 돌아오지 않는다면, 그 가족을 주살해야 마땅합니다!

유희분 주살이라니요, 그건 말도 되지 않소이다, 되레 가족에게 상훈을 내려야지요. 조선을 위해 살신성인한 장군입니다!

대신 (분노에 떨며) 뭐요, 상훈을 내려요? 대감, 미쳤소?

유희분 무엄하오, 뉘 안전에서 그따위 망발을 하는 거요?

광해 (생각에서 깨어나듯) 그만들 하세요, 강홍립 장군의 거취는 왕명에 의한 것이었소. 지금 강 장군은 후금의 모처에서 과인에게 정보를 전달해 오고 있습니다. 전쟁을 막기 위한 최선의 외교입니다. 철천지원수 같은 왜국과도 송사약조를 체결하지 않았습니까? 이것이 과인이 추구하는 정치이며 태평성대를 위한 외교정책입니다. 또한 다른 나라와의 교역과 왕권의 안정을 도모하기 위해 도성을 교하 들녘으로 옮길 생각입니다. 그러니 명과 후금, 그리고 바다 건너 왜국에 이르기까지 정보를 미리 알고 통제해서 전쟁이 다시는 일어나지 않도록 하여 우리 조선이 이들 국가의 중심 제국이 될 수 있도록 할 것입니다. 더 이상 강 장군의 일로 민심이 동요되지 않도록 맡은 바 임무에 최선을 다해 주시기 바랍니다. (강력하게) 강홍립의 일은 과인이 알아서 처리할 것이오!

대신 하오나, 전하!

유희분 (제지하며) 그만하시오, 대감!

대신 (유희분에게) 명과 적대해선 우리 조선의 종묘사직을 장담할 수 없다니까요?

광해 조용히들 하시오. 궐내 신료들의 우국어린 충정과 민심의 흐름을 과인이 어째서 모르겠습니까? 명의 원군파견 요청이 있은 지 과인은 4년 동안이나 고심의 세월을 보내며 명과 후금의 전황을 지켜봤던 것이오. 지금은 명의 때가 아니기 때문에 파병을 결행했고, 그것도 조선군대를 급히 명군과 연합하지 말고 압록강변에서 최대한 시간을 끌며 저들의 전황을 파악케 했던 것이오!

대신 　(떨며) 하오나 전하, 명은 우리의 형제국이며 조선개국과 동시에 물심양면으로 우릴 도운 하늘이 맺어준 은혜의 나라이옵니다.

이이첨 　대감은 또 그 모화사상에 찌든 사대주일 거론하시는 겁니까. 지금 전하께서 소상히 설명하시고 있질 않소이까?

대신 　(분노하며) 뭐요? 모화사상? 사대주의? 대감도 전엔 강홍립을 삭탈관직해야 한다고 시임, 원임 대신들을 부추기질 않았습니까?

이이첨 　(당혹해 하며) 그 당시엔 전하의 고명하신 뜻을 몰랐기 때문이지요. 전하께서 내리신 명령이라는데 무슨 말이 필요하단 말입니까, 대감?

광해 　(말리며) 그만하세요. 파병을 할 것인가 말 것인가? 한다면 언제 해야 옳은가? 지원군의 규모는 어찌해야 하나? 이 모든 걸 과인이 혼자서 결정했기 때문이오. 과인이 파견군 도원수를 강홍립 장군으로 결정한 것은 강 장군이 어전통사로 있을 당시 그의 통역실력과 인품의 강직함을 믿었기 때문이었소.

이이첨 　(맞장구치듯) 강홍립 장군의 도원수 채택은 매우 지당하신 일이라 사료됩니다.

광해 　우리 조선군이 명과 연합하여 후금과 전쟁을 치를 경우, 우린 분명히 후금과 적대관계가 형성될 것이고, 후금과 적대한다 함은 어린아이가 호랑이굴로 들어가는 우매한 처사라고 판단했던 것입니다.

대신 　(고개를 바로 들고) 전하, 어째서 우리 조선국의 비유를 어린아이와 같다 하십니까? 우리 조선은 장장 7년간의 임진왜란을 거치며 몸으로 터득한 병술로 보나 군사들의 사기로 보나 어린아이의 비유는 부당한 줄로 압니다.

광해　(답답한 듯) 허허허, 대감의 뜻을 어찌 주상인 과인이 모르겠소. 과인은 두 나라의 싸움에 말려들어, 또 다시 조선을 전쟁의 폐허로 만들 수 없다는 것이지요. 그래서 심하전투의 상황을 보고받고, 후금에 조선 병사들을 이끌고 투항하라 명했던 것입니다.

유희분　전하, 투항은 옳은 선택이었습니다. 후금의 원한을 끌어내 명나라에게 역공적으로 도움을 청할 수 있게 된 것이 아니겠습니까?

대신　(어이없는 듯) 투항을 해놓고 도와달라구요?

광해　명에서는 어떤 사정으로 투항을 했는지, 과인이 보안을 철두철미하게 했으니 조선에서 통보한 대로 믿을 것입니다. 이 방법만이 변화하는 국제관계에서 우리 조선이 살아남을 수 있는 최대의 정치외교술입니다.

이이첨　(간언하며) 전하, 요즘 조보를 통한 지침 시달과정에서 비밀이 누설되어 각종여론이 분분하다 하옵니다. 하오니 조보소를 통제하고 지휘감독을 강화해야 할 것이옵니다.

광해　(심각하게) 조보에 문제가 있다면 대외관계 지시는 당분간 이런 방식의 회의를 통해 구두 전달만 하겠소. 비변사 신료들의 우국충정어린 상소를 대감들께서 적극 해명, 홍보하시어 과인의 외교노선에 적극 동참토록 해 주시기 바랍니다. 먼저 궐내가 조용해야 마땅히 민심도 군주가 뜻하는 대로 따르게 될 것입니다.

이이첨　분부 받들어 거행하겠습니다, 전하!

광해　그럼 오늘 조회는 마치도록 할 것이오.

　　　　광해, 일어나 퇴장한다.

대신　(돌아 나오다 멈춰서며) 두 대감들, 오늘 하신 말에 책임을 지세요!

이이첨　책임지지요.

유희분　전하의 정책에 비토를 놓지 마세요, 대감!

대신　비토라니요? 이건 비토가 아닙니다. 논의하자는 것이지요. 두고 보세요, 각 정파에서 들고 일어날 것이 뻔해요. 비변사만 하더라도 그냥 수그러들지 않을 것입니다. (위협하듯) 반란의 싹을 제공하게 될 겁니다, 대감!

이이첨　반란? 우리가 막아야지요. 우린 전하와 정부에 천명을 바쳐야 할 사람들입니다. 비토하는 무리들 때문에 나라의 운명이 어지러워질 겁니다. 금나라를 우습게 보다간 개망신을 당할 터이니 두고 보세요, 대감!

고성이 오고가는 가운데 무대, 암전된다.

제8장. 반란을 꿈꾸다

부제가 C/G 그래픽으로 지나간다.
달빛이 교교한 숲속에서 무장들이 무엇인가를 숙의하고 있다. 주변을 의식하여 경계가 삼엄하다. 작가, 분신으로 나타나 저들의 쿠데타 획책을 힐난한다.

김유　(장검을 뽑아 허공에 두고) 허허, 어쩌다가 우리 조정이 이 지경이 되고 말았단 말이오? 대비를 폐서인하여 경운궁에 유폐하고 이를 반대하던 오리대감 같은 우국지사를 장마통에 홍천강가로 유배를 보내질 않나, 더욱이 조선 개국 이래 형제의 관계 맺어 오던 신의를 저버리고 누르하치에게 빌붙어 뭘 얻겠다는 건지 상식적으로 이해가 안 가는 패륜적 정치를 자행하고 있질 않습니까?

이괄　이것이 모두 주상을 감싸고 도는 이이첨 일파의 간악한 정적 숙청 때문에 벌어진 사단입니다.

능양　(두리번거리며) 입조심하십시다. 우리 집터에 왕기가 있다 하여, 벌써 내 아우 능창을 죽이질 않았소?

김유 무섭소이다, 하마 무섭구 말구요…. 대비마마의 부친 김제남을 사
사하고…. 영창 아기대군까지 증살하다니요?

능양 (덩달아) 이제 왕권은 사라졌습니다. 어찌 선왕에 의해 친교를 맺어
온 명나라를 업신여기고 야차 같은 금나라 누르하치에게 손짓을
한단 말입니까?

이괄 강홍립을 잡아들여 삼족을 멸해도 시원찮은데 한성으로 가족을 불
러들여 호의호식시키다니요? 쳐부숴야 합니다.

김유 현재의 권력구조의 틀을 깨고 과감히 개혁을 단행해야 합니다.

이괄 우리가 설사 집권세력인 북인들에 의해 서인세력으로 분리되어 강
등되었다 해도 변방이나 지키게 하고, 이괄이 함경병마삽니다, 함
경도 병마사! 이괄이가 말입니다. 어헛 참, 이거야 원?

이귀 그 정돈 양호하지요, 이괄 장군. 이 사람 이귀는 평산에서 호랑이
사냥 때문에 지금 대죄를 청하고 근신 중에 있질 않습니까, 하하
하….

김유 이 사람 김유는 어떻구요? 변방 끝 강계에서 그나마 쫓겨난 사람이
아닙니까?

능양 서인 쪽에 사람이 없습니다. 계축옥사 때 죽고, 인목대비 유폐 때
사형 당하고, 유배되고 이제 남은 사람이 없어요. 우리 편이 너무
없단 말입니다.

이귀 (호기를 맞은 듯) 훈련대장 이홍립이 우리와 뜻을 같이할 겁니다. 훈련
대장만 우리와 함께 해 준다면, 궐 내 진압군은 이내 우리 편이 될
겁니다.

김유 그걸 어찌 믿는단 말입니까? 훈련대장이 그런 모험을 할 것 같습니
까?

이귀 이 일은 우리들 모두의 생명을 건 반정입니다, 장난이 아니질 않소
이까?

이괄   믿어야지요…. 사람을 못 믿으면 반정은 탄로 나고, 우린 개죽음을 면할 수 없는 겁니다!

작가   (능양에게 자연스레 다가온다) 개죽음이라니, 지금 무슨 일을 도모하시는 겁니까? 인조대왕 전하?

능양   (생각 없이) 인조대왕? 내가?

김유   반정에 성공만 하면 그야말로 서인 세상이 밝아오는 것이지요, 핫하하!

작가   (대상을 두지 않고) 훈련대장이 쿠데타에 가담한다면서요?

이괄   (상관없이) 훈련대장 이흥립 장군은 우리 편이 확실합니다.

작가   (웃으며) 허허…. 이거 왜 이러십니까? 능양군께서 광해임금의 왕위를 찬탈하시고, 이 나라 조선의 제왕이 되신다?

능양   (작가의 말을 혼자 듣고) 조선의 제왕이라?

김유   (말을 이어가듯) 주상의 목은 내 손에 달려 있습니다!

이괄   시간 싸움이지요.

김유   시간이 지나준다면 승리는 우리 것입니다!

작가   좋도록 해석하시오. 어찌 됐던 간에 훈련대장을 포섭했다니, 당신들 쿠데타 세력에겐 천군만마를 얻은 셈이구려. 허나, 무모한 짓이지요. 권력이란 것이 자고 나면 어느덧 남의 것이 되기 십상이라서…. 권력 획득에만 혈안이 되어 있고 정치와 군주의 도리를 모르는, 청맹과니 같은 졸장들이로고….

작가, 홀연히 사라진다. 무장들 이를 눈치 채지 못한 채 숙의를 거듭하고 있다.

능양   (머리를 갸웃거리며) 여하튼 우린 피를 나눠야 할 동지들입니다. 죽기를 각오하고 인목대비의 신원회복을 위하고, 대명 형제관계의 복원을 위해, 그동안 한직에서 움츠렸던 가슴을 세상을 향해 뜨겁게 열어야 합니다.

김유 물론입니다. 이미 운명의 시간이 정해졌습니다.

이괄 언제요?

김유 3월 13일 새벽이니 12일 밤에 이 숲속으로 병사들을 집합시켜야 합니다.

이괄 알겠습니다.

이귀 그럼 각자 돌아가 군기와 병사들 배치할 곳을 확인하도록 합시다.

네 사람, 결의를 다지며 숲을 빠져 나간다. 무대 암전된다.

숲을 배경으로 한 같은 장소 하수 앞부분이다. 어둠 속에서 들려오는 국문하는 소리들. 이어서 상단에 스포트 핀이 떨어지면 역모를 캐내려는 관원과 죽기를 다해 억울함을 호소하는 죄인들의 처절한 비명소리가 메아리치듯 다가온다.

스포트라이트 속에 갇혀진 죄수, 처참한 몰골로 고문과의 사투를 벌이고 있다.

도사 어서 대라니까? 바른 대로 고하렸다? 능창군을 옹립코저 역모에 가담한 사람이 더 있지 않는가?

죄인 모르옵니다, 전 모르옵니다!

도사 여봐라, 저 자의 주리를 틀도록 하라!

죄인 으아아악….

도사 이것이 바로 역모의 대가니라, 자고로 역모의 죗값은 능지처참에 삼족을 멸하는 법, 어찌 국법을 어기고 역모를 한단 말인가. 역모를? 나라의 권력에 도전하려는 자는 누구든 예외 없이 법에 따라 처형할 것이니라!

죄인의 비명이 메아리치듯 사방을 울리고 있다.

제9장. 권력, 그 꿀맛, 이대로가 좋아

부제와 3월 13일 밤이란 글자가 C/G그래픽으로 지나간다.

하늘에는 둥근 달이 떠올라 있다. 광해가 궁녀들과 연회를 즐기고 있다. 술에 취한 광해가 들어오는 도승지를 보고 짐짓 좌정하며 가무를 멈추게 한다.

대신   (다가서며) 전하, 급보이옵니다! 이귀와 김자점 등이 오랫동안 음모와 밀계를 다 져오고 있다가 서궁을 돕고자 군사를 일으킨다는 고변이 있습니다. 그 화가 목전에 당도해 온 줄로 압니다. 빨리 일을 수습하시어 화를 막으심이 옳을 줄로 압니다, 전하!

광해   또 역모요? 또 옥사를 치러야 한단 말인가?

대신   망극하오나 이번 역모는….

광해   (말을 막으며) 이번엔 틀림없는 반정이란 말입니까?

대신   그렇습니다, 전하!

광해   과인을 도와 종사를 함께 했던 다수의 어른들이 잠시 서인에 분류되어 삭탈관직에 뼈아픈 유배의 생활을 하고 있음을 아시는가? 과인은 뭡니까? 십 수 년 보위를 이끌어 왔지만 제대로 이뤄낸 게 없는 게 접니다. 누가 과인을 이렇게 만들었습니까? 명나라요? 금나라요? 난 이 잘난 보위에 연연해 의리도, 양심도, 절개도 다 팔아버린 후안무치한 인간이 되었단 말이요.

대신   전하, 그건 천부당만부당한 자책이십니다. 옥사는 궐 안의 일이지만 지금 전하의 치세는 누가 봐도 태평성대입니다!

광해   (변덕스럽게) 태평성대라? 음, 그래야지…. 이 나라 백성들만 태평하면 그만이지! (생각을 바꾸며) 하지만 이번 역모는 지난해에도 풍설로 나돌던 별 수 없는 유언비어일 겝니다. 풍설만으로, 물증도 없이 옥사를 일으킬 수는 없는 일이니 어서 돌아가세요, (다그치며) 어서요?

대신   하오나, 전하?

광해   누구든 다신 역모를 입에 담지 마세요!

광해군의 귀에 환청으로 들려오는 국문장의 처절한 비명소리.

광해   (귀를 막으며) 안 됩니다. 또 다시 옥사는 아니 된단 말입니다!
김상궁 (다가오며 대신을 밀치며) 어서 물러가세요. 전하, 고정하시오소서!
광해   (애원하듯) 김상궁…. 정말 어쩌라는 것이요?
김상궁 이귀를 무고하는 못된 무리들의 소행이 틀림없사옵니다.
광해   맞아, 그건 역모가 아닌 모함이고 무고일세, 무고야!
김상궁 들어가시오소서, 전하. 아직 연회가 끝나지 않았사옵니다.
광해   (손짓하며) 도승지가 오늘 연회를 망쳐 놓고 가 버렸군.
김상궁 망치시다니요, 전하! 이제부터 다시 시작하면 되질 않사옵니까?
광해   음, 그래, 다시 하면 되는 걸, 핫하하….

광해군, 김상궁의 부축을 받고 들어간다. 주연이 다시 시작되고 궁녀들이 춤을 춘다. 이이첨이 들어서자 모두 그를 쳐다본다. 김상궁이 성급히 그를 맞이하며 나선다. 작가, 이들보다 앞서 무대 상수하단에 나타난다.

작가   (막아서며) 김상궁, 연회를 중지하는 것이 광해주께서 만고에 성군으로 남는 길입니다. 에이그, 그저 세상 한 치 앞을 못 내다보고 부어라 마셔라니. 여하튼, 내 긴밀히 정보는 준 셈이니 물러가리다, 김상궁!
김상궁 (혼미한 듯) 저것이 무슨 소리란 말인가?
이이첨 (들어서며) 아직도 주연이란 말입니까?
김상궁 (이상하다는 듯 멈칫거리더니) 아니, 대감께서 어인 일로 예까지 오셨습니까?
이이첨 (꾸짖듯) 오늘밤 역모가 있으리란 고변이오. 도승지를 보냈는데 아직도, 연회중이시니 원, 어헛 참….

김상궁 (비웃듯이) 또 이귀와 김유가 반정을 시도한다는 겁니까?

이이첨 (고개를 끄덕이며) 사실인 듯싶소이다!

김상궁 (웃으며) 대감, 정말 딱도 하십니다. 언제까지 그 일을 두고 역모니
고변이니 하실 참이십니까? 이귀는 지금 상소를 올려놓고 대죄를
청하고 있는 걸 몰라서 그러십니까?

이이첨 물론 그야 잘 알고 있지만…. 웬지, 예감이 좋질 않아요?

김상궁 또한 김자점이란 사람은 그런 엄청난 일에 끼어들 위인이 못됩니
다.

이이첨 어찌 되었거나 거사일이 오늘밤이라 하니, 병사들을 움직여야 할
터이니….

김상궁 호호호. 오늘밤이라구요? 그런데도 대감께선 여유가 만만하시네
요? 이제 그만큼 했으면 조선엔 역모가 사라졌습니다. 아무리 권력
욕에 눈이 멀었다 해도 지금까지 역모로 인한 옥사의 피바람을 생
각하면 치를 떨 텐데, 누가 감히 역모를 꾀할 수 있단 말입니까?

이이첨 그건 모르시는 말씀이오. 권력의 부침은 밤과 낮이 교차하는 것과
같소이다. 끝이 없음이지요. 어찌 됐건 이 고변을 주상께 전해야 하
오.

김상궁 (냉정하게) 대감, 정말 해도 너무 하십니다. 모처럼 국사의 시름을 잊
으시고 흥에 취하신 전하의 심기를 이토록 어지럽혀도 된단 말입
니까?

광해 (나오며) 무슨 일이오?

김상궁 (막아서듯 달려가며) 아무것도 아닙니다, 전하! 이귀가 오늘 역모를 꾀
할 것이라 하는데…, 하루 이틀도 아닌 풍설을 듣고…. (신경질적으
로) 이젠 지쳤습니다!

이이첨 전하, 지금 빈청에서 대신들이 전하의 어명을 기다리고 있습니다!

광해 (불만스러운 표정으로) 그 일은 이귀의 파직으로 정계된 사안이 아닙니

까? 그만 물러가세요!

이이첨 (강하게) 전하, 오늘의 고변만은 물리치시면 아니 될 줄로 압니다!

광해 (화를 내며) 물러가라지 않았습니까!

이이첨 전하, 불길합니다!

광해 과인의 명이 없이는 단 한 사람의 군병도 움직일 수 없을 것이오. 당장 가서 그리 이르도록 하세요!

김상궁 (이이첨에게) 대감, 아무래도 오늘밤은 고변일 듯싶습니다, 물러서시지요?

광해 (방백으로) 지금 가장 위험한 사람은 바로 광창부원군 당신이요. 그동안 너무나 막강한 세력을 키워왔기 때문이지. 나는 역성혁명이 일어날 수도 있다는 것을 이미 예측하고 있던 터이요. 권력은 물이 흘러가듯 순리대로 움직이는 것이지요.

작가 (다시 나타나며) 왜 이러십니까, 전하! 종말이 다가오고 있다는데….

광해 (무심코 따라 하며) 종말은 무슨 종말, 난 이제 아무것도 두렵지 않습니다.

이이첨 (뜻밖에) 예? 종말이라니요?

광해 지금 종말이 다가온다고 하시질 않았습니까?

이이첨 (묻히듯) 아, 예, 이것이 모두 소신의 부덕 때문입니다. 하지만 오늘만큼은 소신의 뜻을 받아주셔야 합니다, 전하!

광해 (흥분하며) 난 두려울 것이 없소. 죽어도 좋소, 왕의 명령을 들으시오!

이이첨 (낙망하여) 알겠습니다, 전하!

광해군, 화가 나서 들어간다.

작가, 어쩔 수 없다는 듯 고개를 주억거리다 사라진다. 음악이 다시 연주되고 궁녀들의 웃음소리가 가득하게 들려오는데, 이이첨, 근심에 쌓여 단에서 내려온다. 하늘에는 피의 반정을 예고하는 붉은 빛이 번져 있다.

허탈한 채 걸어가는 이이첨, 다시 한 번 주연장을 돌아보다가 거침없이 사라진다.

제10장. 삶이 그대를 속일지라도

부제가 C/G 그래픽으로 지나간다.
잠시 뒤 훈련대장 이흥립의 사저 계단 아래다.
이이첨이 사저 앞을 서성이고 있다.

이이첨 　(방백으로) 오늘의 반정음모가 사실이라면 지금쯤 훈련대장 이흥립
　　　　은 출타했을 것이니, 우선 그의 집에 가 보면 백일하에 드러날 것이
　　　　아닌가!

작가 　　(쫓아가며) 대감의 지략은 정말 대단하십니다. 훈련대장이 부대를 집
　　　　결한답디까? 대장은 모여 있는 부대를 통솔만 하면 되는 거 아닙니
　　　　까? 그러니까….

이이첨 　(귀를 털며) 어헛, 귀에 뭐가 들어갔나? 왜 이리 멍멍한 게야?

이흥립 　(나오며) 아니, 대감께서 어인 행보이십니까?

이이첨 　(귀를 털며) 역모의 기미가 보인다던데 훈련대장이 어찌 이리 한가하
　　　　신가?

이흥립 　잠시 전까지만 해도 어명을 기다렸습니다만, 뭔가 잘못된 고변이
　　　　아닐는지요.

이이첨 　잘못되었으면 하는 맘 간절하오. 하지만 오늘밤이라질 않소, 오늘
　　　　밤 말이요?

이흥립 　대감, 누군가 소생을 모함하려는 무고일 겁니다. 오늘이 열이틀이
　　　　면 달이 밝습니다. 거사를 일으키기엔 좋지 않은 날이지요?

이이첨 　(하늘을 보며) 하지만 이렇듯 흐리질 않소, 달이 없을 것이 아닌가?

이흥립 　거사 일을 급기야 오늘에서 정하진 않았을 것 아닙니까?

이이첨   훈련대장의 말을 믿어도 되겠소?

이홍립   예, 절 믿어 주십시오, 병법을 조금이라도 아는 사람이라면 열이틀 밤엔…. (고개를 저으며 확신적으로) 터무니없는 무고입니다, 대감!

이이첨   그래요? 음…. 그렇게 보니 그 말이 맞는 것 같군. 그럼 난 훈련대장만 믿고 돌아가겠소!

이홍립   날이 밝으면 모든 것이 허위이고, 무고임이 백일하에 드러날 겁니다. 편히 돌아가 쉬십시오, 대감!

이이첨   자, 그럼 난 이만 가겠소.

작가   (한쪽에 숨어서) 대감, 훈련대장의 말을 믿으면 안 됩니다. 저 자가 바로 역모의 주인공이라니까 그러시네?

이이첨   (알아들은 듯 돌아보며) 허엇, 왜 이리 귀가 가렵고 찝찝한고?

작가   (이홍립에게 오며) 훈련대장, 잘 판단하셔야겠습니다. 인간적으로 당신은 영상대감의 인척이라 하여 대북에서 완전히 신임하는 장군이지요?

이홍립   (사라지는 이이첨을 보며) 대감, 나도 나를 몰라요. 왜 내가 이런 자리에 서야하는지. 하지만 나의 미래가 불확실해, 이귀나 김유, 이괄 장군처럼 변방으로 쫓겨날 게 뻔해, 마침내 강홍립처럼 금나라의 포로가 될 게 뻔한데…. 그래도 나를 믿고 불러준 현직 장군들에게, 내 앞 일을 맡기는 편이….

작가   이 장군, 개인의 안위가 이 나라 조선의 운명보다 중하다 이 말이요?

이홍립   (독백조) 솔직히 나도 떨리고 무섭소이다. 허나 반정이란 것이 한 쪽은 무너지게 되어 있질 않소. 나로 인해 이 나라 조선이 잘 되기만을 바라며 거병의 시간을 기다리겠소. 미안하외다, 광창부원군 대감!

이이첨이 못미더운 듯 이홍립의 사저를 잠시 둘러보다가 귀를 후비며 나가면,

무대 잠시 암전된다. 작가 답답한 듯 사라지는 이이첨을 따라 나간다.

제11장. 반란의 춤

부제가 C/G 그래픽으로 지나간다.

숲속의 적막한 밤이다. 어둠 속으로 번쩍이는 형체가 지나며 춤을 추는 듯하다. 이들의 움직임과 춤사위는 마치 무장한 군졸들의 움직임과 같다. 달빛도 구름에 가려져 그 빛을 잃고 있다. 정적을 깨며 이괄의 군사가 당도한다.

작가, 앞으로 나온다.

작가　(해설조로) 인조반정은 오늘밤 예정대로 착착 진행되고 있는데, 조정에서는 뭘 하고 있단 말인고? 광창부원군 대감, 김상궁, 권력의 종말을 운명으로 믿고 기다리기만 할 것이오? (한탄하듯) 당신들은 진짜 옥사 불감증 환잡니다!

이괄　(두리번거리며 나타나서) 분명히 이경에 모이기로 되었는데 어찌된 일인가? 자, 숲속을 뒤져봐라. 혹여 복병이 있을지도 모르니까!

이귀　(나오며) 뉘시오? 이괄 장군이시구려. 나, 이귀요.

이괄　(한숨을 토하며) 어찌된 일입니까?

이귀　여기 사람들이 이제 막 모여들기 시작했습니다.

이괄　관옥은 어찌 안 나타나는 겁니까?

이귀　글쎄요…. 장단부사도 안 보이는데?

이괄　(신경질적으로) 이 사람들이 왜 이래? 거사의 총책임자가 나타나질 않고, 군병 지휘자인 장단부사도…. 이러면 거사의 주력군이 없는 것 아닙니까? 원, 세상에 이런 일이…. 누구는 모가지가 서너 개씩 되는 줄 아십니까? 여차하면 모조리 참수당할 것을 모르고 거살 진행하진 않았을 거 아닙니까?

이귀   (조바심에 말리며) 조금만 더 기다려 봅시다.

이괄   (다급하게) 벌써 이경이 지나고 있질 않습니까?

이귀   차질이 있을 까닭이 있나요. 조금 있으면 당도할 것이니 침착하게
        기다립시다.

이괄   이거 정말 미치겠군, 어휴…. 이거 삼경이 다 되어가는 모양인데?

        이때 병사 한 사람이 허겁지겁 다가온다.

이귀   대체 어찌된 일이라던가?

병사   어느 놈인가 고변을 한 듯싶습니다. 체포령이 내려졌답니다.

이괄   뭐요? 체포령이?

이귀   안 되겠소, 이러다간 다 죽습니다! 토벌군이 몰려오기 전에 선제공
        격을 해야겠소, 북병사께서 거사를 총괄하시오!

이괄   지체하는 것은 개죽음을 자초하는 길이니, 제가 총괄하겠습니다.

이귀   (병졸들에게) 오늘의 승리는 이괄 장군의 용병술에 달려 있으니, 모
        두 장군의 명령에 따르라!

병사들 예.

        이때 전령이 뛰어 온다.

이괄   누군가?

전령   전령이요!

이귀   누구의 전령이란 말인가?

전령   관옥께서 모화관으로 병력을 옮기라는 명을 내리셨습니다, 장군!

이괄   (발끈해서) 뭐야? 모화관이라니? 애초에 홍제원에 모이게끔 약속을
        했는데 지금 와서 모화관이라니?

이귀   (만류하듯) 잠깐, 저 쪽의 전후 사정을 들어 보고서 결정합시다.

이괄   (다급하게) 시간이 없습니다. 지금 총출동하지 않으면, 토벌군에게 당하고 맙니다!

이귀   말해 보시오. 어째서 모화관으로 병력을 옮기라는 거요?

이괄   말이 안 됩니다. 애초에 일을 망친 건 관옥입니다. 본진으로 관옥이 달려와야 옳은 것 아닙니까? 군령이 두 곳에서 떨어지면 일이 성사되질 않습니다!

이귀   장군께서 좀 양보하시구려. 애초에 관옥으로 거사를 총괄토록 되었던 것이니, 거사가 성공하고 나면 오늘 일을 따져보기로 하고, 우선 우리가 그 쪽으로 갑시다. 어서요, 지금 시비를 가릴 시간이 없질 않습니까?

어둠을 헤치고 병력이 이동한다. 병사들의 움직임이 그림자로 교차하고 있다. (사이) 조명이 바뀌면 궁궐 성문 앞이다. 반란군과 방어부대의 전투는 마치 무용을 하듯 음향과 안무로 처리한다.

김유   자, 이제부터 시작이요. 여봐라, 성문을 열도록 하라! (병사들 성으로 다가간다)

선전관   성문을 열라니···. 웬 놈덜이냐? (병사들을 보고 놀라며) 앗, 반란군이다! 모두 공격하라!

김유   (칼을 휘둘러) 에잇, 썩 길을 열렸다! (선전관이 쓰러진다) 자, 가자. 창덕궁으로 갈 것이다!

병사들 기세등등하게 입성하며 환호를 지른다.
반대쪽에서 이흥립의 대궐 경비대가 긴장하며 다가선다.
시종 긴장감이 팽팽히 견지되고 있는 가운데 도처에서 거병하는 움직임과 소리가 들려오고 있다.

이홍립 (자신의 병사들을 향해) 함부로 활을 쏘지 말 것이니라. 나의 군호로 따
       르라. 거역하는 자는 살아남지 못할 것이다!

김유   (손을 굳게 잡으며) 고맙소, 훈련대장!

이홍립 돈화문으로 가겠습니다!

김유   그럽시다. (병사들에게 소리치며) 자, 돈화문으로 갈 것이니라!

솟아오르는 불빛, 도처에 함성이 들려오고 말 발굽소리. 도처에 병사들의 칼
싸움소리, 신음을 토하며 쓰러지는 병사들의 외마디 비명이 처절하다.

김유   모조리 뒤져 잡아내도록 하라!

이괄   영상 박승종과 이이첨을 잡아라. 저들이 담을 넘어 도주하였다!

이어지는 함성과 강렬한 화광이 도처에 번져 오른다.

이홍립 (달려와 멈추며) 궐 안에 아무도 없습니다. 입직하는 승지는 물론이거
       니와 주상과 김상궁도 사라져 버렸소.

이귀   폐주를 찾아라. 중전도 세자도 모두 찾아내야 할 것이니라. 멀리 가
       지는 못했을 것이니 궐 안을 샅샅이 뒤져야 하느니라!

음악이 크게 들려오며 혁명의 춤을 추기 시작하는 무희들과 병사들.
그 앞으로 잡혀 들어오는 대신들 피비린내 나는 복수의 칼날이 희뜩이며 허
공에 난무하고 있다. 군무가 끝나면 무대 중앙에 스포트라이트가 떨어진다.
꿇어앉아 죄목이 적힌 쪽지를 읽는 광해.

광해   (소리) 불충하여 종묘사직을 더럽히고 지병중인 아비를 독살하였으
       며, 형과 인척을 죽이고 모후를 감금하였으며, 백성을 괴롭히고, 벼
       슬을 팔아 뇌물을 조성하였고, 형용할 수 없는 음행을 저지르고, 젖

먹이 동생을 데려다 증살하여 죽인 죄….

이괄이 나타나 그를 세우면 조명이 바뀐다. 광해를 필두로 유배가 시작된다.
비감한 음악이 계속 된다.

광해   (이괄에게) 내 사람들은 어찌 되었소?

이괄   (냉소적으로) 모두 처형했소이다, 이이첨, 정인홍은 사형에 처했고,
       영의정 박승종은 아들과 함께 자살했답니다.

광해   김상궁은 어떻게….

이괄   (비웃으며) 폐주께서 아끼시던 개시는 참수되었소이다. 갑작스레 저
       승 사람이 많이 늘었지요, 허헛….

광해   저런…. 내가 권신들과 식솔들에게 엄청난 죄를 지었소.

이괄   권력의 부침이 모두 이런 것 아니겠습니까? 이번엔 폐주가 당할 차
       례가 된 것뿐이외다!

광해   이괄 장군도 조심하시구려. 권력이란 게 하루아침에 이 모양, 이 꼴
       이 되고 마 는 것이리니…. 북변사로 내가 임명했는데, 오늘은 날
       죄인이라 하여 호송하시는구려!

이괄   (하늘을 보며) 대북파 소수의 집권이 다수의 견제세력에게 굴복한 것
       이지요. 이미 폐주께선 집권 초기 갖가지 옥사에 휘말릴 때부터 반
       정을 키워온 셈이지요.

광해   과인이 사람을 잘못 쓴 탓이오!

이괄   그게 운명이라면 어쩔 수 없지요, (재촉하며) 자, 가시지요.

작가   (따라가며) 그것 보세요, 내 뭐라 했습니까. 주상전하! 권력의 종말이
       다가오고 있다고 했질 않습니까?

광해   (회한에 젖어) 내 가신들만 믿고 눈과 귀가 멀었었나 보오!

이괄   (앞서 가며 방백조로) 권력이 무상할 뿐이오. 엊그제 주상으로 내리시
       던 성은을 급기야 오늘에 와서 반역 죄인으로 한없는 성은을 입은

이괄의 손으로 유배를 보내야 하다니…. 이제부터 영원토록 누구
도 권력 앞에 안주할 수 없을 것이오. 나를 비롯하여 누구도 예외
없이….

작가　그걸 불감증이라고 하지요. 끊임없는 역모설 때문에 가신들까지
옥사의 불감증에 걸렸습니다. 허기사 반정에 성공한 이괄 장군도
잠시 후면 난을 일으키고 목이 잘려진 채 저승으로 가게 될 겁니다.
그걸 아신다면 이런 일을 할 수 있었을까? 허허, 세상 권력이 무삼
한 것이지요.

힘겹게 일진이 걸어간다. 작가, 그들의 뒤를 따라간다. 파도소리가 음악과 함
께 밀려온다. 그 위로 육중하게 실려 오는 큰 무리의 소리.

소리　기름진 안주는 만백성의 고름이요, 즐거운 노랫소리는 백성의 원
성이로다.

광해　(울부짖으며) 거짓이오, 거짓이란 말이요. 정말 억울하오, 억울하오!
과인의 일생을 바친 이 궐에서 살 수 없다니…. 과인은 조선제국의
왕이요, 이런 식으로 군주인 나를, 이렇게 빼앗아 가다니, 그런 법
은 없소. 억울하오, 억울하단 말이오!

작가　(다가오며) 전하, 아직 끝나지 않았습니다, 반드시 광해의 날이 밝아
올 것입니다!

광해　(환청을 들은 듯 고개를 저으며) 나의 날은 이미 저물어가질 않고 있는
가? 그날, 오늘밤 고변이 있다는 걸 더욱 강하게 주청하시질 그랬
소?

광해의 외침만 메아리치듯 울리며 무대, 파도소리와 함께 암전된다.

제12장. 발견, 복위를 꿈꾸며 잠들다

부제가 C/G 그래픽으로 지나간다.

유배지 제주이다. 파도소리가 이어지며 무대 밝아진다. 광해, 먼 바다를 바라보며 서성이고 있다. 무대 전면이 검은 바위와 상록수로 처리되며 뒤편으로 유배지의 허름한 가옥이 상징적으로 노출되어 있다.

작가, 현실적 위상으로 광해에게 나타난다.

광해 (바다를 발돋움으로 보며) 저런, 저런···. 또 지나가는 배란 말인가? 아니야, 반드시 오고 말 거야. 언젠간 나의 복위를 알리려는 도승지가 당도할 것이야! 어찌 조선이 나를 이런 외딴섬에 이렇게 버릴 수 있단 말인가! (바다를 가리키며) 옳지···. 저기 점점이 떠오는 배가 분명 조정에서 나의 복위를 알리려는 승정원의 도승지일 게야!

작가 (불쑥 나타나며) 여기 계셨군요!

광해 (놀라 물러서며) 누, 누구요? 승정원에서 보낸 사람이요?

작가 고정하시죠, 전하!

광해 그럼 아니란 말이오? (실망하며) 아직도 나의 복위가? 능양 조카가 양심이 있는 사람이라면 조선을 저토록 개차반으로 만들어 놓고도 나를 복위시키지 않는다면 역사 앞에 대죄를 짓는 것이오. 만백성이 도탄에 빠져 나를 기다리고 있는데···. 능양을 비롯한 대명 사대주의자들이 천벌을 받은 것이오. 나의 실리주의 외교정책을 배척하고 피의 혁명을 저지른 장본인들이 한 일이 무엇이오?

작가 (격앙되어) 말씀대로 능양은 쿠데타를 일으킨 것입니다. 왕이 되기 위해 조선 전 백성을 청나라에게 제물로 바친 어리석은 사람입니다.

광해 어서 내보이시오?

작가 무얼 내보이란 겁니까?

광해   에이, 그러지 말고, 어서 나의 복위교서를 내놓으시라니까?

작가   (미안한 듯) 아하…. 이거 정말 죄송하게 됐습니다, 전하!

광해   참말요?

작가   저는 오로지 전하의 정치이념을 숭앙하는 예전에 알현했던 백면서
생일 뿐입니다. 저 또한 전하의 영광스런 복위가 이뤄지길 학수고
대하고 있습니다.

광해   (실망한 듯) 음, 아니라면 어쩔 수 없지….

작가   (결연하게) 생명을 걸고 전하의 복위를 돕도록 하겠습니다!

광해   아무튼 고맙소. 이 외로운 섬 중에 말벗이라도 돼 주니 더 바랄 것
도 없소이다.

작가   그날 밤, 조금만 사려를 기울였다면 오늘의 조선이 이토록 허물어
지지는 않았을 터인데….

광해   (울분에 떨며) 속았소. 믿던 도끼에 발등을 찍힌 것이었소. 이귀의 대
죄상소, 훈련대장 이흥립의 반역, 이괄의 명령 불이행…. 모든 것이
치밀한 서인들의 역모였는데…. 지나친 옥사의 되풀이가 반정을
체감치 못하게 했던 거요. 조정은 그 당시 옥사의 불감증에 걸려 있
었던 거요! 능양을 인조로 세워줄 수밖에 없는 운명이었던 것이지.
더럽고 치졸한 인간들. 김자점이 연회를 베푼다 하여 방심했던 내
가 잘못이었어요.

작가   박승종이나 이이첨은 뭘 했습니까?

광해   그들도 옥사 불감증 환자들이었어! 모두 서인의 한풀이에 죽어갔으
나, 억울하긴 나와 매양 같을 것일세.

작가   전하, 한 가지 진실을 규명할 것이 있습니다.

광해   진실이라 했소? 말해 보시오!

작가   예, 능양이 자신의 아우 능창을 역모로 몰아 죽인 전하의 정권에 대
항하여 권력을 탈취하기까지엔 수많은 여론이 있습니다. 물론 자
신들의 반정을 합리화시키기 위한 대목도 있지만, 우선 전하의 일

대기를 쓰는 과정에서 광해는 선왕인 아버지를 독살하고…. 형과 동생을 죽이고…, 어머니를 폐하고, 음란죄를 지었으며, 명나라를 배신하고….

광해 (소리를 치며) 그만, 그만하시오. 얘기 안 들어도 알 만하오. 그것이 바로 무력으로 정권을 탈취한 도배들의 선왕 흠집 내기가 아니겠소? 예나 지금이나 다름없는 파벌정치의 악순환인 게요. 난 모든 걸 부인하오, 다만 소수파인 대북세력의 한계로 말미암아 강력한 왕권의 장악과 파벌세력을 통합하려 했소, 그 과정에서 다소 인명이 희생되었지만, 그걸 가지고 저렇듯 음해하고 날조하다니….

작가 하지만 백성들은 저들이 휘갈겨 써놓은 광해군일기를 믿고 있습니다. 진실을 외면한 채 우매한 백성들에게 언로를 막고 전하의 약점만을 극대화해서 부풀리길 하는 것입니다.

광해 (차분하게 설명조로) 나의 진실은 이렇소! 나는 조선의 왕으로서 왕권을 확실하게 구축한 연후에 만백성들로부터 신임과 사랑을 받는 명군이 되고자 했었소…. 강력한 조선제국을 건설하려 했었소. 청국과 손잡고 옛 고구려의 땅을 손아귀에 넣고 왜국을 쳐서 임진년의 복수를 결행하려 했었단 말이요….

작가 그래서 외형적으로 경복궁과 인경궁, 창덕궁, 창경궁, 그 엄청난 궁궐건축을 무리하게 펼치신 것입니까?

광해 당시 조선의 궁궐이란 것이 청국과 비교하면 보잘것 없었소. 궁궐이 작으면 속국이나 다름없었지. 그래서 대국의 위용을 과시하기 위해선 웅대한 궁궐이 반드시 필요했지요. 대등한 관계로 외교를 하려면 다소 무리수를 둘 수밖에…. (점점 어조가 강해지며) 빌어먹을, 그런 엄청난 나의 꿈을 능양이 깨버린 것이오!

작가 (조심스레) 그렇지만 왕권강화를 빌미로 지나친 폭압을 행사했기 때문에 민심이 등을 돌린 것은 아닌지요?

광해 아니오, 왕권은 궁궐 안에서 소리 없이 진행됐고, 민생안정을 위해

낡은 제도를 개혁해서 백성의 세무부담을 현격히 덜어주고, 모든 정책을 백성의 편의를 위해 개혁했던 것이요. 외교 또한 여러 방면의 인재를 등용하여 명나라와 후금, 왜국에 중도적인 실리외교를 펼쳤던 것이오, 그 중의 하나가 강홍립 장군의 투항사건이었소. 명나라의 국운은 그 기세가 다 되어가고 있었소. 보시오, 청나라를 배신한 대명 사대주의가 어떤 결과를 초래했는지 말이요! 국제적인 외교술에서 자기 홀로 살아갈 수는 없는 법이요, 서로 돕고 도와가며 나라의 이익을 도모해야 하는 것이오…. 능양의 혁명정권은 그 점에서 무능력했던 것이오….

작가　그렇다면 능양의 정치를 어떻게 평가하십니까?

광해　(강력하게) 그는 혁명가일 뿐 정치가가 아니니, 그의 정치를 논할 일고의 가치도 없소!

작가　옥사 중에 왕의 뜻과 관계없이 죽어간 왕실의 인척들은 역시 붕당정치의 희생양이 되는 것이겠지요?

광해　붕당정치는 매우 바람직한 정치형태요. 내가 임진란 때 분조를 이끌었듯이 권력의 분산은 백성의 신임을 받기에 좋은 방편이 될 수도 있다고 생각하오. 권력의 일당독재는 정치를 횡포하게 몰아갈 수 있소, 내가 아쉽게 생각하는 것은 동인, 서인, 대북, 소북의 세력을 골고루 분산시켰으나, 핵심 관료의 등용에 문제가 있었소.

작가　이이첨의 정치적 야심과 정인홍의 대쪽 아집이, 타 정파의 무임승선을 완전하게 차단했기 때문입니다.

광해　그들이 세자 건저위 때 선왕께 정배를 당하기까지 나를 밀어준 고마운 분들이니 그들을 움직일 수 없었던 것이 파탄의 씨앗인 게요.

작가　대북파의 확고부동한 권력을 위해 왕권강화라는 미명하에 끊임없는 옥사를 통해 숙청의 피바람을 불러온 것이었습니다.

광해　난 임금으로서 그 일을 막아낼 수가 없었다니까요.

작가　물론 당시의 정황으로 볼 때 전하께선 그럴 수밖에 없었을 겁니다.

소수권력으로 독재의 야욕을 달성하기 위해 과잉충성으로 임해군과 영창을 죽이면서까지 왕실 모반의 싹을 제거한 것이지요!

광해 　(슬픈 듯이 그러나 단호하게) 난 내 입으로 우리 형제를 처단하란 어명을 내린 적이 없소. 저들은 모두 병사한 것이오. 다만 옥사의 거름 위에 죽어갔기에 그렇게 보이는 것이지요…. 이이첨의 세력을 너무 키워줬던 것도 실수였소. 하지만 그들 모두가 사리사욕에 얽매인 것은 아니었소. 어찌 보면 장차 이 나라의 정치발전을 위해 그렇게 한 것이 아니겠소? (분노에 떨며) 능양에 의해 그들 권문세가의 식솔까지도 모두 죽임을 당했다니 권력과 명예의 부침이 허허로울 뿐이오! (확신하듯) 하지만 난 복위될 것이오. 그래서 왜곡 날조된 광해의 한을 풀고야 말 것이오! 하늘은 바로 광해, 이 사람 편이오. 도와주시오, 잃어버린 제국을 다시 찾아야 하지 않겠소?

작가 　(맞장구치듯) 좋습니다. 시대의 폭군으로 잘못 기술된 전하의 치세를 바로 잡겠습니다!

광해 　고맙구려. 날 도와주시오. 엉터리없는 광해군일기를 삭제해 달란 말이오?

작가 　예, 무슨 방법으로든 잘못된 전하의 치적과 인품을 다시 쓰도록 하겠습니다.

광해 　내 억울하고, 반론할 것이 많소이다.

작가 　진실게임을 해야 할 것 같습니다, 전하.

광해 　진실게임이라?

작가 　그럼, 영창대군을 증살했다는 대목부터 진실을 말씀해 주시지요, 전하!

광해 　(손사래를 치며) 그건 터무니없는 조작이오. 나는 영창이 병에 걸려 죽었다는 것을 2월 3일에 중병에 걸린 걸, 2월 9일에 정항이 6일만에야 조정에 보고했다고 들었소. 그 이유로 정인홍 대감의 제자인 정온이 정항을 탄핵하는 상소를 올렸지요. 나는 정항에 의해서 3월

3일에야, 내 아우 영창이 죽었다는 사실을 알게 된 것이오.

작가 (알고 있는 듯) 정항의 서신은 또 다시 서인세력에 의해 말소 당하게 되었지요?

광해 서인들의 간계는 그때부터 시작된 것이야. 정작 왕인 나만 모르고 있었던 것이 아니던가?

작가 그런데 정항을 탄핵하란 것은?

광해 유배지에서 영창을 돌봐야 할 강화부사 정항이 그 책임을 다하지 못하고 병에 걸리게 한 것을 탄핵하자는 것이었소.

작가 영창대군의 병사설은 인조반정의 서인 세력들인 이귀나 김유마저도 이의를 달지 못했습니다. 그러므로 전하의 명에 의한 영창대군의 증살설은 논리가 빈약하고 기록에도 남아 있듯이 영창대군이 병에 걸렸다는 급박한 현지 서신이 있었음에도 실록의 기록을 맡은 서인 쪽에서 이를 없애 버리고 전하의 패륜으로 몰아갔다고 볼 수 있습니다.

광해 (고무되며) 날더러 내 아우 영창을 죽였다고? 난 영창 아우를 대군의 예우를 하여 전례에 따라 장례를 치룰 것을 명령했소.

작가 도승지 이덕형이 전하의 우애를 모르는 것은 아니지만, 영창대군이 종묘사직에 죄를 지어 속적이 끊겼으므로 관에서 장례를 지원하는 것은 공론에 맞지 않는다고 간청했었지요?

광해 (생각하며) 음…. 이덕형의 충정을 이해할 만하오. (갑자기 일어나 소리치며) 영창의 장례를 대군의 예로 치르도록 하라!

작가 전하, 고정하십시오. 아직 걷어내야 할 오명이 많이 남았습니다!

광해 (정신을 차리며) 내가, 내가 그랬었군?

작가 전하의 형님이신 임해군은 이미 선왕께서 성격이 포악하다 하여 왕위 계승에서 밀려난 상태였지요?

광해 물론이지요. 난 세자의 노릇을 임진왜란 때 분조에 참여하여 나라의 한 쪽을 맡아 병사를 모으고 군사물자를 모으며 전선에서 세자의 책임을 다했소이다.

작가   그러나 명나라에서 세자책봉에 문제를 제기하고 왕위 계승 때도 전하를 당혹케 하였으니 중벌이 마땅했다고 볼 수 있습니다. 당시의 여론은 어떠했습니까?

광해   (고개를 저으며) 말도 마시오. 왕권강화를 빌미로 임해 형님을 처단하란 항소가 빗발쳤소. 그러나 끝내 나는 그걸 용납하지 않았소.

작가   끝까지 형제의 우애를 지키셨단 말씀이신가요?

광해   물론이요, 교동 별장 이정표가 임해 형님이 5월 2일에 죽었다는 전교를 올렸고 나는 예조의 낭관을 보내어 후한 예로써 영빈케 하고 임해의 빈소에 경기 감사에 의해 조석제전을 올리도록 조치하였으며, 귀후서에 있던 관을 즉시 교동으로 보낼 것을 지시했었소.

작가   교동 별장에겐 책임을 물으셨습니까?

광해   별장 이정표에겐 임해 형님께서 중병에 걸린 사실을 신속하게 치계하지 못한 죄를 추고하여 치죄토록 했지요.

작가   분명히 교동 별장 이정표는 5월 2일에 임해군이 사망했음을 알렸음에도 정초본에서 삭제되었고, 서인세력이 중초본까진 미처 건드리지 못해 임해군의 죽음을 놓고 전하의 치적을 왜곡하고 있는 것입니다.

광해   누가 뭐라 해도 내가 주상으로 재임할 시, 임해 형님의 죽음을 타살로 본 사람은 한 사람도 없었소이다. 그 사실이 뒤집혔어요!

작가   이괄이 난을 일으킨 후 인조는 자신의 숙부인 홍안군을 백주 대낮에 궐 안에서 살해해 버렸지 않습니까? 그런 임금이 주도해서 기록한 전하의 실록이 바르게 됐을 리가 만무하지요? 안 그렇습니까, 전하!

광해   (주먹을 불끈 쥐고 부르르 떨며) 패륜은 바로 인조라 불리는 능양이지. 그놈이 쳐 죽일 놈이란 말이오!

작가   효종실록에 보니 영창대군과 임해군 살해설에 대한 두 가지를 부

인한 증거가 있습니다. 별장 이정표에 관한 기록인데 임해군과 영
창대군을 죽인 증거가 없으니 그의 양아들 이후선의 금고를 풀어
주라고 한 사실이지요. 이시백이 한 말로서 그는 인조반정의 주인
공 이귀의 아들이며 반정 2등공신의 입에서 나온 말인 것을 볼 때
전하의 영창대군과 임해군에 대한 살해의지나 명령이 없었음이 분
명해진 것입니다.

광해   (감격하며) 놀랍소. 정말! 어찌 조선의 과거와 미래를 꿰뚫고 있는지
실로 경탄할 지경이외다!

작가   (덩달아) 전하의 오명을 하나씩 벗겨드린다고 하질 않았습니까?

광해   이것만으로도 나의 오명은 씻어진 듯하오!

작가   아니지요, 또 있습니다.

광해   아, 물론 있겠지. 능양이 가짜 일기를 썼으니까!

작가   선왕께서 독살 당하셨다 했는데 선조실록에는 '미시에 위독해졌
다' 라고만 기록되어 있으니 전하께서 찹쌀밥을 지어 그것을 잡수
시고….

광해   (분노하며) 찹쌀밥이 뭐가 어째서 잘못되었다는 것이오? 아버님 곁에
는 늘 의원들이 대기하고 있었고, 유영경 대감이 대궐을 장악하고
있었는데 아버님께 위해한 음식을 올린다는 것은 불가했지요, 암.
유영경이 두 눈을 똑바로 뜨고 있고 의원들이 지켜보는데, 그건 불
가능한 일이오!

작가   그래도 반정의 서인들은 끊임없이 선조의 독살설을 전하께 뒤집어
씌우려 혈안이 되었었나 봅니다.

광해   미친놈들이오!

작가   당시 신료 사회에선 전하의 여러 가지 패륜 사실을 어떻게 받아들
였습니까?

광해   (가슴을 치며) 내가요? 내가 패륜이라고? 난 아버님께서 운명하실 때
까지 한 시도 그 곁을 떠나지 않고 지켰소이다. 약방 도제조와 허준

이 번갈아 침문밖에 들어와 탕약을 올리고 잠시 호전되는 듯하니까, 다들 침문에서 물러났으나, 나는 끝까지 아버님을 지켰소이다!

작가 저런…. 그런 효심을 두고 부왕 독살설로 패악을 거론하다니요!

광해 (괴로운 듯) 정말 억울하오, 억울하오!

작가 괴로우실 터이지만, 한 가지 더 있습니다.

광해 뭐가 더 있단 말이오?

작가 인목대비의 폐서인 문제올시다.

광해 그 분은 어떻든 나의 어머니올시다. 임금의 어머니를 폐서인하다니요?

작가 조사해 본 결과에 의하면 인목대비가 폐서인되는 과정에 열 가지 죄목이 일목요연하게 전하의 일기에 기록되어 있었는데, 그 열 가지 죄목을 기억하실 수 있겠습니까?

광해 당시 대비의 실책은 김제남의 역모와 의인왕후 저주사건 등 정국이 대비에게 불 리하게 돌아가고 있었지요. 홍문관과 승정원 더구나 유생들까지 대비의 처벌을 주장하고 일어났어요.

작가 전하의 일기에도 유생 백여 명이 상소를 올려 인목대비의 처벌을 강력 주장한 걸로 확인이 되었습니다.

광해 (흥분하며) 그걸 내가 막아냈단 말이오! 내가 어머니를 어찌 처벌할 수 있었겠소?

작가 맞습니다. 결국 여론이 들끓자, 조정에서는 인목대비를 폄손한다는 조정안을 내놓았지요?

광해 폄손이란 것이 대비의 호칭을 서궁이라 부르고 대비의 권한을 제한하는 정도였지만 나는 그것조차도 끝까지 거절했소. 그랬던 나를 능양이 개차반으로 휘갈겨 놓은 것이란 말이오!

작가 결국 전하의 의지에 따라 폄손절목은 공포도 되지 못했지요?

광해 (가슴을 치며) 그런 나를 폭군이니, 폭정을 했다느니, 도대체 폭정이란 의미가 무엇이란 말인가?

작가   물론 폭정이란, 집권세력의 정치행위를 말하는 것입니다.

광해   (감격하며) 나는 일부 왕권에 도전하려는 정치세력들을 제거하긴 했지만 백성을 위협하고 민심을 저버리며, 백성을 학대하는 정사를 편 일이 전혀 없소! 오히려 민생구제에 전력투구하여 백성의 삶을 윤택하게 이끌려고 온갖 정력을 쏟아 부었단 말이요! (망연히 돌아서며) 난 갈 것이요!

작가   (놀라 막으며) 전하는 군사적으로 조선제국을 지키신 공덕을 세운 임금이시니 광해군이 아닌 광해조로 불려야 마땅합니다, 그때까지 기다리셔야 합니다, 전하!

광해   (바다를 가리키며) 아니오. 나는 광활한 저 바다를 건너 나의 제국으로 돌아가야만 하오!

작가   (사라지는 광해를 부르며) 전하, 돌아오소서! 아직은 전하의 때가 아니옵니다, 전하! (넘어질 듯 따라가며) 광해대왕 전하!

작가의 외침이 메아리치며 파도소리가 무대를 덮어온다.

무대 서서히 암전되며 키보드 두드리는 소리와 함께 주제 음악이 흐른다.

이윽고 컴퓨터 앞에 깊이 잠들어 있는 작가의 모습이 스포트라이트에 잠시 살아났다 사라진다.

작가   (소리) 광해는 떠났으나, 그의 치적을 왜곡할 수는 없다. 인조반정은 끝내 숭명사대주의를 버리지 못한 채 청나라의 침입을 초래했고, 조선을 어육으로 만들었으며, 조선제국의 왕으로서 삼전도에서 씻을 수 없는 치욕을 당하게 만든 예고된 쿠데타였다.

〈막〉

달의 전설

원전 : 도미의 처

주제 : 도미 처가 포악한 왕의 탄압에 굴복하지 않고 부부의 신의와 절개를 지킨다는 내용의 설화.

한국민속문학사전 설화 편에 보면 백제 제4대 개루왕(蓋婁王, 재위 128~166) 때 있었던 일이라고 전하지만 실화이기보다는 권력자가 벌인 민간 여성 탈취 사건을 도덕적이었던 백제 초기 왕에게 소급한 것으로 보인다. 《삼국사기》(三國史記) 권23 〈백제본기〉 개루왕 1년 조를 보면, 실제 개루왕은 성격이 공손하고 품행이 단정한 사람이었다고 한다. 백제 사람 도미의 처는 아름답고도 절행(節行)이 있어 사람들이 칭찬하였다. 개루왕이 도미를 불러 "부인의 덕이 정결(貞潔)하다고 하나, 만약 으슥한 곳에서 잘 꾀기만 하면 마음이 변할 것이다"라고 하였으나 도미는 왕의 말을 부정하였다. 왕이 도미의 부인을 시험하고자, 신하에게 왕복을 입혀 도미의 처에게 보내 시험하였다. 왕복을 입은 신하는 도미의 처에게 도미와 내기를 하고 왔다 하고 도미의 처를 어지러이 하려 하였다. 도미의 처는 옷을 갈아입고 온다 하고 대신 하녀를 들여보냈다.

뒤에 왕이 속은 것을 알고 크게 노하여, 도미의 두 눈을 빼고 배에 태워 강에 띄워 보냈다. 그리고는 도미의 처를 붙잡아 들였지만 도미의 처는 몸이 더러우니 옷을 갈아입고 가겠다고 하고는 가지 않았다. 도미의 처는 밤에 도망하여 강에 이르러 통곡하였다. 그때 별안간 배 하나가 나타나 도미의 처는 배를 타고 천성도(泉城島)에 가서 도미를 만났다. 도미와 도미의 처는 고구려로 가서 여생을 마쳤다고 전해진다. 이 설화는 《청화담》(淸華談) 권5에 삽화(揷話)로 실려 있다. 이 설화를 바탕으로 한 소설로 박종화의 《아랑의 정조》가 있으며, 유사한 구전설화로 '우렁각시'와 제주도 '산방덕' 전설이 있다.

하늘의 울림

원전 : 삼국사기 온달전

주제 : 이뤄질 수 없는 신분의 차이를 넘어선 남녀의 위대한 사랑을 그리고 있다.

고구려 초기 권력다툼의 현장에서 쫓겨난 온달 가족의 비애와 그럼에도 불구하고 고구려 공주라고 하는 신분의 벽을 뛰어넘은 사랑은 위대함을 그리고 있다. 그러므로 온달은 바보가 아닌 훌륭한 집안의 아들이었고 생존을 위해 바보인 척 살아온 인물이었다.

국어국문학 자료사전에 기록된 바에 의하면 평강공주에 대한 내용은 다음과 같다. 평강공주의 생몰년은 미상이며 고구려 평원왕의 딸로 장군 온달(溫達)의 부인이다. 《삼국사기》 중, '온달전'에 의하면, 공주는 어릴 때에 잘 울어서 왕이 바보 온달에게 시집보내겠다고 놀리곤 하였다. 그 뒤 시집갈 나이가 되었을 때, 명문귀족 집안에 시집보내려 하였지만 공주가 이를 거부하였다. 왕이 노하여 궁궐에서 쫓아내니 공주는 온달을 찾아가 혼인하였다. 그녀는 눈먼 시어머니를 잘 봉양하고 바보스러운 남편 온달에게 무예와 학식을 가르쳤다. 공주의 도움과 가르침을 받아 온달은 뛰어난 무예를 지니게 되었다. 얼마 뒤 온달은 매년 3월 낙랑(樂浪)벌에서 열리던 사냥대회에서 남다른 활약을 보여 왕에게 알려지게 되었다. 이에 온달은 고구려의 장수로 발탁되었다. 그 뒤 북주(北周)의 군대가 침공하여 왔을 때 온달이 고구려군의 선봉이 되어 적을 격파하고 대공을 세웠다. 평원왕을 이은 영양왕 때에 온달이 한강유역을 회복하기 위하여 신라를 공격하다가 화살에 맞아 수도로 돌아오던 중 죽었는데, 그 시체를 넣은

관을 운반하려 하였지만 움직이지 않았다. 공주가 달려와 관을 어루만지며 돌아가자고 말하니 비로소 관이 움직여 이를 매장하였다고 한다.

열하일기

원전 : 박지원의 고전소설

주제 : 종형을 따라 중국을 여행하며 과학화된 문물과 선진제도를 목격하고 견문한 내용을 각 분야로 나누어 기록하였으며, 이용후생의 경제적 가치를 강조하며 실학사상을 고취하고 있다.

두산백과사전의 자료 해설에 의하면 1780년(정조 4) 연암 박지원은 종형인 금성위(錦城尉) 박명원(朴明源)을 따라 청(淸)나라 건륭제(고종)의 칠순연(七旬宴)에 참석하는 사신의 일원으로 동행하게 되었다. 중국 연경(燕京)을 지나 청나라 황제의 여름 별장지인 열하(熱河)까지 기행한 기록을 담았는데 중국의 문인들과 사귀고, 연경(燕京)의 명사들과 교유하며 중국의 문물제도를 목격하고 견문한 내용을 각 분야로 나누어 기록하였다.

1780년 6월 24일 압록강 국경을 건너는 데부터 시작하여 요동(遼東) 성경(盛京) 산해관(山海關)을 거쳐 베이징[北京]에 도착하고, 다시 열하로 가서, 8월 20일 다시 베이징에 돌아오기까지 약 2개월 동안 겪은 일을 날짜 순서에 따라 항목별로 적었다. 조선의 사신일행이 열하까지 가게 된 이유는 연경에 도착해 보니 청나라 황제는 열하에 가고 연경에 없었기 때문에 그의 여름 별궁이 있는 열하까지 가게 된 것이다. 연암이 남긴《열하일기》는 당시 보수파로부터 비난을 받기도 하였으나, 중국의 신문물(新文物)을 망라한 서술, 그곳 실학사상의 소개로 수많은 조선시대 연경 기행문학의 정수(精髓)로 꼽힌다. 이 책은 당초부터 명확한 정본(正本)이나 판본(版本)도 없었고, 여러 전사본(轉寫本)이 유행되어 이본(異本)에 따라 그 편제(編制)의 이동이 심하다.

옥갑야화 허생전

원전 : 박지원의 열하일기(熱河日記) 권10의 옥갑야화(玉匣夜話)에 실려 있다. 원래는 제명이 없이 수록되었으나, 후대에 《허생전》이라는 이름이 임의로 붙여졌다.

주제 : 부국이민(富國利民), 이용후생(利用厚生)의 경제사상과 건전한 인본주의(人本主義)를 내세우고 있다.

두산백과사전의 자료 해설에 의하면 허생은 10년 계획으로 남산골에서 공부를 하고 있었는데, 가난을 못 이겨 어느 날 공부를 중단하고 장안의 갑부인 변씨(卞氏)를 찾아가 1만 냥을 빌려 지방으로 내려간다. 그는 이 돈을 밑천으로 장사를 벌여 크게 돈을 벌고 좋은 일을 많이 한 다음 10만 냥을 변씨에게 갚는다. 놀란 변씨가 그 뒤를 밟아 보니 남산 밑의 작은 오두막으로 들어가는 것이었다. 그 후 두 사람은 깊이 사귀는 사이가 되었다. 하루는 변씨가 이완(李浣)이라는 정승을 허생에게 소개한다. 이 정승은 시사에 관한 이야기를 주고받다가 오히려 허생에게 비웃음만 사고 돌아간다. 허생의 비범한 인품을 알게 된 이 정승은 그를 기용하고자 다시 찾아갔지만, 이미 허생은 어디론가 사라지고 없었다는 줄거리이다. 《허생전》은 작자의 《호질(虎叱)》《양반전》과 아울러 박지원의 소설 중에서도 대표작으로 꼽히는 작품이다. 소설의 주인공인 허생의 상행위를 묘사하는 가운데, 현대에 이르러 이광수의 《허생전》이 나오면서 더욱 많이 알려지게 되었으며, 양재연이 국역한 것 등이 있다. 현재까지 알려진 것으로는 3類 15種의 異本이 있다.

원류 춘향전

원전 : 삼국사기 고구려국 본기

주제 : 국가와 신분을 초월한 남녀간의 애틋한 사랑의 이야기

춘향전의 모태설화를 소재로 한 작품이다. 삼국시대 백제 땅 행주고을에 한 머슴이 살고 있다. 그는 고구려의 왕자 홍이였다. 그는 왕자의 수업을 위해 적군인 백제에 몰래 잠입하여 머슴살이를 하며 부근의 지리를 답사하며 장차 고구려가 이곳을 차지하려는 장대한 꿈을 가진 청년으로 주인댁 규수인 한주낭자와 사랑에 빠지게 된다.

사랑의 결실이 맺어갈 무렵 홍이는 고구려로 돌아가고 반드시 한주낭자를 아내로 삼기 위해 돌아올 것을 약속한다. 고을 태수는 한주낭자에게 흑심을 품고 어떻게든 그녀를 꼬여 첩으로 삼으려 한다. 이런저런 핑계로 늘 위기를 모면하던 그녀가 고구려의 첩자를 도왔다는 죄로 관아에 갇히게 되고 태수의 생일을 기해 처형하리라고 으름장을 놓는다. 해주 땅에서 해병대를 조직한 홍이는 밤새 임진강을 건너 태수의 생일날 풍악패를 가장하여 태수를 죽이고 한주낭자를 구출한다. 한주는 옥에 갇혀 죽을 날만 기다리고 있었는데 태수의 생일 전날 밤, 고봉산에 봉화가 피어오른다. 이것을 본 한주는 고구려로 넘어간 홍이가 약속대로 돌아와 자신을 구해 줄 것이라는 믿음이 현실로 다가오고 있음을 확신하게 된다.

국경을 넘어 한 때 머슴으로 가장하여 주인집 외동딸 한주를 사랑했던 고구려의 왕자 홍이, 그는 훗날 안장왕으로 등극한 인물이다. 왕이 된 홍이, 젊은 시절 첫사랑 한주낭자와의 사랑 이야기는 훈훈한 연정을 불러온다. 국가와 신분의 차를 넘어선 남녀의 애절한 사랑과 그 사랑의 약속이 구체적으로 지켜지는 과정을 세세하게 그리고 있다.

이 희곡은 잘 알려진 춘향전의 모태설화로 추정되는 한주낭자와 고구려 왕자의 애틋한 사랑 이야기를 소재로 만들어진 것이다. 이 애틋한 남녀간 사랑의 전설을 전해 주는 역사자료는 《삼국사기》 고구려국 본기 안장왕 편과 《세종장헌대왕실록지리지》 권148 고양현 조, 그리고 《삼국사기》 잡지 제 6지리지 왕봉현 조를 통해 위 사실을 확인할 수 있다.

제국의 꿈

원전 : 조선왕조실록 광해군일기

주제 : 광해군은 조선의 제15대 왕으로 1608년부터 1623까지 조선을 통치했다. 임진왜란 이후 부국강병의 기틀을 다졌으나 서인들의 인조반정으로 폐위되었다.

두산백과사전의 자료해설에 의하면 광해군의 본명은 이혼(李琿)으로 아버지 선조와 어머니 공빈 김씨의 차남으로 출생했다. 세자 책봉 문제로 임해군과 갈등을 빚었으나 1592년 임진왜란이 발생하였을 때 국난에 대비한다는 명분으로 피난지 평양에서 세자에 책봉되었다. 선조와 함께 의주로 피난을 가다가 영변에서 갈라졌다. 선조는 의주로 향하고 광해군은 권섭국사(權攝國事)의 직위를 맡아 분조(分朝)의 책임자로 평안도 지역으로 출발하였다. 임진왜란 기간 중에 평안도·강원도·황해도 등지를 돌면서 민심을 수습하고 왜군에 대항하기 위한 군사를 모집하는 등 적극적인 분조활동을 전개하였다. 서울을 수복한 후 무군사(撫軍司)의 업무를 담당하여 수도 방위에도 힘을 기울였다. 1597년 정유재란(임진왜란 중 왜군의 2차 침략을 따로 부르는 말)이 일어났을 때는 전라·경상도로 내려가 군사들을 독려하고 군량과 병기 조달은 물론 백성들의 안위를 돌보는 등 임진왜란 기간 동안 국가 안위를 위해 노력하였다.

전쟁이 끝난 후 선조가 영창대군을 세자로 책봉하고자 하였으나 뜻을 이루지 못하고 죽자 임진왜란 동안 많은 공을 세운 광해군이 대북파의 지지를 받아 1608년 왕위에 올랐다. 광해군은 왕위에 오르는 과정에서 갈등을 빚은 영창대군(永昌大君)을 1613년 대북파의 강력한 요청에 따라 서인(庶人)으로 삼았고, 영창대군은 강화에 위리안치되었다가 이듬해 살해당하였다. 1618년에는 이이첨(李爾瞻) 등의 폐모론에 따라 인목대비(仁穆大妃)를 서궁(西宮)에 유폐시켰다. 이러한 정치 행위는 서인들의 반발을 불러일으켰고, 결국 서인 주도의 반정(反正)에 의해 폐위 당하였다.